O ROUXINOL E O MONSTRO DA BIBLIOTECA

K.A. LINDE

O Rouxinol
e o
Monstro
da
Biblioteca

TRADUÇÃO
ISADORA PROSPERO

TÍTULO ORIGINAL *The Wren in the Holly Library*

Copyright © 2024 by K.A. Linde
First Published by Entangled Publishing, LLC. Translation rights arranged by Alliance Rights Agency and Sandra Bruna Agencia Literaria, SL. All rights reserved.
Publicado originalmente por Entangled Publishing, LLC. Direitos de tradução geridos por Alliance Rights Agency e Sandra Bruna Agencia Literaria, SL.
Todos os direitos reservados.
© 2025 VR Editora S.A.

Plataforma21 é o selo jovem da VR Editora

O Rouxinol e o Monstro da Biblioteca é um história de monstros, mistérios e romance que inclui elementos que podem não ser adequados para todos os leitores, como: violência, sexo, linguagem explícita, consumo de drogas e álcool, trabalho sexual e gangues violentas. Há menções a situações de abuso e genocídio.

GERENTE EDITORIAL Tamires von Atzingen
EDITORA Marina Constantino
ASSISTENTE EDITORIAL Michelle Oshiro
PREPARAÇÃO Bárbara Prince
COLABORAÇÃO E REVISÃO Paula Queiroz
REVISÃO Luana Negraes
COORDENAÇÃO DE ARTE Pamella Destefi
CAPA Bree Archer
CONTRACAPA Elizabeth Turner Stokes
IMAGENS DE ARTE DE CONTRACAPA E CAPA Tithi Luadthong/Shutterstock; ALEX S/Shutterstock; Heavenman/Shutterstock; Explorer/CGTrader
ADAPTAÇÃO DE CAPA P.H. Carbone
ADAPTAÇÃO DE MIOLO E DIAGRAMAÇÃO P.H. Carbone
PRODUÇÃO GRÁFICA Alexandre Magno

Dados Internacionais de Catalogação na Publicação (CIP)
(Câmara Brasileira do Livro, SP, Brasil)

Linde, K.A.
O Rouxinol e o Monstro da Biblioteca / K.A. Linde; tradução Isadora Prospero — São Paulo: Plataforma21, 2025. — (The Oak and Holly Cycle)

Título original: The Wren in the Holly Library.
ISBN 978-65-88343-97-5

1. Ficção norte-americana I. Prospero, Isadora.
II. Título. III. Série.

24-235266   CDD-813

Índices para catálogo sistemático:

1. Ficção: Literatura norte-americana   813

Eliete Marques da Silva - Bibliotecária - CRB-8/9380

Todos os direitos desta edição reservados à
VR Editora S.A.
Av. Paulista, 1337 – Conj. 11 | Bela Vista
CEP 01311-200 | São Paulo | SP
plataforma21.com.br | plataforma21@vreditoras.com.br

*ÀS GAROTAS QUE SE APAIXONARAM PELA BIBLIOTECA
ANTES DE SE APAIXONAREM PELA FERA.*

Nota da Autora

Estava chovendo no meu dia favorito na Irlanda.

Isso não deve surpreender ninguém. Não me surpreendeu.

Eu estava embrulhada em um casaco impermeável roxo ao lado da minha mãe, caminhando pelos paralelepípedos cinza do campanário de uma igreja até um castelo dourado e, por fim, a antiga biblioteca de uma escola. Estávamos em Dublin para retraçar nossas raízes irlandesas e como uma primeira parada antes de uma sessão de autógrafos em Paris. Mas a viagem logo se transformou quando comecei a fazer anotações frenéticas no meu celular em cada novo local.

Anotações que se tornariam o começo deste livro.

Anotações sobre o coração de Laurence O'Toole, que era mantido em uma jaula de metal trancada e foi roubado da Catedral da Santíssima Trindade. Sobre a biblioteca de teto altíssimo da Trinity College que continha um livro tão antigo que ficava atrás de um vidro. Sobre árvores de fadas irlandesas tão sagradas que as estradas tinham de contorná-las.

Tudo começou com uma ladra, uma biblioteca e um monstro procurando tesouros antigos.

Mas não acabou por aí.

Quando voltei para casa, mitos, lendas e contos de fadas foram absorvidos em um ritmo veloz. Mergulhei em um mundo de magia, onde druidas caminhavam entre nós, a passagem das estações era controlada por seres primordiais, e armas míticas eram usadas em batalha.

Enquanto vagava pelas ruas de Nova York, eu tinha vontade de pegar essa magia e moldá-la, criar outras camadas para ela e inseri-la em um novo tipo de história.

Onde a biblioteca está sempre aberta.

E a escuridão espreita atrás de cada canto.

Então, arranje uma poltrona. Afunde na maciez aconchegante. Deixe o gato preto ao seu lado sibilar gentilmente. Há centenas de livros, milhares de livros, mais livros do que você jamais poderia ler. Hera verde crescendo na luz baça.

Agora me deixe contar uma história – de monstros e magia e ladrazinhas.

Parte I

A Biblioteca de Azevinho

Capítulo Um

É agora ou nunca.
Kierse se agachou, pressionando as costas contra a pedra nas sombras.

Do outro lado da rua ficava a maior casa geminada que ela já vira no Upper West Side. Cada detalhe na casa vitoriana parecia original, dos corrimões de ferro forjado aos arbustos de azevinho que ladeavam o caminho de entrada e se agarravam às varandas do segundo andar. Até a aldrava intricada na porta e as arandelas de bronze pareciam originais.

Kierse desacelerou a respiração e atravessou a lama marrom que era a cidade de Nova York após uma nevasca. Os flocos caíam de novo, e ela escondeu suas pegadas antes de espiar através da janela do térreo um escritório enorme na penumbra. Nada estava fora do lugar – como se a cena tivesse sido montada. Só uma nesga de luz desabrochava pela fenda sob a porta.

Seu trabalho era simples: roubar um anel de diamante e receber o pagamento.

– Por favor, *tente* ser cuidadosa – disse a voz de Ethan no seu fone de ouvido, conectado ao rádio no quadril. Um celular teria sido melhor, mas ela jamais poderia bancar um.

Kierse abriu um sorriso.

– Eu sempre sou cuidadosa.

– Desde quando?

Nunca. Ela ergueu os olhos para o telhado vizinho, onde seu vigia Ethan mantinha binóculos apontados para ela. Prestou uma continência com dois dedos para ele e pôs mãos à obra. Pegou seu estojo de ferramentas, ergueu o ferrolho da janela e esgueirou-se para dentro silenciosamente. Ela tinha investigado o sistema de segurança inexistente em uma de suas primeiras missões de reconhecimento, e ainda não entendia como não havia nenhum alarme ali e nada fora disparado. Conferiu os arredores, em seguida se infiltrou no escritório, fechando a janela atrás de si.

Essa era a parte que ela tinha planejado. Depois de construir um layout interior da casa, repassara seu plano várias vezes. Estava preparada, mas já tinha invadido lugares suficientes para saber que nada acontecia exatamente de acordo com o plano. Seu benfeitor, Gregory Amberdash, dera todas as informações que ela possuía, que a bem da verdade não eram muitas. O anel era mantido em uma caixa trancada na biblioteca. Parecia um lugar incomum para guardar um anel com um diamante do tamanho de um ovo de tordo. Mas o que ela sabia de gente rica? Aquele cara não tinha nem um *sistema de segurança*. Uma biblioteca provavelmente fazia todo o sentido para ele.

Kierse se retesou à espera do primeiro sinal de que algo sairia errado, mas tudo estava como deveria. Ela contornou uma mesa de mogno com uma luminária dourada coberta por uma capa de couro preto lustrosa, passou entre um par de sofás e foi até o relógio de pêndulo silencioso que indicava quase meia-noite. Inspirando fundo, abriu a porta devagar e espiou o corredor iluminado por uma lâmpada suave num suporte na parede. Seus olhos voaram para todos os cantos ao mesmo tempo, analisando tudo – a sala no final do corredor que ela só vira através de binóculos, a grande escadaria à sua direita, o piso de madeira polida, o interior luxuoso e podre de rico. Com passos silenciosos, ela se esgueirou até a porta da frente e a destrancou.

Primeira regra dos ladrões: sempre tenha uma estratégia de saída.

– Até aqui, tudo bem – sussurrou ela para Ethan enquanto seguia em frente pela casa vazia.

– Monstro? – perguntou ele.

Ela sacudiu a cabeça, mesmo sabendo que ele não podia ver.

– Até agora, nada.

A investigação de Ethan sobre o dono da casa tinha sido infrutífera. John Smith claramente era um nome falso, conectado a uma empresa inexistente. A casa era enorme e tinha dois empregados regulares, que apareciam fizesse chuva, fizesse sol. Porém, eles não tinham conseguido dar nem uma olhadinha no dono. No seu ramo de trabalho, isso significava uma de duas coisas: um humano rico que estava fora da cidade ou um monstro.

Um monstro seria um *grande* problema. Se ela ou qualquer outra pessoa fosse pega na casa de um monstro, seria submetida ao Tratado dos Monstros. E as consequências de desrespeitar o Tratado eram geralmente fatais. O que significava que ela não podia ser pega. Então cruzou os dedos, torcendo para que fosse um bilionário que estava viajando.

– Me mantenha atualizado – disse Ethan. – Gen me mataria se acontecesse alguma coisa com você.

– Gen sabe que não precisa se preocupar.

Seu coração batia nos ouvidos e a adrenalina disparava pelas veias enquanto ela se esgueirava pela casa vazia. Um sorriso irrompeu em seu rosto. Era um sorriso inadequado. Já tinham lhe dito isso muitas vezes – ela não deveria achar que essa era a parte divertida. Esgueirar-se, roubar e, principalmente, se safar.

O sorriso gatuno cresceu enquanto ela subia depressa a escadaria e parava diante de portas de madeira gigantes. Uma placa de bronze sobre elas dizia BIBLIOTECA DE AZEVINHO. Havia espirais e padrões rodopiantes intrincados entalhados na moldura. Ela conseguiu distinguir folhas de azevinho e frutos vermelhos no desenho, e então algo quase *mudou* enquanto o encarava. Foi como se um idioma familiar repuxasse os recessos da sua memória, mas ela nunca vira nada parecido. Limpou as teias de aranha da mente e segurou a maçaneta de ferro frio. Estava preparada para encontrar a porta trancada, mas, para sua surpresa, a maçaneta virou completamente.

Kierse revirou os olhos. Nada de alarmes. Nada de fechaduras. O que ela encontraria em seguida – as joias simplesmente à mostra atrás de um vidro?

Ainda assim, ela abriu a porta só o bastante para se enfiar naquele lugar de segredos.

Seus olhos se arregalaram, a placa acima da porta de repente fazendo perfeito sentido. Ramos de azevinho subiam até o topo das estantes da maior biblioteca privada que ela já vira. Deveriam ter representado um risco à coleção, mas nenhum dos livros parecia ter sofrido danos. Tudo estava excepcionalmente bem cuidado. Mas a verdadeira beleza do que se estendia diante dela era que cada uma das centenas de estantes estava ocupada, todas guardando livro após livro após livro. Prateleiras cheias de volumes encadernados em couro a livros de capa dura novinhos com sobrecapas preservadas.

Tudo que ela queria era puxá-los das prateleiras e cheirá-los. Abrir aquelas lombadas perfeitas e devorar os conteúdos. Queria viver e respirar um mundo diferente. Alguma coisa, *qualquer coisa*, que não a sua própria realidade horrível. Seria fácil passar uma vida inteira naquele cômodo e nunca terminar de ler todos os volumes. Mas ela não tinha tempo para isso. Só tinha alguns minutos para encontrar um anel de diamante e chispar dali.

Os olhos de Kierse se estreitaram para a janela grande do outro lado da enorme biblioteca. Ela passou por uma área de leitura aconchegante, com mesa, sofá e um par de cadeiras, e foi até a janela abrir o ferrolho. Saídas sempre eram uma prioridade.

– Estou na biblioteca – disse ela a Ethan. – Alguma coisa aí fora?

– Tudo certo por aqui. Vai logo.

A garota revirou os olhos. Claro que Ethan, aconchegado lá fora, iria apressá-la. Ela começou a procurar o cofre. Amberdash alegava que ficava encaixado em uma estante do lado esquerdo da sala. Kierse percebeu então como essa descrição era inútil num lugar daquele tamanho. Ela andou diante das estantes, espiando cantos e mudando plantas de lugar para ver se o objeto estava escondido. Começava a se frustrar com a busca quando afastou um ramo de azevinho e encontrou o cofre em uma prateleira no nível dos olhos. Franziu o cenho para a caixa inofensiva.

– Que diabos? – sussurrou para o cômodo imóvel.

Era um cofre simples com um buraco para uma chave pequena. Só um cilindro de dois pinos. O tipo de recipiente portátil à prova de fogo que qualquer um poderia ter em casa para guardar documentos. Era fácil demais. Quase insultante. Devia haver algum truque. Quem guardava um enorme anel de diamante num cofre com uma fechadura que uma *criança* poderia arrombar?

Uma sensação como água fria através das veias a atingiu novamente. Algo não estava certo. Ela já fizera muitos serviços que deram errado, mas aquele arrepio nos pelos da nuca não era normal. Para dissipar a sensação, ela tocou o rouxinol de prata amarrado ao redor do pescoço em um cordão de seda preta. No fim das contas, não importava por que aquilo estava sendo tão fácil.

Tirou suas ferramentas do bolso e gentilmente encostou um pedaço de borracha contra o objeto. Uma vez, um cofre que ela tinha arrombado estava armado com uma descarga de eletricidade. Não fora uma sensação agradável. Mas nada aconteceu dessa vez. Nem um chiado.

Esvaziou a mente antes de inserir as ferramentas na fechadura e cutucar os dois pinos, abrindo o cofre com um clique. Sabia fazer isso desde os sete anos. Arrombar a fechadura tinha levado questão de segundos. A tampa do cofre se ergueu sem som, revelando os conteúdos no interior: uma pilha de papéis dobrados, uma moeda de prata desconhecida com alguma coisa gravada, um pedaço de metal preto, algo que parecia ser uma unha humana e o enorme anel de diamante.

Bem, pelo menos Amberdash não tinha mentido. Estava ali. Kierse pôs o anel no bolso e encarou o resto dos conteúdos. Que coleção bizarra. Fechou a tampa, cuidadosamente retrancou o cofre para não parecer que alguém tinha mexido e pôs o azevinho de volta no lugar. Estremeceu ao se endireitar. Aquela biblioteca era sinistra. Havia algo errado ali, algo que ela não conseguia identificar.

— Ora, ora — disse uma voz fria e tenebrosa das sombras —, o que temos aqui?

Ela congelou, um calafrio descendo pela coluna. *Merda*. Ela estivera errada. *Havia* alguém em casa.

E agora ela não era nada além de uma presa na armadilha de um predador. Conseguia ouvir na voz dele. Naquela cadência cuidadosamente precisa que a deixava tensa. Ele tinha um leve sotaque britânico. Suave como seda e desprovido de toda emoção; só uma masculinidade pura e desenfreada. Em cada sílaba, o poder espreitava, sombrio e faminto.

O pânico arranhou seu peito, onde cálculos frios e calmos normalmente residiam. Ela precisava se controlar e se apoiar em seus instintos cuidadosamente aprimorados. Sem eles, estaria morta. Não havia alternativa.

Ele deu um passo para a luz, seu corpo emoldurado pelas portas fechadas da biblioteca. O rosto pálido era só ângulos afiados, bordas duras e sombras escuras; as maças do rosto, altas e entalhadas em mármore, enquanto os olhos estavam cuidadosamente ocultos na penumbra. O cabelo, escuro como breu, quase se mesclava ao ambiente.

Kierse respirou lenta e profundamente, mudando o peso do corpo para as pontas dos pés. Estava mais perto da janela do que ele e agradecia a qualquer deus que pudesse ouvir por ter chegado ali antes dele. Hora de empregar a segunda regra dos ladrões: correr.

Ela disparou pelo espaço aberto da biblioteca. Antes a janela estivera a uma dúzia de passos longos; agora parecia a uma distância interminável. Mas, conforme a adrenalina aumentava e seu sangue bombeava cada vez mais rápido pelas veias, todo o resto desacelerou para formar uma imagem clara e nítida, como se em câmera lenta. Ela ainda se movia rápido, em uma velocidade para a qual havia treinado durante horas e horas, mas *isso* era outra coisa. Algo que Ethan sempre alegava ser a vantagem injusta dela, quando estavam treinando luta. Algo que a livrava da maioria dos problemas.

Kierse concentrou-se na janela que tinha destrancado mais cedo. Os dedos enluvados agarraram a parte inferior da janela e a puxaram para cima. As dobradiças bem lubrificadas não fizeram barulho nenhum. Com pavor crescente, ela olhou para a queda de dois andares até o concreto. Já tinha feito coisa pior, mas não era como se tivesse gostado.

Enquanto subia no peitoril, rangeu os dentes. A altura era atordoante. Lembrava-se das sessões de treino com seu antigo mentor, quando ele tentara acabar com o seu medo irracional de altura. Não era uma ótima característica para uma aspirante a ladra.

Jason a fizera andar em cada arranha-céu da cidade.

Ele a fizera pular de telhados.

Ele a *empurrara* de telhados.

Não era a pior coisa que tinha feito com ela, mas trouxe de volta os velhos sentimentos de fúria e injustiça.

Porém, naquele momento, *apenas naquele momento*, Kierse o agradeceu por permitir que a queda não a paralisasse completamente e, respirando fundo, ela se soltou.

Ficou sem peso no ar. Estava voando e se retesou em preparação para o baque. No concreto, seria *uma droga* sair rolando. No ano anterior, ela torcera o joelho em uma queda mal calculada e ficara mancando por semanas. Não podia se dar ao luxo de cometer o mesmo erro naquela noite.

Acabara de saltar da beirada, a gravidade puxando-a com força e rapidez, quando uma mão se esticou do alto e agarrou seu braço. Ela ouviu o ombro se deslocar e gritou. Orgulhava-se do seu estoicismo, mas não tivera aviso. Não esperava por aquilo. Ninguém, nenhum *humano*, podia se mover tão rápido quanto ele fizera. Simplesmente não era possível.

Kierse ficou dependurada, indefesa, o braço preso na mão dele, então cerrou os dentes contra a dor e, para seu horror, foi puxada de volta através da janela. Pior: ele estava usando só *um* braço para a erguer. Depois que passou pelo peitoril, ele a jogou do outro lado do cômodo. Ela quicou e bateu sobre o tapete. No processo, seu fone foi arrancado, e o rádio, esmagado sob seu quadril, desapareceu nas profundezas da biblioteca – lá se ia a esperança de chamar Ethan quando estivesse encrencada – logo antes de estatelar o rosto nas costas do sofá da área de leitura no centro do cômodo, tão forte que Kierse viu estrelas e teve que conter um grunhido. O cabelo escuro soltou-se e espalhou-se sobre o rosto. Ela fez um movimento brusco com a cabeça para afastá-lo, mas teve de fechar os olhos diante da dor que isso causou.

Porra. Não era para aquilo acontecer. Tudo tinha degringolado tão rápido que só agora ela estava absorvendo a realidade que seu corpo conhecia graças a cada batida e hematoma.

Tanta força. Tanta brutalidade.

No seu mundo, isso só podia significar uma coisa. Uma coisa horrível: um monstro.

Não, ela não ia pegar a rota fácil naquela noite. Nem de longe.

Às vezes era inacreditável pensar que ela vivia em um mundo com monstros. Quando criança, morando nas ruas do sul de Manhattan, os monstros não eram nada além de histórias de ninar assustadoras. A humanidade já era monstruosa o suficiente para ela.

Agora, todas as histórias eram verdade.

Treze anos antes, eles emergiram para a luz, tão rápidos e furiosos e brutais quanto as histórias os imaginavam. De repente, monstros e humanos foram obrigados a coexistir. Foi tão sangrento quanto poderia ser, e o mundo desabou praticamente da noite para o dia.

Todo tipo de fera perambulava pelas ruas, matando humanos à vontade. Monstros destruíram boa parte das cidades. Abrigos se tornaram escassos. Alimentos, mais ainda. Polícia, bombeiros, assistência médica – tudo se tornou quase impossível de acessar. Humanos fugiram das cidades em bandos, seguindo para velhos abrigos ou experimentando a vida rural. Mas os monstros não estavam confinados a Manhattan, e o mundo rapidamente se estreitou. Os pais de Kierse morreram bem antes de os monstros aparecerem, e ela sobrevivera conseguindo entrar na guilda de ladrões do seu falecido mentor Jason. Mas a população fora dizimada e, se não fosse pelo recente Tratado dos Monstros, ninguém estaria vivo atualmente.

E ela tinha acabado de desrespeitar o Tratado.

– Muito bom – disse ele, perigosamente.

Bateu palmas duas vezes, devagar e condescendente. Nem se deu ao trabalho de fechar ou trancar a janela. Deixou-a aberta ao ar frígido da noite e então avançou com passos casuais e confiantes.

– Que plano de fuga ousado.

Kierse ficou de quatro. O ombro deslocado protestou. Sua cabeça girava. Possivelmente sofrera uma concussão. Gen e Ethan iam ficar furiosos. Usando o sofá para se erguer instavelmente, cambaleou de leve, com sangue escorrendo do nariz. Torceu para que não estivesse quebrado.

Então ergueu o queixo para encará-lo.

Ele só deu um sorrisinho. Um matador letalmente formidável. Agora, com a luz, ela via que seu cabelo tinha um toque de azul-noturno. Os olhos não eram orbes escuros sem fundo como ela tinha acreditado, e sim de um cinza rodopiante, tão temperamentais quanto o tempo e tão fatais quanto ficar no oceano no meio de um furacão. Ele deu mais alguns passos à frente, enfiando as mãos com luvas pretas nos bolsos do terno da mesma cor.

Ela repassou os tipos de monstro que existiam, tentando categorizá-lo. Os principais eram vampiros, lobisomens, tritões e sereias, espectros, transmorfos e goblins. Havia outros, mas eram menos comuns, como ninfas, fênices, íncubos/súcubos e trolls. Ela não sentia a frieza dos vampiros. Mesmo de longe, ele era um fogo primordial. Lobisomem era mais provável, considerando o calor que emanava, mas ela já tinha corrido com um bando de lobisomens, e aquele parecia um cara que agia sozinho. Espectros sempre passavam uma impressão levemente desconfortável de morte, como se a qualquer momento fossem sugar a sua alma. Ele era pequeno demais para um troll. Grande demais para uma ninfa. Não havia água por perto para ser um tritão. Um transmorfo, talvez?

— Qual é o seu nome? — perguntou ele, parando diante dela.

— Não é da sua conta.

— Então ela sabe falar. — Ele estendeu uma mão como se fosse avaliar o nariz ensanguentado dela, mas Kierse reagiu por instinto, desviando do toque e então avançando para socá-lo. O primeiro movimento deu certo. Os olhos dele brilharam com raiva quando ela desviou sua mão para longe do rosto dela. Então ele bloqueou o soco como se ela mal tivesse se movido.

— Isso não foi muito legal — rosnou ele.

Ela não se importava. Mergulhou fundo dentro de si e se moveu como água, firmando-se no seu centro de gravidade e usando tudo que aprendera em treinamento para abaixar-se e ziguezaguear enquanto tentava atingi-lo. Para conseguir, de alguma forma, uma vantagem para se afastar dele.

Mas ele mal pareceu perceber os socos que ela lançava ou as rasteiras que tentava dar. Dava passos para trás e para os lados. Esquivava-se e revidava. Movia-se com uma elegância desenvolvida durante muito tempo, embora só parecesse ter cerca de vinte e cinco anos, assim como ela.

Após meros minutos, ela estava ofegando. Um sorriso lento esticou a boca dele. Ele estava brincando com ela. Não tinha a menor intenção de deixá-la encontrar uma brecha. E então entrou no ponto cego dela por um momento e enfiou a mão no ponto de gatilho no seu ombro. O braço dela caiu, morto. Ela não conseguia erguê-lo.

Ele a virou sem esforço e a derrubou de costas no chão, com tudo. Todo o ar saiu dos pulmões dela em uma grande lufada. Estava tonta. Um braço não se movia e o outro latejava por causa do deslocamento do ombro. Ela tinha treinado quase a vida inteira, e ele a fizera parecer uma amadora.

– Está pronta para se comportar? – perguntou ele, com o mesmo sorriso insuportável.

Ela se inclinou e cuspiu um pouco de sangue no tapete como resposta.

Os olhos dele rodopiaram em aviso.

– Isso é uma peça antiga.

Ela retribuiu o olhar gélido. Seu oponente era mais forte, mas ela não conseguia abandonar o instinto desafiador.

– Vá se foder.

Ele se endireitou, apontando para uma poltrona grande de veludo.

– Sente-se ali, responda às minhas perguntas e você será libertada. Dou a minha palavra.

– E o que vale a sua palavra, *monstro*?

– Tudo – disse ele, com uma ressonância que a atravessou até os ossos.

Capítulo Dois

Kierse sentou-se. O que mais poderia fazer? Monstros eram reais. Ele era um monstro. Tinha todo o direito de matá-la por invadir sua casa. Se queria conversar, então ela falaria. Ele não era o primeiro monstro com o qual precisaria lidar, e estava certa de que tampouco seria o último.

Os direitos dos monstros ainda eram uma coisa nova. Só tinham se passado três anos desde que a guerra terminara e o Tratado fora assinado. Antes disso ela nunca teria imaginado que monstros e humanos pudessem chegar a um acordo.

A guerra tinha começado quando Coraline LeMort fora assassinada a sangue-frio. Ela era uma vampira visionária que liderara o movimento para pôr fim à rixa entre vampiros e lobisomens, apoiando suas palavras com um exército próprio. Quando um lobisomem rebelde a assassinou publicamente, foi a faísca que ateou fogo ao mundo. Sua morte tinha tirado todos os monstros dos seus esconderijos e começado a Guerra dos Monstros. Vampiros e lobisomens se tornaram ainda mais divididos, e os outros monstros escolheram lados.

A coisa ficou tão ruim que monstros e humanos passaram fome igualmente. Então a Convenção Coraline foi convocada. Delegações de cada espécie monstruosa, além das Nações Unidas, concordaram em pôr fim à matança e restaurar a ordem. O resultado foi a assinatura do Tratado dos Monstros. Ele impôs limitações a todos os monstros, estabeleceu leis para humanos e monstros viverem juntos e garantiu uma paz duradoura para a humanidade. Até construíram uma estátua de Coraline na frente do Museu Metropolitano de Arte para comemorar o Tratado.

O mundo estava finalmente começando a se recuperar do reino de terror de uma década, o que não significava que todos os monstros concordavam com isso.

E não significava que Kierse sobreviveria àquela altercação.

— Agora, vamos começar com seu nome — disse ele.

— Por que não começamos com o seu?

— Com certeza você conhece o nome do homem que estava roubando. — O sorriso dele dizia outra coisa. Como se tivesse *certeza* de que ela não sabia quem ele era. Que ele claramente não era John Smith, o falso proprietário daquela casa.

— *Homem?* — perguntou ela.

— Seu nome — repetiu ele, ríspido.

— Kierse — cuspiu ela. — Meu nome é Kierse.

— Isso é apelido de Kirsten?

Ela estreitou os olhos.

— Não — disparou. — É como Pierce, mas com um K.

— Ah. — Ele ainda não tinha se sentado. Continuava em pé a alguns passos dela, assomando sobre ela com aquele fogo impenetrável. — Você pode me chamar de Graves.

— Graves? — perguntou ela. — Como a palavra *túmulo*? A coisa da qual você saiu rastejando?

— Alguns fazem isso.

— E você não é humano — acusou ela.

Ele a encarou diretamente.

— Não, não sou.

Queria perguntar que tipo de monstro ele era, mas não lhe daria essa satisfação. Ele claramente queria que ela perguntasse, para descobrir de qual lado do Tratado ele estava e se a mataria ou não.

— Você não parece grande coisa — disse ele finalmente, quando ela não cedeu.

Ela cerrou os dentes.

— As aparências enganam.

Ele fixou um olhar imperioso nela.

– Então, quem é você?

– Você já sabe quem eu sou: a pessoa que está aqui para te roubar.

– Ah, talvez.

Ele tirou a mão de dentro do bolso e ergueu o anel que ela acabara de arriscar a vida para recuperar. Ela o encarou, pasma. Como ele tinha tirado o anel dela? Estivera seguro em um bolso interno secreto do lado esquerdo da sua jaqueta, e ele não a tinha revistado. Nem procurado pelo anel. Mas ela só deixou a surpresa transparecer em seu rosto por um instante antes de retomar sua fachada arrogante e desinteressada.

– Muito trabalho por um anel – disse ele, girando-o entre os dedos como se fosse uma moeda.

– Se você diz.

– Como entrou na minha casa? – perguntou Graves, devolvendo o anel ao bolso.

Enquanto ele o guardava, Kierse prestou atenção, para saber de onde recuperá-lo mais tarde.

– Através da janela.

– Que janela?

– A do escritório.

Ele fez um muxoxo e desviou o olhar. Como se estivesse contemplando o escritório com muita atenção. Não, quase como se pudesse *ver* o escritório além e retraçar os passos dela. Mas é claro que ele *não podia* fazer isso. Nenhum monstro que ela conhecia tinha essa habilidade.

– Como passou pelo sistema de segurança?

Ela quase gargalhou.

– Estava desligado.

A cabeça de Graves se virou bruscamente na direção dela.

– Pode ter certeza de que não estava.

– Talvez você devesse checar de novo, então.

– *Eu* sou a segurança – ele praticamente rosnou.

– Então é péssimo nisso.

Ele deu outro sorrisinho.

— É o que diz a garota que eu apreendi sem qualquer esforço.
— Mulher — retrucou ela.
Ele assentiu.
— Quantos anos você tem, exatamente?
— Não sabe que é rude perguntar?
Ele só arqueou uma sobrancelha, como que para dizer *você concordou em responder às minhas perguntas*.
Ela soltou um suspiro.
— Vinte e cinco. Não muito mais jovem que você.
— As aparências enganam — disse ele, lançando as palavras para ela enquanto seguia casualmente até um bar e se servia uma bebida.
Ele trouxe a bebida e lhe ofereceu. Beber com o inimigo era uma ideia muito, *muito* ruim. E ela não *podia* aceitar. Não com o ombro daquele jeito.
— Ah, peço desculpas — disse ele, parecendo convencido.
Deixou a bebida na frente dela e então, com reflexos que ela mal conseguiu compreender, agarrou o ombro dela e o pôs de volta no lugar. Sem aviso. Só perfeita precisão e um estalo duro. Ela se curvou no meio quando a dor disparou pelo braço. Mal conseguiu segurar outro grito.
— Melhor?
Ela limpou a garganta.
— Podemos só terminar esse interrogatório?
— É *isso* que estamos fazendo? — Ele estendeu a bebida para ela de novo. Kierse se recusava a aceitá-la, então ele mesmo bebeu metade. — Interrogatórios costumavam ser muito mais divertidos.
Os olhos dela se arregalaram. O que isso significava?
— Tudo bem. Quem mandou você?
— Eu não entrego nomes — disse ela. — Não posso responder a perguntas que vão arruinar minha carreira.
Ele se recostou contra a mesa e cruzou os braços.
— Acha que isso é o pior que vai acontecer se não responder às minhas perguntas?

Ela engoliu em seco. Era uma ameaça. Ele provavelmente a mataria. Era capaz disso. Podia acabar com a existência dela a seu bel-prazer. De acordo com os termos do Tratado dos Monstros, ele até se safaria. O fato de não a ter matado significava que precisava de algo dela. Por isso aquelas perguntas. Ela só não sabia do que ele precisava.

Kierse odiava quebrar as próprias regras. Tinha prometido a si mesma que nunca deduraria um cliente. Mas, quando a escolha era entre sua vida e algum bilionário cretino que não dava a mínima para ela, a autopreservação erguia-se rápida e forte.

– Gregory Amberdash.

As sobrancelhas de Graves se ergueram de leve. Não era a resposta que estivera esperando.

– O espectro? – O anel magicamente reapareceu na mão dele. – Para quem esse Amberdash está trabalhando?

– Eu só sou a ladra contratada.

Ele a olhou de volta como se lembrasse que ela estava envolvida.

– Você vai descobrir para quem ele está trabalhando.

Kierse bufou uma risada.

– Não, não vou. Isso não era parte do nosso acordo. E enfim, ele nunca me contaria. Não é assim que ele trabalha. – Ela se ergueu da poltrona de veludo em desafio à outra ordem dele. Só cambaleou de leve enquanto recuperava o equilíbrio. – Eu já respondi às suas perguntas. Não vou fazer seu trabalho sujo. Pergunte para Amberdash você mesmo.

Graves suspirou e então balançou a cabeça uma vez. Parecia frustrado pelo fato de que ela não estivesse implorando por sua vida nem se oferecendo para fazer tudo que ele pedisse só porque ele a poupara.

– Você vai me obrigar a fazer isso do jeito difícil, não é?

– Só ligue pra polícia. Nós somos velhos conhecidos. Não vai adiantar nada.

Não havia nenhuma prisão em Nova York capaz de mantê-la trancafiada.

Ele sorriu.

— Não tenho qualquer intenção de alertar as autoridades. Meus métodos são muito mais… eficazes.

O estômago dela se embrulhou.

— Os *seus* métodos?

Graves não respondeu. Só começou a remover metodicamente as luvas pretas. Puxou um dedo de cada vez, deslizando o material antes de puxar o couro com cuidado. Ela vislumbrou as linhas escuras de uma tatuagem circulando os seus pulsos antes que ele puxasse os punhos das mangas do paletó. As mãos eram grandes, com dedos longos e esguios. Ela não sabia muito sobre música, mas os pianistas que vira em bares tinham dedos assim. Feitos para agraciar as teclas e evocar melodias hipnotizantes a partir de cordas ocultas. Ela não fazia ideia de por que ele os cobria com luvas em sua própria casa.

— Venha cá — ordenou ele, com a força bruta de um acidente de carro.

Mas ela se recusou a se mover. Já estivera diante de homens exigentes antes. Aprendera sua lição. Não era mais uma plantinha que oscilava a cada rajada. Era uma montanha, inamovível.

Ele percebeu o seu desafio. O *não* que pairava no ar, implícito.

Isso o deixou furioso. Aquele homem — aquele monstro — estava acostumado a receber um respeito incalculável. Ela percebia isso nele. O poder era o único jeito de testar o caráter de uma pessoa — e ela não achou o dele grande coisa.

De repente, ele avançou. Dois passos rápidos que o trouxeram diretamente diante dela. Kierse ergueu a cabeça para ler as nuvens redemoinhando através daqueles olhos cinza penetrantes.

— Tudo bem — disse ele com os dentes cerrados.

Ele abaixou o zíper da jaqueta dela, expondo seu pescoço, e o coração dela afundou. Caralho, ele *era* um vampiro — e estava prestes a drená-la. Ela abriu a boca para protestar, mas parou quando viu a surpresa no rosto dele. Ele estava encarando o colar dela com um interesse evidente.

— Um rouxinol. — O olhar dele ergueu-se para o dela. Um sorriso cruel curvou os seus lábios. — Interessante.

— Por quê? – perguntou ela, com um instinto de proteger o colar que era sua posse mais valiosa. A única coisa que lhe restara dos pais.

Ele não respondeu. Só ergueu a mão devagar, muito devagar, e pressionou com o dedo indicador um ponto atrás da orelha dela. Com a graça de um predador brincando com a comida, ele deslizou o dedo suavemente pelo pulso em sua garganta. Ela se recusou a estremecer, embora as batidas do seu coração tivessem disparado com o toque leve. Seu corpo ganhou vida.

Ela passara a vida inteira odiando vampiros, mas de repente entendeu como alguns humanos se voluntariavam para ser comida deles. Ela sentia dor e um medo abjeto do que estava por vir, mas não poderia se mover nem se quisesse.

O dedo dele alcançou a abertura oca no meio da sua clavícula e subiu outra vez. Então ele envolveu a mão toda no pescoço dela, prendendo-a. Ele tinha o controle. Ele tinha todo o poder. Ela via a fome em suas feições.

Kierse conteve a confusão e o desejo e a raiva. Como se ele pudesse tocá-la assim. Como se tivesse permissão. Como ousava? No entanto, não se afastou. Seu corpo vibrou em resposta. Os iguais se reconheceram. O poder se reconheceu.

Ele se inclinou para a frente. E, por um momento tenso, ela pensou que ele pretendia beijá-la. Mas ele ficou imóvel, encarando seus olhos profundamente. Balançou a cabeça uma vez. Algo parecido com surpresa tomou suas feições.

— O *que* você é? – sussurrou ele.

Capítulo Três

Kierse piscou. Ele estava perguntando para *ela* o que *ela* era? Em qual plano de existência isso fazia sentido? Era ele que tinha atravessado uma sala em velocidade recorde. Ela tinha pulado de uma janela e ele a puxara de volta com uma só mão. Ele a tinha incapacitado com facilidade.

– Responda – rosnou ele.

– Meu nome é Kierse McKenna – disse ela, erguendo o queixo de leve. – E não quero que se alimente de mim. Agora, tire as mãos.

Ele a soltou depressa como se ela o tivesse queimado. Ela recuperou o equilíbrio, dobrando os joelhos bem a tempo e conseguindo não tombar para trás. Ficou parada ali, observando e esperando algum tipo de explicação.

– Você acha que sou um vampiro? – perguntou ele com asco, a confusão retorcendo seus lábios.

Bem, se não era isso, então que diabos era?

– Você só me deu seu nome – continuou ele. – Explique o resto. Explique o que é.

– Você não explicou o que *você* é – retrucou ela.

– Estamos dando voltas. Seria tão mais fácil se me desse uma resposta franca. – Ele olhou para a mão que tinha segurado o pescoço dela, como se não conseguisse entender o que acontecera. – Mas você não está me dando uma resposta franca.

– Respondi a todas as suas perguntas, exatamente como você pediu. Vai me deixar ir agora?

– Não – respondeu ele imediatamente. – Tenho mais perguntas.

– Então as faça.

– Como você derrubou minhas proteções?

— Proteções? – perguntou ela, devagar.

Ele cerrou os dentes.

— As pessoas para quem está trabalhando as derrubaram para você? Eles a ajudaram a entrar na casa?

— Eu literalmente não sei do que você está falando. Entrei sozinha.

Ele a avaliou de novo, como se procurasse algo – astúcia ou malícia, provavelmente –, mas não encontrou nada. Ela realmente não sabia do que ele estava falando. O termo "proteções" a fazia pensar em contos de fadas, mas esse não podia ser o tipo de proteção a que ele estava se referindo. Monstros, e *não* magia, era o lema de todo o movimento dos monstros. Proteções pareciam encaixar-se muito claramente na categoria de *magia*. Então devia haver alguma outra definição.

Ela era uma ladra – uma ladra muito boa –, mas *só* uma ladra, no fim das contas. Sabia como derrubar sistemas de segurança. Aprendera a invadir uma série de prédios. Conseguia arrombar uma fechadura de seis pinos em questão de segundos. Até arrombara um cofre de banco para Jason, só para provar que conseguia fazer isso sem ser pega. Era boa pra cacete no seu trabalho, mas não fazia ideia de qual tipo de fechadura era uma *proteção*.

— Você não sabe do que eu estou falando – disse ele por fim.

— Você aprende rápido.

Ele deu outro passo para trás, contemplativo.

— Você realmente acredita que foi enviada aqui por Gregory Amberdash.

— Ele está me pagando.

— E não sabe mais nada?

— Sei que você está com a coisa que fui contratada para levar até ele.

Ele estendeu a mão.

— Dê para mim.

— Está com você – lembrou ela.

— Tire do seu bolso e dê para mim. – Ela hesitou e ele rosnou: – Agora.

Ela bufou e tirou o anel gigante de onde o escondera. O tinha tomado dele quando se aproximara. Pensava que ele estivera distraído, examinando seu pescoço como um vampiro alucinado, e aproveitara a chance.

Regras dos ladrões números três e quatro: distração e prestidigitação. Ela deixou o anel na mão dele.

– Valia a tentativa.

Ele balançou a cabeça.

– Você é só uma ladra comum. Eles me insultam.

Ela se empertigou.

– Como é que *é*?

– Não acredito que estão se rebaixando a esse nível. – Ele guardou o anel de novo. Dessa vez, não teve nem um vislumbre de para onde ele foi. – Vou ter de testar. Alguma coisa para a qual eles não estejam preparados.

– O que você vai testar?

Ele se virou sem responder.

– Aqui está.

Ele colocou na mesa uma pequena caixa de madeira intricadamente entalhada. Ela reconheceu algumas das espirais ali. O mesmo desenho de azevinho que contornava as portas da biblioteca. Um idioma que zunia em seu entorno cintilava nos raminhos, mas cessou ao ser inspecionado com mais atenção.

– Abra – ordenou ele.

Ela ergueu uma sobrancelha.

– Esse *interrogatório* vai demorar muito?

Ele estreitou os olhos em alerta. Ela suspirou, abrindo a tampa da caixa. Não havia nada lá dentro. Ainda menos interessante do que a fechadura de dois pinos que ela arrombara mais cedo.

– Uau – disse ela, devagar. – Consigo abrir caixas.

Apesar desse comentário casual, Graves pareceu impressionado… e rapidamente substituiu a expressão por algo mais calculista.

– Você parece ter talentos interessantes, srta. McKenna. A verdadeira pergunta é: como pode ser ignorante sobre eles?

– Eu não sou ignorante – disse ela, empinando o queixo.

Mas havia algo nos olhos dele. Algo rodopiante e rasteiro que atraiu seu interesse. Algo como um transe, que atingiu um lugar profundo da alma dela. Dito isso… talvez ele tivesse razão. Talvez ela fosse mais do que imaginava. Talvez ela sempre tivesse sabido disso. A revelação a atravessou com um estremecimento por um instante, e então se dissipou.

Graves lentamente fechou a caixa de novo.

— Existem lendas no nosso mundo — começou ele, devagar e confiante, a voz espessa como melado e igualmente doce. — Contos de feras e belas. Criaturas e histórias que tirariam seu sono. De monstros natos.

A sensualidade com que as palavras despencaram dos lábios dele a fez engolir em seco.

— Eu sei tudo sobre o que faz barulho na noite.

— Neste mundo há coisas muito piores do que os monstros que você conhece — disse ele, como se lesse os pensamentos dela. — Todas essas histórias que você já ouviu, todos os contos e lendas, têm um grão de verdade.

— Tipo o quê?

— Tipo eu — disse ele com calma. Então entortou a cabeça. — E você.

— Eu? — balbuciou ela. — Eu sou humana.

— É mesmo?

Ela bufou, cética.

— Sim. Obviamente. Como poderia ser pior que um monstro, ainda mais que um vampiro? Eles se alimentam de sangue humano. — Ela fez uma careta enojada.

— Vampiros são oportunistas patéticos. Permitimos que eles sejam conhecidos enquanto permanecemos nas sombras para que não nos atrapalhem com suas guerrinhas irritantes. Você… é algo muito diferente. — Ela engoliu e esperou que ele dissesse mais. — Se o que falou for verdade, você pode derrubar minhas proteções sem qualquer interferência externa.

— Você fica falando dessas proteções, mas eu nem sei o que são. Ou pelo menos não podem ser o que eu *acho* que são.

Ele suspirou como se a ignorância dela o afetasse pessoalmente.

— Proteções são barreiras mágicas.

— Certo – disse ela, sem acreditar. – Era isso que eu achei que fossem. Mas... *magia*? – A palavra saiu num tom desdenhoso.

— Sim, magia. As proteções são o motivo de nenhum sistema de segurança mecânico padrão ser necessário na minha casa. Elas mantêm os invasores longe e me alertam sobre qualquer interferência. – Ele enfiou as mãos nos bolsos. – Você não deveria ter conseguido chegar a um metro e meio da minha casa sem que eu soubesse. Não sem ajuda, ou algum quebra-proteções, ou alguns poderes próprios significativos.

Kierse o encarou, impassível. Deu uma risadinha. E então começou a gargalhar tanto que não conseguia respirar. Fazia um tempo desde que alguém a levara tão perto das lágrimas. Ethan sempre tentava, mas geralmente era o humor seco de Gen que conseguia.

— O que precisamente é tão engraçado? – perguntou ele, interrompendo a crise de riso.

— Magia não é *real*.

Ele arqueou uma sobrancelha.

— É mesmo?

— Monstros não são magia – disse ela, como um mantra. – Foi isso que eles anunciaram quando apareceram. É praticamente o seu lema: monstros *não são* magia. Têm habilidades sobrenaturais... força, velocidade, agilidade... mas não podem, tipo, mover coisas com a mente. Ou o que quer que seja quebrar proteções.

— E você acredita neles?

Ela deu um olhar cético para ele.

— Eu não teria visto magia sendo usada antes? Alguém não teria falado sobre isso?

— Aparece em todo conto de fadas, em toda cultura, no mundo inteiro – disse ele. – Há motivos para nossas histórias. Magia é um talento raro e geralmente erradicado das crianças muito antes de poder se desenvolver em algo mais útil. Então, não, eu duvido que você teria conhecido alguém capaz de realizar alguma coisa real.

— Eu só... não acredito em você. Por que acreditaria?

Ele a encarou como se Kierse fosse a coisa mais insuportável no planeta.

– Eu não tenho o hábito de dissimular.

– Bem, se não vai fazer "*magia*" – disse ela, fazendo aspas com as mãos –, como eu vou acreditar em você?

Ele inalou rispidamente e soltou o ar. Em seguida, abriu a tampa da caixa e a estendeu para ela. Kierse olhou para dentro e viu uma moeda dourada grossa do tamanho de um dólar. Graves a jogou para ela, que a pegou no ar.

– Então você é um *mágico* – ela disse a palavra sarcasticamente enquanto deixava a moeda na mesa. – Já vi alguns nas ruas. Bom ilusionismo, parabéns.

Ele fez uma careta enquanto fechava a tampa de novo.

– Não estou aqui para convencer você. Por que eu mentiria?

– Posso pensar em aproximadamente uma centena de motivos.

– Abra a caixa – rosnou ele.

Ela a pegou de suas mãos. Dessa vez, abriu-a com um floreio, virando a tampa e dando um sorrisinho para ele. E, ao fazê-lo, centenas de moedas transbordaram da caixa. Ela arregalou os olhos, alarmada. Ergueu a caixa nas mãos enquanto cada vez mais moedas choviam para o chão. Quando o fluxo desacelerou, ela procurou um fundo falso.

– Qual é o truque? – perguntou ela. De todo ângulo, a caixa parecia perfeitamente intacta. E ela a tinha *visto* vazia. – Estava…

– Vazia? – ele terminou por ela. – Por qual motivo eu protegeria uma caixa vazia?

Ela deu um arquejo suave e jogou a caixa para longe, como se o objeto pudesse queimá-la.

– Que porra é essa? Magia?

Ele deu um olhar imperioso.

– Eu te disse.

Magia.

Caralho… *magia*.

Todos aqueles anos entre monstros. Eles saíram da escuridão, matando humanos e outros monstros. Foram dias terríveis. Se ela não tivesse virado ladra antes da guerra, teria morrido com todos os outros.

De alguma forma, Jason tinha salvado a vida dela ao lançá-la no seu próprio mundo sombrio. Não que ela não tivesse sofrido consideravelmente nas mãos dele, vez após vez – mas, em todos aqueles anos de morte e destruição, sempre soubera que eram monstros o problema, e não magia. Monstros… *não* magia. No entanto…

– Agora acredita em mim?

Ela abriu e fechou a boca.

– Por que está me contando isso?

Nada vinha de graça. Não no mundo dela. Não com tudo pelo que ela tinha passado. Se a magia era uma coisa rara e preciosa que ficara escondida do público mesmo quando os monstros saíram à luz, e se, de alguma forma, contra todas as probabilidades, Kierse tinha alguma espécie de dom naquelas veias infelizes, então qual era o preço de tudo isso?

– Porque tenho uma proposta de trabalho para você.

Capítulo Quatro

Um trabalho. Lá estava o preço.

A última coisa no mundo que Kierse queria era trabalhar para ele. Odiava os bilionários empolados e insípidos para os quais roubava, mas eles eram previsíveis. Queriam quinquilharias e bugigangas e obras de arte e outras coisas inúteis, mas a pagavam muito bem. Então ela trabalhava para chefões do crime e madames e qualquer um que pudesse pagá-la para fazer a coisa de que ela mais gostava.

Mas com Graves... Ela sabia, simplesmente *sabia* que se envolver com ele levaria à sua morte. Qualquer coisa que ele lhe pedisse para roubar representaria um perigo totalmente diferente. Ele já falava de *magia*. Tão impossível e, no entanto, de alguma forma... real. Crescendo nas ruas, Kierse aprendera uma lição importante: pelo que valia a pena morrer, e pelo que não valia.

Ainda assim, fez um muxoxo e esperou a oferta. Seria interessante.

– Que tipo de trabalho? – perguntou com calma.

– Do tipo que você claramente faz bem. Preciso que roube algo para mim.

Ela o olhou de cima a baixo. Olhou por baixo da fachada fria que ele exibia. Graves tinha passado meio rápido demais de querer matá-la a fazer uma proposta de trabalho. Aquilo era algo que ele queria *muito*. Algo pelo qual ele soltaria uma bela grana. Ela já podia ler isso no seu alvo.

A parte que não entendia era *por que ela* e *o que ela ganhava com isso*. Dinheiro não era suficiente para um trabalho daqueles. Nem mesmo a segurança que ela queria desesperadamente para seus amigos valia uma morte certa.

Ela arregalou os olhos, revelando a expressão ingênua que fazia os homens subestimarem-na.

– Por que você precisaria de mim?

Ele sorriu devagar.

– Porque não consigo obter *tudo* que quero pessoalmente, óbvio.

Então ela era valiosa? Bem, isso lhe dava uma moeda de troca.

Se Graves não conseguia obter aquele item pessoalmente e outro ladrão não serviria, seria Kierse a *única* pessoa com quem ele podia trabalhar? Ela gostaria de entendê-lo melhor, mas o homem era um livro fechado. Só revelava informações suficientes para deixá-la interessada na oferta. Esperto. Era a tática favorita dela também.

– Eu posso te recompensar generosamente – disse Graves quando ela não respondeu. – Posso tornar sua vida muito, *muito* confortável.

– Quê? Acha que eu preciso de dinheiro? – A voz dela se abaixou, ficando rouca.

Ele passou os olhos pela silhueta vestida de preto. As roupas dela davam para o gasto. Nada chique, mas serviam. Mas Kierse sabia o que ele via quando a olhava. Ele via exatamente o que ela queria que visse. O colarinho rasgado da briga com ele, as botas arranhadas e uma confiança excessiva e equivocada.

O sorrisinho dele cresceu.

– Vamos, está evidente que você precisa de dinheiro. Esta ninharia aqui – disse ele, pegando o anel. – Provavelmente você conseguiria vender por vários milhares. O suficiente para sobreviver alguns meses nesta cidade.

Ela se encolheu exageradamente, deixando-o pensar que não fazia ideia de quanto um diamante daquele tamanho valia de fato.

– Nem isso? – perguntou ele, notando a expressão dela e caindo direitinho na armadilha. – Que pena.

Embora ela estivesse buscando aquela exata reação, ainda odiava a palavra. Pena era o beijo da morte. Quando perambulava pelos cortiços, desprezara os olhares de pena. Os olhares que diziam que ela nunca se tornaria nada.

Os olhares dos outros protegidos de Jason. No começo, invejosos por ela receber mais atenção, e depois... atormentando-a por ser a favorita dele. Pior: a pena quando eles encontravam os hematomas no corpo dela que ele tentava tão cuidadosamente esconder.

Mas todos por fim reconheceram o que Graves logo perceberia quando ela o depenasse.

– Não quero a sua pena – rosnou ela, na defensiva.

– Sem problemas. Eu posso pagar, e bem. Só diga sim. Me deixe te dar tudo que você deseja.

Alarmes soaram na mente dela. Ele estava ansioso demais, algo que não combinava com ele. Como se nunca tivesse precisado pedir por algo que quisesse – só *tomado*. E, até o momento, ela nunca fora receptiva a ser tomada.

– Você não me disse qual é o trabalho e de quem eu iria roubar.

– Você não pareceu se importar quando veio me roubar – disse ele, friamente. A evasão experiente de alguém que não queria revelar demais antes de ela concordar.

Mas o que ele disse estava bem longe da verdade, como se Graves estivesse em um planeta diferente. Kierse se importava. Mas precisava do dinheiro para cobrir o aluguel do mês com Colette. Então, entrara na casa sem saber se um monstro a aguardava. Tinha feito uma aposta – e perdido. Não perderia naquela negociação.

– Não – disse ela simplesmente, só para ver o que ele faria.

Ele a encarou confuso, como se ela tivesse movido uma peça de xadrez inexistente no tabuleiro.

– Não? – perguntou, incrédulo.

– Eu escolho meus trabalhos e, no momento, não quero escolher o seu. Então, se já acabamos aqui, eu respondi a todas as suas perguntas e quero ir embora.

Algo faiscou naqueles olhos escuros.

– Pode ir se quiser, mas estou falando da maior aventura da sua vida. Um objeto tão raro, tão valioso e tão difícil de adquirir que arrombar cofres vai parecer brincadeira de criança.

Arrombar cofres *era* brincadeira de criança. Bem, pelo menos se a criança fosse Kierse.

– Que tipo de objeto? O Cálice Sagrado? – perguntou ela com uma risada debochada.

Mas não devia ter demonstrado interesse, porque ele claramente percebeu. Como se dinheiro não importasse, mas a emoção de correr riscos fosse interessante para ela, fazendo-a prestar atenção.

– De certo modo. Você pode ser a pessoa a roubá-lo de onde é mantido no subterrâneo da cidade, guardado por um sistema de segurança inquebrável e oculto pelo mais vil dos monstros. – Ele arqueou uma sobrancelha na direção dela. – Se for boa o suficiente.

Ela estreitou os olhos. Era sedutor. Estupidamente sedutor.

Jason a escolhera na infância porque ela não batia carteiras por necessidade – estava claro no seu rostinho de garota de rua o quanto *gostava* daquilo. Não deveria gostar. Ao longo dos anos, aprendera a esconder seu deleite. A mascarar a perseguição como alguma outra coisa. Pessoas normais não se sentiam assim. Elas ficavam aterrorizadas ao vê-la amar tão ostensivamente o desrespeito à lei. No entanto, crescer nas ruas lhe ensinara que a lei era insignificante, que existia para ser dobrada e contornada. Porque, claro, uma ação só era contra a lei... se ela fosse pega.

Graves encostou o quadril na mesa e pegou sua bebida, retomando a atitude indiferente. Toda a avidez sumiu. Seus olhos acompanharam Kierse o tempo inteiro. Julgando e analisando os cálculos que ocorriam na mente dela.

– Então, vamos trabalhar juntos?

Ela hesitou. Era sedutor. Ele tinha elaborado a proposta para atraí-la. Oferecia o que ela realmente queria, agora que entendera o que era – aventura e riscos cada vez maiores. Um trabalho que ninguém mais podia fazer. Naquela cidade miserável, aquelas eram coisas muito mais difíceis de encontrar do que dinheiro.

Na verdade, ele oferecera algo que não fazia ideia de que ela queria até mais do que aventura e dinheiro e segurança. Se ela ia roubar de monstros vis sob a cidade, tinha uma ideia do que isso significava. Já vira em primeira mão o que acontecia quando alguém se metia com os monstros errados.

A cidade abria sua boca e engolia a pessoa por inteiro. Qualquer chance de revidar contra aqueles monstros era uma vitória, na opinião dela.

Ainda assim... ela hesitou. Não porque não quisesse dizer sim. Queria. Mas precisava pôr tudo em ordem antes daquele trabalho.

– Me dê vinte e quatro horas – disse ela depois de um minuto. – Aí terei sua resposta.

Graves considerou e assentiu.

– Combinado. Só mais uma coisa antes de você ir.

Ele tirou um livrinho de couro de uma gaveta na mesa. Folheou-o até uma página no meio e ofereceu uma caneta a Kierse. Ela a pegou automaticamente, a curiosidade vencendo. Era uma página de assinatura. Havia quatro nomes no topo. Dois eram completamente indistinguíveis, só rabiscos na página. Os outros dois eram Uma Matthewson e Matteo Parrish. Ela não reconhecia nenhum dos dois.

– O que é isso? – perguntou ela.

– Assine.

– Por quê?

Ele lhe deu um olhar impassível.

– Todo mundo assina. Se quiser sair, precisa assinar.

– O que acontece se eu assinar?

– Se minhas suspeitas sobre você estiverem corretas, srta. McKenna – disse ele, inclinando a cabeça –, absolutamente nada.

Outro jogo. Ela ergueu a caneta com a mão esquerda e rabiscou seu nome, depois jogou o livro na mesa.

– Acabamos aqui?

Graves guardou o livro na gaveta e apontou para a porta.

– Você primeiro.

Ele calçou as luvas de novo enquanto a acompanhava até a porta. Parecia surreal que estivesse permitindo sua partida, ainda por cima a acompanhando assim, como uma convidada em vez de uma intrusa. Saíram da biblioteca e desceram juntos a escadaria gigante. Ele manteve as mãos apertadas atrás das costas enquanto caminhavam em silêncio.

A agitação de Kierse cresceu, como se a qualquer segundo o tapete fosse ser puxado sob seus pés. A polícia apareceria para levá-la a um lugar incapaz de contê-la – ou algo muito pior aconteceria.

Mas nada aconteceu. Ele só abriu a porta da frente.

A neve caía como um cobertor sobre os degraus e a calçada, transformando a paisagem em um cenário mágico de inverno. Na manhã seguinte, seria pura lama, mas no momento era de tirar o fôlego.

– Eu a esperarei amanhã, pontualmente – disse Graves.

Kierse ergueu o queixo para encarar aqueles incríveis olhos cinza. Não tinham ficado tão perto um do outro até o momento, e ela estivera tão focada em recuperar o anel que não reparara em como ele era alto. Assomava sobre o seu corpo. O calor dele ardia através dela como um ferro quente. Como se ele pudesse gravar um pedaço de si na existência dela. Queimar seu exterior endurecido e revelar o que ela poderia ter sido, se não tivesse sido abandonada e usada e abusada.

Ela estremeceu sob o escrutínio dele, vendo coisas em si que preferiria manter escondidas.

– Eu cumpro minhas promessas.

– Se não cumprir, eu a procurarei para ouvir a resposta.

Ela não gostava muito dessa ideia.

– Tá bem – disse, então desceu os degraus cobertos de neve.

– Srta. McKenna – chamou Graves antes que ela se afastasse muito.

Kierse girou, antecipando a pegadinha. Tinha sido fácil demais só ir embora. Mas o que Graves fez foi jogar o anel gigante em sua direção. Kierse o pegou no ar. A surpresa contorceu suas feições enquanto olhava o diamante do tamanho de um ovo de tordo. Por que ele lhe daria isso? Fizera tudo que podia para mantê-lo.

– Como uma demonstração de boa-fé – disse ele.

Ah, ia ser difícil trabalhar com ele.

Naquele momento, Kierse viu que ele tinha tantos truques na sua manga elegante quanto ela, e mais tempo e experiência. Ela teria de tomar cuidado para sobreviver a ele. Porque, parada ali no umbral da mansão, segurando exatamente o item pelo qual viera, com o rosto bonito dele meio oculto nas sombras, era muito difícil sequer pensar em qualquer coisa na sua presença.

E isso a assustava mais do que tudo.

Capítulo Cinco

Os olhos castanhos de Ethan estavam arregalados de preocupação quando a encontrou no nível da rua. A mão dele correu sobre os cachos pretos antes de cair ao lado do corpo, tensa.

— O que foi que aconteceu com você? Parece que você foi moída na pancada.

— Eu fui – resmungou ela.

— Fiquei chamando pelo rádio, mas sem resposta.

Kierse lembrou-se do rádio espatifando-se no chão e deslizando para as sombras. Fez uma careta.

— Eu perdi o rádio.

— Você *perdeu* o rádio?

Ele levou a mão ao rosto, correndo-a pela pele marrom que sempre parecia ter sido mergulhada em sépia. Ethan tinha mais ou menos a mesma altura que Kierse, mas os membros compridos e magricelos o faziam parecer mais alto. E no momento, ao se empertigar de exasperação, ganhou alguns centímetros.

— Você tinha razão – disse ela, tentando esconder que estava mancando. – Era um monstro. Dos grandes.

Ethan fez um ruído ansioso, colocando um braço ao redor dos ombros dela, e Kierse se apoiou na força dele enquanto a dor no tornozelo lentamente se aliviava.

— Nunca vi ninguém entrar ou sair. O que era? Um vampiro? Lobisomem?

— Não faço ideia.

Ele se assustou enquanto eles seguiam lentamente pela rua.

— Como assim, não faz ideia?

– Quer dizer... não sei, Ethan. Não era um humano, nem um monstro que eu já tenha visto ou ouvido falar. – Ela mordeu o lábio inferior. – Eu conto para você e Gen quando voltar.

– Voltar?

Ela alisou o anel no bolso e o mostrou para ele.

– Vou levar isso para Amberdash agora.

Os olhos dele ficaram redondos ao ver o anel.

– Mas você conseguiu o anel? Mesmo depois de quebrar o Tratado? Que porra aconteceu lá?

Os olhos dela voaram ao redor da rua aparentemente vazia.

– Depois, Ethan.

Ele empalideceu, como se percebesse a seriedade da situação.

– Você deveria vir pra casa agora e ver Amberdash de manhã.

Ela balançou a cabeça quando eles viraram para o leste na 75th Street na direção do Central Park, onde tinham planejado pegar o ônibus.

– Explico quando chegar em casa.

Eles sempre repassavam o sucesso da noite com Gen. Ela era o coração do seu trio imperfeito. A pessoa que tinha salvado a ambos de um destino pior do que o inferno.

O braço de Ethan se apertou ao redor de Kierse.

– Eu vou com você.

Ela deu um sorrisinho para ele.

– Deixa disso que eu sei que você ainda planeja ver Corey hoje à noite no festival.

Ethan corou na luz fraca.

– Não é justo.

– Ele vai se preocupar se você não estiver em casa. Gen também. Diga para eles que está tudo bem. Eu chego logo depois de você.

Ele fez uma careta.

– Está tudo *bem*?

Kierse não tinha uma resposta para isso, mas abriu o sorriso vencedor que a tirava de qualquer apuro.

– Agora *você* está se preocupando…

– Kierse – resmungou ele.

Mas tinham chegado no ponto, e o ônibus já estava parando na frente deles.

– Te vejo depois – disse Kierse.

– Tome cuidado! – gritou Ethan de volta.

Ela despediu-se com um aceno, correndo atrás do M10 que parava no ponto da parte alta da cidade. Afastou-se das casas geminadas de gente rica que ocupavam a rua bem iluminada e seguiu na direção do Central Park. Não pôde evitar um olhar feio para o luxo que ainda existia como se nunca tivesse sido tocado pelas guerras. Aquela parte de Nova York estava praticamente igual ao que sempre fora.

Havia dois mundos na cidade de Kierse: os ricos e todos os outros. Os ricos tinham se integrado com monstros desde o começo. Alguns até suspeitavam que eles já sabiam de sua existência e, quando a Guerra dos Monstros começou, pagaram pela liberdade. Moravam em suas mansões como se a economia não tivesse entrado em colapso, como se os monstros nunca tivessem saído às ruas e como se milhões não tivessem morrido. Nada mudara para eles de um dia para o outro, exceto que agora coexistiam com monstros. Bem, pelo menos com os monstros tão ricos quanto eles. Faziam negócios, iam aos mesmos bailes de gala e mandavam seus filhos para as mesmas escolas particulares chiques. Afinal, o dinheiro realmente podia comprar qualquer coisa.

E então havia a parte de Kierse da cidade. Fora da cidade alta, o mundo parecia incrivelmente diferente. Prédios dilapidados tinham triplicado de preço praticamente da noite para o dia. A polícia só ligava para quem enchia seus bolsos. Gangues surgiam a cada esquina. Mulheres e homens vendiam o corpo desde que todos os outros trabalhos evaporaram. A destruição não só fizera os monstros aparecerem; tinha transformado todos em monstros.

Desde o Tratado dos Monstros, as lojas estavam reabrindo, as pessoas saíam depois do anoitecer de novo, e os preços estavam voltando ao normal. Cada vez mais gente deixava as sombras para encontrar a luz, mas a cidade não tinha mudado por completo. As gangues ainda governavam. Bordéis ocupavam as quadras de Lower Manhattan e os bairros ao redor. Os monstros tinham parado de matar abertamente por diversão, mas todos ficavam fora do caminho deles. Talvez esse fosse o novo normal.

Kierse virou para o sul até as luzes ficarem mais fortes, então foi para o leste. Midtown voltara a prosperar recentemente, apesar de os monstros ainda ocuparem a Times Square, e ela entrou no fluxo constante de tráfego na calçada. Desviou de um meio-troll corpulento que andava pesadamente pela calçada e quase topou com um vampiro que surgiu do nada. Evitou-o com pressa, colidindo com um turista que erguia o celular para tirar uma foto do troll. Kierse abaixou o rosto para esconder seu asco. Antes da Guerra dos Monstros, celulares tinham sido uma necessidade para muitos. Agora, os planos infelizmente estavam fora do orçamento da maioria… assim como as viagens. Como e por que turistas ricos ainda queriam ir a Nova York, ela não entendia. Muito menos como podiam ser sem noção a ponto de tirar fotos de monstros na rua. Algumas pessoas nunca teriam bom senso.

Passou pelos turistas que encaravam o Rockefeller Center e virou na direção do Edifício Amberdash na Madison Avenue. Gregory Amberdash usara suas habilidades como espectro – audição avançada, pés velozes e um instinto de negócios sagaz – para enriquecer durante a Guerra dos Monstros. Apesar disso, era um dos poucos ricos que Kierse conseguia suportar. E embora não gostasse particularmente de trabalhar para monstros – afinal, tinha visto o que fizeram durante a guerra –, sinceramente gostava mais deles que dos ricos, que tinham só ficado quietos e deixado o mundo se ferrar.

Um porteiro acenou quando ela entrou. O interior tinha um teto muito alto, colunas de mármore e assentos acolchoados. Os clientes sofisticados dela gostavam de ter lugares sofisticados para fazer negócios. O Edifício Amberdash era o local perfeito para satisfazê-los. Kierse passou direto pelo *concierge*, foi até os elevadores e entrou no primeiro que se abriu.

Usou um cartão magnético que a levaria direto ao último andar. O próprio Amberdash lhe dera essa chave para contornar a segurança e levá-la até a cobertura. Kierse começara a trabalhar com Amberdash na guilda de ladrões de Jason antes de as coisas darem errado. Seu relacionamento tinha sobrevivido ao caos que se seguiu, e agora ele lhe passava trabalhos quando tinha clientes que precisavam de algum serviço escuso. Ter Amberdash como intermediário geralmente resultava em menos pessoas tentando matá-la para manter seus segredos.

O elevador se abriu com uma campainha, revelando a entrada que dividia o escritório dele e seus aposentos privados. Kierse estremeceu enquanto seguia para o escritório. Esperava nunca ficar sozinha com um espectro no próprio espaço dele. Seria pedir por encrenca. Do tipo perder a própria alma.

Bateu duas vezes na porta e uma loira baixa a abriu. Seus olhos eram vazios e as bochechas, pálidas, mas ela tinha uma expressão febril que Kierse vira nas outras vítimas voluntárias de Amberdash. Espectros podiam se alimentar de uma alma por anos, se tomassem cuidado. Alguns até achavam mais agradável assistir à vida lentamente ser drenada da vítima, um pouco por vez. Como qualquer outro trabalho de escritório.

– Srta. McKenna – disse ela, reconhecendo-a de cara. – Vou avisar o sr. Amberdash que você chegou. Por favor, fique à vontade.

Ela cruzou o limiar enquanto a loira atravessava languidamente a sala até porta fechada que levava aos aposentos privados. Kierse cruzou os braços e ficou de pé, na expectativa de resolver logo aquilo.

Cinco minutos viraram dez, e ela examinou o sofá de couro com interesse. Não abaixaria a guarda, mas odiava joguinhos mentais. Espectros não dormiam de noite. Na verdade, ela não sabia se chegavam a dormir quando estavam se alimentando regularmente. O único motivo para fazê-la esperar era porque ele podia.

Quando estava começando a pensar que Ethan tinha razão e que ela deveria levar o anel no dia seguinte, a voz de Amberdash falou no seu ouvido esquerdo.

— Pois não?

Ela estremeceu e virou-se para ele.

— Amberdash.

O espectro sorriu, e ela tentou não estremecer. Espectros quase podiam se passar por humanos, exceto pela impressão geral de morte que emanava deles enquanto se aproximavam. Tipicamente, tinham pele pálida, expressões sombrias e sombras se agarrando a suas formas. Via de regra, ninguém queria ficar a sós com um deles em um cômodo escuro.

— Olá, Kierse. — Ele passou por ela, não exatamente andando, não exatamente deslizando, atrás da mesa. — Presumo que esteja aqui por algum motivo.

Ela tirou o anel do bolso e o bateu na mesa com um *tunk*.

O rosto de Amberdash era todo vincado, e suas roupas caíam delicadamente sobre o corpo alto e magro.

— Seus talentos, como sempre, não foram superestimados.

— Vou encarar isso como um elogio.

— Como deveria — disse ele, estendendo a mão para pegar o anel sobre a mesa.

Ela abaixou a sua em cima da joia e arqueou uma sobrancelha.

— Que jogo exatamente está fazendo, Amberdash?

Os olhos dele faiscaram com a audácia da pergunta. Seus dedos estavam a centímetros do pulso dela.

— Não sei do que está falando.

— Você me mandou para a casa de um monstro sem informações adequadas. Eu poderia ter morrido.

— Sou só o intermediário — disse ele, a mão roçando as sombras ao redor como se aquilo fosse uma resposta. — E você aceitou o trabalho. É por isso que te pago tão bem. Você faz o serviço. Como fez esta noite, evidentemente.

Ela mudou de tática, tirando a mão do anel e deixando-o ali. Os olhos dele se abaixaram para a joia e então se ergueram de novo para Kierse.

— Você sabe que eu amo os trabalhos que me passa. Quero que a gente continue trabalhando juntos. Também quero viver para ver outro dia. Achei que você valorizasse meus serviços. – Ela suspirou e correu uma mão nervosa pelo cabelo, revelando o hematoma de sua briga com Graves.

Amberdash inclinou a cabeça.

– Não a vejo machucada com frequência.

– E eu gostaria que continuasse assim. – O cabelo escuro dela caiu de volta sobre o corte. – Sou mais valiosa para você com meus membros intactos.

– Tudo bem. Vou pagar pela despesa, se é isso que quer. – Amberdash guardou o anel no bolso depressa, depois digitou um código na mesa que abriu uma gaveta abaixo. Kierse tinha arrombado a fechadura digital uma vez enquanto esperava, só para ver se conseguia. Ela não era burra a ponto de roubar algo de fato. Amberdash a caçaria e mataria pessoalmente se ela o traísse.

– Chega de monstros sem aviso – acrescentou enquanto ele contava uma pilha de notas de cem. Quando acabou, ele as empurrou sobre a mesa, e Kierse as escondeu no bolso direito da jaqueta antes de virar para ir embora. Cogitou contar a ele que aceitara outro trabalho, mas gostava de manter as opções abertas.

– Eu tomaria cuidado se fosse você.

Kierse congelou com as palavras. Quando encarou Amberdash, ele tinha unido a ponta dos dedos à sua frente.

– Isso foi uma ameaça?

– Certamente não de mim.

Kierse obrigou-se a não reagir.

– O que você sabe?

– Só que talentos como os seus estão em alta demanda – disse ele enquanto flutuava de volta para a escuridão do escritório. – Então... tome cuidado.

Ela estremeceu com o alerta. Gregory Amberdash não os dava sem motivo. Esperou até ele sumir de vista e então saiu depressa do prédio, feliz em distanciar-se dele e daquele aviso sinistro.

Capítulo Seis

O ônibus deixou Kierse a algumas quadras de casa. Apesar da noite que tivera, ela continuava elétrica. Normalmente, quando terminava uma missão, a presença reconfortante de Ethan lhe permitia adormecer, não importava que tipo de monstro ou humano estivesse por perto. O ônibus era um dos últimos vestígios da velha Manhattan. Ninguém mexia com os motoristas de ônibus.

Ela respirou aliviada quando chegou no seu território. A Houston Street estava movimentada, mesmo tarde da noite. As lojas estavam todas fechadas, incluindo sua loja de rosquinhas favorita, mas isso não impedia o Lower East Side de ganhar vida depois do expediente. Os Roletas, a gangue local, patrulhavam o bairro. Garotas chamavam em janelas enquanto Kierse seguia para o sul, na direção da Delancey Street. Ela acabou em um canto entre o quartel-general dos Roletas, sua bodega favorita, e a casa de madame Colette – um bordel famoso e o lugar que ela chamava de lar.

Ela, Ethan e Gen moravam no sótão do bordel. Gen era a única filha de Colette, e Kierse e Ethan foram primeiro seus projetinhos pessoais, depois seus melhores amigos e agora sua família. Tudo que pertencia a um deles pertencia aos três. Fora assim desde o momento em que se conheceram.

Kierse subiu os degraus da casa, sorrindo para o guarda dos Roletas na porta da frente com uma ficha de cassino na lapela.

– Ei, Corey. Achei que tinha planos com Ethan hoje.

Corey era tudo para Ethan. Os pais dele tinham imigrado das Filipinas logo antes da aparição dos monstros e do colapso econômico. Tinham muitos sonhos para ele, mas, depois que morreram, Corey tinha seguido seu próprio caminho e se juntado aos Roletas. Misturava-se perfeitamente entre eles, com seus ombros largos, músculos grandes e expressões sérias. Kierse nunca teria imaginado que ele e Ethan formariam um casal. Mas os dois tinham se conhecido quando Ethan foi levar algo aos Roletas, e Corey se apaixonara imediatamente. Teria sido meloso demais se ela não estivesse tão feliz por Ethan.

Corey piscou para ela.

– Ainda é o plano; vou sair em breve. Vamos para o festival em Little Italy. Você e Gen vêm também?

O coração de Kierse doeu ao pensar no festival.

– Ainda está rolando, tarde assim?

Poucos anos antes, nada poderia ter sobrevivido à brutalidade noturna dos monstros, muito menos um festival de rua. Realmente parecia que aqueles tempos terríveis tinham ficado para trás.

– Aham – disse ele, jogando para trás o cabelo preto lustroso. – Vai varar a noite, se depender das ninfas.

Ela riu.

– Ah, tenho certeza.

As ninfas eram um dos poucos tipos de monstro que os humanos toleravam. Eram criaturinhas travessas, mas boas de festa.

– Você deveria vir. Vai ser bom pra você.

Ela fez um aceno vago.

– Veremos.

Corey a deixou passar sem dizer mais nada. Durante o experiente, o bordel estava longe de ser o lugar favorito dela. Na maioria das noites, Kierse pegava a saída de emergência para evitar a risada falsa dos trabalhadores do sexo e os olhares predatórios e as mãos bobas dos clientes. Mas o aluguel precisava ser pago, e ela odiava deixar para amanhã algo que podia ser feito hoje.

Quando entrou na área de espera, viu uma ruiva de seios grandes com toda a graça e beleza apropriadas à líder da casa – era madame Colette. Ao lado dela estava Carmine Garcia, seu sócio regular e chefe dos Roletas. O romance antigo deles era mais que de conhecimento geral, assim como o fato de que ela nunca abandonaria tudo por ele.

— Você está atrasada – disse ela de uma poltrona antiga ao lado da lareira tremeluzente.

— Sempre, madame – disse Kierse.

— Seja útil e me sirva outro conhaque.

Madame Colette nunca admitia que esperava por Kierse quando ela saía para uma missão. A única vez que Kierse cometera o erro de perguntar, recebeu um tapa na orelha pela idiotice – Colette tinha coisas melhores para fazer do que ficar acordada esperando uma pirralha que a filha tinha levado pro sótão dela. Mas Kierse sabia a verdade.

Serviu mais conhaque no copo de cristal de Colette. E dos bons.

— Carmine, querido, preciso cuidar de negócios – disse ela, balançando as unhas vermelhas para ele.

Ele se ergueu em toda sua altura considerável e cobriu o cabelo preto penteado para trás com gel com um chapéu-coco. A pele marrom-clara era lisa e sem manchas, mas os olhos de ônix se mostravam afiados e calculistas. Tinham de ser, para governar uma das maiores e mais implacáveis gangues na cidade.

— Claro – disse Carmine, ajeitando o terno. A luz se refletiu na ficha de cassino prateada na gravata dele. Ele roçou os lábios contra o punho leitoso de Colette. – Vejo você depois.

Ela se despediu com um aceno e, só depois que ele foi embora, disse:

— Por que você parece ter sido espancada, garota?

Colette se reclinou na cadeira, afastando as mechas ruivas da testa branca e lisa e dos olhos azuis.

Kierse rolou os ombros doloridos.

— Ainda consigo brigar, Colette.

— Estaria melhor se abrisse as pernas por dinheiro como uma boa menina. Ficar se atracando assim faz parecer que você saiu de uma lixeira. Não condiz com a minha casa ou hospitalidade.

— Anotado.

— Pelo menos me trouxe algo de valor?

Kierse deixou o dinheiro do aluguel na mesa, e Colette sorriu.

— Pagamento completo.

— Boa menina.

A madame girou o conhaque no copo. Ela tivera Gen aos vinte anos e ainda se tornara uma das madames mais importantes na cidade, assumindo o lugar de sua predecessora e fazendo o bordel atingir sua glória atual.

— Mais alguma coisa?

— Diga a minha querida filha Genesis que vou precisar de novo dela na tenda amanhã à tarde, tudo bem?

— Eu falo pra ela. Boa noite, Colette.

Kierse saiu da saleta e seguiu para a magnífica escadaria. As escadas largas tinham sido polidas até brilhar e eram adornadas por corrimões elaborados. Eram um resquício de uma era passada, antes que aquela casa de quatro andares fosse usada como bordel, quando pertencera a alguma família de socialites. Da época em que aquela parte da cidade fora usada por alguém além da escória.

Kierse cerrou os dentes e se dirigiu para o sótão. Por sorte, ninguém a incomodou enquanto ela subia as escadas que levavam ao seu refúgio. As luzes estavam baixas quando entrou, deixando tudo em diferentes tons de preto.

Gen estava na cama. Ethan tinha tirado o equipamento da missão e estava atrás dela, lentamente fazendo pequenas tranças no seu cabelo cor de cobre. Kierse amava vê-los assim, sem qualquer preocupação. Gen, que tinha crescido naquele bordel, sempre com a expectativa de que um dia trabalharia nele. E Ethan, que fora abrigado pela igreja em sua cidade natal de Hartford, Connecticut, e subira na hierarquia antes de finalmente vir a Manhattan — só para ser abusado e escapar por um triz.

E Kierse... bem, ela amava uma estratégia de fuga, porque Gen tinha sido a dela. Jason descobrira que ela estava tentando sair da guilda. Em um acesso de fúria, a tinha espancado até a inconsciência e a deixado lá para morrer. Fora a única fuga que ela não fizera com sucesso. E então Gen a encontrara e lhe dera uma casa.

Fora daquele quarto, o mundo era aterrorizante, mas só por um momento eles tinham paz.

— Noite difícil? – perguntou Gen.

— Tenho certeza de que Ethan já te contou – disse Kierse, andando suavemente sobre o piso de madeira rangente.

Ela passou pelos aparelhos de treino no meio do quarto e contornou o tapete laranja puído e a poltrona de estampa colorida que Gen tinha magistralmente estofado sozinha. Tomou cuidado para não derrubar a mesinha redonda que continha a parafernália de tarô de Gen e evitou a dúzia de plantas de que Ethan vinha cuidando. Ele era apaixonado por aquelas coisas, o que teria feito Colette ter um chilique, se ele não cultivasse as ervas que Gen usava para fazer os tônicos medicinais dela.

— Colette quer você na tenda do festival amanhã.

Gen bufou.

— Tá. Mas me conte sobre hoje. Ethan disse que as coisas deram errado. Tinha um monstro lá.

— É, podemos dizer que sim. – Kierse respirou fundo, caindo de costas na cama ao lado. Aquilo seria divertido. – Era um monstro, mas de nenhum tipo que eu já tenha visto.

Gen fez um som de protesto. Ela empurrou Ethan para longe, amarrando o cabelo ruivo num nó em cima da cabeça. Normalmente tão sereno e calmo, seu rosto brilhou com uma centelha de preocupação. Kierse odiava preocupar Gen, mas era meio que um risco ocupacional.

Ethan se ergueu entre as camas.

— Eu te disse.

— É – disse Gen. – Eu só não acreditei.

Ela parou de falar quando notou a imobilidade de Kierse. Gen vinha lentamente perdendo a visão desde os sete anos, devido à degeneração macular precoce. Não tinha mais a maior parte da visão central, mas ainda restava um pouco de visão periférica. A única vez que Colette pagara a taxa ridícula para levá-la ao médico, eles a tinham diagnosticado com uma doença rara, dito que não havia cura nem tratamento e a mandado embora.

— O que foi? – perguntou Ethan.

Aquele era o mundo de Kierse, o seu santuário. O único lugar em que ela abaixava a guarda completamente. Gen era o farol que os levava para casa. Juntos, os três tinham entalhado aquele pedacinho de mundo para si. Precisavam de Gen. Precisavam daquela casa, onde a filha de uma madame, um coroinha e uma ladra podiam viver livres de expectativas. E Kierse estava prestes a arruinar tudo.

— Duas coisas: primeiro, ele me propôs um trabalho; segundo, ele tem magia.

— Magia? — perguntou Gen.

— Que trabalho? — perguntou Ethan, ao mesmo tempo.

— Sim, magia — disse Kierse.

— E você acredita nele? — perguntou Ethan. Ela se voltou para ele. Era o mais jovem do trio, alto e esguio e belo. Poderia ganhar mais dinheiro no bordel lá embaixo do que qualquer um dos trabalhadores, se quisesse. Nem mesmo a cicatriz irregular de um lado do rosto conseguia arruinar sua beleza marcante.

Kierse deu de ombros.

— Não acreditaria se não tivesse visto com meus próprios olhos.

— Mas então ele é um tipo de monstro que a gente não conhece? — perguntou Gen, enrijecendo-se ao considerar a possibilidade. — Não está submetido ao Tratado dos Monstros?

— Não sei — disse Kierse.

— Mas um representante de cada tipo de monstro o assinou. Isso os impede de nos matar. É a única coisa que nos mantém a salvo.

Kierse conhecia os termos do tratado. Monstros e humanos concordaram que, para ter um mundo melhor, todos tinham de colocar as diferenças de lado. Os monstros estariam sujeitos às leis humanas, incluindo as que falavam sobre assassinato. E os humanos estavam proibidos de interferir nos assuntos dos monstros, a não ser que estes violassem a lei humana. Ou seja, se um humano invadisse a casa de um monstro, como Kierse tinha feito naquela noite, podia ser morto sem que ninguém questionasse. Isso dava aos monstros mais autonomia do que a maioria dos humanos gostava, mas era um meio-termo.

— Sinceramente, essa é minha última preocupação. — Kierse levantou-se e deu alguns passos para longe dos amigos.

— Que tipo de trabalho é, Kierse? — perguntou Gen.

— Do tipo perigoso — disse ela, tensa. — Roubar algo muito poderoso de monstros muito maus. Do tipo que tem capangas no subterrâneo.

Gen engoliu em seco.

— Ah, Kierse.

— E dinheiro não é um problema. Quando eu terminar, teríamos toda a segurança de que precisamos para sair daqui.

— Isso é por causa de Torra? — perguntou Ethan. Gen agarrou a mão dele, silenciando-o com um *xiu*.

Kierse se encolheu. Ela nunca falava sobre Torra — e com certeza não ia começar naquele momento.

— Talvez ele saiba mais sobre minhas origens — disse, em vez de tocar no assunto delicado que era sua ex-namorada.

Ela sabia tão pouco do próprio passado. A mãe morrera no parto. Ela tinha morado com o pai por um curto período, mas ele a abandonara na infância. Um dia ela estava andando até a escola, no outro ele tinha sumido. A vida difícil nas ruas apagou tudo de bom que restava. Ela não conseguia nem lembrar do rosto ou da voz dele. Sua memória era um vazio.

Tudo que Kierse possuía deles era o colar.

Ela fora deixada nas ruas e aprendera a se virar, só para ser recrutada por Jason quando a encontrara alegremente batendo carteiras. Então, tinha entrado na guilda de ladrões dele. Aprimorara seus talentos com ele e retribuíra sua brutalidade com uma faca no seu bucho. E já foi tarde.

Isso só provava que ela já era capaz, e a vida depois que os pais a deixaram só a afiara para que se tornasse a pessoa que era então. Será que o pai lhe ensinara resiliência? Que a mãe lhe dera seus poderes? Kierse não tinha resposta e nunca conhecera ninguém que pudesse ensinar-lhe mais sobre si... até o momento. O que acontecera com ela no passado estava perdido no tempo.

Mas talvez não estivesse mais. Ela acabara de abrir a boca para dizer exatamente isso quando ouviu gritos lá de baixo.

Corey entrou no quarto gritando:

– Batida de gangue!

– Que caralhos? – perguntou Ethan em choque.

– Batida de gangue – repetiu ele. – Vocês têm de sair daqui! Preciso ajudar as garotas. – Ele deu um beijo firme nos lábios de Ethan. – Vão com cuidado e fiquem bem.

– Vamos ficar – disse Ethan, estendendo a mão para ele, embora Corey já estivesse correndo para fora do sótão.

Kierse entrou em ação imediatamente, conduzindo Ethan e Gen até a saída de emergência nos fundos do prédio. O tempo todo, sua mente girava. Um ataque de gangue? Que gangue seria idiota a ponto de atacar a casa de Colette? Os Roletas mantinham a maior parte das gangues longe daquelas bandas. Havia poucas capazes de enfrentá-los.

Ela não teve tempo para pensar mais. Precisava tirar os amigos do bordel e levá-los a um lugar seguro.

Conferiu se não havia ninguém na rua e ajudou Gen a sair pela janela.

– Vai – disse Gen, irritada. – Eu consigo descer.

– Ethan? – chamou Kierse enquanto mergulhava escada abaixo.

– Atrás de vocês.

Ela ouviu tiros distantes e gritos dentro da casa. Morava ali havia anos e, embora já tivesse visto briguinhas com gangues locais, discordâncias com a clientela e conflitos com novos funcionários, nunca houvera um ataque de verdade. Seu refúgio fora invadido, e ela estava furiosa.

Verificou de novo se sua rota de fuga estava livre antes de cair os últimos metros até a calçada. Gen balançou os pés no ar, agarrando-se à escada trepidante. Por sorte, ela pegava a saída de emergência tanto quanto Ethan, para evitar ver a mãe. Isso não fazia Kierse se preocupar menos com ela naquele momento, enquanto a via pousar instavelmente no chão. Ethan saltou metade da escada e aterrissou com facilidade ao lado delas.

Além das missões com Kierse, Ethan realizava tarefas para Colette, entregando mensagens e lidando com os Roletas. Passava a maior parte das manhãs treinando o corpo, tentando aumentar aqueles músculos longos e esguios. Kierse nunca ficava mais grata pela presença dele do que quando tinham Gen entre eles.

– Para onde? – perguntou Ethan.

– O festival – respondeu Kierse, sem hesitar. – É mais fácil se esconder entre a multidão.

Ethan assentiu, tomando a mão de Gen enquanto todos seguiam na direção de Little Italy.

Estavam virando a esquina quando algo pareceu errado para Kierse. Os instintos tomaram conta quando os pelos em sua nuca se arrepiaram e a ansiedade embrulhou seu estômago. Ela deixou a sensação levá-la. O que quer que fosse, e qualquer vantagem que lhe desse, mergulhou nela. Concentrou-se na esquina seguinte um segundo antes de uma arma aparecer ali, apontada diretamente para a cara dela.

Gen gritou. Ethan arquejou. Kierse retornou ao tempo real, avançando na direção do intruso que corria até eles. Estendeu a mão além da arma com um mero segundo de vantagem e a abaixou decisivamente contra os ossos delicados do pulso dele. O homem xingou quando a arma caiu com um ruído metálico a alguns passos dali.

Não havia tempo para perguntas. Não havia tempo para imaginar quem diabos era o homem. A arma não era mais um problema, mas, em uma competição de força, a situação não parecia boa para Kierse. Ela sabia lutar, mas não tinha o físico para isso e não queria fazê-lo se não fosse obrigada. A furtividade sempre fora sua estratégia principal. Ficar escondida, evitar ser notada e, se tudo o mais falhasse, fugir. Mano a mano, aquele homem gigante certamente a derrubaria.

Então Kierse puxou o homem mais para perto em vez de tentar empurrá-lo para longe. No momento de confusão, ela enfiou o joelho na virilha dele o mais rápido e eficientemente possível. Ele arquejou e caiu no chão.

Não havia tempo a perder. Kierse virou-se para os amigos e berrou uma palavra de ordem.

– Corram!

Capítulo Sete

Ninguém precisou ouvir duas vezes.

Gen e Ethan passaram correndo pelo homem, Kierse seguindo-os de perto. Ela olhou por cima do ombro só uma vez, vendo o homem tentar se levantar e gritar ordens. Gravou a imagem dele na mente. Estava vestido todo de preto, com um gorro escondendo o cabelo. Tinha cerca de um metro e oitenta de altura e bochechas coradas, olhos verdes como esmeraldas e um sorriso torto. Havia um broche de um carvalho afixado na lapela do seu sobretudo. Será que era um Druida? O que caralhos uma gangue do Brooklyn teria contra os Roletas?

Ela não tinha intenção de esperar pelas respostas. Disparou rumo à noite aberta, saindo na frente dos amigos e seguindo através da Grand Street. Ninguém falou enquanto eles escapavam do caos no bordel e chegavam à periferia do festival. Ali, ao menos, podiam se perder no zumbido da multidão.

Apesar da neve, milhares de pessoas dançavam e bebiam e se divertiam. Compravam comida e bebida e sexo e consultavam videntes em barracas enfileiradas na Mulberry Street. Era um carnaval das antigas, com máscaras e fantasias e folia. Ninfas passeavam alegremente entre as pessoas, os cabelos multicoloridos só parcialmente se misturando à cena. Eram uma visão bem-vinda em uma festa, com sua beleza etérea e inspiração de musas, mas ainda eram monstros, e a última coisa que um homem queria era se tornar inimigo de uma delas; ninfas eram umas diabinhas travessas. Naquela noite, ao menos, parecia que o tratado se mantinha em vigor e tudo estava bem. No entanto, outros perigos espreitavam na escuridão.

Agarrando a mão de Gen, Kierse abriu caminho com os ombros

pela multidão. Era difícil acreditar que, em noites de festival normais, eles estariam ali, no redemoinho rosa, roxo e laranja da tenda do bordel, onde Gen ganhava dinheiro encarando uma bola de cristal e lendo mãos e tarô. As pessoas próximas dela sabiam que Gen só tinha sorte com as cartas – e só quando falavam com ela –, mas *ninguém mais* sabia disso. Era uma espécie de roubo. E Gen acertava o suficiente para ser respeitada na comunidade. Não só por ser a filha de Colette, mas por ser a Profeta Srta. Genesis. Um título ridículo por uma meia verdade.

O mundo fora mergulhado na escuridão. Flocos de neve caíam nos foliões.

– O que fazemos agora? – ofegou Ethan.

Gen estremecia contra ele. Parecia tão jovem e frágil, parada ali enquanto flocos de neve revestiam as ruas como se um travesseiro tivesse explodido, soltando penas brancas sobre tudo. Ela não sabia o que fazer. Sua confiança típica tinha evaporado.

– Kierse? – disse Gen.

– Não acho que fomos seguidos – disse Kierse. Ela examinou os vendedores nas ruas e não viu rostos familiares. Quando voltasse, falaria com os Roletas sobre o que diabos acontecera. – Vamos. Vamos encontrar um lugar para esperar isso passar.

Ela abriu caminho entre a multidão rodopiante. Aquela massa densa dificultava as coisas, mas ela achou um caminho. Examinou os arredores, estimou o número de pessoas entre si e a saída mais próxima e mapeou uma rota até uma barraca vazia. O tempo todo apertava e puxava a mão de Gen, que tremia, enquanto Ethan ia atrás delas. Eles contornaram um casal se beijando e uma ninfa enrolando o cabelo azul-verde no dedo.

Estavam quase lá quando uma mulher negra musculosa entrou na frente de Kierse.

– Não tem para onde ir. – O sotaque dela era espesso e inconfundivelmente estrangeiro. Irlandês. Havia um carvalho tatuado no seu pescoço.

– Druida – sibilou Kierse.

A mulher exibiu os dentes.

– O chefe disse que seu tempo acabou.

– Ethan – chamou Kierse em voz baixa. – Proteja Gen.

Kierse não esperou para ver se ele o faria. Ela deixou o tempo desacelerar, antecipando o que a mulher faria em seguida. Se evitá-la não ia dar certo, então ela precisaria encará-la de frente. Usar todas aquelas técnicas que praticara vez após vez.

Kierse cerrou os dentes, tirou uma faca da manga com um movimento ágil e tentou cortar o peito da mulher. Ela pulou fora do alcance da arma e pegou duas lâminas próprias. Aquela mulher não antecipara que Kierse sabia lutar. Ela era teimosa e veloz, porém mais uma corredora de curtas distâncias que uma maratonista, então aquilo precisava acabar rápido.

Kierse aproximou-se da mulher, respirando superficialmente e mantendo os braços perto do corpo. A mulher atacou primeiro, arremetendo com uma das lâminas. Kierse virou-se bruscamente, desviou do golpe e ergueu a própria lâmina, cortando o braço da oponente. A mulher moveu-se fluidamente enquanto tentava derrubá-la de novo, mas Kierse estava pronta para ela. Atingiu-a outra vez, arrastando a faca contra sua coxa exposta.

Ela aproveitou a vantagem momentânea. A mulher saiu do caminho da faca com um giro e então mirou a própria arma para as costelas de Kierse.

– À esquerda! – berrou Ethan.

Kierse tomou um susto ao ouvir a voz dele. Moveu-se, mas não rápido o suficiente. A faca rasgou a pele sobre as costelas esquerdas, tirando sangue.

Ela sibilou quando a dor rugiu na lateral do corpo. Não podia perder. Não ali.

Era chocante que ninguém prestasse atenção nelas, mesmo que estivessem lutando em um espaço público e sangrando na rua. Talvez no Upper East Side alguém tivesse gritado e fugido da luta, mas ali era uma ocorrência comum – aconteciam brigas demais para as pessoas se importarem. Só quando armas de fogo eram sacadas ou presas e garras eram exibidas é que elas sabiam que precisavam correr.

A respiração de Kierse ficou mais pesada. Conseguia sentir o coração disparado no peito e subindo para a garganta. Tentou alcançar aquela câmera lenta, mas já estava exausta. Era adrenalina demais, rápido demais. Precisava de um momento para pensar. Respirar. Mas não tinha tempo.

– Acabou – disse a mulher em tom de triunfo. – Renda-se e eu prometo que vai ser rápido.

Kierse recusou-se a morder a isca. Tinha pessoas para proteger. Pessoas que contavam com ela. A mulher queria que ela ficasse brava e cometesse um erro, mas seu único equívoco fora não pôr fim àquilo antes. Ela precisava presumir que outros Druidas tinham seguido a mulher até ali. E se o primeiro atacante os achasse, seriam pelo menos dois contra um. Suas chances não seriam nada boas nesse caso.

Suspirou pesadamente, como se estivesse desistindo. Assentiu com a cabeça uma vez e deixou a faca cair de leve para o lado do corpo. Então esperou para ver se a outra mordia a isca. Como esperado, a mulher avançou sem hesitar na direção dela, pensando que era presa fácil, no fim das contas.

Assim que ela estava ao alcance, Kierse girou rapidamente, agarrando o braço da mulher e quebrando seu pulso. Ela deixou a faca cair com um arquejo estrangulado. Kierse bateu a mão no rim da mulher, forte o bastante para fazê-la cair de joelhos. Em seguida, bateu o cabo da faca contra a têmpora dela. A mulher oscilou por um momento antes de desabar como um saco de batatas.

– Puta merda – disse Ethan.

– Kierse – disse Gen, com alarme crescente.

– Não sei se tem mais deles – falou Kierse, virando para os amigos. Tudo acontecera tão rápido, mas a coisa toda tinha tomado tempo demais. – Precisamos sair daqui. – Ela agarrou a mão de Gen de novo e começou a correr.

– Por que eles estão atrás de nós? – perguntou Ethan, arquejante.

Kierse presumira que fosse um problema dos Roletas, mas aquela mulher tinha dito que seu chefe a queria morta. Por que caralhos o chefe dos Druidas a queria morta? Ainda mais a ponto de atacar o bordel e desafiar os Roletas em uma guerra aberta? Só uma coisa tinha mudado: Graves.

— Caralho – sibilou ela. – Amberdash disse pra eu me cuidar quando deixei o prédio dele hoje.

— Isso é por causa do cara que te ofereceu um trabalho? – perguntou Ethan, incrédulo, desviando de três pessoas que riam e dançavam.

— É ele que te quer morta ou são os *inimigos* dele? – questionou Gen, entre respirações ofegantes, enquanto eles continuavam a ziguezaguear pela multidão.

Ela tinha levado Amberdash a sério, mas não pensava que aquilo significasse que inimigos atacariam sua casa.

— Só... venham rápido.

Kierse não sabia o que fazer se houvesse mais Druidas atrás deles e, de acordo com a mulher, tinha de considerar que era o caso. Ela não conseguiria enfrentar mais pessoas. Mal tinha energia para correr. E não sabia o que seria dos amigos dela. Isso os tornava danos colaterais?

Algo feroz e mortal se abriu no seu peito com a ideia. *Não*. Eles eram seus amigos, sua família, seu lar. Ela não cometeria nenhum erro quando se tratava deles. *Mataria* antes de deixar os atacantes tocarem um fio de cabelo deles.

— Tenho uma ideia – disse ela depressa, ignorando a dor aguda no tornozelo enquanto corria entre outras duas pessoas. – Me sigam. Vamos sair daqui.

Com um ímpeto de energia renovado, atravessou a massa de pessoas e seguiu para o norte, na direção de NoHo. Gen respirava pesado atrás dela. Enquanto Kierse e Ethan haviam treinado muito, Gen era macia e maleável. Suas especialidades pertenciam a outras áreas. Kierse nunca tinha se importado com isso antes daquele dia.

— Estou bem, continuem – disse Gen, arquejando.

Então Kierse se concentrou no momento e correu pela Prince, virando à esquerda num beco quase vazio que se conectava à Lafayette. Empurrou Ethan e Gen na frente dela.

— Vão primeiro!

Se ela pudesse colocá-los do outro lado, conseguiria encarar o atacante enquanto eles escapavam. Ela via a abertura como um farol na noite, chamando-a, enquanto eles corriam até o fim da rua. E aí, a menos de seis metros da abertura, o primeiro homem entrou no caminho deles – e ele tinha recuperado sua arma.

O primeiro tiro ricocheteou do chão, não pegando Kierse por um triz. Gen deu um grito quando Ethan jogou os dois para o lado contra a parede de tijolos.

– Saiam de vista! – berrou Kierse para Ethan enquanto ele ajudava Gen a se espremer contra uma porta fechada.

Enquanto Kierse achava um abrigo para si, pegou a arma da bota e a mirou no atacante. Como era só uma silhueta na boca da rua, ela não conseguia distinguir nada específico sobre ele.

– Abaixe a arma – rosnou ele.

– Você primeiro – disse ela.

– Você nos levou a uma perseguição divertida e derrubou Orla. Muito impressionante, mas irritou a gente um pouquinho.

– Por que estão aqui? – perguntou Kierse. – Por que estão atrás de nós?

– Não deles, só de você – disse o homem, com um sorriso largo do qual ela não gostou nada. – Você está trabalhando com o inimigo. Isso significa que precisa ser eliminada. São negócios, entende?

O estômago de Kierse se revirou. Então se tratava mesmo de Graves. Alguém tinha descoberto que ela estivera na casa dele… e que saíra tranquilamente pela porta da frente.

Um segundo homem apareceu na ponta do beco.

– Você está cercada.

Kierse apontou a arma para o recém-chegado.

– Se eu me entregar, vocês deixam meus amigos irem embora?

– Não temos negócios com eles. Só vamos matá-los se você continuar tentando escapar. Considerando que está sem opções, esta seria a melhor hora para fazer isso.

– Kierse, não! – gritou Gen.

– De jeito nenhum! – apoiou Ethan.

– Declan, você não pode estar falando sério – disse o segundo homem. – Lorcan vai te estripar do nariz ao umbigo se deixar eles irem embora.

– Cala a boca, Cormac – disparou Declan. Ele entortou a arma, indicando a Kierse para mandar os amigos saírem do esconderijo.

Lorcan. Ela guardou o nome para mais tarde, quando Gen e Ethan não estivessem mais em perigo.

– Kierse – chamou Ethan, a voz mal passando de um sussurro.

Os dois Druidas estavam discutindo. Eles pensavam que ela tinha escolhido aquele prédio aleatoriamente. Ela fingia já estar derrotada. Como se fosse entregar os amigos para eles.

– Agora! – disse ela enquanto mandava uma bala na direção do primeiro sujeito.

Ethan abriu a porta e se jogou para dentro, puxando a mão de Gen. Kierse caiu atrás deles. Aproveitou o segundo extra para retrancar a porta e então saiu em disparada através de um prédio familiar. Um ex-namorado tinha morado ali por alguns meses antes de se mudar para um bairro mais seguro. Kierse nunca esquecia uma planta baixa.

O som de vidro se quebrando seguido por botas no piso de ladrilhos veio atrás deles enquanto corriam na direção da entrada principal. Um grupo de caras fumando maconha recuou contra as caixas de correio enquanto eles passavam correndo e saíam na Houston Street, muito mais movimentada.

Kierse estendeu a mão, chamando o primeiro táxi disponível. Não teve tempo para pensar no preço exorbitante antes de enfiar os amigos no carro e entrar atrás deles. Ela fechou a porta bem quando Declan e Cormac saíram com as mãos abanando na calçada, e o táxi partiu pela rua.

– Pra onde? – perguntou o homem, impaciente, como se não percebesse o perigo que o trio tinha passado.

Ethan e Gen olharam para Kierse em dúvida. Eles não podiam voltar ao bordel. Não era seguro – isso era óbvio. Só havia uma outra opção.

– Five Points – disse ela.

Capítulo Oito

Quando o táxi finalmente parou a uma quadra de Five Points, ela jogou o dinheiro no banco sem preâmbulos, abriu a porta e saltou. Segurou a porta para Ethan e depois Gen. Ethan se agarrava a Gen, com os olhos arregalados de um terror que mal conseguia esconder. Gen estava cansada pela perseguição, mas o trajeto a tinha restaurado a sua calma de sempre.

– Todo mundo bem? – perguntou Kierse.

Os amigos se entreolharam antes de assentir. Gen pegou a mão de Kierse.

– *Você* está bem?

Kierse deu de ombros.

– Vamos só seguir em frente.

Ela alinhou o passo com os amigos.

– Essa história inteira é tão zoada. – A cabeça de Ethan pendeu para a frente e ele enfiou as mãos nos bolsos. – Não podemos voltar pra casa da Colette. Precisamos achar um jeito de contar pra ela o que aconteceu com a gente. E pro Corey. – Ethan pareceu estar em pânico. – Ele vai ficar preocupado.

– Minha mãe é uma mulher formidável – disse Gen. – E Corey sabia que estava nos mandando para a rua. Ele não vai se preocupar muito esta noite. Vai ficar tudo bem.

– Mas como vamos contatá-los? Nem temos celular.

Kierse soltou o ar e disse palavras que odiava dizer:

– Nate vai saber o que fazer.

Porque Nate O'Connor tinha solução para tudo. Ela tinha certeza de que ofereceria uma para aquele novo dilema. E estava pensando em mais do que apenas segurança e comunicação.

— Estamos em boas mãos – disse Gen.
— Mas nossa casa é lá – Ethan sussurrou o que todos estavam pensando.
— Eu sei – disse Kierse.

Depois disso, eles se calaram. Seu lar fora tomado, mas pelo menos tinham um ao outro.

Kierse levou o grupo ao redor da esquina e pela 10th Street na direção do depósito gigante que constituía o piso térreo de Five Points. O nome era uma homenagem ao famoso bairro de Five Points em Lower Manhattan, dominado pela gangue Five Points no século XIX. Coincidiu direitinho com a consolidação dos cinco bandos de lobisomens durante a Guerra dos Monstros, sob o notório lobisomem alfa Nate O'Connor. Os monstros socializavam pacificamente com humanos na propriedade dele, mesmo antes de o Tratado entrar em vigor. Por muito tempo, foi um refúgio para aqueles que viam um futuro para monstros e humanos, e continuava sendo.

O exterior era preto, com uma grande placa azul brilhante e uma fila que dava a volta no prédio. Eles foram para o final, esperando sua vez enquanto Kierse observava uma venda de drogas no parque do outro lado da rua e batia o pé impacientemente.

Após alguns minutos, eles chegaram na frente. O segurança olhou o trio de cima a baixo e apontou para uma placa que dizia "Aqui seguimos o Tratado dos Monstros".

— Vocês têm algum problema com isso?
— Nenhum – disse Kierse. – Só queríamos ver Nate. Ele está em casa?
— Não sei – disse o homem. – Não vi ele hoje. Podem entrar.

Kierse pagou a taxa e entrou. Era uma monstruosidade de prédio. O que costumava ser um grande depósito fora convertido em um clube noturno pulsante, abarrotado de pessoas dançando. O rosto de Ethan se iluminou com a extravagância do lugar. Ele era mais festeiro do que gostava de admitir – jovem e belo e aberto a qualquer coisa. Mesmo que tivesse preferido estar ali com Corey.

Kierse não entendia como ela e Ethan tinham passado por coisas tão parecidas e ele tinha acabado com as emoções à flor da pele enquanto ela saíra retraída e quebrada por dentro.

– Esse lugar tem uma grande energia – disse Gen.

Ela não estava errada. Five Points era *a* boate. Costumava ficar ainda mais lotada antigamente, mas os festivais de rua eram uma nova competição.

– Graças a Deus não é lua cheia – resmungou Kierse. – O lugar inteiro fica trancado.

Ethan estremeceu.

– O timing teria sido péssimo.

Lobisomens podiam se transformar à vontade, mas nas três noites ao redor da lua cheia não tinham escolha. Viravam criaturas selvagens, e tudo que cruzava seu caminho acabava morto. Ela se lembrava de quando as ruas ficavam silenciosas naqueles dias. Portas barradas, negócios fechados – não se ouvia um pio. Com Nate como alfa, eles passaram a se trancar ali para obedecer ao Tratado dos Monstros.

– Venham, vamos achar Nate.

Eles puseram Gen no meio enquanto atravessavam a boate. A multidão ali parecia mais opressiva do que de costume, depois da corrida divertida pelo festival. Kierse manteve o queixo erguido e os olhos voltados para a frente.

Quando chegaram ao bar, ela inclinou-se para falar com a bartender loira, que tinha um broche de lua crescente com cinco estrelas – o símbolo dos Aterrorizadores – preso no decote baixo.

– Ei, Nate está aqui?

A mulher serviu duas doses, empurrou-as para o casal à sua frente e pegou o dinheiro antes de encarar Kierse.

– Quer falar com Nate? Como conhece ele?

– Somos amigos.

– Nate é amigo de todo mundo – disse ela com uma risada. – Você vai ter de ser mais específica.

– Sou a irmã mais nova dele.

A bartender a examinou.

– Nate não tem irmãs. E graças a Deus por isso. Ela seria a mulher mais superprotegida desta cidade. Mas se ele estiver traindo Maura com você, eu vou cortar as bolas dele.

Kierse bufou e jogou uma nota de cinquenta no bar.

– Eu mesma o mataria se ele traísse Maura. Somos só colegas. Fale pra ele que Kierse McKenna está aqui.

– Kierse McKenna – disse a mulher com apreciação enquanto guardava o dinheiro. – Já ouvi falar de você.

– É mesmo?

Kierse nunca sabia se aquilo era uma boa coisa. Não reconhecia a mulher, mas fazia um ano desde que vira os lobos.

– É. Eu namoro o Finn, e ele disse que vocês dois trabalhavam juntos para o chefe.

– Aí está um nome que eu não ouço há tempos – disse Kierse.

Finn tinha sido sua linha de frente muito tempo antes. Ele e Ronan estavam no nível mais alto do círculo de Nate.

– Meu nome é Kara. Venham comigo. – Ela jogou um pano de prato no bar. – Vou ver o que o chefe está fazendo.

Kierse assentiu para os amigos enquanto Kara erguia uma barra, permitindo que atravessassem o bar. Eles passaram por uma porta de empregados e subiram um lance de escadas.

Kara bateu duas vezes.

– Chefe, você vai querer ver isso.

– Eu disse que não queria ser incomodado! – berrou Nate enquanto abria a porta com os lábios retorcidos em uma careta feroz.

Seus olhos foram de Kara para Kierse em um segundo e se arregalaram. Ela deu um sorriso triste.

– E aí, Nate.

– Caralho! Kierse McKenna está em Five Points.

Kierse não conseguiu conter seu sorriso enquanto o observava. Nathaniel O'Connor tinha trinta e poucos anos, estatura comum e era todo musculoso. Tinha a pele marrom-clara reluzente, como se tivesse saído de uma lua da colheita, e olhos castanhos. Seu cabelo era escuro, curto e encaracolado, e ele tinha uma cadência carismática no falar e o seu irresistível sorrisinho O'Connor. Já causava problemas mesmo antes de ela descobrir que ele era um lobisomem, com toda a merda possessiva, predatória e esquentadinha que vinha com eles.

A família do pai de Nate era de mafiosos irlandeses poderosos que remontavam a várias gerações, mas ele fora transformado durante a guerra. A máfia caíra, e Nate tinha emergido como alfa, unindo os lobos de Manhattan ao seu redor e formando os Aterrorizadores. Kierse tinha trabalhado com ele por anos até seu próprio mundo desabar. Fazia mais de um ano desde que tinham se separado, mas era bom vê-lo de novo.

– Estou de volta.

Ele tentou puxá-la para um abraço, mas ela o evitou.

– Tá bom, tá bom – disse ela com uma risada.

– Sei que você sentiu minha falta. – Os olhos dele desceram pelo seu corpo e analisaram sua condição rapidamente. Ele deu um assovio baixo. – Parece que você teve uma noite e tanto.

– Você não faz ideia.

Ela não falava com Nate havia um ano, e vê-lo a lembrou dos laços criados entre eles. Depois que Gen tinha salvado Kierse, Colette quisera introduzi-la com segurança no mundo dos roubos. Amberdash era perigoso; aquela noite era prova. Mas Colette tinha um amigo, um lobisomem alfa local, que precisava de uns servicinhos feitos discretamente. Kierse tinha concordado sem hesitar. Eram coisas simples, coisas que ela podia fazer de olhos fechados, mas que a tinham mudado de jeitos que ela não sabia explicar.

Ela não esperava mais que Nate fosse jogá-la de um telhado ou deixá-la como morta no meio de um serviço. De repente, percebeu que... podia confiar nele. Então ele se tornara uma presença fixa no seu mundo.

Até Torra.

Até tudo desabar.

– Você se lembra de Gen e Ethan?

– Claro – disse Nate, apertando a mão de Ethan.

– Bom te ver de novo, Nate – disse Ethan.

– E a Profeta Genesis – disse Nate com um sorrisinho lupino. Ele envolveu um braço ao redor dela com afeição.

– Oi, Nate – disse Gen, tímida.

– Qualquer amigo de Kierse é amigo meu – anunciou ele.

– Qualquer amigo de Colette, você quer dizer – corrigiu Ethan.

– Ei, somos todos família aqui.

Nate era tão discreto que ninguém teria adivinhado que ele era o cabeça dos Aterrorizadores. Mas Kierse sabia que, no íntimo, ele só queria o melhor para a cidade.

– Obrigado, Kara – disse Nate. – Pode voltar ao trabalho.

– Pode deixar. Bom te conhecer, Kierse – disse a mulher antes de se afastar.

Ele pôs um dedo no ferimento no lado do corpo dela.

– Vamos dar uma olhada nisso. Presumo que esteja encrencada, se veio me ver. Faz o quê, um ano?

Kierse assentiu, encolhendo-se enquanto ele cutucava o machucado.

– Não é grave.

– Maura está a caminho. Você vai deixar ela fazer um curativo.

– Tudo bem – aceitou ela.

– Então, o que aconteceu? – perguntou Nate, inclinando a cabeça para ela.

– Aceitei um serviço. Fui pega. – Ele ergueu as sobrancelhas. – Eu sei. Raro. Enfim, o cara me deixou ir embora, mas aparentemente tem inimigos poderosos.

– Quão poderosos? – perguntou ele.

– Druidas.

Nate rosnou baixo.

– Porra, perfeito.

– É, eles atacaram o bordel enquanto os Roletas estavam lá, e então nos seguiram até o festival de rua em Little Italy. A gente escapou por um triz.

— Vocês estão num mundaréu de merda.

— Sei que é um transtorno, mas poderíamos ficar aqui? Só até eu descobrir como tirar esses desgraçados da nossa cola.

Nate a olhou com mais atenção, inclinando a cabeça de um jeito que dizia que ela omitira uma boa parte da verdade. Apesar disso, ele assentiu.

— É claro. Os três parecem ter visto um fantasma. Por que não levo vocês para uns quartos lá em cima? Depois, Kierse, Maura vai dar uma olhada nisso. – Ele se virou para Gen e Ethan. – Algum de vocês está ferido?

Os dois balançaram a cabeça. Nate abriu a porta de novo e os levou por uma escadaria até seus aposentos pessoais.

— Esses aqui servem? – perguntou Nate, apontando para dois quartos.

— São perfeitos – disse Kierse. – Sei que você quer saber mais, mas preciso falar com eles primeiro. Podemos conversar depois que Maura voltar?

Nate apontou a cabeça para a porta.

— Se você não estiver sangrando muito, acho que pode esperar alguns minutos. Eles parecem precisar de você.

— É – disse ela. – Foi uma noite longa. E pode me fazer um favor e contatar Corey, dos Roletas? Ele é namorado de Ethan e deve estar morrendo de preocupação.

— Claro. – Antes que ela pudesse entrar no quarto, ele disse: – Ei, é bom te ver de novo.

Ela sentiu uma pontada no peito ao lembrar o motivo pelo qual parara de vir. Ficara de coração partido quando as coisas não deram certo com a namorada, e nem Nate tinha conseguido consertar o problema. Ela tinha parado de pedir ajuda a qualquer pessoa depois disso. Tinha parado de ver qualquer pessoa que a lembrasse dos velhos tempos. Só a família podia mencionar o que acontecera – sequer dizer o nome de Torra.

— Você também, Nate.

Então ela entrou no quarto para descobrir o que fazer.

Ethan estendera as longas pernas sobre a cama mais distante. Gen havia se sentado ao lado dele e encarava as mãos. Kierse sabia exatamente como ambos estavam se sentindo. Eles tinham sido expulsos de casa. Seu mundo se estreitara àquele quarto vazio e a um futuro incerto.

Uma pontada de remorso a atingiu. Era tudo culpa dela. Fechou os olhos contra a dor causada por esse pensamento. Não, aquilo tinha começado por causa de Graves. Depositou a culpa nele.

– Como estão suas costelas? – perguntou Gen, erguendo os olhos ao ouvir as botas de Kierse.

Ela afastou a jaqueta e examinou o corte.

– É superficial. Maura vai fazer um curativo.

– Queria ter minhas ervas aqui. Pelo menos poderia aliviar a dor.

Embora Gen lesse o futuro nas cartas de tarô, seus dons verdadeiros eram mais medicinais. Ela tinha um talento para fazer a cura de ressaca perfeita, colecionava ervas que Ethan cultivava para ajudar com os muitos arranhões e machucados de Kierse e até inventara uma forma de anticoncepcional. Como a medicina moderna custava tão caro, as habilidades de Gen eram incrivelmente valiosas.

– Vou ficar bem – disse Kierse, afundando na cama na frente dos amigos. – A noite foi longa, mas precisamos falar sobre o que aconteceu.

– Qual parte? – perguntou Ethan. – A parte de quase sermos assassinados ou a audácia deles em atacar o bordel?

– O trabalho – disse ela. – O trabalho e a magia.

– Você não pode ainda estar considerando isso, né? – perguntou Ethan, incisivo. – Ele quase te fez morrer hoje.

– Escuta, eu não estou pulando de alegria com o resultado de ter me envolvido com esse cara. Assim que o vi, soube que ele podia me matar ali mesmo e só havia um motivo para querer me manter viva. Mas posso me aproveitar disso.

– E o motivo é que ele quer que você roube algo pra ele? – perguntou Gen. – Por que você?

Kierse olhou para os dedos. Essa era a parte surreal. E ele ter magia já era bizarro.

– Porque ele acha que eu também tenho magia.

Seus amigos ficaram em silêncio por um momento longo demais. Ela ergueu os olhos para analisar suas reações. Ethan parecia incrédulo, mas Gen tinha ar de interessada.

— Por que ele acha isso?

— Porque a casa dele não estava barrada por sistemas de segurança modernos como as dos bilionários cretinos de quem eu roubo. Ele tem um sistema de proteções. Foi assim que chamou. Usa magia para proteger a casa, e eu simplesmente passei por ela. Ele me testou enquanto eu estava lá, e é verdade. Consigo quebrar suas proteções.

Ethan estava boquiaberto.

— Magia? Sério? Mas achei que toda a questão fosse monstros, *não* magia.

— Foi o que eu disse — admitiu Kierse. — Mas não posso negar o que vi.

— Então você é a única que pode fazer esse serviço — intuiu Gen.

Ethan assoviou.

— Isso significa que pode cobrar o que quiser.

— Acho que ele não liga para o dinheiro, e pretendo cobrar o suficiente para termos um lugar seguro quando tudo isso acabar — disse ela, correndo uma mão pelo cabelo escuro. — Mas ele também é o único que pode me mostrar se eu tenho magia mesmo.

— Então o que vai fazer? — perguntou Ethan.

— O que faço de melhor — disse ela, abrindo um sorriso confiante demais. — Tirar informações e dinheiro de cretinos que não suspeitam de nada.

Gen suspirou.

— Espero que seja tão fácil assim, Kierse.

— Eu já errei alguma vez? — perguntou ela, exagerando a bravata pelo bem dos amigos. Gen e Ethan precisavam acreditar nas habilidades dela tanto quanto Kierse. Precisavam da garantia de que ela tiraria todos eles daquela situação vivos. Depois daquela noite, Kierse também precisava.

Capítulo Nove

— Maura chega em cinco minutos – disse Nate quando enfiou a cabeça de volta no quarto, alguns minutos depois.

Kierse se despediu dos amigos e o seguiu escada abaixo até uma pequena enfermaria. Ele pegou alguns suprimentos para Maura. Ela era enfermeira em um dos últimos hospitais que ainda aceitavam pacientes que não podiam pagar. Tinha feito curativos em Kierse inúmeras vezes quando ela ainda trabalhava para Nate. Era sorte ter alguém assim na casa, considerando como era difícil e caro obter assistência médica.

— Pronta para me contar o que realmente aconteceu? – perguntou Nate.

— Acho que deixei um pouco da verdade de fora. – Kierse desabou numa cadeira com um suspiro.

Nate gargalhou.

— Um pouco? Deixou *tudo* de fora, aposto.

— Olha, eu não quero incomodar você.

— Kierse, você não está incomodando se precisa de ajuda.

— Não preciso de caridade, Nate – disse ela.

— Ninguém disse que precisava. Os Druidas estão atrás de você – apontou ele, batendo a garrafa de antisséptico na mesa e se virando para ela. – O que eu não entendo é o ano passado. Onde caralhos você esteve?

Kierse franziu o cenho.

— Não sei...

— Não, não faça isso. Somos amigos. Podemos falar sobre o que aconteceu com Torra. Você não precisava ter ido embora.

— *Eu não quero* falar sobre isso – retrucou ela, tensa. Engoliu ao redor do nome de Torra. – Tentamos salvá-la. E *falhamos*. Não há nada mais a dizer.

— Tem muito mais a dizer, porra. Você não foi responsável pelo sequestro dela, Kierse – disse ele, rosnando de frustração. – Não é culpa sua que ela se envolveu com as pessoas erradas.

– Eu deveria ter estado lá – disse Kierse, entre dentes cerrados.

– Vocês nem eram um casal quando aconteceu – argumentou Nate.

– Como se isso importasse.

– Ela também era minha amiga, sabia? – disse ele. – Estava trabalhando para mim, como minha bartender, quando vocês se conheceram. Não era do bando, mas quase dava na mesma. Era das minhas, e eles a levaram.

– Acha que não sei disso?

– Então não deveria ter desaparecido.

Kierse se ergueu com um pulo.

– Você não faz ideia do que eu passei. Não tem o direito de...

– Todos nós temos saudade de Torra.

– Nate!

Ele perdeu toda sua raiva assim que a dela foi liberada. Abaixou os olhos.

– Você tem razão. Isso não foi justo. – Ele cruzou um braço sobre o torso musculoso. – Não culpo você pelo que aconteceu. Espero que também não se culpe. Fizemos tudo que podíamos. – Os olhos castanhos dele transmitiam sinceridade quando encontraram os dela de novo. – Um dia, uma semana, um ano, Kierse. Pode contar comigo. Você estar aqui prova isso.

Kierse murchou.

– Obrigada.

– Agora, me conte a verdade dessa vez. Comece do começo e não deixe as partes boas de fora.

Então ela começou do começo. Nate ficou com um olhar chocantemente impassível durante toda a história. Foi só no final dela que suspirou e disse com ênfase:

– Caralho.

Kierse deu uma risadinha.

– É. Foram umas duas horas dos *infernos*.

– E tem certeza de que ele disse Lorcan?

— Absoluta. Você o conhece?

— Se conheço? – disse Nate com uma risada sardônica. – Claro que conheço. Ele é o chefe dos Druidas e um filho da puta aterrorizante.

— Humano?

— Até onde sei. Quando a máfia caiu em Manhattan e consolidamos os lobos na Five Points durante a guerra, entramos em contato com ele e oferecemos uma aliança. Na época, ele tinha influência suficiente para se juntar a nós, mas riu na minha cara e disse que os lobos estavam abaixo dele.

— Graves disse praticamente a mesma coisa sobre os vampiros – admitiu ela.

Ele fez um muxoxo e cruzou os braços gigantes.

— Bem, o que eu não entendo é qual é a posição dele. Lorcan não é alguém com quem quero comprar briga, mas nunca ouvi falar que perseguia inocentes para matá-los nas ruas.

— Bem, aparentemente Graves é inimigo dele.

— E agora seu – acrescentou Nate.

— Maravilha – resmungou ela.

— Se alguém me perguntasse, eu diria que Lorcan é o lado certo dessa briga – disse ele, dando de ombros. – O território dele sempre foi mais seguro para os humanos do que as ruas de Manhattan. Não sei o que ele faz no Brooklyn, mas mantém as pessoas vivas.

— É, bem, ele tentou nos matar. Então não sei se é bom ou mau. Só que está contra nós.

Nate assentiu, mas não teve chance de dizer mais nada, porque uma mulher indiana alta entrou na enfermaria. Seu cabelo castanho volumoso caía em ondas delicadas até a metade das costas, e a luz baixa brincava sobre sua pele marrom-clara.

— Nathaniel O'Connor, o que você fez agora?

— Maura – disse ele, como um homem prestes a agarrá-la. – Olha só você.

Ela tirou a jaqueta, revelando uma bata de enfermagem bordô.

— Nunca estive tão sexy.

Ele deu um sorriso largo e se aproximou da namorada.

– Não precisa me dizer duas vezes.

Quando tentou beijá-la, Maura enfiou a mão na cara dele.

– A paciente primeiro.

Nate rosnou baixo no fundo da garganta.

– Sempre os pacientes primeiro.

Maura riu e foi direto até Kierse.

– Olá, querida. Faz bastante tempo que não te vejo. O que você fez para acabar na minha enfermaria?

– Oi, Maura – disse Kierse. Nunca se acostumava a ver alguém lidando com Nate como Maura fazia. – Faca nas costelas.

– É claro. – Maura pôs mãos à obra, cortando a blusa de Kierse e limpando o ferimento.

Maura tinha deixado Jersey para se tornar enfermeira em Manhattan durante a guerra. Ainda era próxima dos pais e irmãos em casa, e eles se orgulhavam por ela ter feito algo tão altruísta. Conhecera Nate numa das muitas ocasiões em que ele precisara ser costurado, e ele a convencera a entrar na sua folha de pagamento. Então, com seu charme, ele tinha entrado na sua vida, na sua cama e no seu coração.

– Precisa de uns pontos. Vai ser horrível. Nate, dá o uísque pra ela.

– Não preciso.

– Tenho tequila – ofereceu Maura.

Kierse balançou a cabeça.

– *Nah*.

– Você que sabe.

Kierse cerrou os dentes enquanto Maura costurava o ferimento e habilmente amarrava as pontas. Doeu pra caralho, mas depois Maura lhe deu uma troca de roupas e ela se sentiu mais humana quando vestiu a jaqueta de volta.

– Agora, quanto ao assunto em pauta – disse Maura com um sorriso. – O que traz você à nossa porta?

– Ela conheceu ele, Mar – disse Nate.

— Ele?

— Aquele filho da puta assustador sobre quem eu te falei.

— Ah – sussurrou Maura.

— Espere – disse Kierse com alarme crescente. – Vocês conhecem ele?

— Já *ouvi falar* dele. Muitas pessoas ouviram falar dele – confirmou Nate. – É um cara que pode te arranjar o que você quiser, por um preço.

— Bem, ele está *me* contratando para pegar algo para *ele* – disse Kierse.

— Ouvi dizer que ele faz as pessoas assinarem o nome num livro preto para que fiquem presas ao seu acordo com ele e juradas a manter o seu nome em segredo.

Kierse congelou. Era *isso* que ele quisera dizer quando falou que aquilo não faria nada com ela? Tinha assinado aquele livro, mas conseguira dizer o nome dele claramente. Ela guardava os segredos dele, mas só porque não queria pôr os amigos em perigo, não porque *precisava*. Mais uma prova de que ela tinha magia que ele não conseguia controlar. Não era de surpreender que estivesse atrás dela.

— Ah, e ele ajudou a firmar o Tratado.

Kierse o encarou, sem palavras.

— Está dizendo que ele… é um cara legal?

— Não – disse Nate com cuidado, mas aí deu de ombros. – Tenho certeza de que ele fez isso por benefício próprio. Mas também não diria que é de todo ruim.

Kierse mordiscou o lábio, refletindo. Bem, ela não esperara *isso*. Não que mudasse seus cálculos. Não quando ele também era tão perigoso.

— Então o que acha que devo fazer? – perguntou ela.

— Ele é apavorante – disse Nate. – Consegue controlar o fluxo da política e coisas do tipo. Mas também ajudou a humanidade. Eu não iria querer inimizade com ele.

— Então eu deveria aceitar o serviço?

— Se ele quer que você faça, é o tipo de pessoa que consegue o que deseja. Seria melhor fazer isso sob seus próprios termos.

Kierse soltou o ar. A verdade era essa, no fim das contas. Ela não achava que seria tão simples – entrar e sair. Mas também não achava que Graves iria parar. Não quando visse o prêmio ao seu alcance. Seria melhor fazer do jeito dela.

– Além disso, pense no que isso significaria para a causa – continuou Nate.

Kierse arqueou uma sobrancelha.

– Você e a sua causa.

Ele deu um sorrisinho.

– Escute, a gente sabe que o Tratado não resolveu todos os problemas. Ainda há monstros por aí querendo que as coisas sejam como nos velhos tempos. Não querem nenhuma interferência humana. Se você roubar esse prêmio deles, pode nos ajudar daqui para a frente, não é?

Esse era um ângulo que ela não tinha considerado em tudo aquilo. Odiava os monstros pelo que tinham feito com ela e com sua cidade. Por tudo que tinham levado. Nem todos os humanos eram santos, de forma alguma – Jason era prova suficiente de que os homens podiam muito bem ser monstros –, mas ela apreciaria qualquer golpe contra os monstros que queriam destruir a cidade dela de novo.

– Verdade. Mas vou ter de tomar cuidado – disse ela. – Acho que ele não vai ser um alvo fácil.

– É, mas ele nunca enfrentou a nossa Kierse, né? – perguntou Nate.

Maura riu dos dois.

– Deus ajude o homem ou o monstro que encarar Kierse McKenna.

– Obrigada – disse Kierse, com sinceridade.

– Mas eu acabei de sair de um turno de doze horas e preciso dormir – disse ela com um bocejo. Correu a mão pelo rosto pálido, e Kierse podia ver o cansaço do seu emprego naquele olhar. – Fique em segurança e mande notícias. Faz tempo demais que não te vemos.

– Boa noite – disse Kierse.

Maura beijou Nate na boca uma vez antes de deixar os dois sozinhos.

Nate tocou a mão dela, e Kierse não a puxou de volta.

— O que quer que decida sobre esse trabalho, estarei aqui se precisar de alguma coisa. Tenho contatos e o bando. Você não precisa desaparecer de novo. Somos família.

Ela não tinha percebido o quanto precisava ouvir isso. Que alguém acreditava nela e a ajudaria a resolver seus problemas.

— Obrigada. Estou me arrependendo do ano passado.

— Bem, quando Torra foi embora, eu soube que seria ruim.

— "Foi embora" – repetiu ela, num sussurro duro.

Torra não tinha ido embora. Tinha sido levada. Tudo bem, elas estavam tendo um período difícil e provavelmente teriam terminado de qualquer forma, mas aí ela só desapareceu.

— Eu sei – disse ele, inclinando a cabeça de leve. – De toda forma, é bom ter você de volta.

A exaustão pesava sobre ela, e Kierse deixou Nate na enfermaria. Tinha passado mais tempo lá embaixo do que imaginava, porque, quando voltou ao quarto, encontrou as luzes ainda acesas e Corey sentado em uma cama com Ethan. Gen sentava-se na outra.

Gen deu uma batidinha no espaço vazio ao seu lado. Kierse tirou a jaqueta dos ombros e subiu na cama ao lado da amiga.

— Quando você vai? – perguntou Gen.

Corey e Ethan viraram a cabeça bruscamente para ela.

— "Vai"? – perguntou Ethan.

— Você sabia que eu ia?

— Claro. Eu te conheço como a mim mesma, Kierse. Você é a coisa mais próxima de uma irmã que eu tenho.

Kierse engoliu o nó na garganta.

— Eu sinto o mesmo.

— Espera, você não pode sair esta noite – protestou Ethan.

— Está quase amanhecendo – disse ela. – E acho que vocês dois precisam ficar entocados aqui até eu descobrir o perigo que estão correndo.

Gen fez um bico.

— Eu tinha a sensação de que você diria isso.

— Morar aqui? – perguntou Ethan, em choque. Ele se levantou e cruzou os braços. – Não podemos morar aqui.

— É melhor ficarem sob a proteção dos Aterrorizadores até eu conseguir descobrir se ainda estão em perigo.

— Isso é ridículo – disse Corey, apoiando uma mão no ombro de Ethan. – Os Roletas podem proteger Gen e Ethan perfeitamente.

— Não protegeram hoje – disse Gen baixinho.

Ethan fez uma careta para elas.

— Não podemos só ficar aqui. Todas as nossas coisas estão em casa. Nossa vida inteira. Quem vai aguar as plantas?

— Minha mãe pode pedir para alguém cuidar delas – Gen tentou tranquilizá-lo, mas ele não pareceu convencido. Kierse também não estava. Colette tinha muitos talentos, mas fazer as coisas crescerem não era um deles.

— Vocês não vão ter de ficar muito tempo – insistiu ela. – Quando eu concluir esse serviço, vamos ter nossa própria casa, com sua própria segurança, ok? Até lá, só quero que fiquem a salvo.

Corey suspirou quando percebeu que ela não cederia.

— Kierse tem razão. Vocês estarão a salvo aqui. Eu posso trazer as coisas do sótão. E algumas das suas plantas preferidas também.

Ethan encarou o namorado, em choque.

— Você está concordando com isso?

— Sinto muito, Ethan – disse Kierse. – Queria que houvesse outro jeito.

— Eu vou ficar por perto, não se preocupe – disse Corey, com um beijo na bochecha dele. – Não vai ser tão ruim assim.

— Aposto que Nate até te liberaria o telhado para plantar coisas novas – disse Gen. – Sabe como ele é. Vai querer que você fique confortável.

Ethan suspirou.

— Tá. Tá bom, a gente fica.

— Nós te vemos em breve. – Gen a puxou para um abraço.

Mesmo depois de anos sendo amigas, com todo o carinho e a bondade de Gen, Kierse congelou. O problema não era o toque em si; os amigos eram sempre casuais assim. Era a intimidade do toque. Não era só um abraço. Era um abraço de despedida. Um abraço que dizia *eu te amo*.

Mas ela precisava daquilo. Então, deixou a tensão passar e retribuiu o gesto.

– Não vou te dizer para tomar cuidado – disse Ethan.

Kierse lhe deu um sorriso confiante.

– Sempre tomo cuidado.

Ele bufou.

– Todos sabemos que não vai tomar.

– Sério – disse Corey.

Kierse atravessou o quarto.

– Pelo menos vocês me conhecem.

Ethan suspirou.

– Vamos tomar cuidado o bastante por você, ok? Só volte logo.

Ela assentiu, porque palavras não seriam suficientes. Poderia ficar ali com seus amigos, sua família, para sempre, e nunca querer deixá-los.

Gen puxou a amiga para outro abraço e sussurrou, de modo que Ethan não pudesse ouvir:

– Só prometa que vai voltar.

Uma parte dela sabia que não podia prometer nada, mas disse as palavras mesmo assim – embora ambas soubessem que era mentira.

Interlúdio

— Lorcan não vai gostar disso – disse Cormac enquanto parava ao lado dele.

– Vá se foder – cuspiu Declan.

Claro que Lorcan não ficaria feliz. Eles só tinham um trabalho a fazer, e lá estavam eles. Orla fora derrotada, Kierse tinha escapado com os dois amigos, e Graves nem precisara aparecer para salvar o dia.

– Você vai ter de contar pra ele.

Declan deu um olhar fulminante para ele.

– Vá encontrar Orla e a leve de volta pra casa.

– Eu não deveria ir com você?

Declan o encarou.

– Preciso me repetir?

– Não – disse Cormac, depressa. – Não, eu vou encontrar Orla.

Cormac saiu em busca do membro desaparecido da equipe, e Declan correu a mão pelo rosto, tentando descobrir o que diabos faria. Ele não tinha subido na hierarquia até se tornar o segundo em comando de Lorcan cometendo aquele tipo de erro. Era rápido e eficiente, qualidades que Lorcan admirava nele. Fazia as coisas acontecerem.

Bem, não naquela noite.

Então, Declan caminhou até o SUV que eles tinham abandonado enquanto perseguiam a garota. Pulou no banco do passageiro e disse ao motorista para dirigir, e por sorte o homem não fez perguntas sobre os outros. Era esperto demais para isso.

Declan não estava animado para aquele encontro. Se ao menos Graves parasse de, como sempre, meter o nariz onde não fora chamado.

Ele se lembrava da primeira vez que tinha visto Graves, cerca de vinte anos antes. Declan era recém-chegado a Manhattan, vindo de sua pequena cidade natal na Irlanda. Metade das pessoas não entendia uma palavra que saía da sua boca. Ele estivera trabalhando com a escória da máfia de Lorcan havia três meses quando a ordem chegou. Lorcan tinha uma missão especial só para ele.

Ele pensou que era uma recompensa por ter deixado tudo para trás. Talvez os banheiros que ele lavava tivessem ficado impecáveis. Seus olhos brilharam com a ideia, mas ele deveria ter imaginado. Eles ofereciam os piores trabalhos para os novos recrutas, e Declan era totalmente verde.

Ele tinha pegado um SUV bem parecido com aquele em que estava agora e o guiado pela ponte e através da cidade cintilante. O lugar era diferente, naquela época. Mais brilhante, mais vibrante, com carros cobrindo as ruas. Havia menos medo antes do colapso, antes de os monstros saírem à luz do dia. Ele tinha levado meia hora para descobrir onde diabos estacionar. Um problema completamente obsoleto hoje em dia.

Com a caixa de Lorcan em mãos, Declan tinha seguido direto até a porta do desgraçado. Sentia apenas um leve arrepio de medo. Ouvira os outros falarem de Graves. O pessoal o fazia parecer um bicho-papão. Declan tinha duvidado disso até o momento em que o viu.

Graves foi chamado pelo mordomo e, quando apareceu na porta, parecia igual a qualquer outro ricaço de merda que Declan já conhecera. Exceto pelos olhos e pelo fogo. Havia algo estranho nele. Declan captou isso de cara.

A caixa era inofensiva. Ele não fazia ideia do que estava nela quando a entregou a Graves. Mas sorrira como se soubesse e disse a ele:

– Lorcan manda lembranças.

Graves tinha enrijecido ao pegar a caixa. Abrira a tampa, e dentro havia um buquê de flores silvestres irlandesas. Eram do tipo que florescia nos campos atrás do chalé da mãe em tons de amarelo, roxo e azul-escuro. Elas fizeram Declan pensar em seu lar. Ele nem sabia que sentia saudades até aquele momento.

Mas Graves tinha erguido os olhos para ele, e algo reluzira ali. A morte encarnada. Ele jogou o buquê no chão, onde o vaso de vidro se estilhaçou e as flores se espalharam pela entrada da casa. Em seguida, veio na direção de Declan.

Ele gostaria de poder dizer que tinha sido corajoso e encarado o bicho-papão com firmeza, mas sabia que Graves pretendia matá-lo. O sujeito tinha enlouquecido por causa de uma caixa de flores. Então Declan pôs o rabo entre as pernas e correu – correu o mais rápido que suas pernas conseguiam. E, desde então, odiava o desgraçado. As flores de Lorcan tinham sido uma ameaça, mas, pelo amor de Deus, não se matava o mensageiro.

Declan saltou do suv quando chegou ao quartel-general deles no Brooklyn e tomou o elevador até o escritório de Lorcan. À sua entrada, um sabiá bateu as asas em uma gaiola próxima.

– E aí? – perguntou Lorcan. – Estão mortos?

– Eles escaparam.

O chefe ergueu os olhos da papelada na sua mesa. Seus olhos azuis continham uma ameaça.

– O quê?

– Entraram num táxi. Perdemos eles no território dos Aterrorizadores.

Lorcan se empurrou para longe da mesa e foi até a janela.

– E Graves?

– Nenhum sinal dele.

– Hum – disse Lorcan, olhando para as ruas do Brooklyn à frente. – E você tem certeza de que era a mesma garota que saiu da casa dele?

– Absoluta. – Declan limpou a garganta. – O fato de ela ter escapado da gente prova o valor que tem para ele. Isso nunca aconteceu antes.

– Ela sabe sobre o acordo?

– Não parecia saber quem a gente era – admitiu Declan.

A boca do chefe se curvou para cima.

– Bem, isso vai mudar, não é?

Declan temia aquele sorriso.

– Quer que eu vá atrás deles?

Lorcan ergueu a mão, sem olhar para ele.

– Você fez o suficiente. Eu assumo a partir daqui.

Declan reconhecia uma dispensa quando ouvia uma. Saiu às pressas do escritório de Lorcan, amaldiçoando o nome de Graves outra vez. Desgraçado.

Parte II

O ROUXINOL

Capítulo Dez

Kierse saiu do Five Points e voltou para as ruas de Manhattan. Precisava deixar o West Village e seguir para a cidade alta, mas conhecer as rotas de ônibus e metrô já não era suficiente.

Embora Nova York estivesse começando a se recuperar, meios de transporte ainda eram um luxo. Ela ainda estava arrependida de ter tomado um táxi às pressas na noite anterior. Se tivesse qualquer outra opção, a teria escolhido. Os ônibus passavam semirregularmente, para quem tinha a sorte de estar na rota deles, mas o metrô era a melhor aposta. Já não era sempre seguro antes do colapso, na época em que a polícia se dava ao trabalho de patrulhar a cidade, mas agora era um mundo próprio. Perigoso e mortífero e cheio de gangues... e monstros. O metrô era metade do motivo para Kierse sair de casa armada toda noite.

Ela teria adorado pegar um ônibus, mas Nate recomendara algumas entradas de metrô controladas pelos Aterrorizadores. Ela podia ter pegado o trem 1 até o Upper West Side, mas precisava de um minuto para pensar no que fazer antes de voltar até Graves. Em vez disso, seguiu para o norte, em direção à 6th e à 14th Streets, para pegar o trem F, mais familiar, direto até Midtown.

Tensionou os ombros enquanto descia para o metrô. Luzes tremeluziam acima, mal iluminando a penumbra. Outra consequência de ter monstros à vista do público eram os trolls que cuidavam das entradas do metrô. Eles se associavam com certas gangues e obrigavam vítimas desavisadas a pagar pedágios. De certa forma, era como pagar para cruzar uma ponte.

— Thad — cumprimentou ela com um aceno de cabeça ao se aproximar do troll naquela estação.

Ele resmungou alguma coisa. Kierse se obrigou a se manter firme diante do troll adulto. Ele tinha quase o dobro da sua altura, com ombros carnudos e braços grossos como clavas. A cabeçona apoiava-se quase plana nos ombros, e os olhos eram pequenos e redondos. O retorcer cruel dos lábios e o brilho nos olhos pretos diziam que ele preferiria esmagá-la a permitir que passasse. Mas, com o Tratado em vigor, enquanto ela pagasse o pedágio tudo ficaria bem. Ela esperava.

– Nate disse pra me deixar passar – disse Kierse, revelando o broche de uma lua crescente com cinco estrelas que revelava sua associação com os Aterrorizadores.

Ele se ergueu até sua altura considerável.

– Você ainda precisa pagar.

Ela odiava o ritual, odiava ter de pagar um pedágio para usar um serviço que já cobrava uma taxa. Mas era mais fácil do que passar atirando, o que ela tinha feito uma vez quando tropeçara na estação errada, comandada pelos monstros errados, no East Village.

Nate lhe garantira que ela não precisaria pagar, mas ela não estava disposta a lutar com um troll para descobrir se ele estava certo. Tirou uma nota de cinco do bolso e a entregou para ele. Tinha pagado muito mais em outras estações e torceu para que ele não pedisse mais.

Ele levou um minuto para decidir se era o que queria. Trolls não eram muito inteligentes. Os pagamentos eram mais uma questão de poder do que de dinheiro. Finalmente, Thad guardou o dinheiro e apontou a cabeça para as profundezas da estação. Kierse já tinha um cartão do metrô em mãos e pulou no próximo trem F que ia no sentido norte. Pegou o primeiro assento disponível, acomodando-se cuidadosamente entre outros humanos que não queriam nada com ela. No último segundo, um transmorfo entrou com um goblin. Ambos estavam armados até os dentes e quase ondulavam com malícia. Todo mundo imediatamente desviou o olhar, incluindo Kierse. Já tinha problemas suficientes.

O motivo de ela amar o trem F era por ser a rota mais direta até Midtown sem as paradas mais... desagradáveis. Era uma regra tácita evitar a parada do trem 1 na Times Square. Os turistas ainda eram idiotas a ponto de usá-la, mas Kierse sempre saía na parada anterior e corria se precisava ir lá para perto. Rejeitava igualmente os trens 4, 5 e 6 no sentido norte, embora às vezes fossem mais rápidos. Parar na Grand Central era pedir encrenca. Ela tinha arrepios só de pensar.

Não, o F era o mais seguro. E quando reemergiu nos primeiros raios de luz matinal na 57th Street meia hora depois, ela ficou feliz de sair do metrô. Embora tivesse estado na cidade alta na noite anterior, o contraste era pior durante o dia. O mundo todo era claro e vibrante, com arranha-céus de vidro, restaurantes abertos sem barras nas janelas, mães empurrando bebês em carrinhos, estabelecimentos com placas coloridas convidando os transeuntes a entrar, e nenhuma figura surrada à vista. O dinheiro podia comprar a felicidade.

Kierse precisou enfiar as mãos nos bolsos da jaqueta para controlar seu hábito de furtar. Era difícil ignorar os cordeirinhos ingênuos que perambulavam de olhos arregalados, implorando para serem furtados. Mas a polícia realmente patrulhava aquelas ruas, e Kierse já tivera problemas suficientes para um dia.

Em vez disso, seguiu para o Upper East Side, direto até sua padaria judaica preferida. Tinha sido um lugar famoso na sua primeira localização, na Madison Avenue, por décadas. Mesmo durante a Guerra dos Monstros, só tinha fechado por alguns meses. Depois de pagar pelos doces, ela apanhou o saquinho de papel cheio de cookies preto e brancos, *rugelach* e *babka* de canela e seguiu para as ruas mais movimentadas. Revirou os olhos ao avistar uma casa de chá repleta de monstros que recordavam os bons tempos. Mulheres ricas costumavam gostar daquela lojinha, com seus sanduichinhos e sobremesas, antes da guerra. Então descobriram que um súcubo a usava para encontrar vítimas das quais se alimentar. Kierse pegou um cookie e o mordeu enquanto atravessava a rua até o Met.

Sentou-se nos degraus da escadaria do museu e encarou a famosa estátua de Coraline LeMort enquanto tomava seu café da manhã. Coraline estava parada num pedestal com os ombros aprumados e o queixo erguido. Seus olhos eram límpidos como o céu, vislumbrando um futuro que ela nunca veria, mas que imaginara enquanto lutava pela união dos monstros, mesmo antes que os humanos soubessem da existência deles. Kierse sempre se perguntara o que Coraline teria pensado do fato de sua morte ter sido o estopim da Guerra dos Monstros. Será que teria ficado decepcionada? Ou nem sequer surpresa?

Ela nunca soubera, claro, porque a mataram – e tudo tinha mudado.

Os lindos degraus do Met poderiam enganar uma pessoa e levá-la a pensar que o mundo estava de volta a como era antes da guerra. Que a morte de Coraline não fora em vão. Mas Kierse tinha um mapa mental da cidade, e ele não mostrava só prédios – e sim territórios. As gangues humanas que haviam se unido para sobreviver à guerra. Os Roletas defendendo o Lower East Side contra seus maiores competidores, os Jackals em Nolita. Havia mais meia dúzia de gangues espalhadas pela cidade. E também jogadores de mais peso: os Cavalheiros no East Village, a máfia italiana em Little Italy e os Druidas no Brooklyn.

Pior ainda era o território dos monstros, cuja maior parte estivera sob controle desde a guerra, mas que às vezes ainda era disputado de formas que podiam ser catastróficas para humanos – pelo maior clã vampírico no Upper East Side e pelo bando de lobisomens concorrente de Nate no West Village, para citar alguns. Isso sem falar dos territórios disputados, como a Times Square.

Pelo menos essas entidades seguiam o Tratado dos Monstros. Havia outros monstros que não acreditavam que deveriam estar sujeitos aos humanos dos quais se alimentavam. Algumas facções expressavam seu desagrado publicamente, outras só viviam como se o Tratado não existisse, e a pior delas tinha se organizado – os Homens de Valor.

Kierse ouvira sussurros sobre os Homens de Valor por anos antes que eles levassem Torra. A única coisa positiva que podia dizer a respeito da organização insana e sedenta de sangue era que, apesar da palavra "homens" no seu nome, eles não limitavam seus membros a esse gênero. Eram só... monstros terríveis que queriam matar todos os humanos. Maravilha.

Engoliu em seco enquanto encarava Coraline LeMort e se indagava se tudo isso teria sido diferente. Caso ela tivesse sobrevivido e a guerra nunca tivesse começado, será que Kierse ainda teria sua namorada?

Ela jogou o saquinho numa lixeira, ainda pensando em Torra, enquanto seguia para o Central Park. Conforme a neve caía suavemente, percorreu os caminhos recobertos de folhas e passou pela casa de barcos de telhado verde até chegar na Fonte de Bethesda. A anja no centro da famosa fonte olhava para seus súditos abaixo. Kierse sempre a imaginara julgando-os por sua humanidade.

Kierse não a culparia. A única pessoa que ela realmente responsabilizava pelo destino de Torra era si mesma. Pouco mais de um ano antes, os Homens de Valor a tinham raptado por conta de uma dívida que Kierse nem sabia que Torra tinha. Um dia ela estava em casa, e no seguinte sumira sem deixar rastro. Kierse devia ter estado lá naquele dia. Mas elas tiveram uma briga enorme na noite anterior. Ela tinha dito coisas horríveis. Torra lhe dissera para ir embora, e ela fora. Então nunca a vira de novo.

Ela se deixou cair num degrau coberto de neve na frente do lago, afundando em sua melancolia enquanto observava de longe algumas sereias se banharem. Poucos ousavam entrar naquelas águas agora, e Kierse não era idiota. As sereias podiam caminhar em dois pés quando queriam, que era o jeito como tinham chegado ao lago, mas ninguém queria estar no caminho delas quando o faziam. Elas atraíam marinheiros para a morte, tinham vozes como de pássaros canoros e dentes como de tubarões.

Uma delas a encarava agora.

– Olá, linda.

Kierse sorriu, sem ser atraída pela voz doce. A sereia parecia pura inocência, se você conseguisse relevar o fato de que provavelmente queria afogar Kierse no fundo do lago e guardá-la para fazer um lanchinho mais tarde.

– Hoje não – disse Kierse à sereia, que borrifou água nela, irritada, e saiu nadando.

Kierse considerou sua situação enquanto atravessava o Terraço de Bethesda e o Mall, lentamente virando a oeste em direção à casa de Graves.

Os monstros tinham tirado tudo dela. E agora nem mesmo seu santuário estava a salvo.

Graves também não era uma opção segura. Não que ela já o tivesse considerado assim. Mas era ele quem consertaria o que ela tinha quebrado, e nem sequer a veria chegando.

Capítulo Onze

Kierse parou diante da mansão de Graves. Cada entrada e saída estava mapeada em sua mente. Os melhores lugares de sombra conforme o sol se movia através da propriedade. Os movimentos de quem entrava e saía... exceto, aparentemente, o dono. Ela tinha feito a lição de casa, mas ele a pegara no pulo. Ficar parada ali agora a fazia sentir que tinha aberto mão de parte de sua estratégia de batalha para se tornar o peão de outra pessoa. Mas ela não era peão de ninguém.

Inspirando fundo o ar frígido, ela se revestiu em uma mortalha de confiança e subiu os degraus diante da mansão do demônio. Apenas um dia antes, ela se preocupara com a neve e com as pegadas que deixaria para trás. Agora, propositalmente as deixou ali, anunciando sua chegada a todos que estivessem observando.

Ela estremeceu – dessa vez, não de frio.

A aldrava de ferro era antiquíssima: um dragão na forma de um número oito com a ponta da cauda curvada e uma coroa de azevinho flutuando sobre a cabeça. Talvez fosse o símbolo dele. Afinal, colocara azevinho em toda a propriedade. De toda forma, o objeto deixou uma impressão de peso quando ela ergueu a argola gigante e a bateu três vezes contra a porta imponente.

A porta se abriu para dentro com um rangido, e o mordomo apareceu na entrada. Era um homem grisalho de altura mediana, com passos firmes e um olhar azul gentil. Ela supôs que tinha cinquenta e tantos anos, mas ao olhar melhor viu que ele estava mais em forma do que presumira. Como se seus cinquenta anos tivessem endurecido o corpo. Para qual propósito, ela não fazia ideia.

– Bom dia. Srta. McKenna, presumo? – perguntou ele com um ar animado e um leve sotaque britânico.

— Isso. Sou eu.

— Excelente. Saia do frio. É encantador tê-la na residência.

— Há, obrigada – respondeu Kierse.

— Permita-me levar seu casaco – disse ele, ajudando-a a tirar a jaqueta de couro.

— E você é?

Ele sorriu.

— Eu sou Edgar.

— É um prazer conhecê-lo, Edgar.

— O prazer é todo meu, srta. McKenna.

— Kierse. Pode me chamar de Kierse – disse ela, com seu sorriso mais inocente.

— Como desejar.

— Há quanto tempo trabalha para Graves?

Edgar só fez um gesto para chamá-la.

— Siga-me e vamos aquecer a senhorita. Está nevando muito hoje.

Kierse apreciou a evasão. Não esperava que ele revelasse segredos do seu patrão, mas não custava tentar. Ela o deixou guiá-la através da casa. Estava tão asquerosamente opulenta como sempre, com tapetes persas e tapeçarias e pinturas de valor inestimável. Kierse era uma ladra. Sempre conseguia atribuir um valor a cada item que via, sabendo exatamente por quanto poderia vendê-los. Mas a casa de Graves estava em outro patamar. Era o tesouro de um dragão. O símbolo na aldrava sem dúvida combinava com o lugar.

Os recursos dele pareciam ilimitados. No entanto, para a única coisa que ele queria e não conseguia obter, ele precisava dela.

Edgar a levou para uma sala de visitas aconchegante, com o fogo aceso numa lareira do tamanho de uma criança pequena. Não havia nenhuma outra luz no aposento. Nada de eletricidade. Só o brilho suave do fogo, relevando poltronas acolchoadas de veludo, almofadas de pele macia e mesas de madeira entalhada. Uma estante de madeira estava adornada com o tipo de bugigangas que Kierse colecionava para seus clientes. De alguma forma, os vasos e estatuetas entalhadas e velas não pareciam deslocados. Complementavam a sala.

Graves não podia ser um espectro. Eles amavam a opulência tanto quanto os vampiros, mas ela não conseguia imaginar um espectro gostando de fogo alto. Para não mencionar que ele a tocara e ela não perdera parte de sua alma, então tinha riscado isso de sua lista também.

Kierse havia contado a Gen e Ethan que ele não parecia com nenhum outro monstro que ela já vira, mas até saber a verdade não podia parar de se perguntar.

– Vamos, sente-se, querida – disse uma mulher, entrando alvoroçada depois dela carregando uma bandeja de prata com um bule, xícaras e pires, assim como alguns biscoitos e pequenas iguarias. Tinha um sotaque britânico mais forte que o de Edgar. Como se o mordomo tivesse se esforçado para perdê-lo, mas a mulher gostasse de tê-lo.

Kierse a seguiu até a poltrona mais convidativa e se sentou.

– Eu sou Isolde. Não ligue para Edgar, ele não está acostumado com convidados – disse a mulher, com um sorriso caloroso. Tudo nela era caloroso, do cabelo castanho preso em um coque no topo da cabeça ao seu vestido de criada preto e branco, à suavidade de seu rosto enrugado. – Estamos encantados em tê-la na residência. Como gosta de seu chá?

– Há... quente?

Isolde riu baixo.

– Somos britânicos, querida. O chá sempre deve ser quente.

– Certo. Claro. Earl Grey com mel é o meu preferido, mas como a senhora gostar está ótimo.

– Vou lembrar disso – disse Isolde tranquilamente. – Mas, por ora, temos leite e açúcar.

Kierse a observou servir o chá, fascinada. Não era como Gen fazia chá no sótão. Era mais como as damas elegantes da cidade alta, com suas pequenas xícaras e pires e sanduichinhos.

Isolde lhe estendeu a xícara, e Kierse a levou aos lábios.

Seus olhos se arregalaram.

— Isso é excelente.

— Ainda a transformaremos em britânica — disse Isolde, sorrindo largo. — Agora, coma uma broinha com geleia e creme. Voltarei se precisar de qualquer coisa.

Kierse tentou beber o chá tão delicadamente quanto a xícara e o pires sugeriam que deveria ser bebido. Ela olhou para a bandeja para pegar uma broa, mas viu que só havia biscoitos. Depois de passar creme e geleia de morango em um, mordeu-o. Em seguida, rapidamente devorou mais dois. A comida era... incrível. Como se um sabor extra tivesse sido acrescentado a cada porção.

— Fico contente que você pareça gostar das minhas iguarias — disse Graves, da porta.

Kierse derrubou um pouco de chá no pires, baixando a xícara enquanto se levantava depressa ao escutar a voz dele. Não o ouvira se aproximar.

Ele estendeu a mão enluvada.

— Por favor, sente-se — disse, se encostando no batente.

Quando ela não fez isso, ele entrou na sala e fechou a porta atrás de si. Sentou-se na poltrona à frente dela, e Kierse enfim se acomodou de novo.

— Sabe, houve uma época em que era comum beber do pires. Hoje em dia é deselegante, claro.

Um novo pensamento surgiu. Ela lhe deu um olhar de suspeita.

— Isso foi enfeitiçado?

O lábio dele se ergueu num canto.

— A comida? Não. Isolde é só a melhor cozinheira que já encontrei na vida. Também devoro as broas dela com um fascínio doentio.

Os olhos de Kierse pousaram nos lábios dele, enquanto ela imaginava um homem como aquele devorando qualquer coisa.

— Você decidiu aceitar o serviço — ele disse como uma afirmação, não uma pergunta, e Kierse ficou irritada.

— Chegaremos nessa parte — disse ela, recostando-se e forçando-se a aparentar calma. As negociações já tinham começado. Ela não podia dar para trás agora. — Primeiro tenho algumas perguntas.

O rosto de Graves também estava impassível, mas ele estendeu a mão para encorajá-la a continuar.

– Qual é a sua associação com os Druidas?

Se ele ficou surpreso com a pergunta, não demonstrou.

– "Associação" é uma palavra incorreta – disse ele, cruzando uma perna sobre o joelho e se recostando contra um braço da poltrona.

– Inimigos? – sugeriu ela. – É isso que eles são? Vai me falar que os irlandeses são os vilões e os britânicos são os mocinhos? Porque não pega bem.

– Nem tudo é o que parece. – O rosto dele continuou calmo quando acrescentou: – Não há vilões nem mocinhos. Não estamos em um conto de fadas.

– Não, eu não seria perseguida por capangas armados em um conto de fadas.

– Depende da história que estiver lendo. – Ele arqueou uma sobrancelha como se a desafiasse a objetar. – E, uma vez que trabalhar para mim, você estará sob minha proteção. Os Druidas não serão um problema.

– Lorcan de repente não vai mais me querer morta?

Graves franziu o cenho ao ouvir o nome.

– Lorcan e eu temos um… acordo. Eu não vou atrás do pessoal dele se ele não vier atrás do meu.

– Um cessar-fogo com o inimigo. Isso é conveniente, mas não ajuda em nada a garantir a segurança dos meus amigos, que ele também tentou matar.

Graves ergueu uma mão enluvada.

– Eles parecem bastante seguros com seus amigos Aterrorizadores.

Kierse não se surpreendeu. Claro que ele já sabia o que tinha acontecido e exatamente onde Gen e Ethan estavam. E ela tinha de acreditar nele. Gen e Ethan estavam seguros com Nate. Ela não tiraria mais nenhuma informação de Graves sem dar algo em troca. Precisava mudar de tática se quisesse sobreviver àquela negociação.

– Você é o motivo de termos o Tratado?

– Eu estava envolvido – disse ele, casualmente, como se o Tratado não tivesse mudado o mundo inteiro.

— E o assinou?

Ele pareceu achar a pergunta engraçada.

— Você assinou?

— Eu não estava envolvida – lembrou ela. – Mas você sim.

— Eu lhe garanto que tinha meus próprios objetivos.

— Não duvido – disse ela, seca.

Kierse esperou para ver se Graves diria mais, mas ele não disse. Normalmente, conduzir a conversa assim fazia as pessoas começarem a falar – a maioria queria falar sobre si. Mas Graves parecia se contentar com o silêncio.

Bem, tinha valido a pena. Ao menos ela obtivera algumas garantias dele, mesmo que não explicitamente. Gen e Ethan ficariam a salvo. Lorcan não a incomodaria. Graves tinha ajudado com o Tratado dos Monstros, mas não o tinha assinado. Ele devia concordar com os seus termos, se estivera envolvido. Então provavelmente não a mataria sem motivo. Provavelmente.

— Aceito sua proposta com algumas condições.

— Ah, é? – Ele se recostou na poltrona, abaixando o pé no chão. Suas mãos ainda estavam naquelas luvas de couro preto finas. As maçãs do rosto eram afiadas como navalhas à luz do fogo.

Kierse cerrou os dentes, sustentando o olhar dele. Quase se engasgou com as palavras que saíram da boca.

— Quero dez milhões de dólares.

Graves não piscou.

— Três milhões.

— Não vou negociar meu salário. Se você não pagar, eu vou embora.

— Cinco milhões.

Ela estreitou os olhos.

— Eu sou a única pessoa que pode fazer isso pra você, então conheço meu valor. Dez milhões. E metade antecipado.

— Tudo bem – rosnou ele, claramente irritado por estar cedendo às suas demandas. – Mas só pagarei o resto após a conclusão da tarefa. Suas despesas vão passar por mim.

– Feito.

Ela escondeu um sorriso. Puta merda. Não esperava que ele aceitasse mais que três milhões.

Ela já tinha conseguido as principais recompensas que queria: dinheiro e segurança. Não esperava que ele garantisse a dela, claro. Kierse podia morrer naquele trabalho. Sabia disso desde o começo. Sua verdadeira preocupação eram os amigos.

Porque ela sairia viva daquele merda se conseguisse, mas, se não, eles eram tudo que importava. Sua família de escolha tinha de sobreviver.

Ela ergueu o queixo.

– E, se eu morrer, o dinheiro fica com Gen e Ethan.

Ele assentiu uma vez.

– Preciso que diga que concorda – exigiu ela. – Eles são o que importa aqui. Eu faço o serviço. Eles recebem o dinheiro. E ficam a salvo.

Algo que parecia surpresa reluziu nos olhos de Graves com a exigência, mas tudo que ele disse foi:

– Feito.

– Bom.

– Mais alguma coisa? – perguntou ele.

A única outra coisa que ela queria mesmo eram informações, mas Graves não parecia o tipo de pessoa que contaria tudo que ela quisesse saber. Kierse duvidava, na verdade, de que sequer contaria tudo que ela precisava saber.

Era assim que ela operava, de toda forma. Só com as informações mais essenciais. Não podia pedir a ele diretamente as informações que queria, mas não se envolveria naquilo sem esperar descobrir mais sobre si mesma também.

– Não vou pedir que garanta a minha segurança, mas acho que ambos sabemos que a verdadeira moeda nesta cidade é a informação. Não posso ser o recurso valioso que você precisa que eu seja sem saber o que posso fazer.

– Você será treinada – disse ele simplesmente.

— Em magia? — Ela quase se engasgou com a palavra, mas conseguiu manter a cabeça erguida e encontrar o olhar rodopiante dele.

— Sua magia, sua mente, seu corpo.

Os olhos dela se arregalaram.

— Explique o que isso significa.

— Se trabalhar comigo, receberá tarefas educacionais e treinamento em armas.

— Confie em mim, sou bem habilidosa com armas.

— Não com lanças.

Ela lhe deu um olhar desconfiado.

— Por que eu precisaria saber como empunhar uma *lança*?

— Porque, srta. McKenna – disse ele seriamente –, é isso que você vai roubar.

— Ah – sussurrou ela. Bem, agora tinha mais perguntas. – Por que quer roubar uma lança?

— Sou um colecionador. Coleciono objetos raros. Como você talvez tenha notado quando investigou minha casa.

Não adiantava negar.

— Notei mesmo. E você precisa disso para sua coleção? Por dez milhões de dólares?

Graves nem piscou.

— Vale isso para mim.

— Tá bem. – Ela rangeu os dentes. – Certo. Treinamento em armas. Mas tarefas educacionais? Que tipo de tarefa?

— Eu não lido com pessoas incultas – disse ele secamente. – Vou lhe providenciar livros para ler, e nós iremos discuti-los.

— Incultas – repetiu Kierse, com os olhos semicerrados. Ele só sustentou seu olhar, como se a desafiasse a discordar. Ela era uma ladra; não tinha o luxo de ter cultura. – Então, leitura, armas e aulas de magia.

— Quando você estiver pronta, sim.

— E vou aprender sobre a sua magia? – perguntou ela.

Aqueles olhos cinza pareciam quase impressionados com a audácia dela.

– Você tem coragem, devo admitir.

– Isso é um não?

Ele se levantou, abotoando o paletó escuro.

– Se é informação que você quer, eu a aplaudo por tentar. Sou um homem de muitos segredos. Não há ninguém que saiba todos eles. Pouquíssimos sabem *algum* deles. A maioria das pessoas nem sequer conhece meu nome ou meu rosto. Você vai ter de aceitar o que eu oferecerei.

– E o que vai ser?

– Eu a treinarei do jeito como sei. Você pode ou não gostar disso. Pode usar o que descobrir sobre si no processo, mas todo o resto... – Ele acenou uma mão como que para dizer que aquilo estava além do controle dele. – Meus segredos pertencem a mim.

Kierse se levantou e sustentou o olhar dele, apesar de sentir que deveria se encolher. Graves tinha entendido direitinho a sua linha de questionamento. Aquilo seria mais difícil do que ela tinha pensado.

– Entendo – disse ela, oferecendo a mão.

Ele não a aceitou. Em vez disso, disse:

– Então vou apresentar os meus termos.

Ela deixou a mão cair e esperou o lado dele da negociação. Fora o dinheiro, o dela não tinha ido como planejado, então também não facilitaria para ele.

– Que são?

– Você deve ficar na minha residência.

Ela abriu a boca para rejeitar – de jeito nenhum ficaria ali –, mas ele prosseguiu sem hesitar:

– Isso não é negociável. Você não pode ficar com seus amigos e esperar mantê-los a salvo. Você fica *aqui*. – Ele esperou que Kierse discutisse, mas ela não podia.

– A segurança deles é minha prioridade.

Ela odiava que ele soubesse disso. Mas agora eles eram aliados, ainda que o vínculo fosse frágil. Com sorte, isso significava que ficariam seguros.

— Entendido – disse ele. – A próxima exigência é que você sempre tenha consigo um celular.

— Não tenho celular. – O que ele provavelmente sabia. Muitas torres tinham caído durante a guerra, e depois que finalmente foram consertadas, os planos ficaram ridiculamente caros. Kierse não podia bancar essa despesa.

Graves deu de ombros.

— Posso fornecer um.

— Dois. Assim posso dar um a Gen e Ethan.

— Não. Eles são preciosos para você, o que significa que podem ser usados contra você. Vai ser melhor para você, e para eles, se parar de vê-los.

— Isso está fora de questão.

— Você quer que eles morram? – perguntou ele, ríspido. – Gostaria de ver Lorcan pôr uma bala neles? Gostaria que um dos lacaios dele seguisse você por aí até revelar a localização deles e os dois serem assassinados a sangue-frio?

Kierse engoliu a bile que subiu pela garganta, odiando que ele estivesse certo. Ela nunca sacrificaria Gen e Ethan. Estava aceitando aquele trabalho pela segurança deles. Mas não podia só deixá-los pensar que ela nunca voltaria.

— Você não pode proibir o contato antes de eu avisar a eles que vou ficar aqui. Eles vão fazer algo idiota, como tentar me encontrar – disse ela.

— Contate o seu Aterrorizador e avise-o. Depois disso, trabalhará para *mim*. Significa que vai morar aqui e não vai arriscar mais a vida deles.

Kierse tensionou a mandíbula, frustrada, mas assentiu. Como sobreviveria por tanto tempo sem Gen e Ethan? Por outro lado, não era mais importante que eles sobrevivessem sem *ela*?

Quando viu que ela tinha concordado, Graves continuou:

— O último é o mais importante: não conte a mais ninguém os meus segredos.

— Que segredos? – perguntou ela, inocente.

O olhar dele a fulminou.

— Eu não posso ater você a sua promessa. E essa *parceria* requer um nível de confiança que não dou a ninguém há anos. Me dê um motivo para confiar em você.

Bom. Ela estava feliz que ele não pudesse atê-la a suas promessas. Acabara de admitir outro benefício do fato de sua magia não funcionar nela. Kierse não era só valiosa; era um risco. Ele não a estava mantendo por perto para treiná-la. Queria ficar de olho nela. Muita coisa começava a fazer sentido.

– Seus segredos pertencem a você. – Ela jogou as palavras de volta para ele.

Mas não fez promessas. E podia ver como Graves odiava não poder forçá-la a manter sua palavra. Ela apenas encontrou aquele olhar duro com um sorriso. Negociações eram uma via de mão dupla.

Ele esperou que ela falasse algo mais, mas Kierse segurou a língua. Chamas dançaram nas íris dele.

– Terá de ser suficiente. – Ele estendeu a mão. – Temos um acordo?

Ela estava fazendo um pacto com o diabo, mas ainda assim segurou a mão de Graves. Era um tipo antigo de magia, aquele laço entre eles.

– Temos um acordo.

Capítulo Doze

Graves puxou a mão de volta.
— O pacto está firmado.
— Então começaremos hoje.

Agora que a parte difícil tinha acabado, Kierse estava ansiosa para aprender tudo que pudesse. Quais exatamente eram todos os seus talentos interessantes? Por que ela podia atravessar proteções? O que tudo isso significava?

Graves só enfiou as mãos nos bolsos.
— Você pode começar depois que dormir.

Ela estava cansada. O dia anterior tinha sido... impossível. Entre o roubo que tinha dado errado, a perseguição e a fuga para a casa de Nate, ela estava acabada. Tinham se passado trinta e seis horas desde que dormira por ao menos um segundo. Ainda assim... ela queria respostas.

— Ainda estou meio ligada, pra ser sincera – disse ela. — Eu poderia começar agora mesmo.

— Talvez – disse Graves, observando-a de cima a baixo como se não acreditasse. — Mas preciso que esteja lúcida para começar seu treinamento com lanças. Descanse por algumas horas e então encontre Edgar na minha sala de treino.

— E quando começaremos o treinamento de magia?

— Tenho outros negócios para cuidar hoje. Vou lhe mostrar seus aposentos, e podemos conversar quando eu voltar.

Graves abriu a porta para ela, e Kierse foi até lá com propósito.
— Você já tem um quarto arrumado pra mim?
— Isolde o preparou enquanto você estava sentada nos degraus do Met.

Ela arqueou uma sobrancelha.

– Eu deveria ficar impressionada que você tenha mandado alguém me seguir?

– Você deveria ficar mais atenta ao seu entorno.

A verdade era que ela sentira olhos sobre si no segundo em que tinha deixado a casa dele na noite anterior. Não sabia se era ele ou os Druidas ou ambos. Sentira todos eles, mas não soubera o que significava até ser tarde demais.

– Essa é minha primeira lição? – provocou ela. – Eu sei como escapar de alguém me seguindo.

– Não o bastante, pelo visto. – Os olhos dele percorreram o rosto de Kierse, como se não conseguisse entender qual era o jogo dela. Ele apontou para o corredor além.

– Ai – disse ela, colocando a mão sobre o coração. – Fala sério, você parece o tipo de cara com quem toda interação é uma lição. – Ela saiu de costas da sala enquanto ele vinha em sua direção. – Poderia começar me ensinando o óbvio: o que eu sou? O que posso fazer?

Ele não respondeu; só começou a descer o corredor.

– Sabe, você nunca chegou a perguntar sobre o trabalho.

– Vamos roubar uma lança – disse ela. – Você já me falou.

– Mas não falei mais nada.

Ela deu de ombros.

– Não importa.

Kierse conseguia roubar qualquer coisa de qualquer pessoa. Até de Graves, se precisasse. Os detalhes do trabalho não eram importantes – a menor de suas preocupações. Ela suspeitava que alguém como Graves tinha um plano para o que ela estava prestes a fazer. Seria como qualquer outro serviço – só que com mais chances de matá-la.

– Eu não ficaria excessivamente confiante – disse Graves.

– Não estou. Confiança excessiva leva a pessoa à morte. Tenho a autoconfiança que preciso ter, sendo uma ladra. A maioria das pessoas vê esse trabalho como um talento vulgar, mas sou boa no que faço. É disso que você precisa. Por qual outro motivo me contrataria?

Graves não tinha resposta para aquilo. Seus olhos deslizaram para os dela de novo, avaliando, talvez aprovando.

Kierse alinhou o ritmo com as longas passadas dele enquanto Graves a conduzia até a escadaria gigante no centro da casa. Subiram dois lances. Ela poderia ter se perdido, de tão enorme que era o lugar. Estava acostumada com o bordel de Colette. Era menor que a mansão de Graves, mas grande o suficiente para acomodar as mulheres que ela abrigava. Todos aqueles quartos. Todas as trabalhadoras. Mas aquilo... ninguém morava ali. Era excesso puro e simples.

– Tenho algumas regras da casa.

– Já firmamos nosso acordo.

– São regras para morar na minha casa. Meus aposentos são proibidos. Mesmo para uma ladrazinha que saberia como invadi-los. – Ele acrescentou explicitamente: – Não entre em cômodos trancados.

Os dedos de Kierse formigavam para fazer exatamente isso. Dizer a uma ladra para não usar suas habilidades era o mesmo que a incentivar a fazer isso. Especialmente porque agora ela começara a se perguntar: o que ele tinha a esconder?

Graves pareceu perceber isso assim que falou.

– Moro sozinho há *muito* tempo, srta. McKenna. Valorizo minha privacidade mais do que as minhas posses. Eu lhe darei privacidade contanto que estenda a mesma cortesia a mim.

– Você estraga toda a minha diversão.

– Isso é um sim?

– Sim – concordou ela.

Ele manteve o olhar no rosto dela como se tentasse julgar o peso da convicção de Kierse.

– Prometo – disse ela, num tom que esperava que soasse sincero.

– Que bom. – Satisfeito, ele foi até o fim do corredor do terceiro andar. – Este é o seu quarto.

– Sério, não estou cansada – disse ela. Tivera uma longa noite e estava exaurida, mas também pilhada depois de tudo que acontecera. – A biblioteca está disponível para mim?

— A biblioteca? – repetiu ele, depois assentiu uma vez. – Fique à vontade para ler qualquer coisa nas estantes.

— Talvez pudéssemos ir pra lá, então.

— Outra hora. Se está tão ansiosa para começar seus estudos, levarei livros para você depois do treino.

Ele foi pegar a maçaneta e ela a tocou no mesmo instante. Suas mãos se roçaram e ela pôde sentir o calor que emanava dele, mesmo usando luvas. Graves era muito mais alto que ela, e Kierse ergueu os olhos sob os cílios. Seus corpos estavam próximos, percebeu, engolindo em seco. Vinha tentando empregar todos os seus truques, mas de alguma forma ficou presa no olhar dele.

Graves recuou primeiro.

— Você foi perseguida e desviou de tiros e foi obrigada a deixar seus amigos e família, seu lar. Está em choque, embora esconda bem. Precisa dormir.

— Sinceramente, eu preferiria que você me contasse mais sobre mim.

— Nada de novos choques.

— Não sou uma flor delicada que você precise ter medo de esmagar com a mão.

— Não, você é delicada como uma bomba.

Kierse sorriu como uma criatura selvagem. Gostou daquilo.

Ele deu outro passo para trás, como se ela desestabilizasse seu exterior cuidadosamente controlado.

— Só uma coisinha – insistiu ela, arqueando uma sobrancelha.

— Vejo que não será dissuadida. Vou começar com a mais básica. Fica satisfeita assim?

Ela assentiu. Ficou surpresa por conseguir fazê-lo ceder, quando estava certa de que Graves era uma montanha que não se moveria. Não que ela não fosse *tentar*.

— O que você *é* ainda é uma questão em aberto. Teremos de descobrir juntos, embora eu tenha minhas suspeitas. Mas o que pode fazer é muito mais fascinante. Pelo que observei, você consegue nulificar magia.

— O que isso significa?

— Parece que você tem uma espécie de imunidade natural. É o motivo de ter atravessado minhas proteções como se fossem água. Quão profunda ou extensa é essa habilidade, ainda precisaremos descobrir.

— Imunidade — sussurrou ela, como que sob o efeito de uma droga potente. — Eu sou imune a magia.

— É o que eu acredito.

As palavras a queimaram por dentro. Kierse passara mais de uma década pensando "monstros, *não* magia", mas agora que sabia da existência da magia — e que, contra todas as expectativas, *ela* tinha poderes... bem, imunidade soava *incrivelmente* útil. Especialmente se isso tinha as implicações que ela estava considerando.

— Eu sou imune a você?

Ele ficou imóvel. Seu rosto estava impassível.

— Sim.

Ah, ele não gostava daquilo. Atravessar suas proteções e entrar em sua casa sem que Graves soubesse era uma coisa. Da qual ele não já gostava. Mas a magia *dele* não funcionava nela? Isso mudava tudo.

Ele abriu a porta do novo quarto dela com um clique e gesticulou para que entrasse. Kierse entrou sentindo uma onda de choque e algo como euforia.

— Quanta magia existe no mundo?

— Por que a pergunta?

— Eu interagi com ela a vida inteira e nunca soube?

— Isso é inteiramente possível — admitiu ele, com seu sotaque impecável. — Algo que descobriremos juntos. Bom dia, srta. McKenna.

Ela o observou se afastar, as mãos apertadas às costas. Deveria ter deixado que fosse. Mas, de alguma forma, como se houvesse um cordão entre eles, sentiu algo puxá-la e fazê-lo parar. Só uma vez antes que ele fosse embora de novo.

— Graves — chamou ela.

Ele parou no corredor escuro e se virou mais uma vez para ela.

— Existe mais alguém que pode fazer o que eu faço? — disse ela, a única pergunta esperançosamente desesperançada que conseguiu fazer. Talvez ela tivesse família. Talvez eles estivessem por aí e só não soubessem sobre ela.

– Eu nunca conheci ninguém, em todos os meus anos – disse ele solenemente, quase… gentilmente.

Kierse se encolheu da ternura em sua expressão. Como se estivesse nua diante dele.

Cerrou a mandíbula e reassumiu a expressão neutra, recusando-se a deixá-lo ver como tinha sido afetada.

– E quanto tempo é isso?

Graves balançou a cabeça, se afastando de novo, mas ela ainda ouviu as palavras murmuradas:

– Muito, muito tempo.

Capítulo Treze

Kierse acordou com um susto, tentando pegar uma faca que não estava lá.

Ficou imediatamente alerta. Sua respiração saiu pesada enquanto inspecionava os arredores em confusão e horror. Aí se deu conta. As lembranças voltaram de uma só vez. Tudo que acontecera em detalhes vívidos.

Os Druidas. Five Points. Aceitar o trabalho de Graves.

Ela checou a hora e viu que era o início da tarde, então voltou à cama decadente de dossel. Estivera tão exausta que nem se dera ao trabalho de examinar o cômodo, só fora da porta à cama e desabara. Agora, na ausência da descarga de adrenalina, ela estava acabada. Suas costelas doíam. Ela estremeceu enquanto apalpava os pontos cuidadosos de Maura. Precisaria ver se Graves tinha algo para a dor.

Provavelmente era melhor se lavar primeiro. Com a luz do sol entrando pelas janelas, ela desceu da cama e encarou o quarto boquiaberta. Era elegante, pintado de um azul-claro e com mobília de madeira cor de creme e cinza. A cama era quase macia demais para dormir, comparada com o que ela estava acostumada na casa de Colette. O edredom azul-marinho era fofo, com penas de ganso e uma dúzia de almofadas que Kierse tinha jogado no chão sem cerimônia.

Ela seguiu para o que presumia ser o banheiro adjacente. Era maior que o quarto de Colette inteiro, com uma banheira de hidromassagem e bandejas de óleos, pétalas e sais. O chuveiro era um boxe grande de pedra aberto com três duchas e uma cascata que caía do teto. Também havia duas pias, uma penteadeira e um espaço separado só para a privada.

E então ela encontrou o closet. Tinha facilmente duas vezes o tamanho do banheiro e, até onde Kierse podia ver, estava completamente vazio. Espaço vazio era o epítome da riqueza. Um quarto inteiro de *nada*. Será que Graves planejava enchê-lo? Teria pertencido originalmente a outra pessoa? Só... por quê?

Mas ela não tinha essas respostas e precisaria obter algumas mais importantes naquele dia.

Primeiro, o banho. A julgar pelo resto da casa, não seria nada como tomar banho no bordel ou em Five Points. Ela tirou as roupas e seu querido colar de rouxinol antes de entrar sob o jato d'água. Arrepiou-se com o calor imediato na pele e se deliciou com os frascos mais chiques de xampu e condicionador. Esfregou-se com um sabonete com aroma de lavanda e mel, tomando cuidado com as costelas feridas. A água nunca acabava ou esfriava. Ela poderia ter ficado ali por *horas*. Isto é, se seu estômago não tivesse começado a roncar alto. Aqueles biscoitos da manhã não tinham sido suficientes para substituir toda a energia que Kierse tinha gastado.

Ela desligou o chuveiro, convencida de que aquela era sua parte favorita da casa, e saiu do banheiro enrolada em uma toalha branca felpuda. Seu cabelo escuro estava enrolado sob outra toalha. As roupas de Maura ainda estavam espalhadas no chão do banheiro, mas Kierse não queria exatamente vestir as peças sujas de novo. Então seguiu para o closet e abriu gavetas. Vazias, vazias, vazias. Não havia uma peça de roupa sequer ali. Nadinha. Então ela ouviu uma batida na porta.

Kierse correu e abriu uma fresta, delicadamente.

– Sim?

Isolde lhe deu um sorriso alegre.

– Ah, que bom, você já acordou. Achei que iria querer isto.

Ela ergueu um embrulho de roupas.

– Você salvou minha vida – disse Kierse, pegando-as.

– A refeição será servida na sala de visitas, quando descer.

O estômago de Kierse roncou de novo, e ela deu um sorriso encabulado para Isolde.

– Já vou.

Então fechou a porta e deixou a toalha cair. Abriu o embrulho e encontrou uma das melhores calças que já vira. Não eram exatamente leggings, mais como calças de atletismo. De um algodão macio, mas funcional. Ela podia usá-las para correr, se precisasse. A blusa era do mesmo material e vinha com uma jaqueta atlética térmica. Leve, mas quente e de melhor qualidade do que todas as roupas dela combinadas. Um par de meias de lã e tênis fechavam o conjunto.

Roupas eficientes e práticas. Nada com babados ou sofisticado. Cabiam bem. Serviam ao propósito. Ela pendurou sua jaqueta de couro confiável num gancho e saiu do closet.

Colocou o colar de novo, com um suspiro aliviado. Agora estava pronta.

Kierse retraçou seus passos da manhã, deixando a memória muscular guiá-la. Emergiu num corredor largo e então seguiu seu nariz até a cozinha. O cheiro era quente, de canela e com um toque de bordo e, ah, Deus, bacon!

Isolde se virou com o gemido alto dela e deu risada, sorrindo largo. Kierse tinha considerado a mulher mais velha insignificante quando estava investigando aquele lugar para o roubo. Agora, percebia que ela era a chave da casa.

Ela usava um vestido preto coberto por um avental branco, meias pretas e sapatos práticos da mesma cor, complementando o conjunto. Levava o cabelo preso no alto, afastado da testa enrugada. Ainda era bonita, e Kierse ficou aterrorizada ao imaginar como devia ter sido aos vinte e tantos anos. Talvez fosse uma sereia, mas atraísse as vítimas com comida. Isso existia?

— A sala de visitas é por aquela porta, querida — disse Isolde, apontando.

— Ele já está lá?

— O patrão? Não, ele não voltou ainda.

Kierse foi até a ilha e puxou uma cadeira de ferro pesada com uma almofada azul.

— Posso comer aqui.

Isolde abanou a mão.

– Como quiser. Mas não estou acostumada a ter mais alguém na minha cozinha.

– Não vou atrapalhar.

Isolde começou a empilhar sobre bandejas comida suficiente para alimentar um pequeno exército.

– É café da manhã, já que você dormiu o dia todo.

– Parece incrível – disse Kierse.

E estava mesmo. Seu estômago fez mais um barulho enquanto ela observava. Panquecas, ovos mexidos, ovos estrelados, bacon e salsicha – além de bolinhos fritos, frutas frescas, pão para torrar, bagels e meia dúzia de tipos de cream cheese. Suco, café e chá também foram postos à sua frente.

Kierse devia ter mantido a boca aberta por tempo demais, porque Isolde disse:

– Eu não sabia do que você gostava, então fiz um pouco de tudo.

– Só... só pra mim? – perguntou ela, quase ofegante.

– O patrão vai comer um pouco, se não tiver comido fora.

Kierse encarou a oferta, maravilhada. Nunca tivera nada como aquilo. Uma chef à sua disposição. Alguém que parecia ansiosa para vê-la colocar tudo no prato e devorar.

– Você não precisava fazer tudo isso – disse ela. – Não tem a menor chance de eu comer tudo. O que vai fazer com o resto?

– Doamos o que podemos e ajudamos as instituições de caridade para pessoas em desertos alimentares.

– O que é todo mundo – acrescentou Kierse suavemente.

Isolde abriu um sorriso caloroso.

– Se isso preocupa você, me fale do que gosta e podemos montar um cronograma. Não vou preparar tanto da próxima vez, mas trabalho melhor com uma agenda.

Kierse a olhou, embasbacada.

– Há... certo. Muito obrigada.

Isolde sorriu, alegre.

– Seu prazer é todo o agradecimento de que preciso. Agora, coma. Você está com cara de quem poderia devorar um cavalo e continuar com fome.

Ela não estava muito errada. Kierse encheu o prato não uma, mas duas vezes. Tudo estava tão bom. Tão gostoso. Foi uma luta parar de comer. Ouvir seu estômago, que não parava de se expandir e forçava seus limites para conter tudo que ela estava ingerindo. Ela não passava fome na casa de Colette – não passava fome havia anos –, mas a necessidade de limpar o prato nunca a tinha abandonado.

– Que cheiro delicioso é esse? – perguntou Graves, entrando na cozinha.

Isolde corou intensamente.

– Nada de novo, senhor.

– Bacon – disse Kierse, comendo a última garfada.

– Você se superou – elogiou Graves.

– Devo preparar um prato para o senhor? – perguntou a cozinheira.

– Infelizmente, já comi. Não cometerei esse erro de novo.

Isolde sorriu como uma adolescente, com clara satisfação pelo elogio do chefe.

– O senhor nunca erra suas escolhas de restaurante.

– Ninguém cozinha como você, e acredito que a srta. McKenna concorda.

– Sim – disse Kierse imediatamente. – Concordo.

– Espero pôr um pouco de carne nos ossos dela. A menina parece estar passando fome – disse Isolde.

Kierse ergueu as sobrancelhas.

– *Não estou* passando fome.

– Poderia ter me enganado.

Graves assentiu como se concordasse com Isolde. Traidor.

Kierse sabia como era sua aparência quando passava fome de fato. Achava que estava bem saudável no momento, na verdade.

– Está pronto para responder a todas as minhas perguntas? – quis saber ela, com uma piscadela.

Graves balançou a cabeça, curvando os lábios muito de leve.

– Que tal hoje à noite, no jantar?

– Achei que as aulas começariam logo depois que eu acordasse.

– Vamos conversar no jantar.

Ela ergueu os olhos para os dele, encarando o cinza escuro e rodopiante. Havia algo naqueles olhos. Algo que ela não conseguia decifrar.

– Tudo bem. No jantar, então.

– Isolde vai pensar num menu. Vai ser tarde. Às nove horas?

– Eu não durmo cedo, então quanto mais tarde, melhor – disse ela. – Vou ter de voltar pra casa e pegar minhas roupas.

Graves balançou a cabeça.

– Diga suas preferências a Isolde e ela comprará roupas novas para você. O que precisar. Você vai começar a treinar lança com Edgar imediatamente após o café.

– É, eu também queria perguntar sobre isso. Por que preciso aprender como empunhar uma lança? – perguntou ela, desconfiada. – Vou roubá-la, usá-la para lutar.

– Será a melhor arma com a qual lutar para escapar se algo der errado.

Ela não gostou nem um pouco daquela ideia.

– Prefiro ser furtiva a lutar, e usar armas e facas se não tiver escolha.

– Prefiro considerar todas as possibilidades.

– Tá bem.

Ela já tinha concordado com aquilo nas negociações, então treinaria com a lança, mas esperava muito que não chegasse ao ponto de precisar usá-la.

– Também peguei algumas outras coisas para você quando estava fora – disse ele.

Saiu por um minuto e voltou com uma mochila leve e discreta.

– Tem tudo de que precisa. Trouxe um pouco de dinheiro para você como adiantamento. Metade da nossa soma concordada foi depositada em uma conta bancária para você – disse ele, oferecendo um cartão bancário preto para ela –, e o resto vai ser transferido para a mesma conta no final do trabalho.

Ela pegou a mochila e abriu o zíper. Dentro havia o dinheiro prometido, duas pistolas novinhas em folha e de primeira linha, com silenciadores embutidos e munição extra, e um celular novo com uma tela gigante que ligou quando ela encostou nele. Só havia um número salvo no aparelho.

– É você, imagino?

– Sou eu. Atenda quando eu ligar.

– Você vai ligar com frequência? – perguntou ela.

Graves enfiou as mãos nos bolsos.

– Vamos torcer para que não. Pelo bem de nós dois.

Então ele assentiu para Isolde e desapareceu sem dizer mais nada.

Kierse se virou no banco.

– Ele é sempre enigmático assim?

Isolde sorriu.

– Você não faz nem ideia.

Kierse sorriu, e então foi procurar a academia. Edgar já estava esperando e, desde o primeiro momento em que segurou uma lança, ela não gostou da sensação. Não comparado a uma faca ou arma de fogo – a primeira para lutas corpo a corpo, e a segunda para usar à distância. A lança era toda errada. Era feita para arremeter e jogar, mas Kierse não conseguia fazer nenhum dos dois direito. Eles trabalharam metodicamente com movimentos de ataque, tentando adaptar seus reflexos para facas à lança mais pesada. A arma tinha uma ponta de aço e era endurecida no fogo, conectada ao cabo duro de freixo com uma parte de ferro, o que tornava a coisa toda quase impossível de quebrar. A força necessária seria incrível. Por sorte, eles estavam usando lanças de treino, então ninguém foi acidentalmente estripado.

Edgar era um professor implacável e a fez repetir a mesma manobra vez após vez, até sua mão ficar com bolhas e cortes e seus músculos gritarem por alívio. Kierse conhecia aquele método de treinamento – ele queria que ela adquirisse tanta memória muscular que não congelaria em uma situação de combate. Mas isso não o tornava menos horrível.

Quando terminou, ela perambulou pelos corredores da casa para relaxar o corpo. A maioria dos cômodos estava trancada, o que a levou ao único completamente aberto a ela – a biblioteca.

Ela foi e voltou diante das estantes cobertas de azevinho, admirando os livros infinitos e procurando todos os tesouros ocultos em seu interior. Um dia, conseguiria olhar para um lugar e não calcular quanto custava ou se havia nele algo que valia a pena roubar. Um dia.

Um barulho suave veio das estantes. Não soava humano. Ela congelou, perguntando-se o que mais vivia naquela biblioteca.

Bem quando ela tinha certeza de que era só sua imaginação, um gatinho preto apareceu no final do corredor. Kierse riu. Ela estivera prestes a sair correndo por causa de um *gato*.

– Vem cá, gatinho – chamou gentilmente. Apoiou-se em um joelho e estendeu a mão à sua frente.

Claro que o gato a ignorou. Encarou-a sem expressão com seus olhos dourados sobrenaturais.

– Você também está preso dentro dessas paredes?

O gato fez um som perturbador e abanou o rabo.

– Podemos ser amigos – sugeriu. Um gato era melhor que a solidão.

Então, ela fez o que aprendera nas ruas que funcionava melhor com gatos. Ignorou o animal e voltou a examinar as estantes. Dentro de dez minutos, o gato tinha avançado como se fosse o dono da biblioteca e se esfregava nas pernas de Kierse, ronronando.

– Ah, entendo. Só me quer quando eu não quero você – disse ela com um sorriso. – História da minha vida.

Ela se abaixou e acariciou as costas do gato. A criaturinha sibilou, batendo uma das patas com garras em Kierse e então escalando as estantes depressa para observá-la de cima.

– Eu e você seremos amigos – declarou Kierse.

Isolde a encontrou entre as estantes algum tempo depois, quando estava tentando convencer o gato a sair de novo.

– Ah, vejo que conheceu Ana – disse ela, segurando um livrinho marrom e um prato com um sanduíche de queijo quente.

– Ana – disse Kierse. – Então esse é o seu nome.

Ana recuou mais alguns passos.

Isolde só riu baixo antes de deixar a comida ali, então ofereceu o livro a Kierse.

– O patrão disse para te dar isso quando terminasse o treinamento. Ele espera que você leia antes do jantar.

Ela contemplou o objeto apreensiva.

– Certo. Farei o meu melhor. – Ela se sentou com o sanduíche em mãos e folheou as páginas até achar uma história que atraiu seu interesse.

Era sobre uma criança ruiva que fora deixada com um fogo-fátuo. Viu a luz azul tremeluzindo ao redor e a seguiu, ignorante, até o bosque, para longe dos pais. A garota teve de superar uma série de testes para provar sua coragem, incluindo fugir de uma bruxa do mal e enganar um feiticeiro. Kierse correu os olhos por todos os testes, ansiosa para ver o retorno feliz da garota a sua família.

Mas a garota ruiva nunca voltou para casa. O fogo-fátuo a puxou cada vez mais para as profundezas da floresta, até ela encontrar um urso que a devorou. Qual era a moral da história? Que, não importa quanto você tentasse, não podia escapar do destino? Que a tentação que tirou você do caminho também levará à sua morte? *Cuidado!*

Mas deveria haver algo mais, se não, por que Graves sugeriria que ela lesse aquilo?

Ana deu um pulo para sentar-se com ela, e Kierse seguiu o olhar dourado da gata, que se enrodilhava no espaço ao seu lado.

Todos os contos e lendas têm um grão de verdade. Era o que Graves tinha dito. Será que essas histórias também tinham um grão de verdade? Será que ele queria que Kierse refletisse sobre a moral de desviar-se do seu caminho? Ou seria a parte de ser devorada por um monstro? Ela já estava muito ciente de que saíra do próprio caminho e estava prestes a ser devorada.

Ainda assim, gostou do livro e terminou de ler com tempo de sobra antes do jantar.

Às quinze para as oito, voltou ao seu quarto a fim de se preparar para o jantar, antecipando outro banho gostoso e longo. Mas ficou chocada ao entrar e encontrar seu closet transbordando de roupas novas – vestidos de baile, trajes sociais, vestidos curtos, roupas de boate, uma dúzia de calças e camisetas, roupas de treino, sutiãs esportivos, pijamas e até coisas com renda que ela nunca mencionaria em voz alta. Kierse rapidamente fechou aquela gaveta. Parecia tão provável que usasse aqueles trapos de tecido quanto o vestido de baile.

Depois de um banho delicioso, de secar o cabelo com o secador mais chique que já vira e que fez seu cabelo longo e escuro brilhar e cair em ondas sobre os ombros, e até de aplicar um pouco da maquiagem que também parecia ter sido comprada por Isolde – a mulher pensava em tudo –, Kierse sentia-se uma pessoa totalmente nova.

Ela pôs um vestido curto. O material se ajustava ao corpo, abraçando-a como uma luva até os joelhos. Não era o que ela normalmente escolheria, mas de alguma forma era melhor. Dinheiro, provavelmente. Era de altíssima qualidade. Em seguida, pegou um par de sapatos de salto em um suporte e se olhou no espelho de corpo inteiro. Seu colar de rouxinol estava à plena vista, graças ao decote baixo do vestido.

Serviria. Era só um jantar. Um jantar de negócios, ainda. Não era um encontro. Não havia por que ficar nervosa. Não tinha nada a ver com os problemas de intimidade dela. Nem com o fato de ela não jantar com ninguém desde Torra e de ter decidido que cortejar não era para ela. Com a parte física, ela não tinha problemas. Afinal, sexo era só sexo. Mas as outras coisas eram difíceis.

Suas mãos agora suavam. O que era ridículo.

Nem era esse tipo de jantar. Sim, ela achava Graves atraente. Teria de ser cega para não ver como ele era gostoso. Mas, além do fato de que misturar negócios e prazer era uma má ideia, aquele nem sequer era esse tipo de jantar. Por que seu corpo tinha de reagir assim? Kierse podia encarar Declan com uma arma apontada para o seu peito sem piscar, mas *isso* mexia com ela?

Ela endireitou a coluna e deixou a raiva carregá-la para o andar de baixo. Chegou à sala de jantar e encontrou Edgar esperando na entrada.

– Srta. McKenna, está charmosa esta noite.

– Melhor do que quando você me viu antes, sem dúvida.

– Não melhor, só diferente.

Ela assentiu.

– Obrigada.

Edgar abriu a porta e, embora ela soubesse o que esperar, ainda não estava preparada para ver a sala de jantar em todo o seu esplendor. A mesa era de um mogno escuro e rico, com doze lugares, embora só dois tivessem sido dispostos: um na cabeceira, onde um Graves sério e intenso sentava-se lendo um livro de couro marrom, e o outro à esquerda dele. Candelabros rodeavam a mesa, iluminando o espaço, enquanto lindos arranjos florais ocupavam o centro. Kierse não fazia ideia de onde ele encontrara buquês tão intricados naquela época do ano.

Edgar pigarreou.

– Senhor, sua convidada chegou.

Kierse controlou os nervos e entrou para encontrar seu próprio captor sombrio de conto de fadas. O feiticeiro que a desviara do seu caminho.

Capítulo Catorze

Os olhos de Graves se ergueram do livro como se estivesse tão compenetrado que não escutara ninguém entrar. Então aqueles olhos cinza encontraram Kierse do outro lado da sala. Escureceram consideravelmente enquanto ele a observava da cabeça aos pés – descendo pelo vestido justo até as pernas expostas, e de volta para os olhos dela. Ela estremeceu com a atenção. Ele permaneceu impassível, mas ela sabia o que significava quando alguém a olhava daquele jeito. Ele também a achava atraente.

Mas "Ah" foi tudo que Graves disse antes de voltar ao seu livro.

Edgar puxou a cadeira dela e Kierse se acomodou, com as costas rígidas contra a almofada delicada.

Ela tentou ignorar Graves sentado ao seu lado, mas ele tinha uma certa presença, como se preenchesse a sala inteira. E, embora fosse letal, ela não podia deixar de admirá-lo também. Estava usando um terno preto, com uma camisa branca impecável e uma gravata preta. Seus olhos tempestuosos moviam-se rapidamente pelas palavras, virando as páginas com um dedo enluvado. Ele tinha trocado suas luvas de couro normais por peças mais finas de festa. Mas ainda assim… luvas.

Kierse limpou a garganta.

– Você sempre usa isso?

Graves ergueu os olhos brevemente.

– Hum?

– As luvas. Sempre usa elas?

Mas então os olhos dele caíram para o colar no pescoço de Kierse.

– Você sempre usa isso? – rebateu ele.

Ela roçou um dedo no rouxinol.

— Sim. — Ele parecera surpreso com o colar quando se conheceram. — Chamou sua atenção antes.

Ele assentiu e estendeu a mão.

— Posso ver?

A última coisa que Kierse queria era tirar o colar e deixar Graves tocar nele.

— Você está evitando minha pergunta sobre as luvas.

— Prefiro usar luvas — respondeu ele, cedendo só um pouquinho. Fez um gesto para pedir o colar e, com um suspiro, ela o tirou e o colocou relutantemente em sua mão.

Ele estudou o rouxinol delicadamente entalhado. O jeito como as asas se estendiam até as bordas do aro do pingente. A filigrana elegante ao redor das bordas que se estendiam para formar o fundo. Era o objeto mais precioso que Kierse possuía, e só vê-lo nas mãos dele lhe causava enjoo.

— Você conhece o simbolismo dos rouxinóis, srta. McKenna?

Ela balançou a cabeça.

— Não.

— Em algumas culturas, esse é o símbolo da primavera e do renascimento. Ver um rouxinol no inverno é um sinal de que a primavera se aproxima, de que o inverno não vai durar para sempre. É um sinal positivo. O dia depois do Natal é chamado Dia do Rouxinol. Eles são caçados e mortos, espetados em lanças e carregados pela cidade. As pessoas acreditam que isso ajudava a expulsar o deus do inverno.

Ela arregalou os olhos, alarmada.

— Uau. Nunca ouvi falar disso. Então, você enxergou significado no fato de eu usar isso?

— Acreditei que você fosse um bom augúrio no inverno. — Graves ergueu os olhos para os dela. — Onde você disse que obteve isso mesmo?

Ele tirou uma das luvas, e Kierse viu aquela tatuagem novamente. Seus olhos se demoraram ali, tentando distinguir o que estava escondido sob aquele terno impecável. Mais trepadeiras e um vislumbre de espinhos foram tudo que conseguiu ver na luz baça. Então seu olhar se afastou da tinta e pousou no dedo que Graves deslizava sobre o pingente. Ele o arrastava devagar e propositadamente. Era quase obsceno.

– Pertencia a minha mãe.

– E onde ela o obteve?

Kierse virou o rosto de lado. Não gostava de falar sobre a mãe que nunca conhecera.

– Nunca tive a chance de perguntar.

Os olhos de Graves se ergueram aos dela, abandonando o pingente ao ouvir o tom duro.

– Ela faleceu?

– No parto.

Agora havia interesse na expressão dele.

– Meus pêsames.

Kierse deu de ombros.

– E você sempre teve o colar? – Ela assentiu. – Bem, pode ser uma chave para descobrir por que você é imune a magia. Você o usou toda vez que estivemos juntos?

– Eu o uso sempre.

Sem preâmbulo, ele agarrou o pulso de Kierse, que arquejou com a sensação da pele nua dele contra a sua – com o calor e o contato físico inesperado. Ele fez um calafrio subir por suas costas e sua pele se arrepiar. Olhou no fundo dos olhos dela como se quisesse fazê-la se revelar. Kierse inspirou, surpresa, com o calor dele. Graves estava todo focado nela. Direto. Ela pairou em antecipação enquanto esperava.

Então ele exalou o ar com uma bufada e a soltou.

Kierse balançou contra a cadeira com a perda do toque, e disfarçou pegando sua taça de água e tomando um longo gole.

– É só um enfeite – disse Graves, devolvendo o colar.

Ela fechou a corrente em volta do pescoço, perguntando-se como ele podia saber aquilo só com um toque.

– Você consegue... perceber isso só de encostar em mim?

– Sim.

O que significava que a magia dele tinha algo a ver com toque. Seria esse o motivo das luvas misteriosas? Kierse o viu pôr a luva de novo, mais curiosa do que nunca.

Nesse momento, Isolde e Edgar entraram da cozinha com bandejas cheias de comida. Quando chegaram à mesa, removeram as tampas prateadas e os serviram. Kierse ficou com água na boca enquanto a comida era colocada em seu prato. Algum tipo de carne sobre arroz, um acompanhamento de milho cremoso e fumegante, pãezinhos reluzentes, uma salada de folhas e até frutos do bosque fora de estação. Deus, ela amava frutos do bosque. Parecia tudo delicioso, mas ela pegou uma framboesa primeiro, jogando-a na boca. Era até melhor do que ela se lembrava.

Graves a encarou com interesse evidente.

– Que foi? – disse ela, pegando outra. – Estão fora de estação.

Por um momento, ele não falou nada. Então, como se fosse contra sua própria vontade, disse:

– Não lembro de já ter gostado tanto de alguma coisa.

– Quem mora nas ruas aprende a apreciar o que tem na frente. Você provavelmente não sabe como é.

– Eu nem sempre tive o que você vê à sua frente. Já fui descartado, como você.

Ela disfarçou uma careta enquanto cortava o bife. *Descartado*. Ele não estava errado. Só que soava como se ela fosse lixo.

– Como alguém poderia se livrar de uma pessoa como você? Alguém com magia?

– Facilmente. E sem remorso.

Kierse não tinha resposta para aquilo. Também não sabia por que fora *descartada*. Não tinha lembranças de antes. A primeira coisa de que se recordava era estar na rua, passando fome. Não tivera opção exceto roubar. Roubar era melhor que morrer de fome, e no fim ela tinha ficado muito boa nisso. Jason a encontrara pouco depois. Ela tinha praticamente abandonado a esperança de descobrir quem era... até Graves aparecer.

Ela voltou à comida. Comeu o bife tão depressa que mal sentiu o gosto. A carne era rica e tenra, acompanhada por algum molho de frutas vermelhas. Kierse nunca provara nada parecido.

– Antes de começarmos, me conte sobre o livro que emprestei para você.

– É meio deprimente – confessou. – Todo mundo morre nas histórias. Achei que a do fogo-fátuo teria um final feliz e uma lição, pelo menos.

– Por quê? É um produto das narrativas modernas.

Kierse hesitou ao ouvir essa conclusão. Quando encontrou aqueles olhos anuviados de tempestade, viu interesse neles. Decidiu confrontá-lo com seu próprio interesse.

– Eu senti que entendia a garotinha que foi afastada do caminho pelo fogo-fátuo. Era um tema comum na cidade, durante a guerra.

– Ah – disse ele, estreitando os olhos com compreensão. – E você queria um final feliz para a garota porque não houve um para você.

Ela se recusou a se encolher diante daquela avaliação.

– Eu não precisei de um salvador. Salvei a mim mesma. Mas outros não tiveram a mesma sorte.

– É assim que o mundo funciona.

– É. Talvez você quisesse me mostrar que poderia ser devorada pelo monstro que estava me desviando do caminho. Isso é uma metáfora?

– A garota não é devorada pelo monstro no fim. E sim pelo urso.

– Tudo bem – admitiu Kierse. – Então o único monstro real na história é o urso. – Um monstro natural, como os monstros muito humanos que Kierse conhecia bem demais.

– Bem, o urso e o monstro que a tiraram do seu caminho... o fogo-fátuo. Ambos levaram à morte dela.

– Ela nunca teve chance.

– Não, não teve.

– Mas você ainda não me contou nada sobre mim.

Ele limpou a garganta.

– Bem, sabemos que seu pingente não está controlando sua imunidade. O que provavelmente significa que você se assemelha a mim.

Ela se inclinou para a frente, ávida.

– Me assemelho em que sentido? Também sou um monstro?

– Somos todos monstros. Mas, em nome da simplicidade, sim. Eu sou um tipo de monstro que você nunca encontrou. Claro, com sua imunidade, talvez não soubesse o que estava sentindo.

– E como te chamam? – perguntou ela. Etiquetas nem sempre importavam, mas atribuir uma palavra ao que ela sentia era importante. Sólido.

– Há várias palavras para o que sou. Os outros como eu escolhem como querem ser chamados. Costuma depender de onde nasceram ou como foram criados. Mas a maioria prefere uma palavra específica: feiticeiro.

– Feiticeiro. – A boca dela ficou seca. Aquilo era real. Era a vida dela. – E existem outros?

– Sim. Não muitos. Ao contrário dos outros monstros, que se revelaram, nós decidimos não fazer isso. Somos raros e *muito* territorialistas. – Parecia incrivelmente possessivo ao falar. – A maioria das cidades nunca abriga mais de um feiticeiro ao mesmo tempo. Gostamos de privacidade.

– Tá, mas o que significa ser um feiticeiro?

– Tradicionalmente, éramos chamados de bruxos ou feiticeiros. Em inglês, a palavra "feiticeiro", *warlock*, surgiu, na verdade, por volta do ano 900. Geralmente se acredita que significava "quebrador de promessas" ou "demônio". A maioria das pessoas da época era supersticiosa. – Ele cortou sua carne em pedacinhos com precisão deliberada, não se dando ao trabalho de erguer os olhos enquanto continuava. – Acreditavam que a magia que percebiam era uma força negativa. Que ia contra Deus e a natureza. Foi só no século xiv que outras palavras se desenvolveram para se referir à magia sob uma luz positiva: mago e até astrólogo.

– Por que não usar uma dessas, então?

O olhar fixo de Graves era perigoso, e ela soube, antes de ele responder, por que ele tinha escolhido "feiticeiro". Ele era a escuridão.

Graves deu de ombros.

– Escolho reivindicar o que sou.

Kierse tomou um gole de vinho.

– Entendo.

Ele terminou a própria taça e serviu outra.

– Quanto a você, os sinais indicam que é uma feiticeira também, mas não quero afirmar com certeza. É surpreendente que tenha sobrevivido todo esse tempo com magia nas veias sem saber. Embora, talvez, como seu poder é negativo, passivo, ele não tenha tentado te queimar.

– Me queimar? – perguntou Kierse, alarmada.

– Quando feiticeiros acessam seu poder sem ter consciência disso, há altas chances de que ele mate a pessoa. Mesmo feiticeiros treinados podem usar sua magia rápido demais e se queimar, destruindo-se de dentro para fora. Não sei por que a sua magia nunca se manifestou assim. Os poderes dos feiticeiros variam muito. Alguns sabem fazer só uma coisa incrivelmente bem. Outros têm uma vasta gama de poderes básicos. Talvez você só tenha tido sorte.

– E você? O que pode fazer?

Graves deu um sorrisinho tenso.

– Não estamos falando dos meus poderes.

Uma hábil evasão. Mas a mente dela já estava girando com todas essas novas informações. Considerando quão reticente Graves fora até o momento, Kierse estava surpresa por ele sequer ter revelado tanto.

Edgar entrou para tirar os pratos enquanto Isolde servia uma sobremesa branca, pequena e delicada. Era um pequeno retângulo com camadas de massa folhada e creme, com chocolate polvilhado em cima. Kierse achou que podia erguê-la e comê-la inteira em uma única bocada deliciosa.

Deu uma mordida da sobremesa e decidiu que era sua nova favorita.

– Mil-folhas – respondeu Graves, antes que ela pudesse perguntar. – Uma iguaria francesa.

– Eu aprovo.

Graves lhe ofereceu sua porção, e ela nem se sentiu culpada tomando-a dele. O sorriso dele enquanto Kierse a mordia dizia que talvez estivesse desfrutando do prazer dela também.

– Que tal discutir o trabalho? Já que é o motivo de você estar aqui – disse Graves, enquanto ela comia.

– Claro. Me conte tudo que preciso saber.

Ela engoliu o último bocado do mil-folhas e se inclinou para a frente. O jantar fora legal e tudo mais, mas Kierse não estava ali para jantares chiques ou ficar de conversinha. Era hora de pôr mãos à obra.

– Como eu lhe disse, você vai roubar uma lança.

– Já entendi essa parte.

– Como foi o treino?

Ela fez uma careta.

– Como bolhas sangrentas nas minhas mãos.

– Isso é normal quando se começa a treinar com uma arma nova. Você vai chegar lá. Não temos muito tempo, então vai ter de treinar todo dia para se acostumar.

– Não tem problema. Mas me conte sobre essa lança. Onde está? O que preciso fazer para roubá-la?

– Você já ouviu falar do Terceiro Andar?

O sangue dela virou gelo.

– Já. – Torra tinha desaparecido lá embaixo e nunca reemergido. Era basicamente um buraco negro. Um lugar onde pessoas como Torra iam para morrer.

– A lança está trancada no coração do Terceiro Andar, na residência do líder dos Homens de Valor.

Um sorriso curvou os lábios de Kierse. Finalmente, a chance de obter vingança.

– Já ouviu falar deles também, suponho?

– Um grupo de diferentes tipos de monstros trabalhando juntos contra o Tratado? Sim. Acho que a maioria das pessoas já ouviu falar deles. Mesmo se nunca cruzaram o seu caminho.

– E você já cruzou? – perguntou Graves.

Kierse não tinha o menor interesse em contar a ele como tinham levado Torra. Então só deu um sorriso dissimulado.

– Tenho uma clientela bilionária. Já vi os pingentes dourados de asas e flecha.

– Imagino. O Terceiro Andar em si é protegido, e a lança fica em uma residência com proteções.

– Mas eu consigo atravessá-las.

Ele assentiu.

– Consegue. Mas não pode só entrar lá e pegá-la, sem um plano, e esperar sair viva. Para colocar você lá dentro e fazê-la sair com a lança, só teremos uma oportunidade. No solstício de inverno, os Homens de Valor vão dar uma festa na casa do líder. As portas estarão abertas e centenas entrarão lá. É aí que vamos atacar.

Kierse piscou para ele quando percebeu que estava falando sério.

– O solstício de inverno?

Ele arqueou uma sobrancelha.

– Isso vai ser um problema?

– É daqui a algumas semanas.

– Então não vai fazer? – perguntou ele, brusco.

Seu olhar percorreu o rosto dela, como se esperasse que ela o rejeitasse. Ela enfrentaria os piores tipos de monstro em sua própria fortaleza, com o relógio tiquetaqueando. Mas nunca tinha achado que aquele trabalho envolveria roubar de uma pessoa qualquer. Não com dez milhões em jogo.

– Ah, eu vou fazer essa merda – disse ela simplesmente. – Coisa demais depende disso para não fazer, mas espero que seu treinamento seja bom o bastante pra me tirar viva de lá.

– Vai fazer, mesmo sabendo que pode morrer?

– Eu sabia que poderia morrer quando entrei na sua casa – disse ela. – Faria tudo pela minha família. Qualquer coisa para mantê-los a salvo.

Algo cruzou o rosto de Graves, algo que ela não conseguiu definir. Remorso ou dor. Mas nenhum dos dois parecia combinar com ele.

Kierse ergueu sua taça.

– Ao solstício de inverno, então.

Finalmente, ele deu um sorriso lento e genuíno, erguendo a taça para um brinde.

– Ao solstício de inverno.

Capítulo Quinze

Agora que Kierse sabia que tinha meras semanas para fazer o roubo mais impossível de toda a sua vida, precisava colocar algumas de suas contingências no lugar.

Ela tinha concordado em não ver os amigos, e cumpriria a promessa, embora a matasse por dentro. Graves tinha sugerido que ligasse para Nate, mas as coisas que ela precisava dizer a ele não podiam ser ditas pelo telefone – muito menos um telefone ao qual Graves provavelmente tinha acesso.

Mas ela tinha outro lugar para ir antes de encontrar Nate.

Tirou o vestido curto e voltou para as roupas elegantes de exercício, então escapuliu com o capuz erguido contra o frio e a mochila apertada nas costas. Odiava o metrô à noite, mas seu tempo era limitado. Depois de pagar o troll vigiando a entrada do metrô na 8th Avenue, ela se esgueirou pelas sombras, ignorando os assovios dos goblins ao redor de uma pequena fogueira numa lata de lixo e os chamados parecidos de humanos igualmente asquerosos. Quando entrou no trem B, manteve a mochila virada para longe dos outros viajantes suspeitos. Tinha uma arma engatilhada no bolso, o cabo novo reconfortante em sua mão. A outra estava em um coldre sob a jaqueta. O contorno nem aparecia sob as roupas justas.

Por sorte, não houve encrenca quando Kierse saiu uma parada antes de sua saída costumeira. Ela já fora seguida uma vez ao sair da casa de Graves e não queria encontros com Druidas naquela noite. Ao sair da mansão, tinha reconhecido um cara, que evitara facilmente, e no momento havia duas patrulhas ao redor do bordel de Colette. Não tão perto a ponto de provocar os Roletas, mas não longe o bastante para ser algo além de uma patrulha. Por sorte, Kierse tinha morado no bordel por anos. Conhecia cada entrada e saída da propriedade, e todas as ruas circundantes, como a palma da mão.

Evitar as patrulhas foi facinho. Ela entrou no bordel por uma porta lateral. Nenhum alarme foi acionado. Ninguém entrou correndo atrás dela. Ninguém sequer a viu. Kierse sorriu por dentro. Os homens de Lorcan a tinham surpreendido antes, mas não eram melhores que ela. Eles tinham aproveitado a vantagem da surpresa – só isso. Talvez o infame Lorcan tivesse um calibre mais alto, mas os capangas dele não eram grande coisa.

Kierse percorreu a parte dos fundos da casa. Ainda estava silencioso lá dentro. Ela conseguia ouvir as cozinhas se aquecendo para as garotas e passos no andar de cima enquanto se preparavam para o trabalho da noite. O movimento seria maior depois do jantar, o que significava que ela não tinha muito tempo. Atravessou a casa depressa, pegando a rota dos fundos até os aposentos de Colette. O imóvel fora construído para ter quartos de empregados e uma rede que permitisse aos criados passar sem serem vistos, o que foi útil no momento. Kierse subiu a escadaria dos fundos e entrou no quarto de Colette.

Uma figura se mexeu perto da janela.

– Se está aqui para me matar, vai ter de fazer melhor que isso.

Kierse encontrou Colette com uma pistola pendendo preguiçosamente da mão. Um arrepio subiu pela coluna dela, mas não devido à aparição da madame. Kierse sentiu o homem antes que ele a agarrasse. Girou, evitando o primeiro ataque e bloqueando o segundo.

– Sou eu – arquejou ela. Reconheceu o homem vindo atrás dela como Carmine, o líder dos Roletas. O que não era bom para ela, já que ele fora um lutador excelente na juventude.

Kierse tentou sair de novo do caminho, mas ele a envolveu com os braços. Era forte como um tronco de árvore, não havia escapatória – a não ser que quisesse feri-lo, o que não era o caso.

– Espere – ofegou Kierse.

— Carmine, não – disse Colette, afastando-se da janela. – É Kierse.

Carmine soltou-a imediatamente, embora parecesse irritado. Ele alisou o paletó e deu um passo para trás enquanto corria a mão pelo cabelo escuro com gel, xingando baixinho em espanhol.

– O que está fazendo aqui, menina? – Colette deixou a arma numa mesa próxima.

Kierse olhou de Colette para Carmine, desconfortável em revelar informações na frente dele.

Colette entendeu imediatamente.

– Carmine, verifique a entrada que ela usou. Veja se alguém a seguiu. – Ela olhou para Kierse mais uma vez e acrescentou: – Aproveite e chame Corey.

Carmine resmungou e fez uma pequena mesura debochada.

– Às suas ordens, madame.

Quando ele desapareceu pela porta, Colette atravessou o cômodo depressa e a puxou para um abraço rígido. Kierse congelou de choque e então relaxou. Quando a soltou, Colette deu um tapa no rosto dela. Kierse chegou a rir um pouco enquanto segurava a bochecha.

– Nunca me assuste assim de novo.

– A grande Colette sente medo de alguma coisa?

– Não me teste – disse ela, mas de leve, como se não estivesse acostumada a tanta vulnerabilidade.

– Eu não vim testar você. Vim por causa disso. – Kierse pegou a mochilinha que Graves lhe dera e abriu o zíper.

Os olhos de Colette se arregalaram quando viu a pilha de dinheiro.

– Onde arranjou isso?

Kierse tirou metade do dinheiro e o deixou na mesa de cabeceira.

– Quanto menos você souber, melhor. – Ela abanou a mão antes que Colette protestasse. – Isso é pra você. Guarde em segurança. Use no caso de emergências ou se... se as coisas derem errado.

Colette nem tocou no dinheiro. Só encarou Kierse.

– No que você se meteu?

– Um trabalho. Para um homem muito perigoso. – Então Kierse pegou algo que comprara com o próprio dinheiro depois de sair do metrô: um celular descartável. – Aqui.

Colette pegou o aparelho.

– Pra que é isso?

– Não vou poder voltar aqui de novo. Não é seguro.

– Claro que não é seguro, Kierse. Quando um Aterrorizador aparece no meu bordel com uma carta de Nathaniel O'Connor, sei que tenho de prestar atenção. – Ela apertou os lábios. – Nate e eu nos conhecemos há muito tempo. Fui eu que te mandei até ele, afinal. Vai me contar o que está acontecendo?

– Quanto menos você souber, melhor – repetiu Kierse. – Esse celular é como você entra em contato comigo se as coisas derem *muito* errado. Não deixe ninguém saber que o tem.

Colette afundou na cadeira ao lado da janela, o pequeno aparelho ainda apertado na mão.

– Você não acha que vai voltar. – Devia estar escrito na cara dela. – Tem algo que eu possa fazer?

Kierse balançou a cabeça. Ela fechou a mochila e a jogou sobre o ombro.

– Vou levar isso para Gen e Ethan.

– Então está trabalhando com os Aterrorizadores de novo? – perguntou Colette. – Nate sentiu sua falta.

– Estou trabalhando pra mim mesma. – Kierse lhe deu um sorriso desafiador. – Sempre pra mim mesma.

Colette assentiu, compreendendo.

– E minha filha?

– Gen e Ethan estão seguros com os Aterrorizadores.

– E não vão voltar pra cá? – perguntou ela, bem quando Corey entrou no quarto.

– Não – disse Corey. – Eu nunca vi a segurança dos Aterrorizadores tão reforçada.

Colette pareceu levemente ofendida.

— *Você* é parte da minha segurança.

— Que é o motivo de eu poder admitir que preferiria que meu namorado ficasse lá, se estiver em perigo. – Corey olhou para Kierse. – Ele está em perigo, né?

Ela assentiu uma vez.

— Você foi discreto quando foi visitá-lo?

— Quem você acha que eu sou? Não brinco com a segurança de Ethan. Mas ele vai ficar bem?

Colette limpou a garganta.

— Claro que vai. Quem iria desafiar os Aterrorizadores?

Corey encarou Kierse e esperou. Ela engoliu. Não queria mentir.

— Gen e Ethan estão bem por ora, mas esse é meu plano de contingência se tudo der errado.

Ele assentiu relutantemente.

— Odeio isso.

Ela também.

E odiava essa próxima parte, e sabia que ele não ia gostar igualmente.

— Talvez você devesse ficar lá com eles. Se estão em perigo, os Druidas só precisam te seguir para alcançá-los.

Corey xingou baixinho.

— Carmine nunca vai me deixar...

— Deixe Carmine comigo – disse Colette.

— Acha que é ruim a esse ponto? – perguntou Corey.

— Prefiro prevenir a remediar.

Ela virou os olhos de volta para Colette. Temia que precisasse convencer a madame também, mas Colette só ergueu o queixo.

— Tome cuidado, garota – disse ela, em voz baixa e solene. – Há escuridão no seu futuro.

Capítulo Dezesseis

Kierse encarou o aviso de Colette pelo que era: a verdade. Ela não podia negar que parecia real. E era uma escuridão para a qual caminhava rapidamente. Pelo menos seus olhos estavam abertos.

Ela saiu furtivamente do bordel, evitando por pouco outra patrulha dos Druidas. Aqueles desgraçados estavam em todo canto. Ela passou reto pelo metrô e preferiu uma caminhada gélida até a Houston Street, onde pulou num ônibus logo antes que partisse. Desceu em Greenwich Village e caminhou as últimas quadras até seu ponto de encontro com Nate. Variar as rotas era outro jeito seguro de impedir alguém de segui-la e, quando chegou à cafeteria aberta tarde da noite, tinha certeza de que estava sozinha.

Mas Nate não viera sozinho. Lobos espreitavam das sombras. A bartender de Five Points, Kara, estava no canto, o cabelo loiro puxado para trás num rabo de cavalo apertado. Sua postura era predatória, pronta para saltar a qualquer momento. Uma morena mais alta com nariz empinado estava à esquerda dela. Mais longe havia outros lobos que Kierse não reconheceu. Exceto por um deles – Slim Ronan, com seu cabelo preto dividido no meio e a pele bege quase completamente coberta pelo traje preto do bando, com um cigarro pendendo dos lábios. Ele se juntara aos Aterrorizadores em troca de proteção para a família durante a guerra, mas eles sempre ameaçavam voltar para a Coreia. Não que alguém pudesse pagar por isso.

Se Ronan estava ali, então seu companheiro de armas estaria perto.

Finn estava parado na entrada da cafeteria quando Kierse se aproximou. Tinha pele cor de ônix e um físico musculoso, mas, enquanto Ronan era intimidador, Finn era todo amor, com a energia de um golden retriever. Abriu um sorriso encantado ao vê-la.

– Oi, sumida.

Kierse inclinou a cabeça para trás em cumprimento.

– Finn.

– Bom ter você de volta, McKenna. – Ele abriu a porta para ela.

– Posso dizer o mesmo – disse ela, entrando.

Nate já esperava no salão vazio, na cabine regular deles. Kierse se sentou no banco à sua frente.

– Que coincidência te ver por aqui – disse ele.

Aquele tinha sido o lugar de encontro preferido deles na época em que ela trabalhava com os Aterrorizadores. Dinheiro e bens roubados tinham trocado de mãos sobre café queimado e torta caseira.

– Hilário – murmurou ela.

– Foi bom que dessa vez você pôde simplesmente mandar uma mensagem – disse Nate com sua risada amistosa.

Ele não estava errado. Kierse não tinha celular para se comunicar com ele na época; só deixava mensagens codificadas na lousa na frente do café quando queria encontrá-lo. Uma mensagem de texto teria sido mais fácil do que torcer para eles não apagarem a lousa antes que ele a lesse.

– Ora, como os tempos mudam.

Ele assentiu.

– Gostei das roupas. Vejo que ele pode bancar qualidade.

– Ele poderia bancar a lua, se quisesse – disse Kierse. – Mas não é por isso que estamos aqui.

– É, acho que não. Você aceitou o trabalho? Por que a mensagem misteriosa?

– Aceitei o trabalho com a condição de que não verei mais Gen e Ethan.

Nate fez uma careta.

– Por que caralhos essa era uma condição?

– Quero mantê-los a salvo. Há patrulhas dos Druidas em todo canto. O último que quero é que, tentando me atingir, eles machuquem quem eu amo.

– O aumento de atenção deles não é nada com que a gente não possa lidar.

Ela não duvidava. Se Kierse era capaz de evitar as patrulhas, Nathaniel O'Connor também seria. Mas isso não significava que ela arriscaria Gen ou Ethan.

– Eles podem ficar com você? – perguntou ela. Enfiou a mochila sob a mesa, e Nate a tomou. Abriu o zíper e olhou dentro, então arqueou uma sobrancelha para ela. – Isso é suficiente?

– É, sim – disse Nate, fechando o zíper.

Tinha a sensação de que ele teria feito de graça, mas não gostava de ter dívidas. O relacionamento deles sempre funcionara em pé de igualdade, e Kierse queria manter as coisas assim.

– Tem um celular descartável aí dentro. Use pra me contatar. Eu examinei o celular que ele me deu, mas não confio nem um pouco nele.

– Há alguém em quem você confie mais que um pouco?

Ela só entortou a cabeça. Claro que confiava nos amigos mais do que no *feiticeiro* que provavelmente a levaria à sua morte.

– Então, qual é o trabalho? – perguntou Nate, sabendo que era melhor mudar de assunto.

– O roubo vai ser dentro do Terceiro Andar, no solstício de inverno.

Os olhos de Nate se arregalaram com essas palavras.

– Terceiro Andar. Kierse…

– Eu sei, mas ele tem um jeito de me pôr lá dentro.

– Torra não está lá embaixo – disse ele, a voz suavizando. – Faz um ano já.

– Eu sei disso – disparou ela, então se forçou a ficar calma. – Sei que ela se foi. Isso se trata de justiça. E quero saber que você vai me apoiar se eu conseguir te colocar lá dentro.

Nate fez um biquinho.

– O solstício? No dia 21?

– É.

– Porra – disse ele. – É uma lua cheia.

– Você tá de brincadeira – resmungou ela. – Vai estar trancado em casa, então.

— O bando todo – disse ele. – Pelo menos você não vai ter de se preocupar com Gen ou Ethan. Ninguém entra ou sai de Five Points durante a lua cheia.

— É. – Kierse não sabia por que tinha criado expectativas. Claro que precisaria fazer aquilo sozinha. Era o que tinha combinado com Graves. – Pelo menos eles estão seguros.

— Eu vou cuidar deles, Kierse.

Ela suprimiu a decepção. Só podia depender de si, no fim das contas.

— Também estou proibida de revelar os segredos dele – contou ela, erguendo as sobrancelhas.

— Uhum – disse ele. – Você cruzou os dedos?

Ela deu de ombros.

— Primeiro vou ver o que ele me conta.

A expressão de Nate ficou pensativa.

— Tem certeza de que consegue lidar com isso?

Kierse deslizou no banco para sair da cabine.

— Não faça perguntas idiotas.

— Só estou cuidando de você. Alguém precisa cuidar.

— Eu cuido de mim mesma.

Nate se levantou e agarrou o pulso dela antes que Kierse pudesse se levantar.

— Essa não é como suas outras missões, Kierse. – Ela se manteve firme enquanto estava presa nas garras do lobo. O lado selvagem de Nate, que o tornara o líder indisputado dos lobos de Manhattan, era algo que ele geralmente mantinha escondido na presença dela. O calor dele estava sempre ali, mas o fogo irradiou intenso quando seus olhos se encontraram. – Um passo em falso e você está morta.

— Você não precisa dar uma de alfa pra cima de mim – brincou ela, rapidamente passando da atitude desafiadora a um sorriso tímido e cílios abaixados, seu treinamento ativado no segundo em que encontrou uma ameaça.

— Kierse – resmungou Nate. – Não precisa fazer isso comigo.

Então ela torceu o pulso e desvencilhou-se dele com facilidade.

— Nesse caso, não me trate como se eu fosse um risco em vez de um recurso valioso. Sei exatamente qual é a missão, Nate. Só mantenha meus amigos em segurança e me deixe fazer o trabalho difícil.

Ele assentiu uma vez, com apreciação nas íris, antes de Kierse passar por ele e deixar a cafeteria. Ela pegou o metrô até o Upper West Side, esgueirando-se para a casa da mesma forma como tinha entrado: sem que ninguém reparasse. Abriu um leve sorriso enquanto deslizava sobre os lençóis de cetim.

Tinha colocado seus planos em ação. Agora, começava o trabalho real.

Capítulo Dezessete

Quando Kierse desceu na manhã seguinte, Graves estava esperando na entrada com um terno de três peças impecável e o rosto enterrado em um livro diferente do que estivera lendo na noite anterior. Ela inclinou a cabeça para tentar ver o título, mas, quando sentiu sua aproximação, ele o fechou depressa e o enfiou sob o braço.

– Uma leitura leve? – perguntou ela.

– Algo assim. – Ele examinou a roupa de exercício dela. – Vamos sair.

– Achei que eu tinha treino com armas. Só temos algumas semanas – lembrou ela.

– Estou ciente do nosso cronograma. Você vai treinar quando voltarmos. Isso é mais urgente.

Ela suspirou.

– Aonde vamos?

– Eu te digo no caminho.

Ele apontou para a entrada do que ela presumia ser a garagem.

Antes que pudessem sair, Edgar apareceu para oferecer a ela um longo casaco de lã preto.

– Para o frio.

– Obrigada – disse Kierse, vestindo as mangas. Comparada a Graves, estava muito malvestida, mas ele não parecia preocupado.

Edgar abriu a porta para eles, e Kierse seguiu Graves até um elevador. Ele apertou o botão para o andar mais baixo. As portas se abriram em uma garagem escura e grande o suficiente para conter uma dúzia de carros. Uma limusine estava parada silenciosamente no caminho circular de entrada. O motorista, um homem de aspecto grosseiro de cinquenta e tantos anos, esperava em posição de atenção, vestindo um terno e chapéu pretos. Um terceiro empregado, que Kierse nunca vira em suas missões de reconhecimento. Como era possível, caralho?

– George – cumprimentou Graves.

– Senhor – disse George, abrindo a porta quando eles se aproximaram. – Srta. McKenna.

– Obrigada, George – disse ela, com um sorriso educado, antes de entrar na limusine.

Graves se acomodou no banco de trás com ela enquanto George fechava a porta e ia até o lado do motorista.

– George sempre dirige pra você? – perguntou Kierse.

– Sim.

– Ele sabe o que você é?

Ela presumia que Edgar e Isolde sabiam. Não podiam servi-lo, dia após dia, e não saber que havia mais alguma coisa, algo a *mais* nele.

– George é meu empregado há muitos anos.

O que parecia ser resposta suficiente, porque ele voltou ao seu livro.

– Ele também tem magia?

Graves suspirou pesadamente, como se não estivesse acostumado que suas leituras fossem interrompidas.

– Ele não é um feiticeiro, se é o que está perguntando.

– Mas existem outros seres com magia – insistiu ela.

George afundou no banco do motorista e fechou a porta pesadamente atrás de si.

– Pronto, senhor?

– Sim, George. Você sabe o caminho – disse Graves, então voltou à pergunta de Kierse. – Há outros tipos de magia neste mundo. Mas as pessoas que eu contrato são só bons trabalhadores que eu pago muito bem pelo seu tempo.

– E pelo seu silêncio – adivinhou Kierse.

George tossiu baixinho com a impertinência dela enquanto saíam da garagem e entravam em um túnel subterrâneo que levava para fora da propriedade.

— Silêncio é preferível, sim — disse Graves, com um tom enfático.

Kierse mordeu o lábio enquanto observava a limusine subir até a superfície. Uma porta automática se ergueu, e eles emergiram nas ruas de Nova York. Ela esticou o pescoço para a rua transversal, surpresa ao descobrir que estavam a várias quadras da casa de Graves. Esperto. Ninguém suspeitaria que uma mansão a meio quilômetro estava conectada à garagem pela qual tinham acabado de sair. Não era à toa que Kierse nunca o tinha visto chegando ou saindo.

— Você parece fascinada pela minha garagem — disse Graves.

— Eu gosto de saídas. O principal recurso de um ladrão são seus arredores — disse ela, caindo de volta contra o banco. — Roubar trata-se tanto ou mais de onde as coisas são mantidas do que daquilo que você precisa obter.

Ele ouviu como se tivesse interesse em aprender o ofício dela.

— Em que sentido?

— Bem, é a arquitetura. Portas da frente não são feitas para furtividade. São vigiadas. É preciso olhar para o lugar como se visse a planta baixa. Entradas e saídas, visíveis ou fabricadas.

— Fabricadas?

— Às vezes é mais fácil abrir um buraco no teto ou quebrar dobradiças do que arrombar uma fechadura. Depende se queremos que alguém saiba que estivemos lá. — Kierse ergueu as mãos e as segurou a uns trinta centímetros de distância. — Imagine que somos como ratos. Eles não entram pela porta da frente. Sobem pelas paredes, rasgam o isolamento térmico, fazem buracos nas superfícies. São ladrõezinhos ágeis. Ninguém sabe que estiveram lá, se eles não quiserem que saibam. Imitamos o que fazem. Usamos a casa a nosso favor.

— Hum. — Ele considerou o que ela tinha dito. — Plantas baixas e ratos. É como se você fosse uma arquiteta. Precisa construir a propriedade na mente para ganhar a vantagem.

— É uma boa analogia.

— Terei de pensar mais nisso. Podemos usar esse mapeamento a nosso favor quando infiltrarmos os Homens de Valor.

— É aí que entra minha parte preferida: reconhecimento do lugar.

– De fato – disse Graves, pensativo. Ficou em silêncio por mais um momento antes de mudar de assunto. – Estamos indo para um hospital.

– Não estou doente.

– Embora tudo que eu tenha dito para você até agora tenha sido um tanto… místico, há ciência envolvida nisso. Ao longo dos anos, feiticeiros tentaram mapear o que nos torna únicos. Escondido, claro. Ainda não sabemos exatamente por que conseguimos fazer as coisas que fazemos, mas há um gene envolvido.

– Um gene de feitiçaria? – perguntou ela.

Soava tão bobo quanto magia. Com base em suas lições rudimentares de biologia, porém, Kierse sabia que mutações genéticas acontecem em humanos, além de nos monstros. Apesar de os monstros não quererem que essa informação fosse disseminada, as pesquisas mais recentes apontavam um componente biológico que explicava por que vampiros precisavam beber sangue ou espectros consumiam a essência humana ou até o que levava os lobisomens a se transformar durante a lua cheia. Fazia sentido, então, que feiticeiros contratassem cientistas ou se *tornassem* cientistas para também investigar a fonte de sua magia.

– Não exatamente – disse Graves. – Vou deixar Emmaline explicar quando chegarmos ao Conciliábulo.

– Conciliábulo?

Ele só deu um sorriso malicioso.

– Você verá.

Quarenta e cinco minutos depois, eles viraram na via expressa no Queens e embicaram na entrada de um prédio espetacular de dois andares. Em letras grandes e ousadas, O CONCILIÁBULO estava escrito na frente com um símbolo embaixo – um círculo e duas luas crescentes de frente uma para a outra. Kierse não entrava num hospital desde antes da guerra. A maioria tinha sido dominada por empresas privadas. Muitas pessoas recorriam a médicos ilegais, ou, se o sujeito tivesse boas relações com uma gangue, eles geralmente tinham um médico na folha de pagamento, como Maura. As pessoas se endividavam, ou – com mais frequência – só morriam. E ninguém se importava. Isso fazia Kierse ansiar por um passado do qual ela mal conseguia lembrar, mas que sentia visceralmente.

Graves tocou a campainha de uma entrada lateral do prédio. Kierse limpou flocos de neve do cabelo e dos ombros enquanto olhava ao redor. A pequena área de espera estava vazia, exceto por uma mulher de jaleco branco com uma etiqueta de nome que dizia *Harper*, de quem Graves se aproximou.

– Olá – disse Harper, cortês. – Bem-vindos ao Conciliábulo. Como posso ajudá-los?

– Temos uma consulta com a dra. Mafi – disse Graves bruscamente.

– Excelente. Nome?

– Kierse McKenna.

– Ah, Kierse – disse Harper com um sorriso, virando-se para ela. – Já veio aqui antes, querida?

Kierse balançou a cabeça. Quem podia pagar para ir a um hospital?

– Preciso que preencha isto. – Harper pegou uma prancheta no balcão. – Responda às perguntas nas primeiras duas páginas e assine a última.

Kierse se jogou numa cadeira e preencheu a papelada. Muita coisa ela não sabia como responder – como seu endereço atual. Ela não podia pôr a casa de Graves, mas também não podia colocar o bordel. Decidiu deixar em branco. Ficou pior quando perguntaram sobre seu histórico familiar. Ela não fazia ideia se a mãe tivera câncer de mama ou se o lado do pai tinha pessoas com pressão alta. Por fim, desistiu, foi à última página e rabiscou sua assinatura.

Ela devolveu o formulário a Harper.

– Aqui está.

– Obrigada, querida. Só vai levar alguns minutos.

Kierse lhe deu um pequeno sorriso antes de voltar ao assento. Assim que se jogou na almofada desconfortável, uma porta se abriu e uma mulher chamou:

– Kierse.

Ela usava um jaleco roxo-escuro que combinava com o de Harper. A cor enfatizava seu cabelo preto e olhos afastados. Kierse gostou dela de cara.

— Sou eu – disse ela, indo até lá. Graves a seguiu de perto.

— Amigos esperam aqui fora – disse a mulher. Graves lhe deu um olhar de pura fúria, mas ela mal piscou.

— Ele pode vir comigo – insistiu Kierse.

— Tem certeza?

Kierse assentiu.

— Certeza. Não tem problema.

Além disso, Graves provavelmente mataria alguém antes de deixá-la entrar lá sozinha. Afinal ele tinha planejado tudo aquilo e conhecia a médica. Todo o resto parecia uma formalidade. Bobagem burocrática, sinceramente. Kierse teria pensado que Graves faria um médico atendê-la em casa em vez de fazê-la passar por isso.

— Certo. Bem, eu sou Jesy – disse a mulher, segurando a porta aberta para eles entrarem. — Bem-vinda ao Conciliábulo.

As medições básicas foram feitas – altura, peso, pressão sanguínea, temperatura etc. Então Jesy os levou para uma sala nos fundos. Kierse sentou-se desconfortável numa maca, amassando o papel que a cobria. Graves parecia completamente deslocado, parado ao lado de uma pequena cadeira verde-azulada na qual não caberia direito. A luz era forte contra seu cabelo escuro, mas de alguma forma suavizava as feições afiadas. Ele parecia mais humano ali.

Alguns minutos depois, outra mulher, que Kierse estimou ter quase quarenta anos, entrou no consultório. Ela usava um jaleco preto, tinha pele marrom bonita e bronzeada, e usava um *hijab* vermelho estiloso. Tinha um pequeno piercing no nariz e cílios enormes.

— Ah, olá, Kierse. – Ela estendeu a mão. Kierse ficou irritada com o entusiasmo da mulher enquanto a apertava. — Sou a dra. Mafi. É ótimo ter você no Conciliábulo hoje.

Graves limpou a garganta. A dra. Mafi o observou com uma bufada de desdém.

— Emmaline.

— Graves.

A tensão entre eles era palpável. Deviam ser ou inimigos natos ou amantes. Não havia meio-termo em suas expressões.

– Faz um tempo – disse a dra. Mafi. – Não achei que o veria aqui de novo. Não depois da última vez.

Graves deu de ombros, sem parecer preocupado.

– Estou aqui pela srta. McKenna. Como discutimos.

A dra. Mafi bufou.

– Sim. Pela srta. McKenna.

– Bem, então vamos começar.

– Vou pedir que você espere lá fora enquanto eu converso com a minha paciente por um momento.

– Não.

– Então não posso te ajudar e você precisará encontrar outra pessoa para guardar seus segredos – disse a dra. Mafi, em um tom ríspido.

Graves parecia querer discutir. Não gostava que seus desejos fossem desrespeitados. Kierse já vira como ele esperava – não, exigia – respeito. Mais do que respeito. Ele era um deus para seus subordinados. Como tolerava Kierse, ela não sabia. Mas sua relação com a dra. Mafi parecia ir além disso. Ela o estava desafiando, lhe dando um ultimato.

Graves empinou o queixo.

– Vou me lembrar disso.

– Não tenho dúvida – disse a dra. Mafi, revirando os olhos.

Assim que Graves saiu da sala, ela virou-se para Kierse.

– Bem, não sei quanto tempo temos, então acho melhor ir direto ao ponto. Você faz ideia de onde se meteu?

– Imagino que a resposta seja não?

– Você não quer trabalhar para ele. E esses testes... não quer fazer isso.

– Por que não? – perguntou ela. – Achei que só estávamos procurando uma mutação genética.

– Sim. Isso e um teste físico e exames de sangue e toxicológico e teste de gravidez e...

– Espera, teste de gravidez? – perguntou ela, confusa. – Por quê?

— Procedimento padrão – disse a dra. Mafi, automaticamente.
— Não parece padrão.
— Você é sexualmente ativa? – perguntou ela, casual.
— Se já transei?
— Recentemente? – corrigiu a dra. Mafi. – No último mês?
— Não.
— Então provavelmente podemos pular esse teste, mas é padrão. – Ela balançou a cabeça. – Mas não é isso que importa. O que importa é que ele terá acesso aos resultados. Você pode tentar mantê-los privados, mas se o conhece, mesmo um pouco, como eu conhecia, sabe que privacidade é uma mentira. Ele mete as mãos em tudo.

Pelo jeito, Kierse não o conhecia tão bem quanto aquela médica.

— Por que eu deveria confiar em você?

A dra. Mafi soltou uma risada sem fôlego.

— Provavelmente não deveria. Mas não deveria confiar nele também.

— Eu confio em mim mesma.

A doutora não pareceu convencida.

— Não sei o que ele lhe contou sobre nosso hospital. O Conciliábulo foi fundado por bruxas.

Kierse a observou com desconfiança.

— Bruxas?

— Não do jeito que você está pensando. De modo geral, nos especializamos em ervas e remédios.

— Nada de magia? – perguntou ela, voltando os olhos para a porta, atrás da qual outro ser mágico estava fora de vista.

— Envolve alguma magia, mas nada como a dos feiticeiros – assegurou ela. – Nós fundamos o hospital como uma fachada. Trabalhamos com grande parte da comunidade sobrenatural. Nós os ajudamos, curamos, escondemos – disse ela, encontrando o olhar de Kierse. – Então, se um dia precisar de algum desses serviços, sabe onde nos encontrar.

Kierse ergueu uma mão, não acreditando no que ouvia.

— Vocês estão ajudando *monstros*?

— Estou trabalhando com Graves agora mesmo – disse ela, frustrada.
— Mas, tipo, outros monstros. Lobos e vampiros e espectros e tal?
A dra. Mafi ergueu uma sobrancelha interrogativa.
— Por que não deveríamos? Os humanos têm lugares onde se curar. Por que os monstros não deveriam ter?

Kierse sabia que era uma pergunta válida, mas não conseguia deixar de pensar no que os monstros tinham causado ao seu mundo. Estraçalharam Nova York em um milhão de pedacinhos e tornaram cada interação dez vezes mais difícil. Claro, ela tinha amigos monstros, e monstros com quem trabalhava. Eles não eram todos iguais. Só era difícil se livrar do *ódio* ardente que ela sentia pelos monstros que tinham levado Torra.

— Estão ajudando as criaturas que arruinaram nosso sistema de saúde. Pra não falar de como mataram milhões de pessoas.

— Como você está trabalhando para um monstro no momento, presumo que não seja ingênua a ponto de acreditar que seja tudo preto no branco.

— Não – respondeu Kierse, rígida. – Há tantos humanos ruins quanto bons.

— E tantos monstros ruins quanto bons. – O olhar significativo que a dra. Mafi virou para a porta dizia claramente a qual lado ela achava que Graves pertencia.

Porém, antes que ela pudesse dizer mais alguma coisa, Graves voltou para a sala.

— Acabaram?

— Acabamos – disse a dra. Mafi com um sorriso largo e despreocupado. – Já tivemos nossa conversa entre garotas, não é, Kierse? – E deu uma piscadinha para ela.

Kierse conseguiu abrir um sorriso.

— Aham.

— Certo, então vamos começar – disse a dra. Mafi.

Kierse ficou lá por mais uma hora, dando amostras para a médica. Acabou sendo muito mais do que um cotonete na bochecha para testar seu DNA. Aparentemente, o sequenciamento do DNA de feiticeiros era notório por ser capcioso. Tinha algo a ver com mudanças nas proteínas ou aminoácidos, Kierse não sabia bem – mas envolvia mutação genética, e seu conhecimento básico de biologia não a ajudara a entender.

– Teremos resultados em uma ou duas semanas – disse a dra. Mafi. – Eu ligo para avisar o que descobrirmos.

Kierse e Graves permaneceram em silêncio enquanto voltavam para a limusine à espera. Ela tinha um milhão de perguntas girando na cabeça. Apesar do aviso da médica ainda ressoando nos ouvidos, não conseguiu ficar quieta.

– Então, como você conhece a dra. Mafi?

Graves suspirou, esperando até estarem sentados na limusine para responder.

– Tivemos um relacionamento antes que ela se formasse em medicina.

– Ah – disse ela. – O que aconteceu depois?

– Ela foi embora. – Ele abriu seu livro, a voz frígida. – As pessoas sempre vão.

Capítulo Dezoito

— Vou para meu treino – disse Kierse enquanto eles voltavam pelo túnel que levava à casa de Graves. – Qual é o seu plano?

Ele continuou focado no seu livro.

— Preciso trabalhar.

Kierse tentou ler por cima de seu ombro, mas ele afastou o livro.

— O que exatamente você faz da vida? Por que precisa trabalhar?

— Faço negócios com o recurso mais poderoso de todos.

Ela lhe deu um olhar cético.

— Dinheiro?

— Conhecimento – disse ele, gesticulando para o livro. – E há coisas que preciso aprender esta noite.

— Você é um espião?

Ele riu, e com surpresa genuína.

— Há muitos anos que não. – Então fechou o livro e a encarou enquanto explicava: – É meu ofício saber tudo que posso sobre todos de importância. Uso esse conhecimento para obter as coisas que quero e para mudar o curso da história.

Kierse sustentou o olhar dele.

— Falando assim, parece chantagem.

— Às vezes – disse ele, sem humor.

— Ah. – Ela assentiu como se fizesse sentido.

Graves avaliou a reação.

— Você não parece surpresa.

— Deveria? Sou uma ladra. E você usa pessoas e informações para obter o que quer.

— Está dizendo que somos iguais?

Ela riu.

– Nem um pouco.

– Talvez sejamos mais parecidos do que você acha.

Ela esperou que ele dissesse mais, mas ele não falou nada. Estavam andando em círculos. Toda vez que Kierse sentia estar arranhando a superfície de quem era Graves, ele se transformava tão facilmente quanto ela.

O aviso da dra. Mafi ainda ressoava em sua mente, mesmo que não mudasse nada no seu plano. Ela tinha um objetivo, um trabalho – e o faria. Mas a interação a deixara inquieta. Aqueles dias eram o período mais longo em anos que ela passara sem ver os amigos, e já sentia falta deles. Saudade de ter Gen e Ethan e Corey por perto. Saudade de voltar para casa e receber uma bronca de Colette. Saudade de casa.

Quando George finalmente estacionou, ela não esperou que ele contornasse o carro e a libertasse. Só abriu a porta e saiu.

– Boa sorte com o seu trabalho – disse a Graves enquanto seguia até o elevador.

Subiu à sala de treino e encontrou Edgar já a esperando. Quando ele terminou de destruí-la, Kierse mal teve tempo suficiente para ler, enquanto devorava o jantar impecavelmente preparado por Isolde, uma história no livro novo que Graves tinha lhe deixado, e então caiu de cara na cama.

O dia seguinte foi parecido – treinar, ler, repetir. Até seus músculos doerem e sua cabeça doer e ela se perguntar se Graves a estava torturando.

No quarto dia de treinamento, Kierse entrou na sala de treinos, sonolenta, e congelou.

Graves estava ali parado, encarando o suporte de armas. Seu paletó estava jogado no banco. As mangas da camisa social branca impecável tinham sido roladas até o cotovelo, revelando extensões de antebraços com tatuagens de vinhas. Os músculos definidos que aqueles vislumbres de pele revelavam a fizeram engolir em seco. O rosto dele estava de perfil, e o ângulo orgulhoso do queixo e as linhas afiadas das maçãs do rosto captavam a luz. Ele era uma escultura da Renascença que ganhara vida.

O estômago dela se retorceu com algo parecido com desejo. Não gostou de precisar lembrar que estava ali por negócios.

– O que está fazendo aqui? – perguntou, soltando a própria jaqueta antes de avançar sobre o tatame.

Os olhos de Graves a acompanharam.

– Seu treinamento com armas até agora tem sido... insatisfatório.

Ela o encarou.

– Edgar disse que estou melhorando.

– Sinto que os métodos dele não estão à altura dos meus padrões, considerando o nosso cronograma. – Ele deu um sorrisinho, e ela soube que deveria ter medo. – Então, pensei em eu mesmo dar a aula de hoje.

– Entendo – disse ela.

Tinha lembranças muito *vívidas* dele deslocando seu ombro e a jogando de bunda no chão quando se conheceram. Ele não tinha nem suado, nem precisara tirar o terno.

Graves pegou uma lança de treinamento e a jogou para ela. Kierse a pegou com facilidade, o peso já começando a parecer mais normal em sua mão.

– Pensei que você poderia precisar de um pouco de motivação. – Ele pegou outra lança e a jogou de uma mão para a outra. – Então, toda vez que conseguir me acertar, eu te darei uma resposta.

Ela piscou, surpresa. Bem, isso era motivação suficiente.

– Pra qualquer pergunta?

– Para isso – disse ele, mostrando um envelope branco espesso.

O tipo de envelope feito para casamentos e funerais. A frente estava em branco, sem endereço ou nome ou etiqueta de devolução. Ela o virou, notando o selo de um pássaro olhando para trás carimbado na cera vermelha-viva. Pingara ali como sangue escorrendo de uma ferida.

– O que é isso? – perguntou ela.

– Essa é a pergunta – disse ele com um sorrisinho enquanto pisava no tatame.

Ela teria adorado estrangulá-lo. Era a cara dele transformar aquilo num jogo. Mas já que ela precisava treinar mesmo, poderia ganhar algo com isso.

– Pronta? – perguntou ele, fazendo um gesto convidativo.

Merda.

– Vamos lá.

– As damas primeiro, srta. McKenna – provocou ele.

Kierse saltou para a frente com a lança na mão. Graves deu um passinho para o lado como se ela mal tivesse se movido. Ele bateu no ombro dela com a lâmina.

– Vai precisar fazer mais que isso.

Ela cerrou os dentes e tentou trabalhar no seu foco. Tinha passado menos três dias treinando com a lança, então jamais seria tão boa quanto Graves. Mas, se pudesse aquietar a cabeça, mergulhar naquele lugar em que tudo ficava em câmera lenta, seria capaz de atingi-lo. Sabia disso.

Com um fervor renovado e instintos aguçados, ela avançou. Graves bloqueou o primeiro golpe e deu um passo para a frente, empurrando a lança na direção dela. A ponta de treino passou como um raio rente aos olhos de Kierse, que se arregalaram. Ela então forçou o corpo até o limite, desviando do golpe em câmera lenta. A ponta da sua lança mal roçou na manga da camisa branca dele.

A expressão de Graves era de aprovação.

– Você já está melhor que ontem. – Ele pegou o envelope e entregou para ela. – Quanto a sua pergunta…

Ela pegou o envelope e o abriu, tirando um papel de cartão pesado decorado com detalhes em ouro que dizia:

Montrell e Imani Cato cordialmente o convidam a sua residência para comemorar sua união com um evento de gala.

Então listava um dia e hora, assim como a frase *um convidado adicional é bem-vindo.*

– Um teste para você – disse ele, simplesmente.

– Um teste do quê?

Ele gesticulou para o tatame de novo.

— Vamos lá?

Ela soltou o ar pesadamente. Aquilo seria trabalhoso. Mas Graves não estava errado – estava melhorando.

Kierse ergueu a lança e tentou dar o golpe que ela e Edgar tinham treinado no dia anterior. A primeira tentativa foi desleixada, só movendo os braços. Graves estreitou os olhos para ela enquanto a atingia com facilidade. E a acertou de novo. Ela errou a terceira tentativa por um triz e quase jogou a arma no chão de frustração. Talvez aquele primeiro golpe tivesse sido pura sorte.

Mas não desistiria.

A próxima vez que ele tentou golpeá-la, Kierse usou seus velhos reflexos de luta com faca para trocar o ângulo do ataque e pegá-lo de surpresa por meio segundo – só o suficiente para o tocar.

Ela apoiou as mãos nos joelhos e ergueu os olhos para ele.

— Um teste?

— Da sua magia. – Ele ofereceu água para ela, que Kierse virou enquanto ele continuava, inabalável: – Sei que você consegue atravessar proteções, já que passa pelas minhas todo dia. – Seria amargura no tom dele? – Também sei que é uma boa ladra. Entrou na casa sem ser detectada. Investiguei seu passado.

Ela estreitou os olhos.

— O que a respeito do meu passado?

— Quer que eu responda? – perguntou ele.

Kierse cerrou os dentes. Tinha perguntas mais importantes para fazer.

— Não.

— As fontes confirmam que você é boa no que faz.

— Ótimo. Então que teste é esse?

Ele ergueu a lança e ela quase resmungou. Aquilo levaria o dia inteiro. Mas talvez fosse essa a ideia. Talvez Graves quisesse que o treinamento levasse mais tempo para poder cansá-la e protelar as respostas o máximo possível. Era uma boa estratégia. Não, excelente. Porque agora Kierse estava motivada pra caramba.

E quando finalmente acertou o golpe seguinte, achou que desmaiaria com o esforço necessário para voltar àquele estado mental. Igualmente frustrante era saber que ele nem parecia ofegar.

– É um teste triplo – começou Graves enquanto ela descansava o corpo já dolorido. – Primeiro, vamos testar se seus poderes têm limites. Segundo, ver como reage a uma grande quantidade de magia. E terceiro, ver como você trabalha sob pressão na casa de outro monstro antes de te mandar sozinha para o Terceiro Andar.

A mente dela girou com a resposta. Inspirava mais perguntas do que poderiam ser respondidas naquela sessão de treino. Mas Graves *tinha* dito mais do que ela esperara. O lugar aonde iam tinha monstros e magia. Então era provável que fossem outros feiticeiros? Kierse não sabia o que pensar da possibilidade de descobrir que seus poderes tinham limites, mas parecia uma coisa boa de saber.

Então ela precisava obter as informações que ele ainda não dera.

– Vamos roubar deles? Porque isso é amanhã à noite – disse ela.

Ele ergueu a lança outra vez.

– Mais uma?

– Tá – resmungou ela.

Só que, antes que pudesse começar, Graves foi para trás dela. O calor emanando dele a queimou quando seu corpo se colou contra o dela. Ele pôs uma mão na lança e a outra no seu braço. Ela perdeu o fôlego, seu corpo a traindo. Era impossível não reagir ao toque das mãos dele e à respiração dele roçando a pele da sua nuca. Por mais que tivesse dito a si mesma que aquilo não significava nada, sua reação dizia outra coisa.

– Use o peso do corpo, em vez de só seus braços, para empurrar a lança para a frente. – Graves a guiou pelo movimento. Ela estava meio dura no começo, desacostumada a tê-lo às suas costas, mas aí relaxou e tentou de novo. – Assim.

Quando ele a soltou, Kierse exalou suavemente e sacudiu os braços para tentar focar a luta.

Ele não esperou a aprovação dela dessa vez, apenas avançou. Kierse rebateu o golpe com outro, exatamente como ele tinha mostrado, e seguiu com um segundo. Graves bloqueou, mas algo se acendeu em seus olhos. Ela estava melhorando.

Os braços dela pareciam pesar cinquenta quilos enquanto se forçava a realizar os ataques e defesas seguintes. A ponta da lança de Graves chegou a centímetros de arranhar sua bochecha, mas ela a bloqueou no último segundo, girou e conseguiu acertar outro golpe.

– Melhor – disse ele com um aceno. – Sim, vamos roubar deles amanhã à noite.

– Porra, Graves, não dá tempo – disse ela. – Um roubo impossível dentro do Terceiro Andar em algumas semanas e você quer que eu faça *outro* amanhã? Não é possível.

Ele não pareceu preocupado.

– Estou familiarizado com o lugar. Você terá tudo de que precisa. Mas, para entrar, não pode ir como ladra. Terá de ir como minha... – Ele deixou a frase no ar, os olhos a devorando. – Cadelinha.

Ela ficou perfeitamente imóvel enquanto a palavra a aquecia inteira.

– E... o que isso implica?

Ele fez um gesto para ela se aproximar enquanto erguia as sobrancelhas, as palavras *aposto que você gostaria de saber* estampadas no rosto.

As mãos dela tremeram na lança. Sim, ela gostaria *muito* de saber o que implicaria ser a cadelinha de Graves...

Ele fez o primeiro movimento, e ela contra-atacou. Ataque, defesa, ataque, defesa. Ela não era tão rápida quanto ele e estava cansando depressa. Tinha um impulso quando eles começaram, mas não sabia se conseguiria acompanhá-lo. Porém, precisava daquela resposta. *Precisava*.

O próximo golpe dela errou feio, e Graves se moveu a toda velocidade. A mente dela mal conseguia compreender. Os movimentos dele eram precisos e calculados, até que abaixou o ombro e a jogou com facilidade sobre as costas e no tatame. Todo o ar saiu dos pulmões dela e a deixou arquejando.

Graves concluiu o movimento rolando, pousando de joelhos com o corpo sobre o dela. Os pulmões de Kierse ardiam, e ela não conseguia recuperar o fôlego enquanto encarava aqueles olhos cinza. E, por um segundo, o olhar dele desceu para os seus lábios antes de subir de novo. Como se ele também estivesse pensando sobre a natureza precária da posição em que estavam... e o que exatamente poderiam estar fazendo com ele em cima dela.

– Você vai ficar à minha disposição. – Graves respondeu à pergunta, embora ela não o tivesse acertado. O âmago de Kierse se contraiu com as palavras. – Vai deixar todo mundo presumir que temos – prosseguiu ele, a voz uma carícia – um relacionamento físico.

Ela acessou todos os seus anos no bordel de Colette e deixou o charme transbordar de cada poro.

– Consigo fazer isso.

Por um segundo, o equilíbrio de poder na sala mudou. Como se, naquele único momento, ele tivesse sido pego na armadilha *dela*. Kierse usou esse lapso de concentração para inverter as posições deles e jogá-lo de costas.

– Eu morava num bordel – lembrou-o.

– Bom. – Ele limpou a garganta e se levantou. – Vai precisar fingir bem, porque eles não podem saber que é imune à magia. E terá de fazer tudo sem armas.

Ele pegou as lanças de treino que tinham sido largadas e as devolveu ao suporte.

Kierse ainda sentia um frio na barriga quando disse:

– Vestidos podem esconder facas perfeitamente bem.

Então os olhos de Graves estavam nos dela de novo, e Kierse se sentiu completamente presa.

– O vestido que você vai usar não terá material suficiente para esconder uma única faca.

Os olhos de Kierse se arregalaram quando ele saiu do cômodo sem dizer mais nada.

Outro desafio.

E ela se sairia tão bem que arrancaria aquele sorrisinho de merda da cara de Graves.

Interlúdio

Emmaline Mafi suspirou e se recostou na cadeira ao fim de seu longo turno no Conciliábulo. Tirou os óculos de lente azul que usara durante longas horas na frente do computador e encarou inexpressiva as amostras de sangue ali perto.

Sua cabeça doía. Ela tinha tomado ervas mais cedo, e analgésicos depois que a dor não passou. As ervas geralmente funcionavam, mas aquilo era diferente. Uma dor de cabeça diferente. Não era causada pelo tempo excessivo de tela ou pelos pacientes impacientes ou pelos turnos de doze horas. Tinha começado atrás dos olhos e queimado seu couro cabeludo. Tinha começado quando Graves ligara e marcara uma consulta para sua nova… bem, o que quer que ela fosse. Namorada. Amante. Aprendiz. Emmaline não sabia. Tentou se convencer de que nem se importava. Tinha preocupações demais para pensar em Graves.

No entanto, ele era o ponto central do problema dela. Como acontecia com frequência.

O tempo estivera ameno e ensolarado no dia em que se conheceram. Poucos dias antes que a economia entrasse em colapso e o mundo inteiro virasse um inferno. Ele era bonito na época. Ainda era. De personalidade severa e repleto de idiossincrasias insuportáveis. Ela sabia que ele era perigoso. E poderoso. Bem como ela gostava.

Na primeira vez que foram para a cama, Emmaline achou que conseguiria lidar com Graves. Que estaria no controle. Mas não esteve. Nunca estivera. Ele não cedia o controle – para ninguém. E Emmaline aprendera do jeito difícil que ela mal passava de um cisco nos olhos tempestuosos dele.

Graves a tinha largado como fazia com todas e lhe dera dinheiro suficiente para suportar o pior da tempestade que soprava. Por sorte, só faltava um ano para ela completar o curso de medicina, e esse dinheiro a levou a trabalhar ali no Conciliábulo.

A dor de cabeça desabrochou. Ela precisava sair do hospital. Seu turno tinha acabado… fazia tempo. No entanto, não conseguia parar de encarar o sangue de Kierse e ficar *se perguntando*.

Tinha mordido as unhas até o talo. Um velho hábito de que achava ter se livrado. Mas velhos hábitos não morrem.

Especialmente quando ela sabia o que precisava fazer.

Suas mãos tremeram enquanto pegava o celular e procurava o número que tinha salvado ali quase exatamente dois anos antes. *Rei Luís*. Um nome falso, claro. Só um apelido para um novo tirano. Ela sabia que era um nome falso quando conheceu o vampiro, o líder dos Homens de Valor. Tentava proteger a comunidade quando ele tropeçou na sua vida, com seus ternos sob medida e poder imensurável. Sempre com aquele maldito broche dourado no pescoço – as asas atravessadas por uma flecha. O símbolo dos Homens de Valor, tão absurdo quanto sua declaração de missão. A coisa inteira se resumia a colocar monstros de volta no topo.

E Emmaline tinha conseguido irritá-lo. Em um encontro, ele a prendera a si com chantagem e medo. Ela não achava que ele jamais a deixaria escapar de suas garras. Certamente não naquele dia.

Ela escreveu uma mensagem… e esperou.

Acho que encontrei algo.

A resposta foi quase imediata: Alguém compatível?

Ela balançou a cabeça. Não achava que fosse. Não sabia o que tinha, e se odiava por sequer ter enviado a mensagem. Kierse não era mais que um peão naquele jogo, como a própria Emmaline. Mas Graves a trouxera por um motivo. Se a garota era uma feiticeira ou não, isso importava pouco. Ela era especial de alguma forma. Graves só se interessava pelo especial.

Emmaline tentara convencer Kierse a desistir. Tentara dissuadi-la de fazer aqueles testes. "Privacidade", ela tinha dito. Sim, Graves os veria. Mas Emmaline também, e devia demais ao Rei Luís para não dividir seus segredos agora. Não queria fazer aquilo, mas alguma vez ela já tivera escolha?

Possivelmente. Precisarei de um tempo para determinar se é adequado para você.

Ela engoliu. Ele não era conhecido pela paciência.

Vou mandar alguém para ver o que você tem agora. Guarde o suficiente para fazer sua análise. Estou contando com você, Emmaline.

Emmaline estremeceu. Considerou destruir o sangue e tudo mais que tinha sobre a garota. Seria mais seguro. Mas resultaria em sua morte, e ela não queria morrer.

Isso a tornava uma covarde, mas ela guardou o sangue, deixando-o numa caixa térmica por segurança, e então, com a consciência pesada, voltou ao trabalho.

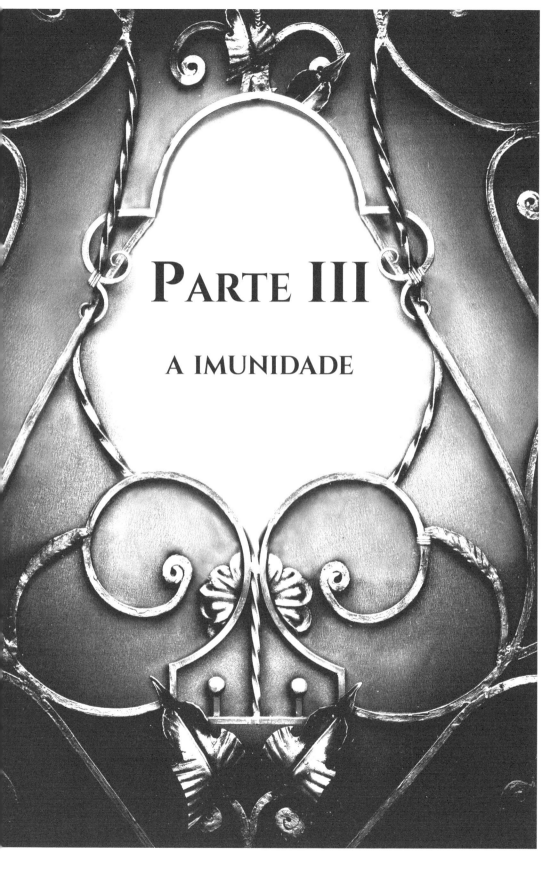

Parte III

A IMUNIDADE

Capítulo Dezenove

Kierse poderia ter ficado sem a produção, mas Isolde insistira que aparências eram tudo. Devia ser mesmo importante, já que Graves tinha contratado toda uma equipe para repuxar, depilar e cutucar a pele dela. No final, ela estava tão macia e flexível quanto um bebê recém-nascido. Mesmo suas mãos, antes destruídas pelas lutas, ficaram lisas e renovadas, como num passe de mágica. Seu cabelo foi dividido milimetricamente ao meio, alisado e preso num coque baixo. A maquiagem era hipnotizante. Camada após camada após camada de contornos foram feitos até que suas feições ficaram tanto amplificadas como obscurecidas. Ela não passava de uma tela para os artistas.

Por último, Isolde apareceu com o vestido – se é que se podia chamar aquela coisa de vestido. Não era à toa que Graves vetara armas.

Mesmo assim, Kierse o vestiu, junto com uma jaqueta grossa. Para completar o visual, ela tinha uma bolsinha preta com joias e sapatos com saltos de dez centímetros, os quais já estava amaldiçoando enquanto descia a escada. Só sentia falta do colar de rouxinol, que Isolde insistira que deixasse em casa. Kierse já se sentia perdida sem o peso confortável do pingente contra o peito.

Ela se aconchegou na jaqueta revestida de pele, em busca de calor. Graças a Deus, Isolde pensara em tudo. Finalmente tinha parado de nevar, mas ainda estava congelando lá fora.

Chegando ao patamar do segundo andar, ela notou uma luz acesa em um cômodo no final do corredor. Quando tinha investigado a casa, presumira, pelo jeito como Edgar e Isolde cuidadosamente evitavam a área, que aqueles eram os aposentos de Graves. Embora se sentisse incrivelmente curiosa sobre o que haveria atrás daquelas portas, Kierse tinha respeitado a privacidade dele até o momento.

Sem se dar tempo para pensar, foi na direção da luz e bateu à porta. Houve uma imobilidade do outro lado. Como se Graves tivesse parado de respirar com aquela batida.

Ela limpou a garganta.

— Graves? Vamos sair em breve?

Um segundo se passou, e outro, até que a porta se abriu de repente. O coração de Kierse perdeu o compasso ao vê-lo. Ela sabia que Graves era atraente sob o exterior endurecido, mas, no terno todo preto, era uma visão e tanto. Ela via o contorno de uma tatuagem se formando ao redor do pulso dele enquanto enfiava as luvas sobre os dedos fortes e compridos.

Graves limpou a garganta, e Kierse se forçou a erguer os olhos para os dele, as bochechas corando.

— Srta. McKenna. — Ela mal teve um vislumbre de um escritório antes de ele fechar a porta atrás de si. — Eu estava indo chamá-la. George saiu para realizar uma tarefa. Ele deve voltar a qualquer minuto para nos escoltar até o aeroporto.

Kierse tropeçou de volta à realidade com aquelas palavras.

— Aeroporto?

Ele enfiou a mão no paletó para pegar o celular, que vibrava.

— É ele.

Graves estendeu o braço para ela. Um gesto de boa fé, mas o estômago dela estava se revirando. Ele não tinha mencionado que teriam de pegar um voo até a festa. Kierse nunca tinha entrado num avião.

Logo antes da Guerra dos Monstros, as três principais companhias aéreas tinham se consolidado em um monopólio, e o governo não tinha nem piscado. Eles controlavam os preços dos transportes, eliminando a competição que tentava sobreviver. Então os aviões tinham ficado praticamente parados no solo durante os dez anos de conflito. O transporte intermunicipal ficara muito reduzido. Viagens nacionais não eram cogitadas, muito menos as internacionais. Só nos últimos três anos se tornara comum viajar de novo, e os turistas ricos tinham voltado a inundar Nova York. Havia todo um mundo lá fora, e agora… tudo parecia ser possível.

Kierse passou a mão pelo braço dele e permitiu que a guiasse até a garagem, onde George esperava. Ele tinha trocado a limusine por um suv preto mais prático, com janelas muito escurecidas.

– Tome – disse Graves.

Ela voltou-se para ele de novo e o viu estendendo um livrinho de couro marrom gasto.

– Trouxe isto para você.

– Uma nova tarefa? – Ela pegou o livro com alívio.

– Você terminou o último.

Ela folheou as páginas. Os cantos estavam muito gastos e quase se esmigalhando de tanto manuseio. A encadernação mal segurava o volume esfarrapado.

– Por que escolheu este?

– Você tem uma afinidade com rouxinóis. A melhor história sobre o rouxinol está neste livro.

O volume se abriu onde a lombada estava vincada, como se aquela história específica tivesse sido lida muitas vezes.

– "O Carvalho e o Rei de Azevinho".

Graves não disse nada. Rouxinóis eram uma coisa – Kierse sempre amara seu colar. A última lembrança que tinha da mãe. Mas *azevinho* era o símbolo de Graves. Estava em todo lugar na sua propriedade, em suas proteções, no nome da biblioteca.

Ela ergueu os olhos com um sorriso discreto.

– Obrigada.

– Quando acabar, você terá de me contar o que achou.

Kierse assentiu, mergulhando na história. George os levou suavemente até o Aeroporto Internacional jfk. Ele parou o suv na pista, diante de um dos aviões.

– Tem certeza de que precisamos ir de avião? – perguntou ela, encarando a coisa gigantesca.

Graves voltou-se para ela.

– Temos pouco tempo. De que outra forma chegaríamos em Chicago?

Ela não tinha resposta e odiou que ele pôde ver uma centelha de medo insinuar-se nela.

– Você nunca viajou de avião – disse ele, compreendendo.

– Não – respondeu ela, irritada. – Quando eu teria feito isso?

Ele deu de ombros.

– Pré-monstros. – Sua mão foi até as costas dela, o calor infiltrando-se através do casaco de pele. Era mais tranquilizante do que Kierse gostaria de demonstrar, deixá-lo tocá-la assim. – Vai ficar tudo bem. O piloto é meu funcionário desde antes do colapso. É mais seguro que andar de carro, eu te garanto.

Escadas em rodinhas foram trazidas para eles.

– E a neve? – perguntou ela, buscando qualquer desculpa.

– Eles limparam a pista. A nevasca está parando, mas dá para voar na neve, de toda forma. Eu levaria você para os céus se achasse que nos machucaríamos?

Ela não tinha certeza quanto a sua segurança, mas ele certamente não arriscaria a própria.

– Não.

– Correto, eu não faria isso.

– Mas...

– Você vai ficar bem, Rouxinol – disse ele, suavemente mas com perfeita ressonância, e a palavra a fez congelar.

Ela encontrou o olhar severo dele. Havia autoridade em seus olhos, e Kierse tirou forças disso. Graves nunca a chamara de rouxinol antes, e ela percebeu que gostava daquilo. Talvez um pouco demais. Ele nunca sequer a chamara pelo seu primeiro nome, só de "srta. McKenna". Mas agora... rouxinol. Era tudo só contos de fadas e mitos, mas quando ele a chamou assim, seus nervos se acalmaram.

Ele devia ter notado, porque assentiu.

– Bom. Vamos lá.

Saíram juntos do suv. Kierse ficou grata pelo capuz e seu colarinho alto para protegê-la do vento gélido enquanto Graves a conduzia escada acima.

Ela subiu cada degrau com cuidado sobre os saltos altos e deliciou-se com o calor dentro do avião. Só vira fotos de aviões comerciais, com mares de pequenos assentos, mas aquele era um jato particular, com sofás luxuosos e um bar. Era lindo, moderno e incrivelmente convidativo.

– Sente-se onde quiser enquanto eles se preparam para a decolagem – disse Graves, entrando atrás dela.

Kierse se acomodou em um dos sofás e bateu o pé nervosamente.

– Nenhum comissário de bordo?

– Não gosto particularmente de pessoas. Caso não tenha notado.

– Notei – admitiu ela.

Graves afundou confortavelmente no assento ao lado dela.

– Temos algumas coisas de última hora para discutir sobre esse roubo.

– Que coisas de última hora?

– Coisas que não discutimos durante nossa sessão de treino. – Os olhos deles se encontraram, e Kierse se lembrou exatamente de como tinham ficado próximos naquela sessão.

– E você não podia ter me contado naquela hora?

– Eu poderia, mas você fez perguntas diferentes.

Ela bufou.

– Tudo bem. Diga.

– Imani e Montrell são feiticeiros também.

– Imaginei – admitiu ela. – Com base nas outras informações que você me deu.

O sorriso dele foi genuinamente caloroso. Como se o fato de ela ter juntado as pistas de contexto a partir das palavras dele o fizesse gostar mais dela.

– Bom. Você escolhe suas perguntas com cuidado, então.

– Sim, e agora que não preciso mais lutar por elas, diga: por que vamos invadir a propriedade privada de monstros para roubar deles?

– Primeiro: não vamos invadir nada. Fomos convidados. Segundo: você invadiu a minha casa.

– Achei que você pudesse ser humano – argumentou ela.

Ele deu um sorrisinho.

– É mesmo?

Como se não conseguisse sequer conceber a ideia.

– Bem, agora vejo que você é puro monstro. – Graves apertou os lábios e não disse nada, mas ela o incentivou a continuar. – Comece pelo começo. Se eu vou desrespeitar o Tratado dos Monstros…

– De novo – lembrou ele.

– Então preciso de mais informações.

– Conheço Imani e Montrell há muito tempo.

– O que pode me falar sobre os poderes deles?

– Imani concede desejos. Ela aperfeiçoou suas habilidades de modo que pode imbuir substâncias com seu poder, geralmente para desejos muito específicos. Eles chamam de pó dos desejos.

– Isso parece poderoso e levemente aterrorizante.

– Não é assustador, pelo menos não do jeito que ela usa… não mais.

O olhar de Graves se perdeu ao longe, como se estivesse lembrando de uma época em que os poderes de Imani não eram usados de forma tão benigna.

– Principalmente, ela se concentra em desejos de… natureza sexual. O pó dos desejos não é perigoso. Não é como uma droga, embora tenha efeitos parecidos com um barato. Não dá para ter uma overdose de desejo sexual.

– Então ela concede desejos sexuais. Isso não é… abuso?

O estômago de Kierse se apertou com a palavra. Parecia que aquilo podia ficar problemático depressa – como a maioria das coisas.

– De forma alguma. Imani é muito específica quanto ao que concede. Não se pode simplesmente pedir algo que vá machucar outra pessoa. Os desejos não funcionam assim.

– Certo. Não sei como a magia funciona. Se vou conhecê-la, quero me sentir preparada.

– A magia dela tem regras. Todo mundo que comparece à festa dá seu consentimento, e os desejos só podem ser realizados por um participante disposto. Se uma pessoa quer certo ato sexual, então alguém que quer fazer esse ato realizaria esse desejo. Não é baderna.

Kierse precisou de todo seu treinamento considerável para não interromper o contato visual.

– Saquei. Então eu não terei problemas. E se só não quiser nada, nada vai acontecer.

Os olhos de Graves se abaixaram para a boca dela antes de se afastarem.

– Você será imune à magia dela. Não terá nada com que se preocupar.

– Contanto que ela não supere os limites dos meus poderes – argumentou ela.

– Eu estarei lá – garantiu ele.

– E o marido dela?

Graves apertou o punho por um momento antes de dizer:

– Montrell tem vários poderes básicos menores. Principalmente, memória perfeita.

– Então ele não é tão poderoso quanto você?

Graves bufou, seu ego enchendo a cabine.

– Ninguém é tão poderoso quanto eu.

As palavras não eram presunçosas, apenas um fato.

Ela olhou para o livro ainda em seu colo.

– Quanto você sabe sobre o que vamos roubar?

– Bastante. Vamos coletar um pacote de cartas. Tenho a planta da casa e posso mostrar para você onde espero que as cartas estejam.

Isso soava mais do que satisfatório – Kierse já tinha tido sucesso com menos precauções. Só esperava que fosse tão fácil quanto Graves fazia parecer. Ela voltaria a roubar de monstros, e a última vez não saíra exatamente conforme o plano. Se não tivesse êxito, estaria sujeita ao Tratado dos Monstros. Graves podia ser onipotente, mas isso não impediria os Cato de matá-la.

– O que tem nessas cartas? – perguntou ela. – Vão nos ajudar a obter a lança?

– Quando completarmos a missão, terei uma ideia muito melhor de como prosseguir com a lança.

— Certo. — Algo no que ele disse parecia estranho, mas ao mesmo tempo fazia total sentido testá-la. Se isso os ajudasse a obter a lança, melhor ainda. — Me mostre os mapas.

Enquanto eles subiam muito acima do solo, Kierse se concentrou nas novas informações. Saber tudo aquilo a tranquilizava, mas não a fazia esquecer por completo seus temores – nem o pensamento persistente, no fundo da cabeça, de que estava entrando em território inimigo usando um vestido fino como velino, com dois predadores à sua frente e um às suas costas.

Capítulo Vinte

Duas horas e um pouso muito tenso depois, eles aterrissaram em Chicago, na margem ocidental do Lago Michigan. Graves tinha passado o voo lendo um romance. Kierse deixara no colo o livro que ele lhe dera. Agora que estavam no chão e seguindo para o norte em outro suv, a adrenalina bombeava através de suas veias.

Levou mais vinte minutos antes que eles virassem em uma estradinha longa ladeada de árvores. Subiram pelo caminho sinuoso até que uma casa de vidro enorme aparecesse no cume. Era hipnotizante e nem um pouco prática. Ela *sabia* como seria, graças à preparação para o roubo, mas não se comparava à magnitude de ver a casa pessoalmente.

No topo da colina, a mansão parecia duas vezes maior que a casa de Graves, permitindo uma visão perfeita dos seus muitos espaços. Kierse via pessoas lá dentro andando, dançando, agarrando-se. Se não soubesse sobre os painéis foscos em muitos cômodos, teria se perguntado sobre a privacidade. Mas só as áreas coletivas estavam completamente à vista, o que era bom, considerando o que estava prestes a fazer.

O suv estacionou em uma entrada para carros circular grande. Graves saiu primeiro e estendeu a mão para Kierse segui-lo. Ele a puxou para perto de si e passou o braço ao redor de sua cintura. Sedutor e possessivo.

Ela estremeceu quando os lábios dele se abaixaram junto de sua orelha.

– Lembre-se do seu papel.

Ela não tinha esquecido.

– Eu sei.

Graves não disse mais nada quando chegaram à casa. Não havia mais nada a dizer – não com olhos e ouvidos provavelmente acompanhando cada movimento que faziam.

Um homem os recepcionou na porta antes que tivessem a chance de bater.
– Convite, por favor.
Graves o tirou do bolso e o passou ao homem.
– Nome?
Graves só sorriu. Era uma coisa perigosa. O homem o olhou uma vez e soltou um barulhinho ininteligível. Deu um passo para trás e devolveu o convite.
– Por aqui – disse ele, trêmulo, segurando a porta aberta.
E então eles estavam dentro. Um carvalho alto erguia-se até o teto nos fundos da sala, enquanto lustres projetavam luzes atordoantes sobre os convidados que abarrotavam o espaço. Casais se contorciam uns contra os outros como se estivessem sob algum feitiço de fadas, dançando para o prazer de seus anfitriões. Montrell e Imani estavam parados na frente da árvore, observando a festa como um rei e rainha de outrora.

Montrell tinha a cabeça raspada, lábios carnudos e a pele tão radiante e rara como as praias havaianas de areia preta. Estava nu da cintura para cima, usando apenas uma calça de linho branco folgada. O cabelo de Imani também estava cortado rente. Sua pele marrom-clara polvilhada de pó de ouro a fazia cintilar sob as luzes. Era magríssima, com seios pequenos e quadris estreitos escondidos por um longo vestido branco translúcido. Portava-se como uma deusa, fazendo Kierse se perguntar se *estava* na presença da realeza.

– Você está encarando – disse Graves.
– É difícil não encarar. Você não avisou que ambos seriam tão lindos.
– Ambos?
Ela assentiu.
– Você não acha?
O olhar dele estava quente sobre ela.
– Também já achei.
Segredos, segredos.
– Posso levar o seu casaco? – perguntou uma mulher, aparecendo diante deles.

Graves ergueu a mão.

– Vou ficar com o meu.

Mas esse era o momento de Kierse. Ofegante e tentando não atrair atenção para o próprio desconforto, ela tirou o casaco revestido de pele.

Por um momento, foi como se o mundo todo desacelerasse. Houve uma inspiração coletiva da sala, e todos os olhos se voltaram para ela. E para cada centímetro de sua pele exposta.

O vestido era uma única peça preta diáfana. O decote mergulhava entre seus seios, onde uma série de diamantes cintilantes escondiam seus mamilos de vista. O mesmo padrão de diamantes descia sobre sua barriga, e então mais baixo ainda para cobrir sua... Mas por pouco. Ela não usava sutiã, só uma faixa de renda preta que cobria pouco mais que os diamantes. Não havia mangas; os braços estavam nus. Embora o tecido fosse até o chão como um vestido de festa, Kierse estava quase completamente exposta.

Ela ouviu outra inspiração pequena, e dessa vez virou-se para longe de Montrell e Imani, que claramente estavam gostando do show, e encarou Graves. Havia nele uma imobilidade que ia além de sua atitude usual – a imobilidade de um predador logo antes de dar o bote. As pupilas estavam dilatadas, a boca sensual entreaberta, e uma sobrancelha levemente erguida. Não demonstrava apenas interesse; era como se ele quisesse estender as mãos e reivindicá-la como sua.

Um calafrio percorreu a coluna de Kierse, e sua pele nua se arrepiou. Aquele olhar a desestabilizou. Ser o centro daquele foco e saber que ela estava ali, naquelas condições, por ele. Ela vinha evitando seu próprio interesse em Graves. No treino, fora quase impossível de esconder, com o toque da mão dele, e a respiração dele contra seu pescoço, e os corpos se tocando. Ainda assim, ele sempre se afastara depressa. Ali, ele não se afastou, e ver o desejo tão escancarado no seu rosto fez todo o corpo de Kierse esquentar de tesão. Ela se perguntou se o *seu* desejo também era tão aparente. Não tinha nenhum interesse em intimidade, mas ficaria mais do que feliz em ser a... cadelinha dele.

Ela engoliu em seco, deixando a garganta se mover enquanto o calor crescia entre eles. Então deixou os lábios vermelho-escuros se entreabrirem eroticamente. O braço dele deslizou outra vez ao redor da cintura dela. A mão dele desceu mais baixo, tão baixo que segurou sua bunda. Um gemido escapou dos lábios dele.

Ele inspirou rispidamente.

– Pronto? – ronronou ela, usando a voz mais sensual que conseguiu.

Ele apertou sua bunda e a puxou contra si.

– Muito.

A linha entre atuação e realidade se borrou.

– Devo apresentar você? – perguntou ele.

– Por favor.

Capítulo Vinte e Um

Montrell e Imani os esperavam diante do carvalho.

— Nunca achei que veria sua cara de novo – declarou Imani.

— Imani – cumprimentou Graves com um aceno veloz, antes de se virar para o marido dela. – Montrell.

Os olhos de Montrell estavam tensos; seus lábios, apertados.

— Faz muito tempo.

— Cinquenta anos – disse Imani. – E cento e cinquenta desde que éramos cordiais uns com os outros.

Kierse assustou-se. Cento e cinquenta? Graves era velho assim? Ele dissera que estava vivo fazia muito tempo, mas ela não tinha considerado o que aquilo podia significar. Que ele poderia ter a aparência de um homem de vinte e poucos anos, mas na verdade ter centenas.

— De fato – disse Graves. – Tempo suficiente para uma reconciliação. Afinal, eu apresentei vocês dois.

— Reconciliação? – rosnou Montrell. – Depois que você...

— Querido – disse Imani, gentilmente. – Pare com isso.

Montrell deu um passo para trás e ergueu o queixo.

— Quem é sua acompanhante?

Uma pergunta seca como se viesse de um amante abandonado. O que certamente explicaria toda aquela linguagem corporal. Graves *realmente* tinha deixado todas as informações importantes de fora.

— Permitam-me apresentar meu Rouxinol – disse Graves, puxando-a para perto.

Kierse engoliu em seco ao ouvir o nome. Eles tinham concordado em não usar seu nome real com os outros feiticeiros, mas ela não tinha escolhido... aquilo.

Os olhos de Montrell se arregalaram.

– Rouxinol, sério?

Graves assentiu, e um entendimento pareceu se passar entre os dois. Mas sem chegar até Kierse.

– Então ela é sua – disse Montrell, com os dentes cerrados.

– Ela é minha – confirmou Graves. Soou como se firmassem um pacto.

– Namorada? – perguntou Imani.

Graves riu baixinho.

– Achei que você me conhecia.

Montrell bufou.

– Não é o estilo dele. Ela é uma amante.

– Uma bonequinha – emendou Imani. – Bonita e quebrável.

– Ainda interpretando essa história – disse Montrell, com desdém.

Imani estalou a língua.

– Boa o bastante para umas transas?

Kierse tentou não rosnar para a mulher. Era exatamente assim que ela deveria parecer para aquelas pessoas, mas não significava que gostasse de ouvir aquilo.

– Talvez *ele* que só seja bom pra algumas – ela deixou escapar.

Graves apertou sua cintura com força. Um aviso.

Montrell riu.

– Ela é atrevida. Que bom. Vai durar mais, assim.

– Fico surpresa que você a deixe falar assim – disse Imani. Ela desceu um degrau do seu estrado.

Kierse sentiu aquele calor familiar vindo de Imani conforme a mulher se aproximava, como se estivesse queimando de dentro para fora. Caso se aproximasse de Montrell, sentiria o mesmo? Era o calor que ela associava com o feiticeiro apertando-a naquele exato momento. Mas, embora fosse uma sensação similar à de Graves, o que Imani causava não era tão intenso ou arrebatador.

– Ela é nova – disse Graves, dando de ombros como se aquilo explicasse tudo.

– Que mensagem leu nela? – perguntou Imani com uma sobrancelha arqueada.

Que mensagem ele *leu*? Do que ela estava falando?

– Sabe que não revelo detalhes íntimos, Imani – disse Graves, cauteloso.

– Vamos, querido. Tire essas luvas e me conte.

Graves lançou um olhar entediado para ela.

– Você não está obtendo tudo que precisa desta festa e do seu maravilhoso marido?

Os olhos de Imani se voltaram para Montrell e depois rapidamente para a frente, como se Graves a tivesse desequilibrado.

– Claro que estou.

Então as luvas *serviam* a algum propósito, como Kierse suspeitara. Não que ela soubesse qual era.

– Por que você está aqui, de verdade? – quis saber Montrell, de seu posto acima de todos no estrado. – Claramente não é porque queria desfilar seu novo brinquedinho na nossa frente.

– Fui convidado – disse Graves friamente.

– É uma formalidade – respondeu Montrell. – Sabe disso.

– Não posso querer ver vocês dois?

– Você não gosta de pessoas – disse Imani. – Devia saber que iríamos perguntar.

Ele suspirou.

– Bem, tenho alguns negócios para discutir com vocês.

Montrell deu uma gargalhada.

– Aí está. Negócios. Por que não estou surpreso?

Graves virou-se do par formidável para Kierse. Seus olhos se demoraram nos seios dela antes de subir pelo seu corpo para fitar seus olhos escuros. Ela mordeu o lábio, o coração acelerando.

– Por que você não vai pegar ponche pra nós? – sugeriu ele.

Kierse era imune aos poderes da anfitriã, mas Graves a alertara para não beber o ponche sob hipótese alguma. Estava batizado com a magia de Imani, mas ele não podia garantir que fosse a única coisa na bebida. Ela já tinha usado ecstasy em Five Points uma vez, e Nate tivera de salvá-la de si mesma. Não tinha o menor interesse em repetir a experiência.

Ela fez um biquinho.

– Não quero deixar você.

Graves estreitou os olhos.

– Os adultos têm assuntos para discutir agora.

Chamas incendiaram o olhar dela, raiva e indignação com o comentário. Mas então os pensamentos coerentes fugiram quando Graves se inclinou na direção dela, como se fosse beijá-la. Ela tinha se preparado para aquilo, mas percebeu que não estava nem um pouco preparada.

No último segundo, ele desviou para o pescoço dela, deixando os lábios se demorarem no ponto onde seu coração martelava. Kierse se inclinou na direção dele. O beijo foi suave. Não foi nada. Ao mesmo tempo, porém, foi muito mais que isso.

O nariz dele roçou no lóbulo de sua orelha, e ela estremeceu.

– Ponche.

Ela engoliu com força e assentiu.

– Certo. Ponche.

Ela deu um passo para trás como se doesse se afastar de Graves. Ouviu Imani bufar enquanto cambaleava, mas não conseguia nem se importar com o que ela pensava. Era como se seu único pensamento fosse ponche. Ela precisava de ponche para apagar suas chamas.

No entanto, assim que estava fora da vista dos feiticeiros, balançou a cabeça para dispersar o feitiço que o toque de Graves parecia acender nela. Pelo jeito, ela era imune à magia, mas não a *ele*.

Quando entrou na sala ao lado, parou com o fingimento. Seu sorriso de ladra preferido cruzou seu rosto.

– Hora de trabalhar – murmurou para si.

Capítulo Vinte e Dois

A missão tinha começado. Ela precisava roubar o pacote de cartas e sair dali. Tudo o mais era secundário.

Passando pelo bar, lembrou-se do mapa da casa para se orientar. Graves não esperaria que ela voltasse tão cedo. Ele manteria Imani e Montrell distraídos, dando tempo para Kierse concluir o serviço. Aquela velha sensação familiar irradiou-se pelos seus membros, e ela tentou conter um sorriso. Ainda precisava fingir ser a bonequinha de Graves se alguém a visse, mas era tão bom usar seus talentos. O que ela podia dizer? Gostava de roubar coisas.

Kierse atravessou as salas de vidro com cuidado. Por sorte, o resto da festa já tinha bebido o ponche, e todo mundo cambaleava de bêbado. Passou por um casal transando em um canto não muito discreto e espiou dentro de uma sala onde ocorria uma orgia completa. Não era pudica, mas a visão ainda a fez corar. O pó dos desejos naquele ponche devia ser potente.

Por fim, ela chegou aos aposentos principais de Montrell e Imani. O quarto ficava na ponta mais distante do corredor, mas havia cômodos de cada lado que, graças à planta baixa, ela sabia serem os escritórios deles. Vigiando com cuidado os bêbados no final do corredor, Kierse tirou um grampo do cabelo e rapidamente arrombou os ferrolhos na fechadura da porta à esquerda. Empurrou-a e assustou-se quando viu o que havia lá dentro.

Caixotes.

Caixotes do chão ao teto.

Que porra era tudo aquilo? De toda forma, não era o que ela estava procurando. Kierse verificou duas vezes se não havia ninguém por perto, então cuidadosamente trancou a sala estranha. O tempo estava passando. Foi até o outro lado do corredor, imaginando se encontraria a mesma coisa no próximo cômodo. Mas, assim que tinha arrombado a fechadura, a aglomeração de convidados moveu-se na direção dela. Kierse não podia checar discretamente o que havia naquele cômodo sem que todos a vissem. Não podia nem trancá-lo de volta sem atrair atenção. Então fingiu ser um deles e deixou-se ser levada pela multidão. Quando chegou ao bar, pegou duas taças do ponche da casa e voltou gingando para junto de Graves.

Ele continuava diante de Imani e Montrell, embora eles tivessem se aproximado. Atraídos como uma mariposa a uma chama, sem dúvida. Ninguém notou quando Kierse parou de novo ao lado de Graves.

– Mas e Kingston? – perguntou Montrell, irritado.

– Deixe Kingston comigo – disse Graves.

– Tem certeza de que consegue fazer isso embaixo do nariz dele? – perguntou Imani.

– Se alguém é capaz, é Graves – disse Montrell, os olhos arregalados de luxúria.

Kierse se inclinou para a frente, girando o ponche como se estivesse bebendo veneno. Ela deu uma risadinha.

– Dança comigo.

Imani deu um sorrisinho para Graves.

– E como você poderia recusar?

Graves tirou as bebidas das mãos de Kierse e as deixou numa mesa próxima.

– Não posso negar nada a ela.

Ele tomou a mão de Kierse e a afastou das discussões de negócios. Ela se perguntou se a conversa tinha algo a ver com os caixotes. Estava ansiosa para contar a ele sobre aquilo, mas não com todas aquelas pessoas ao redor, e Imani e Montrell desconfiados da presença deles ali. Eles tinham de parecer amantes. Então, ela o deixou puxá-la para seus braços na periferia da festa. Não tinha certeza se Graves sabia dançar. Ele não parecia o tipo; portava-se tão rígido, sempre com um livro em mãos. Mas lá estava ele, surpreendendo-a.

Ela rebolou os quadris no ritmo da música. As mãos dele desceram pelos seus braços expostos, o couro das luvas suave em sua pele. Então ele tomou uma das mãos dela e a girou para longe de si. Kierse continuou se movendo como se eles sempre ficassem tão perto um do outro. O olhar dele vagou da cintura aos quadris dela, apreciando cada curva no vestido translúcido.

Era uma encenação. Astuta e cruel. No entanto, quando Graves a puxou com força contra os próprios quadris, a evidência do que ela estava fazendo com ele era muito real. Kierse arquejou, o âmago se contraindo. Ele estava excitado por causa dela. E ah, Deus, ele tinha o mesmo efeito sobre ela, que ergueu as mãos sobre a cabeça, girando contra ele de modo provocativo e sem a menor vergonha. Alguém que estivesse dormindo com ele não ficaria surpresa ao encontrá-lo duro contra sua bunda. Adoraria a sensação.

– Rouxinol – rosnou ele no ouvido dela.

– Humm – murmurou ela, o som daquela única palavra a acalmando.

– Você bebeu o ponche?

Ela virou-se devagar para encará-lo, mantendo seus corpos colados. A mão dela segurou seu pescoço, e ela brincou com as pontas do seu cabelo azul-noturno.

– Eu fiz tudo que você me disse para fazer.

Era uma frase sedutora. Como se ela costumasse obedecer a ordens.

Os olhos de Graves perscrutaram os dela, procurando sinais de intoxicação. Mas ela estava lúcida.

– E você faria *tudo* que eu lhe dissesse?

Kierse quase congelou, mas lembrou-se de onde estavam e de como aquilo era importante. Ela estava nos braços dele. Ele a estava provocando. Então podia devolver na mesma moeda. Arrastou as unhas vermelho-sangue pelo pescoço e pelo peito dele. Agarrou a gravata, puxando o rosto dele para mais perto do seu. Aqueles lindos olhos de tempestade pareciam procurar respostas que não conseguiam encontrar.

– Tudo e mais um pouco – provocou ela, com uma piscadela.

Ele limpou a garganta, e ela o sentiu se pressionar contra seu corpo quase involuntariamente.

– Então talvez devêssemos ver aonde isso nos leva.

Ele tomou a mão dela e olhou para qualquer lugar menos para Kierse enquanto desapareciam do salão principal. O coração dela martelava no peito enquanto era guiada para longe de Imani e Montrell. Ela era um brinquedinho. Aquilo era normal. Mas não um jogo. Não inteiramente. Não com aquela calcinha minúscula mal escondendo seu desejo.

Graves a levou pelo corredor até o escritório, e a respiração dele roçou o ouvido dela.

– Qual porta?

Ela voltou a si imediatamente. Um trabalho. Era só um trabalho. Eles estavam ali para roubar.

– A da direita – disse ela. – Já destranquei. A da esquerda só tinha caixotes.

Ele assentiu e parou diante dela.

– Temos uma plateia – sussurrou.

Então a empurrou de costas contra a parede, seu corpo cobrindo o dela. Uma inspiração brusca escapou de Kierse. Conseguia sentir as linhas duras do corpo dele, seu fogo passando para ela.

Uma plateia – o que significava que não haveria por que suspeitar que entrariam naquele quarto para nada além de uma transa. A cabeça de Graves mergulhou no pescoço dela, e ela sentiu o calor da respiração dele. As mãos de Kierse agarraram a frente do paletó de Graves enquanto ela jogava a cabeça para trás, em um gesto obsceno.

– O que você é? – rosnou ele, baixo, e envolveu um braço na cintura dela. – Uma sereia, me atraindo para a morte?

Ela ficou pasma com as palavras. Eram reais.

– Está funcionando?

A resposta dele foi girar a maçaneta e empurrar a porta. Ele inclinou a cabeça de lado e Kierse entrou no cômodo escuro. A porta fechou-se com um clique atrás deles.

– Vamos lá.

Graves assentiu. Estavam em um escritório – o de Imani –, exatamente o que estavam procurando.

— Comece. Eu vigio a porta.

Kierse engoliu os sentimentos que a percorriam e pôs-se a trabalhar, revistando os pertences de Imani. Foi cuidadosa e meticulosa e, após um minuto, perguntou:

— Você consegue sentir alguma coisa? Qualquer magia na sala que indicaria onde as cartas estariam guardadas?

— Não. A casa inteira está inundada de magia. Está em todo canto.

— Grande ajuda – resmungou ela.

Kierse acabou indo até a estante e começou a tirar livros na esperança de encontrar algum que fosse oco, até que Graves xingou baixinho. No intervalo de um segundo, ele estava diante dela. Ela o encarou confusa, mas ele só a puxou contra si. Os lábios dela se entreabriram com a mudança súbita de comportamento. O tempo desacelerou como Kierse só tinha experimentado em lutas. E então Graves inclinou-se sobre ela.

Ao primeiro toque daqueles lábios, ela se perdeu. Não foi nem gentil nem reconfortante. Nem exatamente íntimo. Era possessivo, exigente e dolorosamente alfa. Dizia *meu, meu, meu*. O beijo foi um despertar – como se todos os anteriores deixassem de existir. Não havia nada antes ou depois daquilo. Ali residia a eternidade.

Ele a empurrou contra a estante, sem atentar para os livros que cutucavam a coluna dela. Segurou o rosto de Kierse como se ela fosse uma de suas posses valiosas. E a boca dele a dominou, abrindo seus lábios carnudos e roçando a língua contra a dela.

Foi nesse momento que a porta se abriu devagar.

Capítulo Vinte e Três

Alguém pigarreou.

— Não quis interromper.

Graves continuou beijando Kierse por mais um segundo antes de recuar. Ele roçou o dedão sobre o lábio inferior inchado dela. O gesto era quase carinhoso. Então virou-se para Imani, parada junto à porta.

— Pode dar licença?

Imani parecia ter encontrado exatamente o que esperava.

— Posso oferecer um quarto para vocês no segundo andar?

— Sabe como eu gosto de livros.

Uma sombra cruzou as feições dela.

— Sei mesmo. Mas esse é meu escritório pessoal. Não é permitida a presença de nenhum convidado.

— Bem, então vamos, Rouxinol — disse Graves, estendendo a mão para ela.

Kierse o deixou puxá-la para o corredor. Imani os observou o tempo inteiro, mesmo enquanto exageravam seus papéis. Não pareceu se importar. A anfitriã fechou e trancou de novo a porta atrás de si. Eles não conseguiriam voltar para lá enquanto alguém na festa ainda estivesse sóbrio.

Ela via no rosto de Imani que a mulher não confiava em Graves. Se tivessem mais tempo, Kierse sugeriria ficar na cidade por algumas semanas, ganhando a confiança do casal. Mas ela só tinha aquela noite.

Em vez disso, passaram o resto da noite dançando e aproveitando a festa. Mas aquele beijo a tinha trazido perto demais da realidade. Ela estava ciente demais de tudo que acontecia ao seu redor. Quase desejava estar embriagada para não notar mais cada ponto onde Graves a tocava.

Houve um momento no meio da noite em que todos pareceram tomados pela euforia, como se a magia no ponche tivesse atingido seu ápice. Kierse não compreendia. Imani e Montrell não pareciam afetados. Eles assistiam do alto e às vezes se tocavam de modo provocador, para o deleite dos convidados.

Era agora ou nunca.

– Vou encontrar um banheiro – disse ela, apertando os lábios contra o ouvido de Graves.

– Precisa de uma escolta?

Ela balançou a cabeça.

– Entretenha os anfitriões.

Ele arqueou uma sobrancelha e assentiu.

– Não demore.

Kierse soprou um beijo para ele e se afastou. Mas, antes que pudesse ir, ele a chamou:

– Rouxinol?

Ela se virou de volta, confusa, e então seus lábios se encontraram. A única coisa em que conseguia pensar era na sensação de tê-lo apertado contra si.

– Não demore mesmo – disse ele, com firmeza, contra a sua boca.

Ela ficou zonza de novo. Precisaria se masturbar depois de tudo aquilo. Mordeu o lábio para não deixar nada transparecer e recuou um passo. Precisava retomar o profissionalismo. Ela e Graves não tinham nada em comum, nunca dariam certo, mas tudo o que ela sentia eram as brasas que ele estava atiçando com a língua. Talvez ela voltasse à realidade quando não estivesse mais com tanto tesão.

Kierse atravessou o salão sem olhar para trás. Não se demorou nos corredores, seguindo direto para a porta do escritório. Imani deixara bem claro que era ali onde todas as informações deveriam estar. Por que mais ela os teria forçado a sair com tanta pressa? Talvez Graves tivesse ativado alguma proteção ali. Bem, se fosse o caso, ela conseguiria entrar sem ser notada.

Usou um grampo de cabelo muito oportuno para abrir a fechadura.

Graves tinha dito que a magia estava em todo lugar da casa. Embora Kierse não pudesse senti-la, os olhos de Imani tinham deslizado até a estante atrás deles não só uma, mas duas vezes. Kierse era boa em ler pessoas, e entendeu que o que eles queriam estava ali. Bem ali.

Depois de fechar e trancar a porta, foi direto para a estante e correu a mão sobre as lombadas de cada volume. Nada parecia fora do lugar. Não havia livros ocos. Nenhum motivo para crer que a informação de que precisavam estava ali – exceto que Imani deixara claro que estava.

Então Kierse sentiu.

Havia um livro menor, um que ela tinha pulado. Estava enfiado mais para o fundo da estante. De propósito.

Ela foi pegá-lo, mas, quando o puxou, escutou um clique. Uma porta oculta abriu-se atrás da estante.

Ficou boquiaberta. Imani não estava olhando para a estante porque o que queriam estava escondido ali – era porque estava escondido *atrás* dela. Kierse já tinha roubado de muitos lugares. Invadira museus e abrira caminho através do concreto de armazéns e andara sobre telhas, mas nunca vira uma passagem secreta.

E estava prestes a passar por uma.

Capítulo Vinte e Quatro

Uma risadinha eufórica borbulhou no seu peito quando ela afastou a estante e entrou no lugar escuro. Fechou a porta atrás de si, correndo a mão pela parede até encontrar o fecho que a abria. Precisaria fugir depressa e não podia desperdiçar seu tempo precioso na saída. Lâmpadas brilhavam fracamente, revelando uma escada de pedra. Pelo jeito, a casa de vidro fora construída em cima de algo que já existia. Casas pré-monstros, provavelmente. Uma construção de vidro como aquela não poderia ter sobrevivido a uma época tão tumultuosa.

Agora só havia uma opção – descer.

Kierse seguiu para o covil da feiticeira. Os degraus eram suaves como se pés os tivessem percorrido por séculos, desgastando-os no centro. Ela escutava barulhos adiante. Não vozes, exatamente, mas algo que não pertencia àquele lugar. Reuniu coragem, amando cada minuto de inquietude até chegar ao último degrau. Entrou em um corredor que se dividia em dois caminhos. Os barulhos vinham da esquerda. Silêncio, da direita. Saber o que estava acontecendo lhe daria uma vantagem, mesmo se significasse adentrar mais fundo a toca do leão.

Virou à esquerda, caminhando silenciosamente pelo chão de pedra. Não demorou muito para ver uma porta de madeira no final do corredor. Seu coração martelou no peito. Todos os sons da festa tinham sumido; agora era só Kierse e o que quer que a aguardasse. Virou a maçaneta e abriu a porta só um centímetro, o suficiente para poder espiar o que havia adiante.

Seus olhos se arregalaram quando viu uma câmara subterrânea enorme. Caixotes iguais aos que vira lá em cima estavam ordenadamente empilhados pelo perímetro, e o interior estava cheio de mesas de metal de autópsia de um metro e oitenta. Por sorte, não estavam sendo usadas para esse propósito, mas em vez disso uma centena de pessoas lá dentro separavam, embalavam e encaixotavam um pó vermelho fino.

Kierse tinha um palpite do que se tratava – pó dos desejos. Aquela operação não tinha nada de pequena. Era toda uma empreitada. Será que Graves já sabia daquilo? Eram esses os "negócios" que estava discutindo com Imani e Montrell? Era aquilo que precisavam esconder de Kingston? Quem quer que ele fosse...

Mais perguntas. Nenhuma resposta. Graves dissera que o pó não era perigoso, só uma extensão da magia de Imani. Mas claramente era uma operação maior do que ele revelara.

Mas não era por isso que Kierse estava ali. Voltou pelo mesmo lugar de onde viera e seguiu para o outro lado do túnel. Andou pelo que pareceu uma eternidade, contando os passos para certificar-se de que sabia até onde tinha ido. Talvez seu objetivo nem estivesse ali. Eles podiam estar só protegendo seus negócios.

Então ela virou na próxima curva e topou com uma porta de cofre, grande e redonda. Uma coisa enorme embutida na pedra. Provavelmente, toda a estrutura da casa fora construída ao redor daquela linda porta dourada.

Kierse sorriu. Hora do show.

Ela não tinha instrumentos além do seu grampo de cabelo, mas não precisava deles para arrombar aquele cofre. Era antigo. Devia estar ali há pelo menos uns cem anos. Nem se *faziam* mais cofres assim. O que era bom para ela: arrombar um cofre de banco velho e abandonado seria brincadeira de criança comparado com o tipo de situações em que Jason a tinha metido. Pelo menos essa não acabaria com ela quebrando o braço se não arrombasse um cofre rápido o bastante.

Os feiticeiros deviam ter suposto que as espirais e os redemoinhos entalhados em uma linguagem que Kierse não conseguia ler manteriam qualquer um longe. Proteções. Eram diferentes daquelas da Biblioteca de Azevinho. As proteções de Graves eram entremeadas com ramos de azevinho, mas estas tinham pássaros: uma ave de pescoço longo olhando para trás com os pés virados para a frente. Ela vira o símbolo no selo de cera do convite. Se tivesse de adivinhar, diria que eram as proteções de Imani. Ela era mais poderosa que Montrell. Iria querer proteger o conteúdo do cofre. O que significava que o azevinho era específico de Graves. Interessante.

Por sorte, proteções não funcionavam com ela – e Imani e Montrell não tinham pensado que precisariam de segurança reforçada. Não haviam antecipado *Kierse*. Assim como Graves, não instalaram nenhum sistema de segurança. Nada para desativar. Nenhum sensor de calor ou alarme ou detecção de movimento. Desleixado, embora claramente eficaz. Graves dissera que não existia ninguém como ela. Normalmente, as proteções seriam suficientes, mas não naquela noite.

Kierse se abaixou diante da tranca, encostando o ouvido para escutar as engrenagens. Embora fosse bem treinada, os cofres de banco, por sua natureza, não eram fáceis de arrombar, ao contrário dos pequenos cofres à prova de fogo que às vezes ela conseguia abrir só dando uma pancada ou os jogando de cima de um prédio até ouvir um *clique*.

O jeito mais rápido e eficaz de entrar num cofre de banco era usar uma furadeira até poder ver os pinos e engrenagens. Aí Kierse aplicaria uma lógica de engenharia reversa na combinação e entenderia o código. O problema era que nem todo mundo sabia exatamente onde furar. A maioria dos cofres tinha uma função de retranca. Caso fossem danificados, se trancavam, e a pessoa teria de desmantelar o cofre ao longo de *horas* para acessá-lo. A essa altura, a polícia chegaria para prendê-la. E já tinham feito isso com Kierse uma vez.

Ela estremeceu. Era uma lembrança das ruins. Jason a deixara para os policiais. Tinha dito que a prisão era só mais um cofre para arrombar e que ela precisava do treino. Ela nunca mais reativou um mecanismo de tranca em um cofre. Não depois que ele enfiou o punho na cara dela.

Mas, claro, no momento ela nem *tinha* uma furadeira. Eles nem tinham antecipado que os Cato teriam um cofre pra começo de conversa.

Isso a deixava com uma única opção: adivinhar a combinação.

E, embora ela tivesse sido treinada para fazer isso, levava tempo. Seu recurso mais precioso. Para não ser pega, ela precisaria quebrar seu próprio recorde naquela noite.

Kierse girou o botão, ouvindo a pequena variação de ritmo que indicava que movimentara um disco interno. Ela fez uma nota mental do lugar e então continuou, girando o botão, tentando fazer o cofre contar-lhe todos os seus segredos. Jason tinha sido rápido naquilo, mas ela sempre fora ainda mais. Como se o cofre lhe falasse diretamente, e ela fosse a única que sabia ouvir.

Os tremores no corpo a mantiveram alerta. O porão estava congelando. Não tinha nada daquele calor artificial que soprava pelo salão principal da casa, e o fato de que ela não estava vestindo quase nada só piorava a situação. Suas mãos tremiam enquanto trabalhava. Sentia-se grata por quaisquer poderes de imunidade que tinha, mas agora, no auge do inverno, desejava ter um pouco de fogo nas veias.

O tempo passou devagar. A cada momento, ela esperava que alguém aparecesse no corredor escuro. Não fazia ideia de quanto tempo passara ali quando virou o botão uma última vez e um som sibilante saiu da porta que se abria.

Kierse tossiu quando uma nuvem de fumaça branca soprou no seu rosto. Afastou-a com a mão, esfregando os olhos para que não ardessem. Então *havia* um último mecanismo de defesa, também mágico. Ela tinha certeza de que o que quer que acabara de ingerir era pó dos desejos, mas tinha uma cor diferente de tudo que ela vira nos caixotes. A magia não funcionava em Kierse, mas ela não tinha a menor vontade de descobrir o que aquele negócio fazia.

A fumaça branca era um ponto de interrogação. Ela precisava se apressar.

Enfiando sua bolsinha sob o braço, ela puxou a porta de vez e entrou no cofre. Ele tinha mais ou menos a forma de um retângulo grande, largo o bastante para ela entrar, e continha fortuna suficiente para uma vida ou dez. Dinheiro vivo estava embrulhado e empilhado em quantidades inacreditáveis. Barras de ouro revestiam o chão como tijolos na rua de uma cidade. Joias acumulavam-se como o tesouro de Ali Babá. Era deslumbrante.

Suas mãos começaram a suar, e ela as encarou em confusão. Estava frígida, mas… suando. Pôs a mão na testa e sentiu-a quente. Não de um jeito natural. Seguiu em frente aos tropeços, sabendo que, se fosse achada ali, eles a matariam.

Procurou mais rápido, olhando além do luxo em busca de um envelope inofensivo. Revistou caixas de joias e, à medida que enfraquecia, parou de se importar se as deixava espalhadas no chão. Passou pelas máscaras africanas à mostra, os sacos do que pareciam ser sementes e algum tipo de máquina de água. E então… lá estava, no topo de um contêiner.

Suor descia pela sua coluna e sobre seus seios, abrindo fendas na pele. Ela engoliu com força de novo. Queria ter um pouco de água. Qualquer coisa para aliviar aquele calor eterno. Tinha desejado calor, e agora estava pegando fogo. Talvez a magia *funcionasse* nela.

Coletou o envelope. Graves o descrevera perfeitamente: um quadrado pequeno cheio até o limite e selado com uma folha de azevinho pressionada em cera preta.

Era isso.

Agora ela precisava sair dali, ou talvez literalmente virasse cinzas.

Capítulo Vinte e Cinco

Kierse guardou o envelope na bolsinha e fechou a porta do cofre atrás de si. Girou o botão e voltou pelo mesmo caminho. Seus pés estavam lentos, lentos, cada vez mais lentos. Tateou a parede para se manter em pé. Cambaleou de novo, caindo de quatro com força. Soltou um xingamento baixinho quando se endireitou e viu que seu joelho esquerdo estava sangrando e as mãos estavam arranhadas. Ela tinha tropeçado nos próprios pés, o que era estranho, já que não era desastrada.

Depois do que pareceu uma eternidade, ela chegou à escada. E só uma consciência apurada dos arredores a fez parar antes de subir.

Vozes vinham diretamente de cima dela.

Kierse recuou às pressas e virou no canto, apertando o corpo contra a parede o máximo possível. Rezou para não ter disparado nenhum alarme, para não estarem vindo atrás dela, porque não estava em condições de lutar. Mal conseguia ficar em pé.

– Foi ele que disse que queria vender? – perguntava uma voz que ela não reconheceu.

– É. Não parece algo que ele faria. – Esse definitivamente era o barítono de Montrell.

– Você está desconfiado?

– De Graves? – perguntou Montrell, rindo. – Só por tudo que ele já fez na vida.

– E mesmo assim vocês vão mandar caixotes de pó dos desejos com ele?

Montrell suspirou.

– Vamos. Só o pó vermelho. E vamos ficar de olho nele. Ver como a coisa progride.

O par chegou ao pé das escadas. Kierse segurou o fôlego. Suor brilhava em sua testa e ela se sentia exausta e desnutrida ao mesmo tempo. Mal conseguia se concentrar no que estavam dizendo.

– Parece arriscado.

– Tudo com Graves é um risco. Depois do que ele fez comigo...

Mas Kierse não descobriu o que ele tinha feito. Montrell e o outro homem viraram à esquerda e seguiram para a câmara subterrânea cheia de pó dos desejos. Era a chance dela. Correu até a escada e subiu o mais rápido que conseguiu, o que acabou não sendo muito rápido. Tropeçou duas vezes, a mão escorregando na parede de pedra e fazendo-a cair *para cima* da escada.

Para seu alívio, ninguém vigiava a porta do andar de cima. Ela achou o ferrolho depois de apalpar um pouco a tranca e entrou no escritório.

Sua febre aumentou e ela gemeu enquanto era consumida. Precisava voltar para junto de Graves.

Kierse ignorou a estante. Não tinha a força para colocá-la de volta no lugar. E por que se dar ao trabalho? Com sorte, só pensariam que Montrell não a tinha fechado direito.

Ela saiu do escritório. Voltar à luz da festa foi como entrar num mundo diferente. Todos estavam suados da dança, então sua cara afogueada nem parecia estranha. Ela cambaleou como o resto dos convidados. Seus saltos mal a mantinham de pé. Deveria tê-los deixado para trás. Eram só um inconveniente.

Um homem parou à sua frente.

– Quer se divertir um pouco?

Ela o encarou, sua visão turva nas bordas.

– Graves – arquejou.

– Me chame do que quiser, querida.

– Não – disse ela, empurrando-o.

Mas sua força tinha sumido. Era uma ilusão. Todos os seus muitos jeitos de derrubar um homem crescido tinham evaporado. Ela não era nada além de uma garota humana patética, e aquele homem não a ouvia. Continuou a empurrando. Não fazia sentido. Todo os outros naquela festa eram participantes consensuais. Queriam aquilo. Por que tinha de ser ela?

Seu cérebro se desligou, retirando-se àquele lugarzinho horrível que ela tinha criado para si. O lugar onde podia ir viver sozinha e afastada. Compartimentalizar a dor até parar de sentir... até se esquecer de sua brutalidade.

Então uma mão agarrou o ombro do homem.

– Ela disse *não*. – A voz era brutal e antiga. – Você deveria aprender a respeitar a resposta de uma mulher.

– Ah, estávamos só nos divertindo. E vestida assim...

– Se disser que ela estava pedindo – falou Graves, a voz baixa e rouca –, eu vou arrancar sua garganta com as próprias mãos.

O homem recuou e ergueu as mãos.

– Claro. Claro, cara. Sem problemas. Não quis ofender.

– Isso é uma violação clara das regras da festa. A deusa ficará sabendo.

O homem empalideceu.

– Eu não quis...

Graves já estava se virando, concentrando-se em Kierse. O homem olhou de um para o outro e então saiu depressa dali.

– Rouxinol? – perguntou Graves. Sua voz estava diferente, de alguma forma. Mais suave. Preocupada, até. – Rouxinol, você está bem? O que aconteceu?

– Quente – sussurrou ela. – Eu só queria ficar quente, e agora... estou.

– Merda – xingou ele.

Então, sem pensar duas vezes, Graves a ergueu nos braços. O calor dele se misturou com o dela. Chamou por ela.

Agora que estava a salvo, a mente de Kierse flutuou – muito, muito longe. Ela viu um leão alado rugindo de um estrado feito de pedra. Um dragão coroado cuspindo fogo em resposta ao leão. Um rebanho de ovelhas pronto para o abate. Tudo irrompeu em morte, e ela fechou os olhos contra a alucinação.

Então tudo ficou escuro.

E ela não viu mais nada.

Capítulo Vinte e Seis

Um zumbido alto preenchia a cabeça de Kierse. Abafava tudo, exceto como ela se sentia péssima. Ia vomitar. Regurgitar as tripas. Gemeu enquanto mudava de posição, até que sentiu uma mão no ombro. Tentou afastá-la, mas descobriu que não tinha forças. Em vez disso, inclinou-se para o lado de onde quer que estivesse deitada e vomitou no chão.

Palavrões se seguiram, mas ela não conseguia se importar. Não enquanto vomitava até não ter nada no estômago e continuava tendo ânsia por um bom minuto depois disso.

– Ai – gemeu enquanto rolava de volta.

– Estou me arrependendo da decisão de não trazer empregados – disse Graves, distante.

Ela fechou os olhos apertado e tentou não vomitar de novo.

– O que... aconteceu?

Graves não disse nada por alguns minutos enquanto limpava o chão – um fato do qual ela certamente se envergonharia depois. Quando terminou, ela sentiu o peso dele abaixar-se na almofada ao seu lado.

– Você deve ter ingerido *muito* pó dos desejos.

– Certo – disse ela, as lembranças voltando de uma só vez. Pelo menos algumas delas. Contornos vagos de lembranças. Tudo parecia muito desconexo, como se ela estivesse olhando para algo que acontecera anos antes, em vez de há poucas horas. – Onde estamos?

– No avião.

– Que bom.

– Beba isso – disse Graves.

Lentamente, ela abriu os olhos e o viu segurando um copo de água anuviada sobre seu rosto. Só a ideia de beber a fez querer vomitar de novo.

— O que é?

— Um antídoto. Vai ajudar.

Kierse se ergueu apoiada num cotovelo, lutando contra a náusea, e pegou a bebida na mão esquerda trêmula. Forçou-se a beber tudo. Não queria nem perguntar por que aquilo tinha um gosto nojento de enxofre. Em seguida, desabou de volta na poltrona do avião.

A sensação de que morreria de tanto vomitar diminuiu, mas o corpo inteiro ainda doía. Seus olhos ardiam. Suor se agarrava a sua pele. Fogo corria pelas veias dela, embora o calor felizmente estivesse passando.

Por mais um momento, Graves ficou em silêncio. Seus olhos estavam focados apenas no rosto dela. Se não estivesse tão aturdida, ela poderia até dizer que via *preocupação* ali.

— Como está se sentindo? – perguntou ele.

— A bebida ajudou. – Ela fechou os olhos. – Obrigada.

— Quando você estava incapacitada... – Ele deixou a frase no ar e limpou a garganta. – Aquilo *nunca* deveria ter acontecido.

Ela engoliu com força.

— Pois é.

— Pode me contar como aconteceu? – perguntou Graves.

— As cartas não estavam no escritório. Havia uma passagem secreta que levava a um porão. Havia pessoas encaixotando pó dos desejos. Arrombei o cofre de banco deles e peguei o envelope. Está na minha bolsa.

— Ótimo – disse Graves, mas franziu a testa. – Eles tinham um cofre de banco?

Ela assentiu.

— Tinha proteções, mas não foram um problema. Quando abri, uma nuvem de fumaça branca jorrou pela abertura. Cobriu minha pele e eu a inalei.

— Pó branco – disse ele, empalidecendo. – Não achei que ela ainda o produzisse.

— Achei que eu era *imune* a magia.

— Eu também. – Ele balançou a cabeça, uma sombra cruzando o rosto. – Imani é a personificação viva do ditado "cuidado com o que deseja". Ela é uma feiticeira poderosa, e o pó aumenta seu alcance. Antes de aperfeiçoar o pó a ponto de vendê-lo, ela experimentou com alguns tipos perigosos. O pó vermelho usado em suas festas, aquele nos caixotes que você viu no escritório, é o seu pó de desejos sexuais. É o negócio mais útil e lucrativo que ela inventou. Mas para chegar a um pó seguro, ela sobrecarregou muitos dos seus participantes com desejos perigosos. O pó branco geralmente mata as pessoas. Às vezes imediatamente. Pensei que ela tinha parado de criá-lo.

– Mas como funciona em mim? Achei que não era possível.

– Quando você quis ficar mais quente, ele pôs fogo em você. Eu sabia que ela era capaz de tais coisas, mas tinha certeza de que suas habilidades as bloqueariam. Elas pareciam estar funcionando bem antes do cofre.

Kierse já estava perdendo consciência de novo. Sentia como se estivesse sendo puxada para debaixo d'água.

– Então, eu sou imune à magia ou não?

– Deve ser – disse ele, franzindo a testa. – Se não, estaria morta.

– Então como o pó me afetou assim?

– Por ora, minha teoria é que você ingeriu uma quantidade tão grande que penetrou sua imunidade, ou que não é imune a magia ingerida.

– Certo – disse ela, com a voz arrastada. – Então você não faz ideia.

– Por isso fizemos um teste.

Kierse balançou a cabeça, sentindo todo o peso das últimas vinte e quatro horas.

– *Você* tem poderes assim?

– Não – disse ele, seco.

– Bem, pequenas misericórdias – murmurou ela.

Então voltou a se recostar e fechou os olhos. Era demais para absorver no momento. Não assim, quando ela não conseguia se concentrar ou se mover ou respirar sem dor.

– Você deveria dormir mais um pouco – disse Graves.

Ele alisou suavemente o cabelo de Kierse, afastando-o do rosto.

Os olhos dela tremularam com a sugestão, seu corpo respondendo ao toque tranquilizante.

– Chegaremos logo à cidade. Você pode se recuperar em casa.

– Aquela não é minha casa – murmurou ela, deslizando para a inconsciência.

As palavras seguintes dele foram baixas, então ela não teve certeza se realmente o ouviu dizer:

– Poderia ser.

Interlúdio

Imani deixou seus suplicantes com sua libertinagem. O pó dos desejos tinha se insinuado no organismo deles furtivamente. Imbuir o pó com suas habilidades a esgotava, mas, uma vez que os desejos eram concedidos, ela ficava transbordando de poder. Além de qualquer limite. Sem se importar.

Não era à toa que Graves tinha fugido da mansão dela com sua bonequinha bêbada. Imani poderia tê-lo desafiado naquele momento, cheia do próprio poder, com centenas de pessoas a alimentando. Ele não teria a menor chance. Seu humor azedou um pouco quando pensou nele. Talvez… ele ainda tivesse uma chave. Era Graves, afinal.

Era melhor que ele sumisse. Sumisse de vez.

Ela pararia de lhe enviar convites. Insistiria para que Montrell também não enviasse. Sempre fora só uma formalidade. Eles os mandavam a Kingston também, e ele não aparecia em suas pequenas *soirées* para estragar o prazer dela.

Mas Graves era assim – um estraga-prazeres.

Limpou uma sujeirinha imaginária do vestido branco virginal e seguiu através da multidão. Dedos roçaram sua pele marrom, ansiando pelo prazer que ela fornecia. Gostava que fosse assim, apreciava a facilidade das festas e a fornicação. Os desejos eram simples ali: só sexo e bebida e êxtase. Coisas que ela sempre fora hábil em fornecer.

– Por favor, deusa – ofegou uma mulher, caindo ajoelhada. – Me abençoe!

Imani observou a mulher seminua. Sua pele branca reluzia pelos óleos. As pupilas, completamente dilatadas. As faces estavam rosadas, e seu peito arquejava e tremia. Ela poderia dizer àquela mulher para cortar a própria garganta, e ela o faria. Era um poder puro e desenfreado.

Ela resistiu ao impulso e apoiou a palma na cabeça da mulher.

– Pronto. Agora vá e desfrute com minha bênção.

A mulher estremeceu. Lágrimas brotaram em seus olhos escuros. Balbuciou um agradecimento e caiu de volta nos braços de uma mulher à espera. Elas se beijaram, e Imani seguiu em frente.

Quando conhecera Graves, ela tinha pensado que podia prendê-lo com os desejos. Era jovem e tola na época. Viu-o como sua passagem para fora da suja Inglaterra vitoriana e para a aventura pela qual sempre ansiara. Estivera certa e errada. Graves tinha visto o potencial dela como feiticeira. Quisera cultivá-lo como um jardim.

No começo, ela tinha resistido. Por tanto tempo, quisera retornar para sua casa em Gana e aprender com seu povo. Mas Graves era um viajante do mundo. Aprendera a magia de usuários por todo o planeta. Ela não se arrependia de ter ido com ele para sua casa em Paris, mas sua vida teria mudado para sempre se não tivesse dito sim.

Na época, Paris parecia o ápice do mundo moderno. Escritores, pintores e artistas de todos os tipos preenchiam as noites deles. Imani se tornou amiga de Alexandre Dumas enquanto ele escrevia romances incríveis. Quando a Exposição Universal aconteceu em 1900, eles assistiram à estrutura colossal da Torre Eiffel ser construída.

E, com tudo aquilo, veio Montrell.

O poeta com uma memória perfeita de tudo que já tinha lido. Ele havia deixado a Nigéria para recomeçar em Paris durante a exposição, usando sua magia para obter passagem num navio. Imani o conheceu na exposição sensacional de W. E. B. Du Bois, contendo fotos das vidas de afro-americanos. E desde o primeiro momento em que olhou para Montrell, foi como se a magia dele cantasse para ela. Sua mera presença parecia acalmar a frustração que sentira durante os últimos quinze anos ao lado de Graves.

Ela deveria ter ficado satisfeita com o fato de Graves habilmente aperfeiçoar seus poderes para torná-la uma verdadeira mestra. Mas ele sempre a rejeitara como amante e escondera seus casos dela. Eles eram tão próximos quanto duas pessoas podiam ser, e mesmo assim ele não abaixava a guarda.

Quando ela descobriu que ele tinha uma amante – uma que ela nunca vira, que não era *ela* –, precisava saber quem era aquela mulher.

Então armou um jeito de descobrir. E o que encontrou?

Ele na cama com um homem.

Montrell.

O Montrell dela. Que fazia a sua magia ganhar vida. Que conhecia o sofrimento dela como o seu próprio.

Uma parte dela sabia que se juntar a eles seria o fim de tudo. Mesmo assim, não conseguia resistir. E *tinha* arruinado tudo.

Bem na frente dos olhos de Graves... eles tinham se apaixonado. Mas uma parte de Montrell ainda amava Graves. Amava-o e odiava-o por deixá-lo ir embora com Imani tão facilmente. Por deixar que ambos partissem... como se ele sempre tivesse sabido que o deixariam um dia. Eles só tinham provado que ele estava certo.

Fora por isso que ela roubara as cartas dele, para começo de conversa. Como uma garantia. Ninguém deixava dois de seus melhores aprendizes irem embora sem um plano. E Graves *sempre* tinha um plano. Desgraçado.

Imani suspirou e voltou para seu escritório. Era bom que ele sumisse. Melhor para Montrell e ela, para seu casamento e para o mundo de forma geral. Nada bom poderia resultar da coexistência deles.

Ela hesitou junto à porta. Alguma coisa estava errada. A porta das operações do pó se encontrava entreaberta. Não totalmente aberta, mas não estava fechada. Montrell tinha descido para preparar os caixotes que enviariam a Graves, mas não seria tolo a ponto de deixar o acesso livre.

Imani avançou com uma graciosidade que não ajudou em nada a esconder seu medo crescente. Ela desceu as escadas correndo. Pôde senti-lo mesmo antes de pisar nos degraus: seu pó dos desejos. A fumaça branca que ela tinha inventado pessoalmente para recriar os pesadelos de uma pessoa, matá-la com seus desejos. O cheiro revestia o túnel. O aroma doce permeava o ar. Ela não vendia aquele tipo de desejo. Só o liberava sobre seus inimigos. Seus olhos se arregalaram em horror. O *cofre*.

Ela ergueu a saia e *correu*. Não, não, não, não, não. Mas lá estava: pó branco cobria o chão. O suficiente para matar uma pessoa. Para sobrecarregar os sentidos e fazer seu último desejo literalmente consumi-la viva. Ele pairava no ar, provocando-a.

Ela sabia o que aquilo significava. Sabia antes de abrir o cofre e cruzar o limiar. Antes de olhar dentro da caixa. Antes de ver que as cartas tinham sumido.

Graves tinha *roubado* dela.

Ela afundou de joelhos, cobrindo-se em seu próprio pó, e gritou e gritou e gritou.

Ele iria pagar por aquilo.

Ah, se ia.

Parte IV

O Carvalho e o Rei de Azevinho

Capítulo Vinte e Sete

Kierse não tinha como estimar quanto tempo dormira quando acordou em sua cama na casa de Graves. O gosto na boca era como se tivesse comido bolas de algodão, e sua garganta estava seca. Ela não estava mais queimando – só sentia um mal-estar generalizado.

Era exatamente como da vez que tivera gripe. Tinha pegado logo no começo da guerra, quando a pior cepa na história recente estava se alastrando. Trabalhava para Jason na época, e ele tinha dito que não se importava se ela estava doente – tinham um trabalho agendado e ela não podia dar pra trás. E ela tinha feito o serviço, porque calculou que as consequências de dizer não a Jason seriam piores que a doença.

Sua febre tinha chegado a quarenta graus por um dia inteiro, e ela tinha visto estrelas. Passou as três semanas seguintes de cama. Normalmente, ela se recuperava rápido. Deveria ter morrido daquela vez. Muitas pessoas morreram durante a Guerra dos Monstros, mas, mesmo depois de oficialmente se curar, a doença ainda se agarrou a ela como um adesivo que não soltava.

Os efeitos do pó dos desejos passavam a mesma sensação.

Ela precisava descobrir quanto tempo ficara inconsciente. O tempo deles estava correndo, e qualquer perda impactaria diretamente a missão. Merda.

Kierse chutou as cobertas e encontrou uma calça de moletom no guarda-roupa. Enfiou um par de pantufas nos pés, depois pegou seu colar de rouxinol do balcão e o pôs de volta ao pescoço, onde era o lugar dele. Por fim, pegou o livro que Graves tinha lhe dado e desceu as escadas suavemente.

A luz da manhã que entrava pelas janelas a fez apertar os olhos. Ela segurou o capuz com força sobre a testa e caminhou como um espectro até a cozinha. Quando finalmente chegou, sentiu que tinha arrastado o corpo sobre brasas quentes e depois por gelo seco. Dois lances de escadas eram lances demais.

A cozinha estava vazia, então Kierse foi até a pia, serviu-se um copo d'água e o bebeu em dois segundos. Aí serviu um segundo copo. Estremeceu enquanto segurava o líquido frio nas mãos e seguia para a porta aberta da sala de estar. Secretamente, esperava encontrar só Ana enrodilhada na frente do fogo, mas quem encontrou foi Graves.

Ele estava sentado na poltrona mais próxima à lareira com um pacote de cartas abertas no colo, sobre a calça social preta. Seu suéter cinza, caríssimo e muito bem-feito, se ajustava bem ao corpo, mas era desarmante vê-lo parecendo quase... normal. O cabelo azul-noturno caía sobre os olhos. Ainda estava molhado, como se ele tivesse acabado de sair do banho. As bochechas de Kierse esquentaram quando o imaginou no banho. Ela quase ficou surpresa ao ver que ele não estava usando luvas. Sempre as usava, mesmo em casa.

Kierse deu um passo à frente, como se atraída por ele. Graves ergueu a cabeça bruscamente. Seus olhos se encontraram, e a lembrança do beijo insinuou-se pela mente dela. O jeito como ele a jogara de costas contra a parede. O momento em que a chamara de sereia. A lembrança a inundou, aquecendo-a por inteiro.

Porque ela tinha gostado. E a expressão dele dizia que era recíproco.

Graves se ergueu rapidamente.

– Rouxinol, você levantou.

O apelido trouxe um levíssimo sorriso ao rosto dela.

– Há quanto tempo estou dormindo?

– Pouco mais de um dia – disse ele.

– Caralho – sussurrou ela. – Não temos um dia pra desperdiçar. Eu deveria estar treinando. – Embora parecesse a última coisa que ela conseguiria fazer.

– Esqueça o treinamento – disse ele. – Você poderia ter morrido. Sente-se.

Ela aceitou a oferta. O calor do fogo a alcançou, e ela se inclinou naquela direção, lembrando que o corpo de Graves contra o dela passara a mesma sensação.

– Obrigada.

Ele sentou-se na frente dela, jogando as cartas na mesinha de canto.

– É bom ver você acordada e de pé outra vez.

– É. Faz muito tempo que não me sinto tão mal.

Seus olhos se demoraram nas cartas, e ela se perguntou o que ele tinha encontrado ali. Eram as últimas informações de que precisavam para obter a lança. Ela podia concluir aquele trabalho e depois… ir embora. Porque era isso que queria. Enquanto seus olhos deslizavam sobre o rosto bonito de Graves, era difícil fazer essas palavras se formarem em sua cabeça.

Ela foi poupada de pensar mais nisso quando Ana entrou na sala pela porta que Kierse deixara aberta.

Os olhos amarelos da gata foram de um para o outro antes que ela pulasse em uma pilha de livros e se acomodasse ali.

– Oi, gatinha – disse Kierse. Alisou as costas da gata uma vez e, quando Ana só a olhou feio, fez de novo.

– Vejo que conheceu Ana Bolena – disse ele com carinho. – Ela é tão tempestuosa quanto sua xará.

Kierse o encarou.

– Essa não foi a rainha de alguma coisa?

– De fato. Foi a segunda esposa de Henrique VIII, famosa por enfeitiçar o rei e virar o mundo de cabeça para baixo devido à força do afeto dele.

– Parece meu tipo de mulher.

Graves deu um sorriso malicioso.

– E aí ele cortou a cabeça dela por isso.

Kierse não conseguiu segurar uma risada alta e brusca.

– Claro que cortou. – Ela olhou para o teto, então de volta para ele. – Sexo e perigo. O melhor tipo de história.

– Que perspectiva interessante – disse Graves, balançando a cabeça para ela e voltando a focar a pilha de cartas. Kierse manteve os olhos fixos na gata.

– Vamos ser grandes amigas – insistiu ela.

– Não acho que Ana tenha amigas.

– Então ela é mesmo sua gata – disse Kierse, encontrando o olhar dele.

– É – disse Graves, suavemente. A única coisa pela qual parecia se suavizar. E então acrescentou: – Fui ver como você estava.

– Pessoalmente?

Talvez ela estivesse errada. Talvez ele estivesse começando a se suavizar por *ela* também.

– Sim, pessoalmente – disse ele, os olhos perfurando os dela. – A queimadura de magia foi um golpe duro no seu organismo. Eu te dei um antídoto, mas não parece estar acelerando sua recuperação. Pelo menos, não tanto quanto eu gostaria. Como está se sentindo?

– Não muito bem – admitiu ela. – Ainda não entendo como eu não fui imune. Sei que você me explicou no avião, mas está tudo confuso. Na verdade, muita coisa depois do pó dos desejos está confusa.

Ele franziu o cenho.

– Acredito que você *seja* imune ao poder de conceder desejos de Imani, porque isso estava no sistema de ventilação. Então você o inspirou a noite inteira e não pareceu ficar aturdida.

Será que não? Bom, com certeza não parecia estar sendo incendiada de dentro para fora. Só parecia tesão. Desejo puro e simples.

– Você já sabia que isso seria lançado pelo sistema de ventilação?

Ele ficou em silêncio por um longo momento antes de dizer:

– Eu precisava testar sua imunidade a ele, e tinha o antídoto comigo.

Então ele sabia e a arriscara mesmo assim. Tinha dito a ela que seria um teste. Ele a tinha informado desde o começo, mas esse fato não a impediu de ficar irritada. Não depois do que acontecera no subterrâneo.

– Eu poderia ter morrido naquele cofre.

– Acreditei que seria um teste controlado – disse ele, seus olhos ficando mais duros. – As coisas saíram do controle.

– Nenhum trabalho acontece exatamente como planejado.

– Não, mas nunca pretendi arriscar sua saúde ou segurança como fizeram comigo ao testar meus limites – admitiu ele, e em seguida franziu o cenho como se não tivesse pretendido dizer aquilo. – Não gostei de ver você ferida.

O coração dela acelerou com essas palavras, enquanto seu cérebro dizia que um homem como aquele não podia estar falando a verdade. Jason nunca tinha levado sua saúde e segurança em consideração. Na verdade, ele mesmo a colocara em perigo, propositadamente. Eram as mãos dele que faziam o trabalho sujo.

Mas Graves parecia sincero. E, naquele momento, ela acreditou nele. Ele não achava que ela seria ferida. Não queria vê-la ferida. A última peça daquela linha de pensamento entrou no lugar: ele tinha ficado perturbado ao vê-la incapacitada.

– Estou bem – disse ela, suavemente. – Já me sinto melhor. Com uma refeição, provavelmente posso começar a treinar amanhã.

A tensão nos ombros dele relaxou.

– Ótimo.

– Bem, e conseguimos a informação que estávamos procurando?

Os olhos tempestuosos dele estavam escuros, mas Graves desviou o rosto enquanto casualmente jogava uma das cartas nas chamas.

Ela arquejou.

– O que está fazendo?

Ele não olhou para ela ao dizer:

– Que informações você achou que havia nestas cartas?

– Você disse que continham informações para obter a lança.

– Eu disse? – perguntou ele, jogando outra no fogo.

Ela tentou lembrar. Ele tinha dito isso? Com certeza deixara implícito.

Não, ele não tinha dito. Fora ela que tirara essa conclusão, e ele concordara. Ela tinha caído direitinho nos planos dele. Tão ávida para se provar, para superar aquele teste, ela nem tinha considerado que Graves estava escondendo a verdade para alcançar seus próprios objetivos.

– Então... o que tem nas cartas?

– São de natureza pessoal. Faz cento e cinquenta anos que desejo recuperá-las.

Ela assentiu, o entendimento desabrochando em sua mente. Um sorriso perigoso cruzou seus lábios.

– Você me usou para retaliar contra seus inimigos.

Ah, como ele era esperto. Ela o odiaria, se não apreciasse as maquinações brilhantes sob o exterior sombrio dele.

– Algo do tipo.

– E se eu tivesse falhado?

Dessa vez, ele sorriu com aquela sua calma letal.

– Você me garantiu que nunca falha.

– Claro.

– É assim que as coisas são feitas. Eu não deixaria você tentar roubar a lança antes que sequer soubesse se poderia acessá-la.

Kierse sentiu a verdade naquela declaração.

– Bem, pelo menos estamos um passo mais perto da lança.

Ele ficou imóvel com o tom sarcástico dela. Como se, por um momento, não tivesse certeza se tinha se safado com seu subterfúgio ou se ela gritaria com ele. Os dois se observaram através da sala, os olhos de Graves considerando-a reflexivamente.

– Estamos.

– Mas, quando formos pegá-la, talvez eu devesse saber todas as partes do plano.

– De fato – foi a resposta simples dele.

Kierse não teria acreditado nele se não tivesse visto sua ansiedade momentânea quando ela estava passando mal. Graves não queria que ela ficasse doente. E talvez tivesse escondido dela a verdade sobre as cartas, mas isso teria mudado alguma coisa? Olhando para ele agora, ela duvidava seriamente.

– Por que você me chama de Rouxinol?

– Ah. – Ele entortou a cabeça. – Queria que eles soubessem que você é minha.

– Não era pra isso que eu estava interpretando sua cadelinha?

– Isso pareceu... mais sucinto.

— Por quê?

— Você leu o livro que eu te dei?

— Este? — Ela tinha começado, mas ele a tinha distraído com pensamentos sobre o roubo.

— Esse — confirmou ele.

O livro se abriu sozinho na história que ela estava lendo: "O Carvalho e o Rei de Azevinho".

Na história, o verão e o inverno eram deuses que lutavam por seu direito sobre o mundo. O Rei de Carvalho era o herói conquistador, o campeão da primavera e do verão que trazia o sol e a alegria. O Rei de Azevinho era o deus do inverno, sombrio e esquivo, tão temido quanto louvado. Duas vezes por ano, nas noites dos solstícios, os dois reis batalhavam. Com a derrota do Rei de Azevinho, o Rei de Carvalho trazia a primavera; e, com a derrota do Rei de Carvalho, o Rei de Azevinho trazia o outono.

Ela amou a história, a mudança das estações explicada daquele jeito fantástico. Mas não sabia como aquilo a ajudaria a entender Graves. Ele era um feiticeiro, não um deus do inverno.

Sim, o rouxinol era uma representação importante do Rei de Azevinho, assim como o sabiá era para o Rei de Carvalho. Mas ela só usava um pingente de rouxinol. Será que Graves escolhera o azevinho como símbolo por causa daquela história? Ele a estava chamando de Rouxinol porque a via como um símbolo de renascimento? Uma musa? Era tudo tão confuso. As respostas estavam envoltas em contos de fadas.

Kierse não tinha palavras para debater aquilo no momento. Não com a queimadura de magia. Não com Graves propositadamente a enganando.

Ele deu um sorrisinho e enfiou as mãos nos bolsos.

— Leia o livro.

Ficaram imóveis, por um momento tenso, nenhum dos dois disposto a recuar ou avançar.

— Isso é tudo que vai dizer?

— Agora que sei do que é capaz, podemos começar. Tenho de sair hoje para obter a última coisa de que preciso para o roubo. Você deveria treinar com Edgar, quando se sentir bem o suficiente. Vamos nos encontrar quando eu tiver o que preciso. – Ele se voltou às cartas outra vez, claramente a dispensando.

Ela tentou abrir um buraco no crânio dele com um olhar fulminante, mas Graves não ergueu mais a cabeça.

– É só isso?

– Você precisa recuperar sua força. Não podemos fazer mais nada até lá – disse ele, casualmente jogando outra carta no fogo.

Kierse assentiu, rangendo os dentes. Tudo bem. Ela leria o livro. Treinaria. E não se esqueceria que ele era capaz de enganá-la tão bem quanto ela o enganava.

Capítulo Vinte e Oito

Kierse treinou até achar que iria literalmente desabar – e depois treinou um pouco mais. Tinha perdido um dia inteiro por conta da queimadura de magia, e não podia se dar ao luxo de perder outro. Porém, quando a noite caiu, Graves ainda não tinha voltado.

Ela estava considerando ir para a cama quando pegou seu celular descartável e viu que tinha uma mensagem de Nate, pedindo para encontrá-la. Agora que estava bem o bastante para se mexer, precisava sair da casa e saber como os amigos estavam.

Trocou-se, vestindo-se toda de preto, esgueirou-se do quarto – com cuidado para ficar fora de vista das novas câmeras que Graves tinha instalado – e escapou da casa sem alertar ninguém.

Kierse seguiu rumo à entrada do metrô na Amsterdam, mas após algumas quadras estava titubeando. Nessas condições, não conseguiria chegar muito longe, muito menos enfrentar o metrô. Entre a queimadura de magia e o treinamento, ela estava acabada.

Era um gasto escandaloso, mas ela chamou um táxi e passou o endereço em Greenwich Village. Pagou o motorista quando chegou ao destino e saiu de novo na noite fria com um suspiro. Nate tinha concordado em encontrá-la na cafeteria, mas Kierse só queria dizer *foda-se* e entrar direto no quartel-general dos Aterrorizadores. Sentia tanta saudade dos amigos. Dos amigos e do sótão e de Colette.

Talvez, se já tivesse se recuperado, tivesse notado os Druidas antes que se aproximassem.

– Olá, Kierse – disse Declan com um sorriso selvagem.

Ele e meia dúzia de Druidas se materializaram da escuridão. No estado em que ela estava, a matariam antes que conseguisse mover um músculo.

Kierse assumiu um ar de bravata enquanto o encarava de frente.

– Declan. Como posso te ajudar?

– Engraçado você perguntar – disse Declan. – Lorcan quer conversar com você.

– Não é uma boa hora. Talvez pudéssemos marcar uma reunião. Eu tento achar um horário pra ele. – Kierse tinha vontade de rir, mas Declan parecia tão sério e ela só não tinha a energia para isso.

– Lorcan não gosta de esperar.

Kierse revirou os olhos.

– Você está se escutando? Soa ridículo.

– Ou te levamos por livre e espontânea vontade, ou por força. – Ele cruzou os braços sobre o peito musculoso. – Você decide.

– Você não pode me tocar. Sabe que Graves e Lorcan têm um acordo.

– Não vamos quebrar nenhuma parte desse acordo, contanto que você venha quieta.

– "Quieta" não é muito meu estilo.

Declan estreitou os olhos.

– Estamos te seguindo desde que saiu da casa dele. Você mal consegue andar. Não teria a menor chance contra mim agora, que dirá o resto de nós.

Ela ignorou o comentário.

– O que ele quer? E por que não veio pessoalmente, se está tão interessado em falar comigo?

– Você vai descobrir quando o conhecer.

– Tenho sua palavra de que vai me deixar ir embora depois que eu ouvir o que ele tem a dizer?

– Não é da minha palavra que você precisa, é da de Lorcan. Mas se quiser ir depois que falar com ele, não podemos te segurar lá, conforme o acordo.

Ela hesitou, deixando-os ver que estava deliberando. Seus olhos percorreram as sombras ao redor, procurando quaisquer lobos escondidos ali. Ela não queria que os Druidas pensassem que cederia com tanta facilidade, mas, com base nas patrulhas deles ao redor da casa de Graves, Kierse já sabia que aquele encontro era uma possibilidade.

– Tá bom. Então vamos.

Declan pareceu chocado que ela tivesse aceitado. Devia ter pensado que precisariam levá-la à força, talvez inconsciente. Mas ela iria conhecer o infame Lorcan. Já tinha passado da hora, afinal.

– E aí, vamos? Ou vamos só ficar aqui?

– Você não vai tentar nada?

– É incrível o que se pode realizar quando não se aponta uma arma pra alguém.

Declan soltou uma gargalhada. Deu um passo à frente e um tapa nas costas de Kierse. Ela cambaleou com a força.

– Que coisinha animada você é. Vamos, então.

Kierse não se sentiu muito animada enquanto dava uma corridinha para alcançá-lo. Declan a levou até uma série de SUVs pretos e grandes. Ela entrou em um dos carros junto com ele, e seguiram em silêncio, afastando-se das ruas familiares. Kierse ficou surpresa por não a vendarem. Sabia que o território deles era no Brooklyn, mas não achou que estariam confortáveis em revelar a localização de seu quartel-general. Cruzaram a Ponte Williamsburg em silêncio, e ela observou a ilha desaparecer atrás de si enquanto seguiam até o Brooklyn.

Por fim, estacionaram na frente de um prédio de tijolos com carvalhos imponentes flanqueando o caminho de pedestres, suas folhas havia muito caídas dos galhos. Do outro lado da rua ficava o edifício alto com cúpula branca do antigo Williamsburgh Savings Bank, na Broadway. Declan a puxou para fora do carro, e Kierse se desvencilhou dele.

– Eu consigo andar – resmungou, com os dentes cerrados.

– Tá bom. Por aqui.

Ele entrou em um restaurante no térreo com piso de ladrilhos pretos e brancos e cabines de madeira. Declan atravessou o lugar como se fosse o dono, e eles saíram em um corredor com um elevador. Um dos Druidas subalternos apertou o botão e, quando as portas se abriram, Kierse os seguiu para dentro. Declan enfiou um cartão magnético numa abertura que lhes deu acesso à cobertura, cujo nome era só EQUINÓCIO.

As portas se abriram para outro restaurante, incrivelmente chique. Lustres de cristal pendiam do teto alto. As portas eram de madeira sólida, enceradas e polidas à perfeição. Velas tremeluziam em mesas circulares dispostas ao redor da sala. Cortinas longas, verde-floresta, estavam afastadas de janelas que ofereciam uma vista espetacular: todo o iluminado horizonte de Manhattan.

Kierse morava com Graves fazia semanas, e mesmo assim aquele luxo a deixou espantada. Ali, escondido naquele bairro, ficava aquele restaurante magnífico – Equinócio. Franziu a testa quando o nome pareceu levemente familiar. Porém, antes que pudesse situá-lo, um homem apareceu.

Ele se movia com a graciosidade de um dançarino, leve e fluido. Kierse entendia pés assim. Precisara aprender a ser silenciosa, e isso tinha levado anos. Mas ele também não era nem esguio nem robusto. Parecia ter trinta e poucos anos e músculos perfeitos sob o terno de três peças impecável. Nem grandalhão, nem ostensivo, mas… estiloso, elegante, confiante.

Quando se aproximou, ela notou todos os detalhes nele. O relógio dourado brilhando no pulso; a barba castanha-escura aparada; os passos suaves; os olhos de um cerúleo que a lembravam de um dia sem nuvens no Central Park. Mas, acima de tudo, o seu sorriso, que alcançava os olhos sem esforço. Como se ele nunca tivesse conhecido uma dor verdadeira.

Ele parou diante dela.

– Olá, Kierse. É um prazer conhecê-la. Sou Lorcan Flynn.

Capítulo Vinte e Nove

Lorcan estendeu a mão como um perfeito cavalheiro, e Kierse a encarou interrogativamente. Ele achava que eram amigos, por acaso? Ele e Graves podiam ter um cessar-fogo, mas ela não esqueceria que Lorcan tinha tentado matar ela e seus amigos e que acabara de sequestrá-la.

Ele abaixou a mão.

– Certo. Sem apertos de mão. É bom finalmente te conhecer.

– É? – perguntou ela.

– Para mim, pelo menos. Para você não?

Ela deu de ombros.

– É bom dar um rosto ao nome.

– Peço perdão pelas circunstâncias, mas era imperativo que nos encontrássemos. – Ele tinha um leve sotaque irlandês. Não tão marcado quanto o de Declan, mas o suficiente para fazê-lo soar estrangeiro.

– Por quê?

Lorcan só sorriu, gesticulando para uma mesa nos fundos com lindos pratos prateados. Uma garrafa de vinho tinto já estava aberta, e uma quantidade generosa fora vertida em cada taça, como sangue para o banquete de um vampiro.

– Não estou exatamente vestida para jantar.

Na verdade, Kierse usava roupas de academia e tênis. Levava o cabelo preso num rabo de cavalo. Mal estava maquiada. O lugar era um restaurante de luxo, provavelmente com estrelas Michelin nos velhos tempos. Estava totalmente deslocada.

– Ah. Por sorte, o dono não vai se importar – disse ele, com um ar divertido. Então viu que ela ainda o encarava impassível. – Acho que nós... começamos com o pé esquerdo.

— *Acha?* – perguntou ela. – Você tentou me matar.

— Um erro de cálculo. Você está perfeitamente segura comigo.

Por que os homens sempre diziam isso? Como se achassem que as mulheres acreditariam neles.

— Você tem um jeito engraçado de mostrar que estou "segura" depois de me sequestrar.

— O que fiz foi um convite – corrigiu ele.

— Com guardas armados – disse ela. – Um convite que poderia ter feito pessoalmente.

— O poder de Graves se estende por grande parte de Manhattan. Era melhor conversarmos no Brooklyn, na minha área. Assim, posso garantir que não seremos interrompidos. Mas, depois do jantar, pedirei ao meu pessoal que a devolva em segurança onde quer que deseje. – Ele apertou uma mão no coração. – Eu lhe dou minha palavra.

Kierse hesitou no limiar do restaurante. Não queria comer com Lorcan, mas estava curiosa sobre ele e todos os motivos para ele e Graves se odiarem. Parecia sincero em sua determinação de levá-la de volta, mas ela não estava contente com as circunstâncias.

— Percebo que sua palavra é valiosa. – Era um palpite com base no acordo que ele tinha com Graves. Lorcan assentiu. – Então, se a descumprir, eu vou te matar.

Ele riu, alto e descontraído. Um homem acostumado a rir. Tão diferente dela. Tão diferente de Graves.

— Eu não esperaria menos – disse Lorcan.

Ela assentiu.

— Então vou comer, mas nunca mais faça isso.

Ele curvou a cabeça uma vez.

— Da próxima vez, irei pessoalmente.

Ela revirou os olhos, mas o seguiu até a mesa. Lorcan puxou a cadeira para ela e sentou-se à sua frente. Foi aí que a lembrança a atingiu.

— Gregory Amberdash frequenta este local.

Lorcan puxou a cadeira para a frente.

— Ah, sim, ele é um cliente meu.

— Ele mencionou uma vez.

— Parece algo que faria. — Ele abriu o guardanapo. — Ele ama cordeiro, que está, coincidentemente, no menu desta noite.

— Amberdash é um espectro. Ele não come cordeiro.

— Espectros podem comer comida humana, ela só não os nutre — explicou Lorcan.

Kierse fez uma careta. *Não queria* pensar naquilo.

— E ele trabalhou com você?

Lorcan gesticulou para ela.

— Foi ele que me deu o seu nome.

— Maravilha. — Bem, isso explicava aquele aviso enigmático. Parte dela devia ter antecipado que Amberdash a trairia, mas eles se conheciam fazia tanto tempo que ainda doía. — Então, por que eu?

— Eu estava procurando alguém capaz de invadir a casa de Graves. Amberdash me ofereceu alguns candidatos que não tiveram sucesso antes de escolhermos você. Se te ajuda a se sentir melhor, ele pareceu hesitante em sugerir seu nome até ficarmos sem outras opções.

Não ajudava.

— Isso não vai contra seu acordo com Graves?

— É uma linha tênue — admitiu ele.

— E por que você tentaria me matar *depois* que eu entrei na casa? Não parece contraintuitivo para os seus planos?

— Você saiu pela porta da frente. Achei que estivesse comprometida.

— Mas não acredita agora, quando sabe que estou morando lá?

— Ah, você certamente está — disse ele com um sorriso largo, não revelando nada. — Gosta de cabernet sauvignon?

Ele girou o vinho na taça e deu um gole. Fez um gesto para que ela provasse, mas Kierse mal tinha comido qualquer coisa desde a festa. Não tinha certeza se vinho seria a escolha certa para começar.

Bebeu água, em vez disso. Uma salada verde e um cesto de pães foram servidos. Ele pegou o garfo.

— Nada de vinho, então – disse ele. – Espero que a salada seja do seu agrado.

Ela enfiou o garfo na salada com prazer, mas não comeu.

Lorcan suspirou e abaixou o garfo.

— Este é o objetivo disso. – Seu tom suavizou-se. – Estou conversando. Quero conhecer você.

Ela encostou os cotovelos na mesa, ignorando as regras de etiqueta.

— Por quê?

— Eu estava errado sobre você. Quando te vi sair pela porta da frente de Graves, acreditei que ele a tivesse levado para o lado dele, que estivessem trabalhando juntos ou até que Amberdash tivesse armado para mim. Não queria que Graves tivesse um novo peão. Admito que às vezes sou precipitado quando se trata dele. Mas você e eu não somos inimigos.

Ela queria perguntar por que ele era tão precipitado com Graves. Tinha tantas perguntas. Sobre coisas que Graves tinha apenas mencionado de passagem, como uma raposa astuta. E ali estava Lorcan, disposto a lhe dar informações. Mas a que preço? Kierse precisava tomar cuidado. Lorcan podia parecer um alvo fácil, mas qualquer pessoa que enfrentava Graves de igual pra igual devia ser um jogador proficiente.

— Se você diz – respondeu ela, em vez disso, inclinando-se e mordendo a salada.

Seu colar pendeu sobre a refeição. Lorcan fez um pequeno ruído no fundo da garganta.

— Que pássaro é esse no seu colar?

Kierse ergueu os olhos com a certeza de que ele já sabia a resposta.

— Um rouxinol.

Ele deu um sorriso cheio de dentes.

— Sério? Rouxinóis são pássaros tão belos.

Ela lhe deu um olhar exasperado.

— Você também vai me contar sobre como eles são mortos no dia depois do Natal?

— Vejo que Graves está te dando informações – disse ele com um olhar sagaz. – Rouxinóis são um sinal de que a primavera se aproxima. Do final do inverno. De que as estações estão mudando e tudo mais.

– E são caçados por esporte.

– Bem, não mais. Em geral, agora só é feita uma festa – disse ele, dando outro gole de vinho. – Mas aposto que Graves achou esse colar muito interesse. Assim como eu, passarinho canoro.

Ela manteve as mãos cuidadosamente ao lado do corpo, embora tudo que quisesse fosse esconder o colar.

– Agora, coma. Você parece não fazer uma refeição há semanas.

O que era absurdo porque, antes da ressaca infernal de pó dos desejos, Kierse vinha comendo melhor do que nunca. Atribuiu aquilo à doença e decidiu comer. Deu uma mordida, e outra, e mais uma. Qual era a daqueles homens com comida? Como faziam uma salada ser tão gostosa?

– É queijo de cabra da minha fazenda, e framboesas frescas.

– Como achou framboesas no auge do inverno? – perguntou ela, pegando mais uma da salada e a saboreando. Tanto Lorcan como Graves as tinham servido. Dinheiro era a resposta.

– Todos temos nossos segredos – disse ele, com um brilho nos olhos.

Quando terminaram a salada e Kierse tinha se empanturrado com o pão mais quentinho e crocante que já provara, o prato principal chegou. Como prometido, era pernil de cordeiro em um molho fragrante acompanhado por purê de batatas com manteiga queimada.

– Me conte sobre você – continuou Lorcan. – O que gosta de fazer por diversão? Seus hobbies? Gosto musical?

Ela considerou a estratégia dele. Tinha pensado que ele seria brusco e arrogante. Que desdenharia dela, tentaria recrutá-la e, se isso não funcionasse, matá-la. Ou no mínimo que a avisaria que Graves era um homem muito, muito ruim, abanando um dedo e tudo o mais. Porém... ele não estava fazendo isso.

– Por que quer saber sobre mim?

– Não posso achar uma linda mulher interessante? – perguntou Lorcan. Ela se inclinou para a frente e bateu os cílios.

— Acha que eu sou linda?

— Você sabe que é. E mais do que interessante por ter sobrevivido tanto tempo nas ruas com tanta habilidade.

— Você é um sedutor — acusou Kierse, divertida.

Ele riu de novo. Fazia parecer tão fácil.

— Se me acha sedutor agora, espere até a sobremesa. Não vou estragar a surpresa, mas é minha favorita. — Lorcan deu outra mordida do cordeiro e terminou de mastigar antes de falar de novo. — Bem? Seus interesses?

— Você primeiro — disse ela, dando uma mordida na carne mais suculenta que já provara.

— Gosto de longas caminhadas pelos bosques e charnecas. Gosto de velejar e pescar em dias limpos, e, quando chove, de me refugiar em um gazebo só com o meu violão. Gosto de feriados e rituais e feiras. Confesso que é fácil me agradar — disse ele, abaixando o garfo. Aqueles olhos azuis a penetravam. — E você? É fácil de agradar?

Havia muito por trás daquela pergunta. Ele queria saber mais sobre ela, sim. Mas queria mais. Queria saber se ela podia ser roubada. Se conseguiria convertê-la para o seu lado com olhos gentis e sorrisos calorosos e comida deliciosa. Kierse decidiu entrar na brincadeira e ver aonde isso a levava.

— Eu gosto de... treinar — disse ela, dando de ombros.

— Isso é trabalho — disse ele, abanando a mão. — O que você faz por diversão?

— Por diversão — repetiu ela, suavemente. — Admito que nunca houve muita diversão na minha vida.

— Com certeza você gosta de alguma coisa além de roubar e treinar.

Kierse abaixou os olhos, interpretando a vítima inocente.

— Acho que gosto de *babka* de uma padaria judaica na frente do Met.

— *Babka*? — perguntou Lorcan, animado.

Ela abriu um pequeno sorriso.

— *Babka* de canela. É o melhor que já provei.

— Precisa me dar o nome da loja. Me tornarei um cliente. — Ele se inclinou para a frente. — O que mais?

— Bem, gosto de passar tempo com os meus amigos. — Ela franziu o rosto, como se tivesse acabado de lembrar onde estava. — Aqueles que você tentou matar.

— De novo, eu estava errado. Sinto muito pelo mal-entendido. — Ele ergueu as mãos. — Pode me perdoar?

Até parece.

— Vai deixar eles em paz?

— Meu interesse é só em você, minha querida.

Não era uma promessa, e ambos sabiam disso.

— Por favor, continue — encorajou ele.

— Gosto de conhaque — admitiu ela. — Provei aos dezesseis anos, e parece a coisa certa a beber depois de conquistar alguma coisa.

— Eu tenho uma coleção de conhaque impressionante. Beberemos com a sobremesa — prometeu ele. — Conte-me mais.

— Bem, a verdade é que eu apenas gosto de furtar gente rica e ingênua.

Ele bufou.

— Você precisa sair mais de casa. Se furtar dos ricos é sua ideia de diversão, eu poderia te entreter muito.

E, embora ambos estivessem interpretando um papel, Kierse acreditou nele. Lorcan não agia como o vilão que ela tinha pintado na cabeça. Não parecia mau de forma alguma. Com certeza agia assim para que ela abaixasse a guarda, mas ele… não parecia perigoso. Sim, ela sabia que *era* perigoso. Tentara matá-la. Tinha uma rixa com Graves. Era um líder de gangue que controlava todo o Brooklyn. Tudo isso deveria aparecer para Kierse como um alerta gigante: *Perigo. Fique longe!* Só que ela não se sentia assim.

Os pratos vazios foram levados, e a sobremesa foi um espetacular pudim de pão com canela, com uma calda cremosa de baunilha e bourbon para jogar em cima, além do conhaque prometido como acompanhamento. Kierse só deu um golinho antes de decidir que era o melhor que já provara.

— Obrigado por esse jantar encantador — disse Lorcan. — Você tem um convite aberto para o Equinócio sempre que quiser. Por conta da casa.

— Por quê? Que lugar é este?

— É meu restaurante. "Equinócio" significa equilíbrio, e equilíbrio é um conceito importante para mim. Tento aplicá-lo à minha vida, às estações, à comida. Então, três dias por semana eu abro o restaurante para os pobres e famintos. Refeições quentes grátis para quem aparecer. E, nos três dias seguintes, abro para os ricos e privilegiados de nossa sociedade. Aqueles que querem administrar negócios e fazer reuniões longe dos olhos curiosos de seus pares. – Ele sorriu, parecendo totalmente sincero. – Eu forneço um serviço muito necessário. Tudo legalizado. Equilíbrio.

Quantas vezes Kierse quisera desesperadamente uma refeição quente? Quantas vezes tinha passado fome de estômago vazio? Demais para contar, mas não mudava o fato de que Lorcan provavelmente a estava engambelando, dizendo exatamente o que ela queria ouvir. Talvez ele fizesse algumas boas ações, mas não apagavam sua participação em tudo aquilo.

— Por que você odeia Graves?

Ele ergueu os lábios.

— Ele não te contou?

— Quero ouvir o seu lado da história.

Ele pensou nisso por um segundo, virando o restinho de conhaque da taça.

— Deveríamos deixar esse assunto para a próxima vez – disse, finalmente. – Você vai voltar, não vai?

— Não sei – respondeu ela, com uma sobrancelha erguida. O que mais ele poderia lhe contar? Quanto ela poderia tirar de Lorcan?

O sorriso dele aumentou, e aqueles olhos cerúleos se iluminaram.

— E se você me ligar quando estiver pronta? Assim não terei de mandar Declan.

Lorcan tirou um cartão de visitas do bolso do terno e o deslizou sobre a mesa. Kierse o pegou. O papel branco pesado estava gravado com o nome e o telefone dele em tinta dourada. Uma pequena bolota era o único outro adorno. Ela o enfiou no bolso. Podia ser útil.

— Talvez – disse ela. Então se levantou.

Ele rapidamente fez o mesmo, aproximando-se dela como se atraído de alguma forma.

– Pedirei a Declan que a leve para a cidade.

– Perfeito. – Ela ergueu os olhos para ele de novo, pronta para julgar sua resposta ao que diria em seguida. – Eu vou ter de contar a Graves sobre isso.

Lorcan assentiu.

– Bem, eu não esperaria menos. Mas não descumpri nosso acordo. Você diria que foi ferida?

– Sequestrada – apontou ela, sem recuar. Os corpos deles estavam tão próximos. Ela encontrou seu olhar, usando um truque de mãos para roubar seu relógio enquanto ele permanecia hipnotizado pelo seu rosto.

– Estou te deixando ir embora. – O sorriso dela vacilou, e ele a encarou com alguma emoção genuína. – Ainda que, admito, relutantemente.

– Você é um sem-vergonha – disse Kierse, recuando para dissipar a tensão que ele tentava criar. Ela enfiou a mão no bolso. Que alvo fácil.

– Uma falha de caráter, eu lhe garanto. – Mas então ele estendeu a mão e agarrou o braço dela. – Isso não é legal. – Lorcan virou a mão dela para cima, abrindo seus dedos para revelar o relógio que fora tirado do seu pulso. – Acho que vou pegá-lo de volta.

Era a segunda vez que alguém tinha percebido um roubo dela – primeiro Graves, e agora Lorcan. Ou ela precisava afiar suas habilidades, ou seus oponentes estavam ficando mais aterrorizantes a cada dia.

– Como percebeu? – perguntou, com curiosidade.

– Te conto da próxima vez – disse Lorcan com uma piscadela, colocando o relógio de volta no braço.

Outra armadilha em que ela não tinha intenção de pisar. A próxima vez seria sob seus próprios termos.

– Vou indo agora.

Lorcan parecia não conseguir soltá-la.

– Volte, Kierse.

Ela lhe deu um último olhar, sugerindo que talvez gostasse da ideia.

– Talvez.

Capítulo Trinta

Declan nem se deu ao trabalho de levar Kierse à casa de Graves. Ele a deixou exatamente onde a tinha encontrado, rindo de novo quando ela se despediu prestando continência com o dedo do meio. Ela teria de voltar sozinha à mansão mais tarde. Lorcan podia ter-lhe prometido um retorno seguro, mas seu segundo em comando não parecia preocupado se era *muito* seguro.

Ela esperou o SUV preto dele sair de vista antes de suspirar aliviada. Já ia tarde.

– Você teve uma noite movimentada – disse Nate atrás dela.

Kierse se virou para encará-lo.

– É, eu sei – resmungou.

Lobos escondiam-se nas sombras do outro lado da rua. Ela viu Kara e Finn encolhidos juntos. Finn tinha o braço ao redor da cintura de Kara, e ela sorriu largo de algo que ele disse. O olhar de Ronan passou por eles com irritação óbvia antes de voltar a examinar os arredores.

– Waters. – Ronan estalou os dedos na direção de uma mulher morena. Ela assentiu para Ronan. – Lopez, Keller. – Ele gesticulou para um homem baixo de pele marrom e uma ruiva sardenta de pele clara do outro lado da rua. Os dois saíram das sombras quando humanos se aproximaram do local do encontro. Trabalharam juntos em perfeita sintonia para limpar a área, movendo-se como um corpo único em vez de lobos individuais.

– Você podia ter nos avisado que seria hoje – disse Nate, distraindo-a do seu bando.

– Mas você está sempre tão preparado – provocou Kierse.

Ela alinhou o passo com o dele enquanto desciam a rua na direção da cafeteria 24 horas.

– Como foi o encontro? Não achei que seria hoje. Você parecia bastante acabada quando te pegaram na rua.

– Bem, não saiu exatamente conforme o plano, Nate, mas quando surge a oportunidade…

– Quer dizer que eles iam te sequestrar de qualquer jeito.

– É. Eu não estava em condições de dizer não. Fiquei feliz de já termos planejado isso – admitiu Kierse. – Mesmo que tenha acontecido quando eu não estava esperando.

Ela tinha visto a patrulha vigiando a casa várias vezes desde que fora morar com Graves. Tinha sugerido a Nate que ela atraísse a atenção de Lorcan, embora, claro, não tivesse planejado que seria *naquela noite*. E agora tinha arruinado sua chance de ver Gen e Ethan, mas era melhor descobrir qual era a estratégia de Lorcan.

– E aí? – perguntou Nate. – Foi um sucesso?

Kierse lhe deu seu próprio sorriso lupino.

– Ele me contou tudo.

Ele bufou.

– Senti saudades de você.

Ele puxou a porta da cafeteria deserta e gesticulou para o seu pessoal. Eles se espalharam pelo perímetro. Nate foi até a barista exausta enquanto Kierse se sentava na cabine de sempre. Ele conversou alegremente com a mulher antes de voltar com as bebidas deles.

Kierse soprou o líquido fumegante.

– Você também tinha razão – admitiu ela.

– Tinha? – perguntou ele.

– Não preciso temer os Druidas se há Aterrorizadores nas sombras?

Nate a avaliou e então assentiu.

– É verdade. Fico feliz de ter mandado meus homens ficarem de olho em você. Mas não me senti muito confortável quando você foi para o quartel-general dele.

– Eles levaram uma raposa para um galinheiro. Deveriam estar mais preocupados do que você.

Ele riu baixo.

– Aí você me pegou. Então, conte tudo.

Kierse resumiu a conversa com Lorcan. Nate assentiu enquanto ela contava e revirou os olhos com todas as tentativas de seduzi-la.

– Bem, ele é um cretino arrogante.

Ela riu.

– Sujo falando do mal lavado?

– Pelo menos eu admito. Queria que tivéssemos obtido mais informações sobre Graves.

– Ele vai me dar, uma hora ou outra – disse ela, dando de ombros. – Não viu como ele estava desesperado?

– Pareceu interessado em você.

– Estranhamente interessado. Não sei quanto era fingimento, mas ele com certeza se faz de herói dessa história.

– Provavelmente acha que é.

– Deve achar – disse ela. Era muito diferente de Graves, que claramente acreditava ser o monstro na história. – O que você acha que ele e Graves têm um contra o outro?

Nate suspirou.

– Não faço ideia. Mas não confiaria em nenhum dos dois.

– Eu não confio em ninguém.

Nate abriu um sorriso vencedor para ela.

– Só em mim, claro. É por isso que está contando tudo.

Kierse balançou a cabeça para ele, mesmo que aquele fosse seu plano desde o começo.

Primeiro passo: aproximar-se de todos os figurões da cidade e aprender seus segredos, objetivos e planos. Não era um segredo que os monstros não estavam felizes com o Tratado. Os Homens de Valor eram só os concorrentes mais chamativos. Dessa vez, Kierse não ficaria às margens da batalha. Não quando tinha essa nova vantagem. Não quando aqueles desgraçados tinham levado Torra. Agora era pessoal.

Segundo passo: trabalhar com Nate e seus Aterrorizadores para transformar essas informações em estratégias que pudessem usar contra os monstros. Se e quando essa raiva transbordasse, eles estariam preparados. E Nate era a melhor opção. Ele era seu aliado e um aliado dos humanos. Kierse o aceitaria como tal, considerando a alternativa.

Terceiro passo: roubar a lança. Dar um golpe contra seu inimigo, contra aqueles que mataram Torra, era sua meta principal. Tudo que os impedisse de ter a vantagem era importante.

E, embora ela tivesse planejado tudo aquilo desde o começo, não tinha contado com Graves. Com o que quer que estivesse rolando entre eles desde a sessão de treino e a festa de Imani. Ele tinha dito a Kierse para não revelar seus segredos, mas ela o conhecia bem o suficiente a essa altura para saber que, se ele descobrisse que ela o traíra para trabalhar com os Aterrorizadores, ficaria absolutamente furioso.

— Somos aliados — disse ela.

— Amigos — rebateu Nate.

— Tá, amigos — concordou Kierse, como se a palavra não significasse nada. Nate era amigo dela, mas todos os participantes daquele jogo a deixavam desconfortável de alguma forma. Todos tinham poder sobre ela. Até Nate. Talvez principalmente Nate. Ele sabia mais sobre ela, afinal.

— Vamos esperar Lorcan, então. Se tem certeza de que ele vai voltar a vir atrás de você.

— Ele vai — disse ela, confiante. — Não consegue evitar. Acha que consegue me enganar para atingir Graves.

— Como você o está enganando — disse Nate com uma risada.

— É incrível quantas pessoas desistem e não enxergam a verdade quando veem um sorriso bonito. — Ela abriu o mesmo sorriso bonito para ele, e Nate bufou.

— Enfim, o que aconteceu com você nos últimos dias? Sumiu do mapa.

— Eu estava fazendo meu trabalho.

— Contanto que esteja segura.

Ela bufou.

— Eu não estou segura desde o momento em que aceitei esse serviço.

Nate franziu o cenho como se não gostasse dessa avaliação, mas só disse:

— Esse encontro se estendeu demais. Provavelmente precisamos te levar pra casa antes que ele perceba que você sumiu. Tem mais alguma coisa que eu deveria saber sobre Graves?

Kierse se remexeu, desconfortável. Não era que ela não quisesse dar informações sobre Graves para Nate e os Aterrorizadores. Ela não confiava em Graves – e ele não confiava nela. Tinha deixado isso abundantemente claro desde o começo. Mas ela tinha prometido que não revelaria os segredos dele e, por algum motivo, queria cumprir essa promessa. Pelo menos por ora.

Quando ela hesitou, Nate ergueu uma sobrancelha.

— Não me diga que está amolecendo.

Kierse revirou os olhos para o lobisomem.

— Não estou amolecendo. — Ela se levantou. — Entro em contato quando tiver mais informações.

Nate lhe lançou um olhar avaliador, como se tentasse ver se ela estava ou não enganando *ele*.

— Estamos do mesmo lado, Kierse.

— Eu sei – disse ela.

Porém, por mais que ela quisesse que isso fosse verdade, pelo menos naquele assunto Kierse estava apenas do seu próprio lado.

Capítulo Trinta e Um

A casa estava sinistramente silenciosa quando Kierse se esgueirou de volta ao seu quarto, e o calor ali era reconfortante. Ela fechou a porta em silêncio atrás de si e seguiu até a cama na ponta dos pés, tirando a jaqueta no caminho. Não sabia o que a alertou, mas, quando ergueu os olhos, viu Graves sentado em uma cadeira no quarto dela.

Ela arquejou baixinho. Não era para ele ter voltado ainda. Nate lhe teria contado.

– Graves – sussurrou ela. – O que está fazendo aqui?

Ele se levantou devagar, uma figura ameaçadora sob todos os aspectos. Kierse estremeceu com a força de sua presença.

– Você saiu.

– Sim.

– Evitou as câmeras.

– Achei que você as tinha instalado como um desafio.

Ele deu mais um passo na direção dela, diminuindo com facilidade o espaço entre eles.

– Você encara tudo como um desafio?

Ela inclinou a cabeça para encarar seus olhos intensos.

– Não é a diversão da vida?

Ele soltou o ar com força.

– Tenho certeza de que você entende por que isso foi uma má ideia.

– Não estou confinada à casa – lembrou ela, casual.

O corpo inteiro de Graves se tensionou com o tom dela, e algo pareceu se estilhaçar dentro dele de repente.

– Você ainda está se recuperando – rosnou, baixo.

A preocupação reluziu em seus olhos rodopiantes, a tensão se flexionando na mandíbula. E, pela primeira vez, Kierse percebeu que talvez ele não estivesse irritado com ela... mas sim *preocupado* com ela.

Algo nela amoleceu com o gesto. Achara que ele era feito de pedra. Mesmo quando Graves tinha salvado sua vida, Kierse não o vira realmente abalado.

— Estou bem – garantiu.

— Não deveria ter saído antes de estar totalmente recuperada.

— Você tem razão – admitiu. O corpo dela relaxou, e a voz também. – Eu não deveria ter saído. Os Druidas me rastrearam. Me levaram até Lorcan no Equinócio. Jantamos lá.

— Quê? – perguntou ele, completamente pasmo. – Hoje?

— É, acabei de voltar.

— Isso vai expressamente contra os termos do nosso acordo. – Ele parecia um dragão prestes a abrir as asas e cuspir fogo. – Lorcan vai pagar por isso.

Kierse entrou na frente dele.

— Estou sã e salva, como você pode ver. Só tivemos uma conversa.

— Você não conhece Lorcan como eu. Ele não faz nada sem um objetivo. E, se te levou para o Equinócio, está passando dos limites. Posso presumir que ele tentou recrutar você? – perguntou ele, ficando muito imóvel enquanto esperava a resposta.

— Algo assim. – Ela ergueu os olhos para ele, sentindo a vulnerabilidade do momento. – Eu disse a ele que te contaria o que ele fez. Acho que ele espera que você reaja.

— Está sugerindo que eu estou jogando o jogo dele?

Kierse ergueu as mãos.

— Não sei. Só não consigo pensar em outro motivo para ele me sequestrar e aí me soltar, se não for pra me balançar como uma isca bem na sua frente.

Graves tensionou ainda mais a mandíbula, como se visse a lógica do argumento dela.

— O que ele te contou?

— Nada, na verdade – mentiu ela. Ele lhe tinha dado bastante para refletir, mas não era isso que Graves estava perguntando. – Ele só queria saber mais sobre mim. Acho que estava me testando mais do que revelando qualquer coisa.

— E não falou nada sobre meu relacionamento com ele?

Kierse balançou a cabeça.

— Não. Eu não sei o que aconteceu entre vocês. Ele não me contou, e não espero que você vá contar – disse ela com um suspiro.

Os olhos cinza de Graves queimavam. Ele parecia dividido entre dois mundos naquele momento. Como se estivesse parado na beirada de um cânion, ponderando se conseguiria pular até o outro lado, mas só vendo o fundo do abismo. Por fim, muito devagar, ele a encarou. Kierse conseguia ver sombras dançando naquelas íris escuras. Sombras do passado dele e do que quer que tivesse acontecido lá.

— Muitos anos atrás, antes que você nascesse, Lorcan e eu éramos… uma família, de certa forma – disse ele, os olhos vagando até a janela fechada como se não suportasse dizer aquelas palavras olhando para ela. Kierse segurou o fôlego, sem acreditar que Graves estava cedendo ao menos um pouquinho e com medo de que ele se assustasse como um gato de rua caso se lembrasse da existência dela. – Éramos um par improvável, mas, por um tempo, ele era o outro lado da minha moeda, meu irmão em tudo menos nome. Então aconteceu uma tragédia que fraturou o que havia entre nós. Ele me culpou.

Graves ficou em silêncio por um momento, e Kierse achou que fosse o fim da história.

— Talvez a culpa tenha sido atribuída corretamente – disse ele por fim. – Mas nenhuma reparação foi suficiente. Nunca poderia ser. E, assim, somos inimigos desde então.

A dor na voz dele a atingiu com força no peito. Ela não queria sentir pena, mas não conseguia evitar. A forma sucinta como Graves contou a história, tão cheia de tristeza, deixou claro que, por mais tempo que tivesse se passado desde os acontecimentos, eles sempre o machucariam.

Qualquer que fosse a tal tragédia, e mesmo se Lorcan tivesse se tornado seu inimigo e buscasse um acerto de contas, o começo, quando Lorcan era a família que Graves tinha encontrado, sempre permaneceria. Ninguém machuca uma pessoa tanto quanto sua família.

– Graves – sussurrou ela.

Ele voltou a si, quase assustado, como se não tivesse planejado contar tudo aquilo.

– Vamos à biblioteca. Eu encontrei o que estava procurando.

Kierse queria voltar àquele momento de vulnerabilidade, mas tinha passado. Então, só assentiu e o seguiu para fora do quarto e até a Biblioteca de Azevinho. Ana estava enrodilhada sobre uma almofada no sofá. Kierse sentou-se diante dela, e a criatura esquentadinha ergueu-se ofendida antes de ir até outro lugar vazio.

– Já entendi como vai ser – disse ela a Ana.

Folheou distraída o livro do outro lado da mesa enquanto Graves se servia uma bebida. Ofereceu-lhe uma, mas ela recusou. E, embora tentasse se concentrar na leitura, não conseguia parar de pensar em Ana Bolena. A gata, claro.

Parecia atípico que Graves tivesse um gato. Afinal, gatos *escolhiam* as pessoas. Não o contrário.

Kierse tinha conhecido *muitos* gatos de rua que a amaram, e o mesmo número que a odiaram à primeira vista. Tinha feito amizade com eles e os alimentado quando conseguia, e uma vez Gen tentara levar um gato malhado para casa sem que Colette visse.

Então, por que Ana escolhera Graves, de todas as pessoas? De todos os *monstros*?

Graves sentou-se ao lado dela, interrompendo seus pensamentos.

– O que está lendo? – perguntou ela.

Não tinha notado que ele estava carregando um livro esse tempo todo, um pequeno volume verde que estendeu para ela. Kierse o tomou e olhou a capa, com três espirais conectadas a um pequeno triângulo.

– Achei que você gostaria. Terminou o outro?

– Sim.

– E o que achou?

Ela correu o dedão pelo lábio inferior, contemplativa.

– Gostei da história sobre as batalhas dos reis de Carvalho e Azevinho.

– Claro que gostou.

– O que quer dizer com isso?

O rosto de Graves era uma máscara.

– Você não iria gostar da história da Alta Sacerdotisa e suas artes curativas.

Ela torceu o nariz. Tinha lido aquela também.

– Por favor. Virgens que moram em ilhas separadas dos homens para ajudá-los a controlar o tempo para suas embarcações. Não, obrigada.

Graves deu de ombros.

– Era uma época diferente. Me conte do que gostou sobre os reis de Carvalho e Azevinho.

Ela mordeu o lábio e se perguntou o que ele queria que visse naquela história. Não podia negar que havia sementes nela que soavam verdadeiras, mesmo que não conseguisse juntar as peças.

– Bem, gostei da ideia de que duas vezes por ano há uma batalha para saber se o inverno ou o verão vai dominar. O Rei de Carvalho está sempre tentando trazer a luz de volta, e o Rei de Azevinho está sempre tentando trazer a escuridão. Isso é harmonia. Pode imaginar se não funcionasse? Se o Rei de Carvalho perdesse no solstício de inverno e tivéssemos escuridão e inverno pra sempre? Ou pelo menos até eles batalharem de novo?

– Você começa com a harmonia e termina com o caos – disse ele, divertido. – Não sei se já vi algo que a resuma tão bem.

– Eu passei a maior parte da vida no caos. Não sei se saberia começar com a harmonia. Por que você gosta da história?

Ele bateu os dedos no apoio da poltrona.

– É sobre a vida. Sobre algo real.

Kierse sentia os olhos dele sobre ela.

– É só mitologia.

— Alguns diriam que sim. Outros diriam que é tão verdadeira quanto qualquer outra religião. Só se torna mitologia depois de ser desacreditada.

— É um jeito de olhar a questão. — O livro estava tão desgastado quanto o outro que ele tinha lhe emprestado. Graves devia gostar muito dele, considerando que o tinha lido tantas vezes, mesmo em meio a uma biblioteca enorme daquelas.

— Não vemos as estações mudando ano após ano?

— Sim, mas temos uma explicação científica para isso. Os planetas se movendo ao redor do sol — disse ela, um pouco hesitante.

— No entanto, temos monstros e magia — apontou ele —, que a ciência ainda não entende.

— É verdade. — Ela olhou para o livrinho verde por mais um segundo, perguntando-se sobre a conexão dele com o azevinho e o amor da história. — O azevinho é seu símbolo. Está na sua biblioteca e entremeado em suas proteções. É por causa dessa história?

Os olhos dele ficaram distantes.

— O azevinho é um símbolo da vida eterna porque fica verde no inverno e seus frutos são venenosos. Eu me identifiquei com isso.

Graves se ergueu e recolheu alguns papéis, que dispôs na mesa, revelando várias plantas baixas empilhadas caoticamente umas em cima das outras, o canto do que parecia ser outro convite e desenhos de vários... *componentes de computador?*

— O que é tudo isso?

— *Isso* é o que fui procurar. Assim que consegui uma quebra-proteções, coloquei em ação todas as estratégias que vinha considerando.

Ela assentiu em aprovação. Era o tipo de trabalho que costumava fazer sozinha ou com a ajuda de Ethan. Era até agradável ter mais alguém competente reunindo tantas das peças de que ela precisava.

— Me conte tudo.

— Você já ouviu falar do vampiro Rei Luís?

— O nome soa familiar — admitiu ela. — Ele governa o submundo ou algo assim?

— De fato – disse Graves. – O apelido vem do rei Luís xiv da França, o Rei Sol, que foi o monarca francês mais longevo. O vampiro Rei Luís foi expulso depois do Tratado dos Monstros e desde então ascendeu como o rei do submundo monstruoso. Ele lidera os Homens de Valor. Não é discreto sobre sua insatisfação com o que considera ser a supressão dos monstros, e acredita que deve governar o mundo. Na verdade, foi o opositor mais ferrenho do Tratado dos Monstros. Mas um homem… um vampiro assim não vai parar por causa de um tratado.

— E ele tem a lança – disse ela.

— Sim. Acredito que seu predecessor estava em posse dela. Quando ele foi morto, um informante me disse que ela passou para o Rei Luís.

— Então você nunca a viu pessoalmente?

— Não – admitiu ele. – Não desde que perdi acesso ao submundo.

Graves empurrou para ela uma das imagens desenhadas à mão. Revelava uma porta de cofre com um sistema de segurança. Kierse apertou os olhos para tentar identificar algo que pudesse ajudá-la.

— É aqui que a lança fica guardada. As proteções serão fáceis, mas você ainda vai precisar arrombar o cofre sem disparar o alarme.

— Não tem problema. Acho que consigo arrombar algo assim. Seria mais útil se tivéssemos a marca ou modelo. Qualquer coisa que me ajudasse a abrir mais rápido.

— Verei o que posso fazer. Enquanto isso – disse Graves, estendendo uma foto para ela –, esse é o Rei Luís.

A resolução era granulosa. O homem era largo e alto, mas saudável. O cabelo era espesso e escuro, e as mãos de alabastro apertavam uma bengala. Era como se tentasse parecer refinado, mas não conseguisse por completo. Seus olhos eram selvagens, mesmo na imagem de baixa qualidade, e a boca estava torcida como se a vida tivesse sido cruel e ele pretendesse retribuir dez vezes pior.

— Parece que tem algo errado com ele. – Kierse soube de cara que ter *aquele* monstro liderando qualquer um era uma má ideia.

— Tem. Muitas, muitas coisas – disse Graves solenemente.

— Mas ele não é o motivo de você não ter conseguido pegar a lança. É só um vampiro. Vampiros não conseguem criar proteções mágicas, certo? Então qual é o problema?

Graves pegou a pasta e lhe passou outra imagem. Quando ela a pegou, suas mãos roçaram. Fogo subiu pelo braço dela com o contato ínfimo. Kierse estremeceu de leve e tentou disfarçar com uma mudança de posição enquanto cuidadosamente olhava para a foto.

Essa era de um rapaz desengonçado com óculos largos de aro preto. Tinha pele marrom, cabelo encaracolado e uma expressão ávida.

— Ele é o problema — disse Graves.

Kierse não ficou muito convencida.

— *Esse* cara?

— Esse é Walter Rodriguez. Um feiticeiro basilar que está causando muitos problemas.

— Espera, achei que você fosse o único feiticeiro na cidade.

— Eu nunca disse isso. Apenas que somos territoriais. Eu permito que feiticeiros menores vivam dentro de minhas fronteiras, contanto que saibam o seu lugar.

— Menores?

— Sim, os feiticeiros dividem-se em três níveis. Basilar, aprendiz e mestre.

— E você é... — Graves lhe deu um olhar seco. — Certo. É óbvio. — Ele tinha de ser um mestre, se controlava quem morava no seu território. Ela limpou a garganta. — Então, como alguém do nível mais baixo está causando problemas?

— Conheci Walter muitos anos atrás. Eu o convidei a treinar e se tornar meu aprendiz. Trabalhamos juntos para refinar as habilidades dele. Alguns aprendizes se tornam mestres de seu ofício, como Imani. Outros revelam que seu potencial era uma chama noturna que nunca vai crescer, como Montrell. A chama de Walter extinguiu-se magnificamente.

Kierse absorveu todas aquelas novas informações. Queria perguntar o que aquilo significava para ela, mas preferiu não desviar do assunto.

— Então, como ele é um problema?

– Ele manteve um dos seus poderes, campos de força, e se tornou praticamente intocável. Qualquer feiticeiro consegue usar proteções. É uma habilidade básica.

– Sério? Até eu?

Graves assentiu.

– Sim.

Ela vibrou com essa nova informação.

– Todas as proteções são únicas? A de Walter vai ser diferente da sua?

– Como assim? – perguntou ele, inclinando-se para a frente com curiosidade.

– Todas as proteções têm símbolos. O seu é o azevinho, e o de Imani é aquele pássaro, certo?

A expressão de Graves demonstrou surpresa.

– Sim, toda magia é individual. E o símbolo de Imani é um *sankofa* – explicou ele. – É um símbolo da África Ocidental que significa "olhar para o passado para construir um futuro melhor".

– O meu símbolo seria o rouxinol?

O sorriso dele foi afiado, como se soubesse de algo que não estava contando.

– Acho que descobriremos.

Kierse não via a hora.

– Mas voltando a Walter – disse Graves. – As proteções são reforçadas quando você as imbui com seu poder. Assim, as minhas seriam mais fortes do que as de Imani, que são mais fortes do que as de Walter. Exceto que Walter descobriu como empurrar seus campos de força para as proteções, assim como Imani consegue colocar no pó a sua habilidade de conceder desejos. E agora eu não consigo quebrar as proteções dele.

– Proteções inquebráveis – disse Kierse. – Não é à toa que precisa de mim.

– Sim, preciso de uma quebra-proteções.

– Como ele aprendeu a fazer essas proteções?

Graves ergueu um ombro.

— Ainda não sei. Eu não ensinei. Ele deve ter descoberto sozinho. Era meio que um gênio da matemática e aficionado de tecnologia quando o conheci. Achava que podia programar sua magia como um computador.

— Esperto. — Kierse viu de repente onde aquilo ia parar. — Ele percebeu um jeito de se tornar valioso e está trabalhando com o Rei Luís.

— Protegendo o Terceiro Andar e, por extensão, a lança.

— Faz sentido.

— Imaginei o seguinte plano: com o convite, você entra na festa do solstício de inverno dos Homens de Valor. Foge das festividades, arromba o cofre, pega a lança e escapa. Se der errado, é aqui que entra o seu treinamento. Você pode sair lutando com a lança.

— Parece simples.

— E tem cerca de mil jeitos de dar errado. — Os olhos dele voltaram à papelada na mesa. — Temos pouco mais de uma semana para obter tudo de que vamos precisar.

Uma semana. Porra.

— Está apertado. Do que *mais* precisamos?

Graves pegou um caderninho do bolso do paletó e começou a ler uma lista.

— A rota mais fácil para você superar o sistema de segurança e as proteções até o Terceiro Andar... considerando que o convite já vai te pôr na festa em si. As informações sobre o cofre para você poder arrombá-lo. Um vestido de festa apropriado. E uma saída.

— Ah, minha parte favorita — disse ela.

— Sim. A saída será o elemento mais difícil. Ainda não encontrei um jeito de entrar ou sair do Terceiro Andar sem passar por uma barreira de controle. Não seria ideal, com você carregando a lança.

— Bem, chegamos na melhor parte, o reconhecimento — disse ela com um sorriso. — Quando começamos?

Kierse não tinha percebido como se aproximara dele enquanto sua animação crescia. Seu ombro pressionava o dele. O calor de Graves foi de encontro ao dela. Ergueu os olhos para os dele, imaginando se ele quebraria a tensão e reconheceria o que estava acontecendo ali. Seu estômago se torceu num nó, e ela reconheceu a sensação como anseio.

Graves abriu a boca como se fosse dizer alguma coisa sobre o que tinha acontecido. Porém, naquele momento, vieram batidas lá de baixo.

Kierse o seguiu para fora da biblioteca e escadaria abaixo bem quando Edgar atendia à porta.

Uma voz britânica retumbante soou:

– Edgar, velho camarada, olha só você!

O ar saiu de Graves como se ele estivesse esperando o pior.

Uma figura entrou na casa.

– Aí está você, Graves. Em que inferno se meteu dessa vez?

Graves riu para o homem.

– Olá, Kingston.

Então *aquele* era o infame Kingston.

Capítulo Trinta e Dois

Kingston era trinta centímetros mais baixo que Graves, com uma papada e uma barriga saliente sob o colete. Parecia um verdadeiro cavalheiro saído do século XIX, usando um terno preto completo com uma gravata larga de seda, cartola e bengala. Tirou o chapéu e o enfiou sob o braço.

Ele apertou a mão de Graves vigorosamente.

– Você veio até aqui só para me repreender? – perguntou Graves.

Kingston riu.

– Não precisaria vir, se você fosse sensato e voltasse para casa.

– Alguma vez eu já fui sensato? – perguntou Graves, seco.

– Ah, nisso você tem razão. Nunca desde que te conheci. – Então Kingston olhou para trás de Graves, para onde Kierse assistia a tudo à parte. Kingston apontou sua bengala, que parecia só ser usada como acessório, e não apoio, para Kierse. – É ela?

– Ela? – perguntou Graves. Seu olhar voltou-se para Kierse. – Ah, Kingston, permita-me apresentar minha aprendiz, a srta. McKenna.

As sobrancelhas de Kingston se ergueram bruscamente.

– Você aceitou outra?

– Ajuda a passar o tempo – disse ele com calma. – Este é meu mentor, Kingston Darby.

Graves fez um gesto para Kierse se aproximar, mas ela ainda estava abalada pela palavra. *Aprendiz*. Ela era aprendiz de Graves? Ele convenientemente tinha deixado essa parte de fora quando falou sobre os níveis de feiticeiro. Isso significava que ela tinha magia de nível de aprendiz e que ele a treinaria como feiticeira?

Ela avançou até Kingston e estendeu a mão.

– É um prazer conhecê-lo. Pode me chamar de Kierse.

O homem tomou a mão dela na sua, mas, em vez de apertá-la, curvou-se dramaticamente e roçou os lábios contra os nós dos dedos dela.

– O prazer é todo meu, minha querida.

Os olhos de Kierse se ergueram para Graves em consternação. Ele sempre era dramático assim?

– Mentor? – perguntou ela, em vez disso.

Kingston se endireitou e pareceu magoado.

– O que você vem ensinando a essa garota, se ela não sabe que eu o aceitei como aprendiz e o transformei no que é hoje?

Kierse tentou esconder um sorriso e falhou.

– É difícil imaginar Graves como aprendiz.

– Você diz isso agora. Mas ele já foi um jovenzinho que se metia em apuros aonde fosse.

– Não mudou muito, então – disse Kierse.

Graves enfiou as mãos nos bolsos, deixando o mentor e a aprendiz o alfinetarem sem comentar.

Kingston, por outro lado, irrompeu em uma gargalhada e apoiou uma mão no ombro dela.

– Você tem razão. Tem toda razão. Agora, onde está sua coleção de bourbon, Graves? Viajei uma distância considerável. E se vou ficar neste país traidor, bem que poderia beber algo decente.

– Edgar te mostrará o caminho – disse Graves, balançando a cabeça enquanto Kingston ia devagar atrás de Edgar até a Biblioteca de Azevinho.

Kierse parou ao lado de Graves e observou o homem.

– Aprendiz?

– Você não é? – perguntou ele.

– Sou? Não aprendi nada de magia.

Graves se endireitou. Os olhos estavam quase suaves quando olhou para ela. A luz dançava sobre seu cabelo azul-noturno. Kierse teve uma vontade intensa de afastar aqueles cabelos dos olhos escuros dele, mas se repreendeu pela reação.

— Não aprendeu?

— Te mataria responder a uma pergunta com algo que não seja outra pergunta?

Os lábios dele se curvaram num sorrisinho.

— Te mataria fazer o mesmo?

Kierse inclinou a cabeça.

— *Touché*.

— Já vou avisar que o dom de Kingston é persuasão, assim como o de Imani é conceder desejos e o de Walter são campos de força. Será interessante testar sua imunidade à magia dele, e ver quanto é apenas a força da personalidade dele.

— E o *seu* dom é o quê?

Os olhos dele se demoraram nos dela.

— Conhecimento.

Era isso que ele alegara ser seu negócio. Não seu dom. Mas será que não fazia sentido, considerando o que ele fazia e o jeito como obtivera informações para o plano deles sem que Kierse precisasse erguer um dedo?

— Bem, isso explica a biblioteca — disse ela por fim.

Algo reluziu nos olhos dele, algo sombrio e faminto. Um olhar que ela tinha visto logo antes de ele devorar sua boca na festa dos Cato. Os lábios dela se entreabriram, uma bolha de expectativa subindo pela garganta.

— Bem, vocês vêm ou não? – perguntou Kingston do topo das escadas.

Kierse assustou-se e afastou-se de Graves, embora ele não parecesse nem um pouco constrangido. Só foi na direção de Kingston sem dizer nada.

O coração dela acelerou enquanto os seguia. Precisava mesmo de uma bebida agora.

Assim que ela entrou na biblioteca, Edgar saiu com um portfólio que devia conter os conteúdos da missão deles, já que a mesa agora estava vazia. Talvez nem o mentor de Graves soubesse que eles iam roubar a lança. Interessante.

Kingston já tinha se acomodado em uma das poltronas de veludo, após varrer um ramo de azevinho do assento. Tirou um cachimbo de um bolso e enfiou tabaco nele. Graves tinha ido até o bar. Kierse pairou entre os dois antes de sentar-se no sofá que quase lhe dera uma concussão na sua primeira noite ali, então enfiou as pernas embaixo do corpo. Ela observou um contêiner de fósforos se materializar de outro dos bolsos de Kingston. Ele tragou algumas vezes e assentiu em aprovação.

– Então, Kierse – disse ele, avaliando-a mais de perto. – Graves sempre é reticente com informações. Eu nem sabia que ele tinha uma aprendiz. Qual habilidade você manifestou? Como está restaurando suas reservas?

– Bem – começou ela, olhando de relance para Graves, para ver se ele interromperia a conversa, mas ele não pareceu se importar. Talvez confiasse no homem. – Eu tenho imunidade.

Kingston apontou para o teto.

– Ah, rá! Não é à toa que ele está escondendo você aqui.

– Não é assim – disse Graves, levando a bebida para Kingston.

– Obrigado, gentil senhor – disse o mentor.

Graves passou um copo para Kierse, que deu um gole longo e agradável. Ele voltou ao bar para pegar sua própria bebida, depois sentou-se na outra ponta do sofá, com um tornozelo cruzado sobre o joelho. Parecia quase simpático. Nenhuma de suas arestas estava visível, apesar da luz baça tremeluzente.

– Imunidade – refletiu Kingston. – É bem raro. Mas passivo. Talvez você não tenha de recarregar.

– Não, ela precisa – disse Graves.

Kierse virou a cabeça para ele. Ele não tinha dito nada daquilo a ela.

– Do que vocês estão falando?

– Graves, sinceramente. Será que eu deveria assumir a educação da garota? – perguntou Kingston com um sorriso largo. Ele se virou para Kierse quando Graves não disse nada. – Todos os feiticeiros têm pelo menos uma habilidade principal. A sua é a imunidade. A minha é a persuasão. Mas também tenho um poder menor: criação de portais. Foi assim que cheguei aqui, na verdade. Saí da minha casa e pisei direto na soleira de Graves.

Kierse não conseguiu evitar – ficou boquiaberta.

– Você… tem a habilidade de se transportar entre uma cidade e outra?

– Tenho. Um poder muito útil, mas é minha habilidade menor. Poderes menores exigem mais energia para serem usados adequadamente. Porém, *toda* magia tem um preço. Você se sentirá mais fraca depois de usar suas habilidades e vai precisar recarregar. Descobrir seus limites e fraquezas é a maior prioridade no treinamento. Assim, ninguém pode pegá-la desprevenida.

Kierse olhou para Graves quase em choque. Ele *estava* treinando-a aquele tempo todo. Quase a tinha levado à morte para roubar aquelas cartas, mas agora ela via que era parte do seu regime de treinamento.

– Você podia ter me contado – sibilou ela.

– Eu te disse que era um teste.

– Ah, ele quase te matou? – perguntou Kingston com uma gargalhada enquanto tragava o cachimbo. – Clássica tática para descobrir fraquezas.

– Você quase o matou? – Kierse deixou escapar.

Kingston apontou sua bebida para Graves.

– É claro.

Kierse balançou a cabeça. Aquelas pessoas eram ridículas.

– Bem, simultaneamente com o resto do seu treinamento, você deveria estar descobrindo como regenerar suas habilidades. Dormir e comer ajuda – disse ele, com tapinhas na barriga –, mas usar só isso leva muito mais tempo do que uma recarga apropriada.

– Então como eu faço?

Graves suspirou.

– É algo diferente para cada um. Às vezes tem a ver com o seu passado. Algo que você fazia quando criança e te trazia paz, ou algo que te devolve uma noção de sua identidade na vida adulta. – Os olhos dele ficaram distantes. – Para Kingston, é arte. Ele observa, analisa, critica e cria arte, e seus poderes se rejuvenescem. Ele tem uma leve obsessão com museus.

— Já que tocou no assunto, deveríamos fazer reservas para amanhã – disse Kingston.

— E você? – perguntou Kierse.

— Eu leio – disse Graves simplesmente.

Ah, bem, isso explicava por que ele estava *sempre* lendo. Sempre regenerando seus poderes.

— E eu?

— Ainda estou trabalhando nisso – admitiu ele. – Você se recuperou mais devagar do que eu gostaria depois do pó dos desejos, porque eu não descobri como se recarregava antes de invadirmos a casa de Imani e Montrell.

— Desleixado – disse Kingston.

Tantas peças estavam se encaixando no lugar. O motivo de Kierse ter levado tanto tempo para se recuperar do pó era porque precisava recarregar.

— Falando em Imani e Montrell – disse Kingston, em um tom sombrio. Ele girou o gelo no fundo do copo vazio. Kierse percebeu que sua bebida também tinha acabado.

Graves pegou a garrafa do bar e a trouxe à mesa, enchendo o copo de todos.

— Precisamos discuti-los?

— Foram eles que me contaram sobre seu projetinho. Mas... você não informou a *eles* que ela era uma nova aprendiz. Na verdade, deu um nome completamente diferente. Rouxinol? – Ele deu um olhar carregado para Graves. – Montrell teve um chilique.

— Isso não é problema meu.

— Ela é um rouxinol? – Ele se voltou para ela. – Você é?

A mão de Kierse foi ao pingente no pescoço.

— Até onde sei, não sou um pássaro.

Kingston riu.

Mas ela não sabia qual era a graça. Graves a chamara de "Rouxinol" e tinha arrancado uma reação deles, mas na hora ela não percebera que significava mais. Ela não era o primeiro rouxinol que ele contratava, então? Sentiu algo parecido com decepção por um minuto, mas reprimiu o sentimento.

— Foi um nome que usei para chamar a atenção deles, e funcionou – disparou Graves para Kingston.

— Funcionou mesmo. E os impediu de procurar pela magia dela com muita atenção.

— Eu era obrigado a informá-los? – perguntou ele, a voz pingando de raiva contida. Ele não tinha o hábito de obedecer a ordens, e ninguém lhe diria como governar seu império.

Kingston só bebeu mais um gole de bourbon e riu.

— Claro que não, mas as coisas têm um equilíbrio, sabe.

— Sim, e *eles* estavam interrompendo o equilíbrio. Eu o reestabeleci ao recuperar o que foi tomado de mim.

— Eles vão querer retribuição – disse Kingston.

A voz de Graves ficou sombria.

— Que tentem.

— Você é mais poderoso que os dois. Inferno, filho, você é mais poderoso que qualquer feiticeiro que já conheci, exceto eu mesmo. Mas não é invencível.

— Estou perfeitamente ciente disso.

— Bem, enfim, eu vim em nome deles. Meu aviso foi dado. Oficialmente o coloquei de volta na linha – disse Kingston, com uma risada baixa, como se soubesse que aquilo era impossível.

— Eles te contaram sobre sua pequena operação? – A voz de Graves saiu tão baixa e casual que Kierse só podia presumir que o assunto era uma bomba prestes a ser detonada.

— Claro, claro – disse Kingston, com um aceno. – Sei tudo sobre a nova versão do pó dos desejos deles. Muito esperto, na verdade.

— E que ela está vendendo.

— Em Chicago, ela é rainha.

— E fora de Chicago? – perguntou Graves. – E aqui? E em Londres?

Kingston ficou imóvel.

— Ela não ousaria.

— Ela não queria que eu te contasse a respeito, mas já que eles *mandaram você aqui* para me dar uma bronca, não vejo motivo para guardar seus segredos.

– Qual é o problema em vender em outros lugares? – perguntou Kierse.

– A magia é mais volátil quando está longe do seu usuário. E isso ameaça todos os usuários de magia – disse Kingston, furioso. – Você é uma de nós agora, Kierse, então escute bem. Seu maior objetivo é manter a magia escondida. Não somos como os outros monstros. A revelação do mundo mágico só condenaria o nosso modo de vida.

Todos fizeram silêncio por um momento enquanto absorviam aquela resposta. Havia um motivo para que o lema fosse "monstros, não magia". A magia era perigosa a sua própria maneira. Kierse tinha percebido isso assim que entrara naquele mundo estranho.

– Talvez você devesse lembrar Imani disso – disse Graves.

– Acredite, é o que farei – resmungou Kingston. Então acenou o copo para Graves de novo. – Chega de negócios. Me conte tudo que aconteceu desde a última vez que o vi. Faz tempo demais, e planejo terminar essa garrafa.

Graves visivelmente relaxou com a mudança de assunto.

Kierse se recostou no sofá. Talvez ter Kingston ali fosse uma bênção, no fim das contas, porque ela ficaria contente em sentar-se na biblioteca a noite toda e ouvi-lo revelar mais dos muitos segredos de Graves.

Capítulo Trinta e Três

Kierse talvez tivesse bebido uma ou duas doses além da conta. Acordou assustada quando um cobertor foi posto em seus ombros, sem se lembrar de ter dormido no sofá. Graves continuava sentado, terminando a garrafa de bourbon. Kingston já tinha ido embora. O topo da cabeça dela roçou contra a coxa de Graves, sentindo o cobertor e o corpo dele a aquecendo.

– Não quis te acordar – disse ele, ainda olhando para a frente.

– Não tem problema. Eu deveria ir pra cama, para não acordar com um torcicolo.

– Sensato.

Kierse sentou-se, alongando o pescoço, e olhou para Graves. Tão sério, tão furioso, tão parecido com ela. Eles reagiam às circunstâncias de formas diferentes, mas os iguais se atraíam. E, no momento, ela podia sentir a atração que ele exercia sobre si.

– Você não mencionou a lança – disse Kierse.

– Não, não mencionei.

– Eu teria pensado que gostaria de envolver seu mentor.

– *Você* gostaria de envolver seu mentor?

Kierse encolheu-se com a ideia. Jason não era um pensamento bem-vindo naquela conversa. Ele lhe ensinara tudo que ela sabia. Tinha sido seu mentor e seu pior pesadelo. Ela estava feliz que ele estivesse morto e que nunca mais seria obrigada a vê-lo.

– Não – respondeu, rígida.

– Kingston e eu temos um relacionamento raro entre feiticeiros – continuou ele. – Ainda somos algo como amigos com territórios separados. Nem sempre aprovo os métodos dele, e ele nem sempre aprova os meus. Ele não aprovaria isso.

— Por que não? – insistiu ela.

— A lança pode ser valiosa, mas também é um objeto perigoso de possuir. Ele acha que é um desperdício de esforço. E não me surpreenderia se tentasse intervir. Ele gosta de colecionar itens, como eu.

Ela assentiu, entendendo. Manteria segredo perto de Kingston. Eles não precisavam de mais uma complicação naquela missão. Mas pelo menos aquilo explicava por que Edgar tinha guardado tudo antes que o mentor de Graves chegasse à biblioteca.

Ela decidiu mudar de assunto.

— Você estava me treinando esse tempo todo?

— Sim. Presumi que fosse uma feiticeira desde o começo. Temos de esperar uma prova, mas gosto de seguir como planejado de toda forma. Meus métodos são… únicos.

— Parecem ser exatamente os que ele usou com você.

— Similares, mas o que aconteceu com você não era parte do meu plano.

— Que parte?

— Você ficar incapacitada – disse ele, os olhos descendo pelo corpo dela. – Não gostei de te ver ferida.

— Eu me recuperei.

— Mas não tão rápido quanto eu teria gostado. E você não se viu quando estava desmaiada. – Ele inclinou a cabeça para trás. – Você estava tão… delicada. Tão frágil.

Kierse quase riu.

— Não parece comigo.

— Não, foi por isso que não gostei. Você estava ferida e não havia nada que eu pudesse fazer.

Seus olhos fixaram-se nos dela, deixando-a ver as suas profundezas. Algo que ela tinha certeza de que ele raramente mostrava a alguém.

— Não gosto de perder o controle.

Ela engoliu em seco. Sabia disso sobre ele. E sobre si mesma também. Controle era o que mantinha sua vida na linha. Era um elemento previsível mesmo em suas qualidades vilanescas. Kierse tinha se acostumado a elas. Ali, ela não estava no controle. Tinha aberto um pequeno espaço no mundo de Graves e se intrometido em todo canto onde pudesse tirar um pouco de poder dele, mas esse era o máximo de controle que poderia fazer com Graves. Ele era o predador alfa.

Uma parte dela estremeceu com a ideia. Ela nunca estivera com alguém que ficasse acima dela na cadeia alimentar. A ideia fez algo quente se agitar no seu âmago, e ela mudou a posição das pernas. O álcool a deixara zonza. Ela não fazia ideia de quanto tinha bebido – só sabia que fora suficiente para soltar sua língua e seu corpo.

O simples fato era: ela o queria.

Por que *não deveria* tê-lo?

Kierse afastou o cobertor de pele e se levantou. Os olhos de Graves pousaram nela, cuidadosamente neutros.

– Vai dormir?

– Ainda não.

Ela tirou o copo da mão dele. Havia um dedo de bourbon no fundo, e ela o virou como uma dose.

Os olhos de Graves acompanharam o movimento de sua garganta enquanto engolia a coragem líquida. O calor cresceu quando seus olhos se encontraram de novo, e ele se recostou mais no sofá, abrindo os braços e abandonando seu livro.

– Eu ia beber isso.

Ela deixou o copo na mesa de centro e pegou a garrafa de bourbon. Girou-a, o líquido balançando no fundo.

– Só tem o suficiente pra mais um gole.

Ele tentou pegar a garrafa, mas ela sorriu e virou a bebida, deixando o último gole cair na boca. Graves soltou um rosnado no fundo da garganta. Uma coisa primitiva. Uma coisa atípica dele. Talvez também estivesse um pouco bêbado após uma boa conversa com seu mentor, a bebida e aquele mínimo de relaxamento no cronograma enlouquecedor deles.

– Isso vai sair do seu pagamento. – Ele se recostou novamente, observando-a com aqueles olhos cinza calculistas.

— Acho que posso me dar ao luxo. – Ela deixou a garrafa na mesa. – Embora não seja o que quero de fato.

A jogada seguinte dele foi inclinar a cabeça e erguer as sobrancelhas. Devia saber o que ela queria. Devia sentir. Como não sentiria? Essa coisa os vinha rodeando desde a noite da festa.

— E o que você quer, Rouxinol? – respondeu ele, com uma nota de desejo na última palavra.

O eco da conversa pendia nessa palavra. *Ela é um rouxinol? Você é?* Não sabia o significado daquilo, mas tinha lido o suficiente para entender que o azevinho e os rouxinóis estavam entrelaçados. Um era o símbolo para o outro. O fim do inverno. O começo da primavera. O lugar deles era um com o outro.

Então, por direito, ela era dele.

Ela subiu no corpo alto dele, sentando-se no seu colo. Ergueu as mãos para o pescoço dele. Ele estava ardendo de calor. Quente como fogo, mas não do jeito que o pó dos desejos a queimara. Do jeito como ela queria que *ele* a fizesse arder. Podia ver no repuxar dos lábios e nas tempestades em seus olhos e na inclinação da cabeça que ele estava intrigado.

— O que está fazendo?

— O que deveríamos ter feito na noite em que você me beijou.

Então ela abaixou a boca à dele. Sua boca quente e perfeita, com gosto de todo pecado capital. Os lábios dele eram uma indulgência, macios e lisos, diferente das linhas duras da sua personalidade. Ele tinha gosto de bourbon e canela, uma combinação potente que fez a cabeça dela girar. Kierse sabia que sua magia não funcionava nela, que era imune a ele, mas por um momento conseguia sentir a magia dele na língua. Estremeceu com o contato, querendo, mais do que tudo, ser devorada inteira.

Ele se afastou bruscamente, interrompendo o beijo com um ruído insatisfeito.

— Não posso dar o que você quer.

— Ah, acho que pode, sim – disse ela, com um tom sugestivo.

— O que você merece – corrigiu ele.

Ela bufou.

— Essa palavra não significa nada.

Ele afastou uma mecha do rosto dela.

— Rouxinol, eu sou um monstro. Um monstro de terno, mas ainda tenho garras.

— Não me importo – disse ela. – É isso que eu quero.

— Você não quer...

— Não venha me dizer o que eu quero. *Eu* te direi o que quero. Quero você. – Ela ergueu a mão à gravata dele, puxando-o para perto. Suas bocas estavam a um centímetro quando ela ordenou: – Tire o monstro da coleira.

Ele grunhiu. Estava contido havia tanto tempo – escondendo quase tudo o que o tornava *ele* – que, com aquela ordem dela, irrompeu.

Seus lábios colidiram de novo, famintos e desejosos. Não foi nada como o beijo na festa, mas ao mesmo tempo, de alguma forma, foi *exatamente* igual. Talvez, na festa, ele também não estivesse fingindo. Aquela noite fora um despertar, e ali estavam eles, querendo completar o que haviam começado.

As mãos de Graves seguraram a bunda dela. Naquela noite, durante a festa de Imani, ele não tinha conseguido tirar as mãos dali, e agora estava se refastelando. Ele a apertou com força. Forte o suficiente para machucar. E, ai, ela gostou disso. Não conseguiu conter um gemido contra os lábios dele. Porque fazia muito tempo desde que se sentira assim – muito tempo desde que estivera confortável o bastante para abrir mão do controle e só viver o momento. Ela nunca teria pensado que isso aconteceria com Graves, mas, porra, era tão gostoso.

Era isso que ela tinha pedido, o que ela queria. Sexo. Puro e simples. Nada de emoções incômodas ou complicações. Essa era a parte fácil, e ela queria tudo. Ele inteiro.

— Rouxinol – rosnou ele, os lábios correndo pela mandíbula dela.

— Sim – arquejou ela.

Ele beijou a pulsação em seu pescoço, o ponto exato que batia furiosamente. Era onde ele a tinha tocado pela primeira vez, quando achava que ele poderia ser um vampiro querendo drená-la. Kierse tinha considerado, então, que talvez o deixasse fazer isso. E agora estava derretendo sob suas mãos. Disposta, muito disposta a fazer qualquer coisa que Graves pedisse.

Quando a língua dele encontrou sua clavícula, as mãos dele subiram por baixo da sua camiseta. Aquelas mãos enluvadas não eram suficientes. Ela queria sentir as *mãos* dele, mesmo que o calor que emanassem fosse o bastante para queimar. Será que sobreviveria às mãos dele?

Ela rolou os quadris contra ele com uma urgência que não conseguia suprimir. Não *queria* suprimir. Não mais.

– Caralho – rosnou Graves.

Ele a ergueu nos braços e a jogou de costas no sofá, colocando-se na posição dominante. Os olhos dela se arregalaram com a mudança súbita. Ela deveria ter medo dele assim, sobre ela, mas quando ele não estava no controle? Nunca. E mesmo aquele vislumbre de descontrole, aquele "*caralho*" saído dos seus lábios era um afrodisíaco mais potente que o pó dos desejos.

Graves se esfregou nela, e os olhos de Kierse se reviraram quando sentiu sua ereção dura contra o material fino da calça. Ela se arqueou para trás, acompanhando seu ritmo a cada movimento. Seu corpo se tensionou e relaxou ao mesmo tempo. Ela envolveu os quadris dele com as pernas, só querendo que ele rasgasse as suas roupas. Que as fizesse em pedaços e a tomasse.

– Graves – arquejou, o nome uma súplica em seus lábios.

Ele soltou a cintura dela e seu rosto caiu à bainha da camiseta dela. Tirou o material do caminho e beijou ao longo da cintura da calça. Kierse se contorceu enquanto ele torturava sua pele nua com os lábios e a língua. Nunca teria pensado que seria daquele jeito que Graves a torturaria.

– Por favor. – As palavras escaparam antes que ela pudesse se conter.

Um vislumbre dos dentes brancos dele fez uma pontada de calor atravessá-la. Ah, ele gostava daquilo. De vê-la implorar desinibida. Não era algo que Kierse já tivesse feito, mas, se ele não entrasse nela logo, o orgulho não a impediria.

Ele agarrou a camiseta dela e a puxou por cima da cabeça dela, e então sua boca se enterrou nos seus seios. Ela não estava usando sutiã, e agradeceu a tudo no universo por não ter mais um artigo de roupa entre eles. Graves puxou um mamilo na boca, apertando-o entre os dentes e massageando-o com a língua. Ela se contorceu embaixo dele, agarrando os fios do seu cabelo azul-noturno. Querendo que Graves continuasse, e talvez descesse mais, tudo ao mesmo tempo. Quando ele deu uma mordidinha no mamilo, houve uma breve explosão de dor, quente e desejosa. Ele rolou a língua sobre o outro mamilo, demorando-se ali como tinha feito com o primeiro. E não importava quanto ela se arqueasse ou o agarrasse ou tentasse trazê-lo para perto, nada acelerava aquela sedução metódica do corpo dela.

A pobre calcinha dela nunca teve a menor chance.

– Não consigo... – murmurou ela, incoerente.

Ele deu um sorrisinho.

– Ah, é?

Ele deslizou um dedo pela costura da calça dela e Kierse quase explodiu de uma só vez. Viu um lampejo. Um bater de asas. O começo da primavera. Seu mundo se estreitou àquele dedo que desceu até seu clitóris, o circulou uma vez e então desapareceu.

O gemido dela foi respondido por uma risada baixa e satisfeita. Então o rosto dele foi descendo mais, mais, mais. Seus beijos se demoraram na barriga dela e ao redor do umbigo. Ele segurou as pernas de Kierse e as puxou para cima dos seus ombros. Ela nem teve chance de se tensionar antes de ele enterrar a cabeça entre elas. Mesmo com a maldita calça dela entre eles, sentiu o corpo render-se ao desejo dele.

– Seu cheiro é tão bom – grunhiu ele. – Vamos descobrir o seu gosto.

Ela assentiu. Sim, porra. Finalmente.

Ele tirou a calça e a calcinha dela, jogando-as para trás por cima do ombro. Então, em um movimento rápido, voltou ao corpo dela, que ansiava.

– Que boceta bonita – disse ele, a respiração quente nela.

— Graves — disse ela, se contorcendo e tentando se aproximar dele.
Ele esticou a língua, deslizando-a contra o botão sensível.
— É isso que você quer?
— Caralho — arquejou ela.
— Onde estão seus modos? — provocou ele.
Ela ia matá-lo.
— Por favor — sussurrou ela.
— Você pode fazer melhor que isso, Rouxinol.
— Graves — disse ela ao redor de um gemido estrangulado. — Me fode com a sua boca, seus lábios, sua língua. Preciso de você... — O nariz dele tocou seu clitóris e ela engasgou. — Me fode ou eu vou morrer.
— Bem, isso é inaceitável.

Então ele se curvou e levou os lábios à boceta dela. Ao primeiro roçar da língua, subindo pelo meio até o emaranhado de nervos à espera, ela achou que entraria em combustão. Se tinha quase pegado fogo na festa, nem se comparava a esse momento.

Ela já estava se agarrando à beira de um precipício, pronta para pular da beirada. Então, quando ele abriu mais suas pernas para aumentar o acesso e passou a língua ao redor do seu clitóris, o corpo inteiro de Kierse começou a tremer, prestes a perder o controle. Ele lambeu o seu centro, saboreando seu calor e desejo. Quando a boca dele se fechou ao redor do seu âmago, ela viu estrelas.

— Deus, sim — gemeu ela.

Agarrou o cabelo escuro dele com as mãos, sentindo os fios sedosos enquanto ele a deixava cada vez mais louca. Valera a pena implorar, porque o homem *sabia* o que fazer com a língua. Ela só lamentou que não tirasse aquelas malditas luvas, porque queria desesperadamente saber qual era a sensação dos seus dedos.

— Luvas — murmurou, incoerentemente.

Mas ele nem parou para responder, como que para provar que não precisava das mãos para levá-la ao orgasmo. E, porra, estava certo. Sua língua exercia uma pressão incessante sobre o clitóris dela, atingindo-a no exato lugar para levá-la completa e inextricavelmente ao limite. Ela segurou a cabeça dele no lugar, pulsando contra seus lábios, e gritou tão alto que o som certamente atravessou as paredes. Ela não se importava se alguém mais ouvisse. Era irrelevante naquele momento.

Seu corpo caiu flácido contra o sofá. Ela encontrou os olhos cinza rodopiantes dele quando Graves se ergueu de entre suas pernas. Podia ver a forma do seu pau, duro e longo, forçando a calça do terno. Os olhos dele estavam famintos, e Kierse estava desesperada para satisfazer.

— Não terminei ainda.

— Porra, ainda bem.

Ele a ergueu e a levou na direção das estantes. Ramos de azevinho caíam delas, os frutos vermelhos visíveis nos galhos espinhosos. Livros revestiam as estantes pelo que pareciam ser quilômetros. Ele a virou e a jogou contra uma delas. Espinhos perfuraram as costas de Kierse e frutos foram esmagados por sua coluna. A estante inteira estremeceu.

Ela o puxou para perto, esfregando os lábios nos dele e sentindo o gosto da própria excitação na língua dele. Puta merda, era um tesão.

Ela se atrapalhou tentando abrir a calça dele, sem querer interromper o beijo, mas precisando despi-lo. Deslizou o cinto, abriu o botão e então abaixou o zíper. Quando a calça pendeu solta nos quadris dele, ela enfiou a mão na cueca e roçou os dedos no seu pau.

Um som gutural saiu dos lábios dele enquanto Kierse o envolvia. Porra, mal conseguia fechar os dedos. Afastou-se o suficiente para dar uma olhada naquela ereção rígida. Seu corpo estremeceu de desejo com a visão. Enquanto o masturbava, arregalou os olhos em deleite.

— Gostou da vista? — perguntou ele.

Ela lambeu os lábios e o encarou.

— Gostaria mais se estivesse em mim.

A resposta dele foi agarrar as coxas dela e fazer com que o envolvessem. Kierse ergueu a mão e envolveu os ramos nos pulsos, apertando-os com firmeza para se escorar. Os espinhos perfuraram sua pele, mas ela não conseguia se importar porque, com uma estocada fácil, Graves se enterrou dentro dela.

Ela jogou a cabeça para trás, agarrando os ramos com mais força. Vinha pensando nisso desde que eles dançaram pela primeira vez, e ele *não* decepcionou. Esticou-a ao máximo, o corpo dela envolvendo seu pau. Ele a segurava como se ela não pesasse nada, agarrando-a pela bunda. E Kierse não se importou, não pensou na magia que provavelmente permitia aquilo nem em nenhuma das outras coisas que complicaria a situação. Só existia ele, ele por inteiro. Então Graves começou a se mover, saindo com facilidade e estocando com força de novo. Ela não tinha palavras, nenhuma súplica restante na língua, só satisfação com cada movimento. E se perguntou se ele não era fera ou monstro algum, mas sim um deus. A porra de um deus.

Ele a jogou contra a estante enquanto fazia exatamente o que ela queria – se soltava. O Graves firmemente controlado tinha sumido. O homem, a fera, o deus estava ali. E não concedia misericórdia.

As estocadas duras eram tão incessantes quanto o brilho do sol. Tudo que Kierse podia e queria fazer era aceitá-las assim como o sol que brilhava sobre ela em toda a sua glória. Poderia sair queimada, mas valia a pena.

Ela já tivera outros amantes. Mas nada, ninguém se comparava a ele. Nem mesmo se ela tivesse mais uma vida inteira de amantes.

Seu coração galopou adiante enquanto o clímax ergueu-se fundo e intenso dentro dela.

– Estou quase...

– Comigo – ordenou Graves, e ela não podia fazer nada mais.

Não era magia que a segurava – era ele. Um comando que não precisava de magia para ter poder. Ela se segurou enquanto Graves se movia, até que não conseguiu mais se conter. Abriu a boca para avisá-lo, mas tudo que saiu foi um grito enquanto ela gozava.

Ele a seguiu imediatamente, rugindo enquanto se esvaziava bem fundo. As mãos dele apertaram sua bunda, e ela podia sentir cada saliência e pulso e flexão dentro do seu corpo. Estremeceu enquanto ele investia mais algumas vezes, alcançando alturas inéditas, antes de terminar.

Os gritos de Kierse se tornaram gemidos e grunhidos enquanto ela se recobrava. Soltou as mãos feridas e doloridas dos ramos que segurava e as pousou nos ombros dele. Sua cabeça caiu para a frente contra o peito de Graves. Seus corações se uniram enquanto arquejavam pelo esforço. Ele saiu dela devagar e a pôs de pé com gentileza. Ela cedeu, as pernas transformando-se em geleia, e ele a firmou com um braço ao redor da cintura.

– Eu... – sussurrou ela, encarando-o com os olhos turvos.

Graves respondeu com um beijo que roubou o ar dos seus pulmões, como se ele também precisasse de mais um beijo depois daquilo. Quando se separaram, ela só o encarou, confusa.

O que ele tinha feito com ela? Será que tinha arruinado toda e qualquer transa futura?

Só que uma vozinha em sua mente disse que ela não se importava.

Kierse não se importava nem um pouco.

Capítulo Trinta e Quatro

Kingston sorriu para Kierse, alegre e enérgico como sempre, quando ela desceu para o café da manhã. Haveria uma centelha em seus olhos? Ele saberia o que tinha acontecido?

Isolde só cantarolava consigo mesma sobre a chapa. Graves não estava à vista.

Kierse raramente acordava na mesma casa que a pessoa com quem tinha transado na noite anterior, e com certeza não tomava café da manhã com elas. Mas lá estava ela… ainda na casa de Graves. Esperando e imaginando se ele estaria mudado pelo que tinha acontecido.

– Divertiu-se ontem? – perguntou Kingston.

Kierse assustou-se enquanto sentava-se na frente dele no balcão do café. Será que ele sabia o que ela e Graves tinham feito? Ela pegou as panquecas e o bacon para manter as mãos ocupadas.

– Há, sim.

– Excelente. Graves sempre foi pouco convencional, mas faz bem o serviço.

Kierse engasgou na primeira garfada de panqueca.

– É verdade.

– É uma estratégia para impor o poder dele, não informar você do começo do seu treinamento – disse ele, rindo com gosto. – Isolde, querida, mais café, hum?

Isolde foi até ele. Suas faces estavam rosadas e coradas quando parou ao lado de Kingston.

– Claro, mestre Kingston. Está gostando do café da manhã?

– É a melhor comida deste lado do oceano, minha cara.

Ela corou ainda mais e abaixou o queixo enquanto se afastava depressa.

— Você deveria se concentrar em descobrir como recarregar seus poderes – disse Kingston, com uma piscadela. – Quando conseguir, vai ficar bem mais segura.

— Como você descobriu?

Ele deu outro gole no café e considerou a pergunta.

— Meu pai era um artista. Antes de tudo era um cavalheiro, claro. Membro da nobreza e tudo o mais.

Kierse ergueu uma sobrancelha.

— Nobreza?

— Ah, ele foi um conde de certa importância durante a Guerra dos Cem Anos. – Ele notou o olhar confuso dela. – Foi uma guerra muito importante entre a Grã-Bretanha e a França, que começou no século XIV.

Kierse não deveria estar bebendo suco quando ele falou isso. Ela cuspiu, o líquido escorrendo pelo queixo, e se limpou com um guardanapo.

— *Quantos anos* você tem?

Kingston só riu.

— *Muitos.*

Os olhos de Kierse se arregalaram.

— De volta ao assunto... Meu pai era um conde, mas sua verdadeira paixão eram as artes. Algo incomum na época, mas ele pintava e esculpia e se esforçou para deixar um legado que fosse mais do que apenas guerra. Eu era parte desse legado. Fui criado para tomar o lugar dele, o que significa que cresci ao seu lado enquanto ele pintava e estava ao seu lado quando cavalgava e ia à guerra. – Kingston tomou outro gole de café. – A arte sempre me rejuvenescia. Não é surpreendente que também ajude a minha magia.

— Você fala tão abertamente sobre seus poderes.

— Ao contrário de Graves, você diz? Eu tive uma criação muito diferente. Não sinto vergonha de minhas habilidades. Minha consciência está limpa. – Ele bateu um dedo na cabeça. – Muito do que fazemos é mental. E, embora eu tenha visto vários feiticeiros enforcados e bruxas queimadas nos velhos tempos, ninguém nunca bateu na minha porta. Graves não teve a mesma sorte.

Então Kingston ficou surpreendentemente quieto. Contemplativo.

Kierse terminou seu café da manhã. Pensar no que Kingston disse fez sua mente voltar a Graves. Ela já vira terrores e fora alvo deles. Conhecia a vergonha e como podia arrasar uma pessoa.

Um momento depois, Graves apareceu na cozinha, de banho tomado, usando um terno preto impecável e luvas pretas.

– Bom dia.

Kierse ergueu os olhos do prato. Eles encontraram os de Graves, e ele sustentou seu olhar. Achou que ele desviaria o rosto ou pareceria constrangido. Mas… ele não fez isso. Só inclinou a cabeça, com os lábios levemente curvados, como de costume. Ela deu um leve suspiro de alívio. Estava feliz por as coisas poderem continuar como antes. Não estava?

Kingston terminou seu prato e se ergueu para apertar a mão de Graves.

– Bom dia, de fato. Estamos prontos para ir?

– Sim – disse Graves. – Temos uma reserva.

Kierse afastou seu prato.

– Eu preciso ir ao museu?

– É claro – disse Kingston, na sua voz retumbante. – Tenho tanta coisa para ensinar a você.

– Ele estava te presenteando com um pouco de história britânica?

Kierse assentiu.

– Estava.

– Ele tende a fazer isso – disse Graves, com um olhar exasperado.

– Ainda tenho saudades da época em que o sol nunca se punha no Império Britânico – disse Kingston.

Graves fez uma expressão enjoada, como se não conseguisse acreditar que Kingston admitia aquilo em voz alta. Kierse começava a entender por que ele não convidava seu antigo mentor para mais visitas.

Kierse franziu o cenho.

– Não sei tanta história quanto vocês dois, mas o Império Britânico não foi horrível, na verdade?

Kingston lhe deu um olhar de esguelha.

– Depende para quem você pergunta.

Graves estreitou os olhos para ele.

– Sim. Por exemplo, se você perguntar para todos os países colonizados, eles concordariam que foi terrível.

– Que progressista – resmungou Kingston.

– Kingston – disparou Graves com uma careta irritada. – Você não pode continuar acreditando que isso seja verdade.

– Os britânicos fizeram muito bem ao mundo – disse ele, arrogante. – Fomos bons para *você*.

A expressão de Graves ficou afiada. Se estivesse olhando assim para Kierse, ela saberia que precisava correr na direção oposta, mas Kingston não pareceu se abalar.

– Eu não diria que "bons" é a palavra certa.

– Se você diz – disse Kingston, pondo fim à conversa.

Graves e Kierse trocaram um olhar, entendendo-se em um segundo.

– Vamos antes que ele comece de novo – disse Graves, com um aceno de cabeça.

Kierse seguiu os dois até o elevador. George esperava com a limusine, e Kingston entrou. Graves se aproximou antes que ela pudesse entrar também.

– Tente não afanar o museu inteiro.

Ela bufou.

– Como se eu fosse deixar você ver quais tesouros eu levei.

E ficou satisfeita ao vê-lo sorrir de leve.

O trajeto até o Met foi rápido na limusine de Graves. Kingston ficou tagarelando o tempo todo, e Kierse observou Graves desviar das perguntas de seu mentor tão habilmente quanto fazia com ela. Por fim, George estacionou na frente do museu e abriu a porta para eles.

Kierse já tinha ficado parada na frente do Met centenas de vezes, encarando a estátua onisciente de Coraline LeMort. Tinha comido doces de sua padaria favorita bem na esquina. Tinha roubado de visitantes ricos naqueles degraus.

Mas nunca imaginara que teria permissão de entrar pela porta da frente.

O museu costumava permitir a entrada de todos. Mas, depois que os monstros apareceram, várias pinturas valiosas foram roubadas durante as pilhagens, e eles fecharam as portas para o público. A entrada só era feita por reserva, e o preço se tornara exorbitante. Quase impossível para a maioria das pessoas. Outro clube de elite ao qual Kierse nunca achou que teria acesso.

Entrar pelas colunas brancas altas usando um vestido e salto alto a fez se sentir uma fraude. O único elemento da sua vida antiga era o rouxinol em seu pescoço. Será que sabiam que estavam deixando uma ladra entrar? Mas Graves e Kingston tinham uma reputação, e ninguém nem olhou para ela enquanto mãos eram apertadas e cortesias trocadas.

Graves parecia não ter o menor interesse no museu em si, mas Kingston ganhou vida dentro dele. Era a sua área de especialidade, afinal. Os olhos de Kierse quicavam entre as paredes de mármore branco e a entrada intricada que levava a galerias e mais galerias.

– Você acha que é errado eles esconderem toda essa arte do resto da população? – perguntou ela em voz alta.

Graves inclinou a cabeça, seus olhos cinza considerando-a, embora claramente estivesse surpreso com a pergunta.

– A arte sempre foi colecionada, catalogada e cobiçada pelos ricos. Não é surpreendente que façam isso aqui.

– É tudo assim, com os ricos.

– É verdade – admitiu ele, alinhando o passo com o dela. Kierse quase podia roçar no braço dele. Seu estômago deu uma cambalhota com o breve contato. – Eles fecharam o museu, pensando que estavam protegendo a arte, mas tudo que fizeram foi matá-la. A arte floresce em tempos sombrios, de sofrimento e tristeza. Sinto que muitos dos deixados de fora entenderiam essas pinturas de uma forma que os ricos nunca poderiam.

– Concordo – disse ela, num sussurro. – Se uma pessoa sempre teve a barriga cheia, como pode entender a fome?

– Precisamente.

Ela se inclinou mais para perto de Graves.

– Sinto que estamos desperdiçando esse dia com Kingston. Não deveríamos estar fazendo reconhecimento?

Os olhos dele encontraram os dela, só brevemente caindo para seus lábios. Ela sentiu o calor dele aumentar.

– Às vezes há informações a serem encontradas quando não se está procurando – respondeu ele, misteriosamente.

Ela acreditava nele, mas o solstício de inverno era uma bomba-relógio tiquetaqueando no fundo de sua mente. O tempo deles estava acabando.

– Vamos, vamos – disse Kingston, abanando um dedo para eles. – Chega disso. Posso sentir o calor daqui.

Graves recuou, levando a calidez consigo. Seu rosto ficou perfeitamente impassível.

– Não faço ideia do que quer dizer.

Kingston sacudiu a cabeça para ambos, e Kierse corou.

– Vamos. Quero que vejam a nova mostra primeiro. É egípcia.

– Você já esteve no Egito? – perguntou Graves, enquanto o seguiam.

– Naturalmente.

Kierse ficou ouvindo a conversa trivial deles enquanto passeavam pelo museu. Depois de apenas uma hora, ela se perguntou por que sempre quisera tanto entrar naquele lugar. Claro, porque era proibido. E coisas proibidas tendiam a ser as que ela mais apreciava.

Porém, fora isso, era insanamente *tedioso*. Kingston devia estar tirando algum proveito de toda aquela perambulação sem rumo, mas tudo que Kierse obteve foram pés doloridos. Por que ela tinha vindo de salto quando tinha tênis perfeitamente bons?

Conteve um bocejo quando eles saíram da ala egípcia e seguiram para uma galeria cheia de retratos. Precisava que a conversa mudasse ou ela nunca iria sobreviver.

– Conheço esse olhar – disse Graves.

Ela enfiou as mãos nos bolsos da jaqueta.

– Que olhar?

Ele ergueu uma sobrancelha.

– Você vai depenar todos nós.

– Quem disse que já não depenei?

Kingston riu.

– Certamente teríamos notado.

– Onde está seu relógio de bolso?

Kingston enfiou a mão na jaqueta para mostrá-lo a ela, mas então congelou. Não estava ali.

– Por Deus, eu devo ter deixado em casa.

Graves estendeu a mão para Kierse.

– Eu falei para você não roubar nada.

– Achei que você queria dizer *do museu* – disse ela com uma risadinha inocente, enquanto punha o relógio na mão dele.

Também não mencionou as notas que tinha tirado do bolso de Kingston mais cedo. Ele não sentiria falta delas. Não que Kierse tivesse utilidade para libras britânicas com o rosto do monarca atual. Mudou de assunto depressa para ele não começar a se questionar quais outras travessuras ela tinha feito.

– Como você e Graves se conheceram?

Graves suspirou, revirando os olhos.

– Ah, essa história.

Mas Kingston sorria largo.

– É ótima.

– Se você diz.

– E eu digo! – Kingston riu, conduzindo-os além dos retratos até uma sala muito estranha de pinturas abstratas. Kierse não entendia como um círculo e uma linha numa tela eram arte. – Graves tinha acabado de chegar a Londres depois de se meter em certa encrenca.

– Que tipo de encrenca?

– Do tipo que não precisa ser explicada – disse Graves, em uma voz baixa e que não admitia discussão.

Kingston inclinou o chapéu para ele.

— Não importa, mas não era agradável. Ele chegou sem nada além das roupas no corpo e uma ferida de faca que abria sua barriga. Era superficial, mas comprida. Daqui até aqui – disse Kingston, gesticulando de um lado ao outro da barriga. – As pessoas morriam de coisas mais simples o tempo todo, especialmente naquela época.

Kierse se perguntou *quando* exatamente tudo aquilo ocorrera. Se Kingston era do século XIV e Graves conhecera Imani cento e cinquenta anos antes, havia muito tempo no meio. Mas não questionou. Assim como ela, Graves não gostava de falar do passado. Ela via que ele já estava desconfortável com o assunto.

— Eu encontrei Graves quase morto diante de uma estalagem. Ele implorava com a estalajadeira por um jantar enquanto praticamente sangrava até a morte nos degraus de entrada. Fui intervir, mas aí ele usou seus poderes. Toda magia é associada a uma sensação, gosto ou sentimento. Pode-se aprender a mascará-la, mas para o indivíduo treinado nunca some inteiramente.

— E você o ajudou? – perguntou ela, embora quisesse perguntar qual era a sensação e o gosto do poder de Graves. Toda vez que estava com ele, só sentia calor.

— Não – disse Graves bruscamente, enfiando as mãos no bolso. – Ele não ajudou.

— Bem, claro que não – disse Kingston, como se fosse a coisa mais natural do mundo. – Achei que era um moleque de rua perto da morte.

— Você deixou ele lá pra morrer?

Kingston bufou.

— Ele parece morto?

— Ele me deixou com a estalajadeira – disse Graves.

— E Deus abençoe a pobre alma dela, que sentiu pena. Cuidou de você até se recuperar e tentou casá-lo com a filha dela.

— O que foi um... efeito colateral infeliz. Obrigado por me lembrar disso, Kingston.

— Quando precisar. Excelente. – Kingston riu. – Bem, eu não vi nada disso. Mas, quando voltei à estalagem alguns meses depois, Graves era praticamente o dono do lugar. Até tinha ganhado um pouco de dinheiro e estava no meio de negociações para comprar a taverna do lado.

– Sim, sim, todos amamos uma história inspiradora – disse Graves, sombrio.

– Ele fez algo de si, e eu decidi então convidá-lo a ser meu aprendiz. O desgraçado não achou que precisava.

Graves deu de ombros. Um sorrisinho confiante cruzou suas feições.

– Eu não precisava.

Kingston fez uma careta para Kierse.

– Ele precisava.

Ela não conseguiu conter uma risadinha enquanto roubava de novo o relógio do bolso de Kingston.

Capítulo Trinta e Cinco

Eles passaram horas vagando pelos corredores e quase não toparam com mais ninguém. A certa altura, Kierse desistiu e tirou os sapatos, caminhando descalça sobre os pisos polidos. Não era profissional, mas ela não ligava. Assim que Kingston partisse, eles teriam de começar a fazer reconhecimento sobre o Rei Luís e lidar com as proteções de Walter, e ela não podia ter bolhas nos pés.

— Mais uma galeria — incentivou Kingston.

— Não consigo. Vou sentar nos degraus. Vão vocês.

— Kingston vai acabar em breve — disse Graves para o mentor com um olhar significativo. Ele soava quase ansioso para ir embora. Kierse ergueu uma sobrancelha. Pelo visto, ele também não amava longas caminhadas por museus.

Kingston suspirou.

— Tudo bem. Estou acabando. Vou olhar mais uma e então podemos ir.

Kierse sentiu tamanho alívio que até calçou de novo os sapatos horríveis e saiu no frio cortante de inverno.

— Então você achou tão entediante quanto eu? — perguntou ela a Graves.

— Ou então achei exatamente o que estava procurando — disse ele com um sorrisinho misterioso.

Ela queria perguntar o que aquilo significava, mas ele só virou a cabeça.

Kierse abraçou a jaqueta para apertá-la contra o corpo enquanto eles desciam os degraus do Met e paravam diante da estátua de Coraline LeMort.

Graves parou ao lado de Kierse, o braço roçando no seu. Ela estremeceu, mas não de frio. Seus olhares se encontraram e, sem uma palavra, ele tirou o sobretudo e o pôs nos ombros dela.

— Melhor?

Ela encontrou os olhos geralmente rodopiantes dele e só viu afeto ali. Talvez a noite anterior *tivesse* mudado as coisas. Mas o jeito como sua barriga estava dando cambalhotas dizia que ela não se incomodava muito.

— Você a conheceu? — perguntou Kierse, acenando para a estátua da revolucionária cuja morte dera início à Guerra dos Monstros.

— Eu a ouvi falar uma vez — disse ele.

— Como ela era?

Graves encolheu os ombros.

— Jovem demais para entender que não estava fazendo nada além de pôr um alvo nas próprias costas.

Kierse franziu o cenho com a avaliação dele.

— Todo mundo fala como se ela fosse mudar o mundo.

— Ela mudou, mas não para melhor.

Bem, essa era a merda da verdade.

— Se ela não tivesse morrido, o mundo estaria assim hoje?

— Acho que nunca saberemos. — Ele ergueu o celular. — Preciso atender.

Ela concordou com a cabeça, puxando o casaco dele mais apertado ao redor do corpo e inspirando seu aroma puramente masculino enquanto se recostava na base da estátua de Coraline. Não havia motivo para conjecturar sobre o passado. Eles não podiam mudá-lo, de toda forma. Só podiam seguir em frente para garantir que não aconteceria de novo.

No momento, os pensamentos de Kierse estavam fixos no feiticeiro às suas costas. O feiticeiro que surpreendentemente tinha lhe dado seu casaco. Tentou esconder um sorriso, mas sem sucesso. Só virou o corpo para encarar o sol, fechando os olhos e desfrutando dos últimos raios do dia.

— Kierse McKenna? — perguntou uma voz que ela não reconheceu.

Ela abriu os olhos e encontrou diante de si um cavalheiro mais velho, branco e frágil, usando um quipá. Kierse estreitou os olhos enquanto tentava situá-lo.

— Eu te conheço?

Ele assentiu.

— Trabalho na padaria da esquina. Você vinha regularmente.

– Ah, sim. – Confusão e um leve pânico a atravessaram. Por que ele estava ali? Como sabia que ela estaria ali? – Posso ajudá-lo?

– Isto é para você. – Ela viu que as mãos dele estavam tremendo de medo enquanto lhe passava um saquinho de papel branco.

Ela o tomou nas mãos antes de poder pensar melhor.

– O que é?

– Seu favorito. Ele... ele disse que é seu favorito – disse o homem, e então se afastou depressa.

Kierse franziu a testa profundamente em confusão. O favorito dela? Favorito o *quê*?

Ela abriu o saquinho e encontrou um *babka* de canela. Ficou com água na boca ao mesmo tempo que se encolheu. Tinha a sensação de que sabia quem lhe mandaria um *babka* de sua padaria favorita.

– O que é isso? – perguntou Graves, voltando da sua ligação.

– Um homem acabou de me entregar – disse ela.

Graves imediatamente examinou as pessoas ao redor.

– Que homem? Como ele sabia que você estaria aqui?

– Não tenho certeza.

Graves fez uma careta, os olhos ficando escuros e tempestuosos.

– Aponte-o para mim. Precisamos interrogá-lo.

– Eu o conheço. Ele trabalha numa padaria que eu costumo frequentar. – Ela mostrou o pão doce. – É *babka*.

– Não importa. Isso significa que você tinha alguma confiança nele. Precisamos saber quem fez isso. Jogue fora. Você não sabe quem mandou.

– Na verdade... acho que sei. – Kierse engoliu em seco. – Foi Lorcan.

Graves ficou imóvel como a noite e lúgubre como as sombras. Sua mandíbula se tensionou, os olhos escuros e implacáveis. Ele ficou quieto por um momento tenso antes de falar qualquer coisa.

– Como você sabe?

– Bem, eu disse pra ele que era minha comida favorita.

Graves apertou as mãos em punhos. Parecia pronto para tomar o *babka* das mãos dela e jogá-lo fora ele mesmo.

– Parece que ele tem um… interesse em você.

– Parece.

– Não gosto disso – disse ele, encontrando os olhos dela.

– Provavelmente ele está te provocando – apontou ela.

Ele se endireitou, olhando ao redor.

– Tenho certeza de que sim.

No entanto, ainda parecia furioso.

Não, não só furioso. Parecia *enciumado*.

Mas isso não podia ser possível. Não com Graves. Ela não fazia ideia de por que ele se sentiria assim. Seria parte de sua rixa com Lorcan? Ou era por causa dela? Da noite anterior?

Kingston desceu os degraus para encontrá-los na base da estátua.

– Ora, ora, isso foi revigorante. – Então ele pareceu sentir a tensão entre eles. – O que aconteceu?

– Lorcan mandou um presente para Kierse – disse Graves com os dentes cerrados.

Kingston suspirou.

– Bem, ele gosta de te perturbar. Você sabe como ele é. É como as flores silvestres que mandava.

Graves fulminou o mentor com o olhar, mas a tensão nos ombros relaxou aos poucos. Seu rosto retornou à impassibilidade usual. Sem raiva, sem desprazer, sem… ciúme. Ele estava bravo… bravo porque Lorcan tinha dado aquilo a ela? Ou porque Lorcan estava ostentando seu próprio poder?

Kierse não tinha certeza, mas parecia ser ambos.

– Vamos logo – disse Graves, seguindo na direção da limusine.

Ela o seguiu, pensando sobre sua fúria mascarada. Lorcan tinha feito aquilo para atingi-lo. Para atingi-la. Kierse não gostava de estar presa no joguinho dele. Era ela quem deveria estar jogando, não ele.

Quando passaram por uma lixeira a caminho da limusine, ela jogou fora o *babka*. Não queria pensar nem um pouco no que isso queria dizer sobre suas lealdades. Ou em por que sentiu um frio na barriga quando Graves a olhou com aprovação.

Sentou-se ao lado dele na limusine e ele se inclinou até a boca estar quase junto à sua orelha. O coração dela saltou com a proximidade. Lembranças da noite anterior inundaram sua mente.

– Você não disse para mim que gostava de *babka*.

Ela o encarou.

– Você não perguntou.

Ele assentiu.

– Bem, agora eu sei.

Ele se afastou quando Kingston se sentou com eles e disse contente:

– Hora de ir, George, meu camarada!

Eles chegaram à casa no final da tarde. Kingston se alongou, cantarolando e murmurando sobre como era importante abrir direito o portal.

– Talvez eu devesse ir embora amanhã – disse ele. – Só para garantir.

– Você está ficando cauteloso na sua idade avançada – disse Graves, com uma sobrancelha arqueada.

Kingston inflou as narinas.

– Consigo fazer perfeitamente bem. Não precisa ser beligerante.

– É claro – disse Graves, mas deu um olhar de soslaio para Kierse, que escondeu um sorriso.

Era evidente que ele estava pronto para se livrar de Kingston. Incentivando-o a sua própria maneira.

– Não vou esperar mais um ano – prometeu ele a Graves. Eles apertaram as mãos.

– Só acredito vendo – respondeu Graves.

Kingston abaixou o chapéu para Kierse.

– Boa sorte com o seu treinamento.

– Obrigada – disse ela.

Então ele desenhou uma porta no ar. Em um segundo, estava na calçada fora da casa de Graves, e no seguinte ela pôde ver que estava em outro continente. A porta tremeluziu e desapareceu atrás dele.

– Essa deve ser a habilidade mais útil do mundo – disse ela com um suspiro.

Graves deu de ombros.

– Torna as coisas convenientes demais.

– Convenientes *demais*?

– Toda magia vem com um preço. Todo poder é tanto uma fraqueza como uma força. Eu me tornei imune às interações humanas. Você se tornará imune aos perigos da magia. Kingston é imune a consequências.

– Você com certeza não via a hora de ele ir embora – comentou ela.

– É sempre assim – disse Graves, encolhendo os ombros no lugar vazio onde Kingston estivera pouco antes. – Pensei numa coisa sobre Lorcan.

– Que eu deveria ficar longe dele?

– Talvez possamos usar o interesse dele em você para ver o que ele sabe sobre você, sua missão, seus amigos.

O sorriso dela ficou letal.

– Gosto de como sua mente funciona.

– O sentimento é mútuo – admitiu ele.

Um grande elogio do feiticeiro reticente dela.

– Mas teremos de discutir isso outra hora. Emmaline ligou enquanto estávamos no museu. Ela encontrou algo interessante no seu sangue.

O coração de Kierse saltou.

– Sério?

– Sim. E a última coisa que eu queria era que Kingston olhasse para você com muita atenção.

Ela se eriçou.

– O que isso quer dizer?

– Quando encontra algo que não entende, ele tem um histórico de matar primeiro e fazer perguntas depois.

– Ah – sussurrou ela.

– Agora que ele foi embora, vamos lá.

Capítulo Trinta e Seis

Kierse seguiu Graves para fora da casa. As ruas estavam vazias enquanto desciam a 75th Street na direção da Amsterdam. Em vez de medo, ela sentia empolgação. Era a sua hora favorita do dia.

– Deveríamos fazer passeios na hora das bruxas mais vezes.

Ela enfiou as mãos nos bolsos do casaco dele, feliz por não ter devolvido a peça.

Graves arqueou uma sobrancelha.

– Hora das bruxas? Pelo menos sei que você está lendo os livros que te passei.

– São bons – admitiu ela. – Eu gosto das histórias.

– Qual está lendo agora?

Ela tentou lembrar a última.

– Os deuses, os Tuatha Dé Danann.

Um sorriso cruzou o rosto dele.

– Se pronuncia Tiu-há Dei Danann.

– Ah. Bem, já tentou pronunciar palavras irlandesas? Elas têm muitas vogais.

– Gaélico foi minha segunda língua – declarou ele, convencido.

– Claro que foi – disse ela, revirando os olhos exageradamente. – Enfim, eu gosto da Morrigan.

Ele a conduziu até um estacionamento no subsolo.

– Eu deveria ter adivinhado.

– Que mulher no mundo moderno não iria querer ter todo o poder que a Morrigan tinha? Era uma governante, uma deusa da guerra e previa o futuro. Tudo bem que quase tudo era deprimente, mas ainda assim.

– De fato – concordou Graves, enquanto eles desciam as escadas.

— Além disso, ela é retratada como sendo três irmãs. Meio que gosto da ideia de que uma pessoa possa ser um trio. Como Gen, Ethan e eu somos mais fortes juntos.

— É uma observação astuta. O número três é sagrado para os irlandeses: vida, morte e ressurreição.

— Melhor ainda.

Dois andares abaixo, ele bateu a mão em um carro preto elegante.

— Cá estamos.

— Por que você deixa um carro num estacionamento público se tem sua própria garagem subterrânea?

— Para emergências.

Kierse nem questionou. Por que se dar ao trabalho? Era Graves.

Ele ligou o motor e os dois partiram, disparando da garagem e pelas ruas vazias de Nova York. Graves se portava atrás do volante com a confiança com que fazia tudo na vida.

— Isso foi tudo que achou do último livro? – perguntou ele quando seguiam na direção do Queens. – Tinha bem mais que deuses lá.

— Eu li sobre os Druidas.

Os dedos de Graves se flexionaram na direção.

— É mesmo?

— Eles também têm magia.

— São os feiticeiros do povo deles – disse ele, encolhendo os ombros.

— Mas são como *sacerdotes* na verdade – disse ela. – E em algumas histórias são curandeiros e profetas.

— Claro – disse Graves, casual. – Quem contou essas histórias?

— Não sei. Foi você que me disse para ler o livro.

— Bem, assim como com a maioria das coisas – disse ele com seriedade –, a história é contada pelos vencedores.

Ela sabia que isso era verdade. A história da Guerra dos Monstros estava sendo escrita, e algumas pessoas já tinham esquecido como as coisas tinham ficado ruins. Kierse não conseguia imaginar o que os livros diriam dali a milhares de anos.

— O resto do livro era bem denso. *Muita* história. Nomes e datas e coisas assim que eu realmente não guardo na cabeça.

— Nada se destacou para você?

— Bem – disse ela suavemente –, fiquei bem interessada nos festivais. Ele bufou.

— Por que isso não me surpreende?

— Quer dizer, pareciam bem divertidos – disse ela com um sorrisinho. – Como as festas de Imani.

— De fato. – Graves a olhou de relance. Um calor a percorreu. Ela o provara uma vez, e deveria estar satisfeita. No entanto, não podia negar que queria mais.

Ela limpou a garganta e desviou o olhar.

— Fora isso, só havia coisas do tipo "essa divindade aqui" e "aquela divindade lá". Ah, e fadas. Não posso esquecer as fadas.

— *Sídhe* – corrigiu Graves de novo. – Ou só Fae.

— E quatro artefatos mágicos. Uma espada de alguma coisa, um caldeirão, a Lança de Lug…

— Lugh – corrigiu Graves, com um olhar de esguelha para ela. – Como o nome Hugh.

— Tá, certo. Definitivamente estava pronunciando errado. – Kierse apertou os olhos, tentando lembrar o último.

— A Pedra de Fal – completou Graves. – Os quatro tesouros dos Tuatha Dé Danann.

— Isso – disse Kierse, então congelou. – Espere, uma lança. – Ela apontou para Graves. – Você disse que toda essa merda é real.

— Disse.

— Tá – sussurrou ela, ficando séria. – Então, os objetos mágicos, as fadas… desculpe, *sídhe*… e os deuses são reais também?

— Todas as histórias vêm de algum lugar.

O que significava que sim.

Kierse ruminou sobre isso enquanto eles seguiam pelo Queens até a entrada dos fundos do Conciliábulo. O prédio estava escuro; o expediente já tinha acabado fazia tempo. Mas Graves dissera que eles precisavam aproveitar o tempo.

Ele inclinou a cabeça de lado enquanto entravam no Conciliábulo. Ele a conduziu por um corredor até chegarem a um laboratório. A dra. Mafi estava sentada na frente do computador, digitando concentrada. Naquela noite, usava um *hijab* amarelo-mostarda, mas parecia ter sido colocado às pressas em vez de perfeitamente arrumado como da última vez. Ela tinha olheiras pesadas, e sua pele marrom estava pálida, como se tivesse trabalhado do amanhecer ao anoitecer. Ela nem reparou quando entraram.

– Emmaline – disse Graves.

A dra. Mafi tomou um susto e fechou o que quer que estivesse fazendo.

– Graves, você veio.

– Vim – disse Graves.

Ela olhou Kierse da cabeça aos pés.

– Belo casaco.

Kierse encarou o olhar duro dela.

– Olá, dra. Mafi.

– Vejo que não acata conselhos muito bem.

Graves limpou a garganta.

– Emmaline, você foi vaga no telefone. – Os olhos dele se voltaram para Kierse por um momento, e ela viu algo como preocupação brilhar em suas profundezas antes que ele se virasse para Mafi de novo. – Precisa de outra amostra?

A dra. Mafi se levantou, limpando sujeirinhas imaginárias da roupa.

– Sim. Sente-se aqui, Kierse.

Kierse olhou para Graves, que assentiu. Mafi parecia... perturbada. Como se algo a tivesse assustado. Kierse fez o que ela mandou, e Mafi rapidamente prendeu o equipamento no seu braço e extraiu mais sangue dela.

– O que está acontecendo, Emmaline? – perguntou Graves. Cruzou os braços, com o rosto severo. – Não consigo ler você. Alguma coisa está errada.

– *Não* me leia – cuspiu ela.

– Está estampado na sua cara.

A dra. Mafi se acalmou um pouco.

– Sim, imagino que sim. Eu só... – Ela olhou para Kierse. – Não sei bem o que pensar das amostras que ela me deu. Tenho algumas respostas, mas preciso de mais tempo para analisar o que está acontecendo. Nunca vi algo assim antes.

– Explique-se – ordenou Graves.

Ela rangeu os dentes.

– Bem, ela não é uma feiticeira.

Kierse quase pulou de pé. Seus olhos se arregalaram e seu queixo caiu.

– Quê?! Mas eu tenho magia!

Graves não pareceu surpreso. Ao menos, não deixou transparecer.

– Eu também tenho magia e não sou feiticeira – disse a dra. Mafi.

– Então eu sou uma bruxa? – perguntou Kierse, sentando-se de volta na cadeira com um ar de derrota.

– Não. – A dra. Mafi correu até a mesa e pegou um papel, que passou a Graves, apontando algo na página. – Isso é um sequenciamento de DNA de feiticeiro. Com base nos poucos que foram mapeados. Este é o gene isolado ao qual suas habilidades são atribuídas. Há algumas outras variações de proteína. Uma diferença de combinação de DNA e RNA, mas é *assim* que deveria ser. Não é preciso sequenciar tudo, quando se encontra isso.

– Certo – disse Graves.

A dra. Mafi pôs outro papel sobre o primeiro.

– Isso é um genoma humano. – Então outro papel. – E o dela é assim.

Graves franziu o cenho, os olhos correndo pelas páginas.

– Então ela também não é humana.

Emmaline deu de ombros.

– Não. O que já tínhamos adivinhado, mas ela não é como nenhum outro monstro que eu já tenha mapeado. – Ela olhou para Kierse como se pedisse desculpas. – Sinto muito. Não sei bem *o que* ela é.

– Não entendo – disse Kierse.

– Você está pálida. Espere. – A dra. Mafi abriu uma geladeira e trouxe um suco de uva de caixinha para ela. – Beba isso.

Kierse obedientemente levou o canudo aos lábios.

– O que você descobriu das outras amostras? – perguntou Graves.

– Não muito – admitiu ela. – De acordo com quase todas as medições, ela parece humana. Quer dizer, olhe para ela. Ela parece humana.

– Você também – apontou Graves. – Eu também.

– Certo. É. O que quero dizer é… fora o DNA dela, nada parece muito diferente, exceto uma outra medição. – A dra. Mafi pegou um último papel. – Provavelmente não fará sentido. Pra mim, não fez.

Graves olhou o papel. Kierse esticou o pescoço, esperando captar um vislumbre. A dra. Mafi estava mostrando tudo aquilo para Graves e não para ela, depois de todos os seus alertas enigmáticos sobre a privacidade de Kierse. Ela devia estar realmente perturbada.

– O que estou olhando?

– Uma contagem elevada de glóbulos brancos – disse a dra. Mafi, apontando para um número.

– Então ela está lutando contra uma infecção?

– Não estou doente – disse Kierse.

– Não, não está – concordou a dra. Mafi. – Na verdade, você é uma das pessoas mais saudáveis que já vi neste laboratório. Já ficou doente alguma vez?

Ela assentiu.

– Peguei gripe uma vez. Logo depois do colapso.

– Seu teste deu positivo para influenza? Você sabe qual cepa?

– Bem, não. Eu era jovem. Ninguém podia pagar um médico, mas eu tinha todos os sintomas. Estava trabalhando com meu mentor num serviço grande. Era dali a alguns dias, e eu não pude dar pra trás. Então fui trabalhar mesmo assim e aí, não sei, fiquei de cama por umas três semanas.

– Mas como foi a gripe?

Kierse deu de ombros.

– Foi uma gripe. Tive uma febre altíssima. Tão alta que estava vendo coisas, alucinando. Então desmaiei no meio de uma missão de reconhecimento. Quando terminei o trabalho, estava muito fraca. Mais fraca do que nunca. Tão fraca quanto… espere.

O entendimento cruzou o rosto de Graves.

– Tão fraca quanto esteve depois do pó?

Ela assentiu. As coisas estavam começando a fazer sentido.

– Igualzinho, na verdade.

Ele virou-se para a dra. Mafi.

– Você tem uma explicação?

– O corpo dela come magia – disse a dra. Mafi.

– Como é que é? – balbuciou Kierse.

– *Come* magia? – perguntou Graves, pasmo. Ela nunca o vira tão confuso. – Explique o que quer dizer com isso.

– Uma habilidade sobrenatural. É uma prática comum usar magia para tornar as coisas mais fáceis ou mais rápidas. Eu estava usando algumas dessas técnicas no sangue dela enquanto o testava, e ele engoliu a magia inteirinha. A contagem de glóbulos brancos é mais alta porque está decompondo a magia de alguma forma. Não tenho sangue suficiente. Ainda estou tentando entender.

– Eu não como magia – murmurou Kierse. – Eu não saberia se estivesse fazendo isso?

– O corpo dela não está comendo – disse Graves, devagar. Ele bateu um dedo enluvado nos lábios. Então, quando olhou para Kierse, havia uma luz em seus olhos. Ele sabia. Tinha entendido. – É absorção.

– *Absorção*. Já ouviu falar disso? – perguntou a dra. Mafi, espantada.

– Já ouvi falar de alguém que tem essa habilidade. A magia não vai de encontro a uma barreira; é absorvida no corpo.

A dra. Mafi bateu os dedos uns nos outros.

– Há. É. Sim, certo, é uma ótima ideia, Graves. – Ela imediatamente voltou ao computador e começou a digitar. – Vou analisar o que temos aqui e falo com você se encontrar mais alguma coisa.

Então ela foi até a cadeira para liberar Kierse. Tirou a amostra de sangue e a transferiu para uma caixa térmica.

— Você contou a mais alguém sobre isso? – perguntou Graves de imediato, a voz desconfiada.

A dra. Mafi pareceu revoltada.

— Não. Claro que não.

Graves a encarou com intensidade, e ela o encarou de volta, resoluta. Kierse não sabia se acreditava nela. Era um hospital grande. Qualquer um poderia ter visto o que a dra. Mafi estava fazendo. Não que ela tivesse a menor ideia do que isso seria, se estava absorvendo magia. Mas, se era valioso o bastante para a imunidade dela, não conseguia imaginar o que significaria se pudesse puxar a magia dos outros para dentro do corpo.

— Emmaline – disse Graves, a voz beirando o ameaçador. – Ninguém pode saber sobre ela.

— Confidencialidade de paciente, Graves – lembrou ela.

Os olhos dele voaram para Kierse com algo como preocupação. Não, *definitivamente* era preocupação. Ela estava começando a reconhecer os olhares estoicos que ele lhe dava. E ele não gostava que ela fosse algo inexplicado. Mais importante, não gostava que a dra. Mafi também soubesse disso.

— Ela não vai contar pra ninguém – disse Kierse, olhando para a médica. – Certo?

A dra. Mafi olhou de um para o outro com surpresa. Como se Kierse e Graves fossem janelas e ela estivesse espiando através deles para ver os sentimentos crescendo por trás. Mas tudo que disse foi:

— Certo.

— Que continue assim – disse Graves. – Ligo daqui a alguns dias, e espero uma atualização.

Ela assentiu, as mãos tremendo de leve.

— Vou trabalhar nisso. Obrigada por virem.

Graves assentiu para ela, enfiando os papéis sob o braço, e fez um gesto para Kierse sair primeiro.

— Não acredito nisso – disse Kierse, a voz trêmula. – O que significa para mim?

— Nada mudou – respondeu ele, rápido. Pôs a mão nas costas dela para firmá-la, e Kierse se recostou nele. – Você não é feiticeira, mas tem magia. A magia tem leis e regras. Você ainda será governada por elas, e vamos treiná-la de acordo com isso.

– Isso significa que sou algo novo? – perguntou ela suavemente.

Graves fez silêncio por um momento antes de responder:

– Ou algo muito antigo.

Capítulo Trinta e Sete

Graves ficou no telefone enquanto Kierse entrava na casa. Sua cabeça girava. Ela era algo novo, ou antigo, ou diferente, mas não era humana nem feiticeira. Sentia um aperto no peito. Ela nunca tinha percebido o quanto confiara naquela ideia até descobrir a verdade. Ser uma feiticeira significava que Graves podia treiná-la, o que a ajudaria a escapar viva daquele trabalho.

Ele ficara abalado quando ela se feriu na casa de Imani. Ainda a mandaria atrás da lança sem treinamento de magia? Kierse não via como sobreviveria sem isso.

Ela precisava se controlar. O que era não importara antes, nem durante todos os anos que passou nas ruas. Ela sobreviveria a isso, como tinha sobrevivido a tudo o mais. E, se não, pelo menos Gen e Ethan ficariam confortáveis pelo resto da vida.

Aprumou os ombros e ergueu a cabeça. Eles ainda tinham uma lança para roubar. Os planos não tinham sido abortados só porque eles tinham dado dois passos para trás.

– Vamos para a biblioteca – disse Graves, surgindo atrás dela.

Kierse deu um pulo.

– Como você faz isso?

– Faço o quê? – perguntou ele. Seus olhos reluziam, cheios de humor. Um dia, ela descobriria o segredo.

Kierse entrou silenciosamente na Biblioteca de Azevinho e acomodou-se em sua poltrona preferida.

– Algo para beber?

– Não, obrigada.

Graves serviu um copo de bourbon para si e então sentou-se diante dela.

— Faça suas perguntas.

Pulou as que a fariam soar fraca. Precisava de fatos, não de garantias.

— O que é absorção, exatamente? Quer dizer, sei que significa absorver algo, mas não entendo como funciona.

— Bem, o que presumi até agora é que, quando você estava passando pelas minhas proteções, era imune ao toque delas. Então a magia não podia tocar você, ou era até repelida. Uma habilidade passiva que você não podia controlar – explicou ele. – Com a absorção, em vez de repelir a magia, você a toma dentro do seu corpo. Toda vez que ultrapassou meu limiar de proteções, a magia que deveria afastar você foi trazida para dentro através da pele. Não está claro, por enquanto, se você armazena a magia e pode usá-la depois. Você nunca mencionou qualquer outra habilidade que sugerisse isso.

— Não tenho outras habilidades. — Kierse fez um bico e então se sentou mais reta. — Espere...

Ele ergueu as sobrancelhas.

— Sim?

— Nunca pensei nisso como uma habilidade. Só achei que eu era assim, mas eu sou rápida. Não tão rápida quanto você, claro, mas, quando eu treinava luta com Ethan, ele sempre dizia que eu tinha uma vantagem porque podia me mover muito rápido. E não é bem velocidade. Eu posso meio que... desacelerar as coisas. Assim podia ver ele vindo me atacar e reagia. Eu chamava de câmera lenta.

— Interessante – disse Graves. – Por quanto tempo consegue manter isso?

Ela balançou a cabeça.

— Não muito. Geralmente me esgota depressa. E quando passa, eu fico lenta e me sinto enjoada.

— Você estava usando suas habilidades o tempo todo e nem sabia.

— Não parecia magia. Parecia natural.

Ele assentiu, a compreensão iluminando suas feições.

— Entendo. Comigo é assim também. — Ele virou o resto da bebida. — Vamos entender o resto das suas habilidades, Rouxinol.

Ela estremeceu com a palavra.

— Como, se não sou uma feiticeira?

— Sei que está preocupada, mas eu não estou. Vivi um longo tempo. Podemos entender isso.

Ela queria ter a fé dele, mas não tinha vivido um longo tempo, e magia a amedrontava.

Graves sentou-se ao lado dela. Kierse sentiu o fogo intenso dele contra sua perna – abrasador e delicioso. Uma parte dela ficou tensa com a proximidade – velhos hábitos – antes de relaxar de novo.

Graves estendeu as mãos, então tirou as luvas. O coração dela galopou. As mãos dele. Aqueles dedos longos e bonitos, as mãos autoritárias e poderosas. Aquelas mãos que ela vira tão raramente. E além delas, até os ramos em tinta preta que revestiam os pulsos dele e desapareciam sob as mangas. Kierse não os tinha visto quando eles transaram. Ele nem tinha tirado as luvas. Ela corou quando seus sentidos foram ofuscados por uma imagem vívida dele tirando o paletó e a camisa para revelar quanto do corpo aquela tinta cobria.

Ele limpou a garganta, e os olhos dela voaram de volta aos dele. Kierse cuidadosamente controlou suas feições para que ele não pudesse perceber no que ela estava pensando.

— Sou um mestre do meu ofício. Tenho domínio sobre mais de uma habilidade-chave, e várias menores. — Ele deixou as luvas de lado. — Primeiro, tenho distorção de som. Posso tornar uma sala à prova de som, ou bloquear conversas contra ouvidos intrometidos. — Os olhos dele encontraram os dela. — Ou gemidos.

A boca de Kierse se abriu de leve. Tinha pensado que ele só ignoraria o que tinha acontecido entre os dois, mas lá estava nos lábios dele. Ela tentou não se contorcer.

— Bem, pelo menos Kingston não ouviu – disse ela. – Embora parecesse saber mesmo assim.

— De fato – disse ele. – E, como já te disse, eu *sou* conhecimento, mas não expliquei mais. Minha principal habilidade é leitura.

Ela franziu o cenho.

– Todo mundo fica dizendo isso, mas o que significa?

– Meu corpo é uma arma. – Ele esticou as mãos entre eles. – Quando toco alguém, posso ler a pessoa. Ler por alto a superfície da mente dela. Leio suas lembranças e o que quer que esteja na superfície. Em geral, seus desejos mais profundos e todo o prazer que almeja. Pode acontecer em um instante, ou, no caso daqueles treinados para resistir, pode levar horas.

– Ah – disse Kierse, corando. Lembrou da mão dele ao redor do seu pescoço, na primeira noite ali. O choque nos olhos dele enquanto a segurava no lugar, obviamente conferindo se podia lê-la. Tão deliberado. Ele não sabia o que pensar dela. – Mas… você não conseguiu me ler?

– Não – admitiu ele. – Não consegui. Houve tantas vezes que eu quis saber o que se passava na sua cabeça.

– Deve ter sido frustrante.

– Você não faz ideia. Passei grande parte da vida aprendendo exatamente o que e quem as pessoas são, com base em um mero toque na rua.

Ela mordeu o lábio.

– É por isso que sempre pareceu tão confuso a meu respeito?

Ele assentiu. Seus olhos, geralmente tão neutros, estavam abertos para ela agora.

– Você não faz sentido. Não tenho contexto. Admito que me tornei um pouco complacente devido a essa habilidade. Precisei aprender sua linguagem corporal, o formato do seu rosto, todas as coisas que você dizia e não dizia.

Ele disse aquilo como se tivesse odiado a experiência, mas algo parecia indicar o contrário. Como se tivesse gostado de passar a conhecê-la. Como se não ser capaz de obter informações o tivesse feito apreciar cada coisa nova que precisara aprender sobre Kierse do jeito tradicional.

– Bem, fico feliz que não pôde me ler. Parece invasivo.

– É aí que entram as luvas – disse ele, pegando-as de novo.

Sem saber o que a compeliu, Kierse segurou a mão dele.

– Não. – Os olhos cinza rodopiantes encontraram os dela. – Você não precisa delas comigo.

– Força do hábito – admitiu ele, parecendo incerto.
– Pode ficar sem. – Ela afastou a mão.
– Certo. – Graves deixou as luvas na mesa. – Eu deveria te contar, já que estou explicando meus poderes... que *li* você, na verdade.
– Quê? Minha mente?
– Eu não leio mentes – disse ele, balançando a cabeça. – Não é assim que funciona. Leio principalmente lembranças. Às vezes, pensamentos muito altos. Coisas que as pessoas estão gritando para mim. Nas negociações profissionais, uso a habilidade para puxar as respostas para a superfície através de perguntas e então dou uma lida no que a memória faz emergir. Não é uma ciência exata, mas foi assim que me tornei tão bem-sucedido.
– Foi usando seus poderes em negociações que você obteve informações sobre o Terceiro Andar e o cofre.
– Sim.
– E eu pensando que estava torturando pessoas.
O olhar dele era impassível quando perguntou:
– Quem disse que não estava?
Kierse quase engasgou. Não duvidaria.
– E qual lembrança você leu em mim? – sussurrou ela, subitamente apavorada ao pensar no que ele poderia ter visto.
– Quando você estava nos meus braços, depois do pó dos desejos, eu não fazia ideia de como te ajudar. Tinha o remédio, mas você não conseguiria beber. Teria se afogado. Então tentei ler você, e só posso presumir que vi alucinações do pó. Estava tudo bagunçado por causa das drogas. Vi você com hematomas no pescoço e no rosto. Estava cuspindo sangue. – A expressão dele ficou sombria. – Estava na sarjeta.
– Ah – disse ela, engolindo em seco.
Sabia exatamente qual lembrança ele tinha visto: a noite em que Jason tentara matá-la, quando ela tentou deixá-lo. Mas não queria que *Graves* soubesse daquilo. Se contasse a ele sobre o passado, seria sob seus próprios termos.
– Como eu disse, deve ter sido uma alucinação – continuou Graves

quando ela não falou mais nada. – E não tentei desde então. O mais importante é que seus poderes de absorção fazem sentido, considerando o que aconteceu naquele dia com o pó dos desejos. Você deve ter absorvido mais magia do que conseguia processar. Então a magia tomou o controle e fez seu trabalho, tentando te matar. Foi por isso que eu consegui te ler também. Você tinha tanta magia no corpo que não conseguia absorver a minha rápido o bastante.

Kierse correu o dedão sobre o lábio inferior enquanto processava essa informação. Fazia sentido. Tudo fazia muito mais sentido do que a teoria de que tinha imunidade.

– Realmente temos de testar meus limites, então. Não saberíamos nada disso.

– Precisamente. O que precisamos entender agora é como restaurar sua magia. Assim, podemos treinar seus poderes com segurança.

– Como você descobriu que ler restaurava a sua?

Ele considerou por um momento, o olhar ficando distante.

– Depois que Kingston me tomou como aprendiz, eu me joguei de cabeça em minha educação. Sempre quisera ler tudo que estivesse a minha disposição, muito antes de ter acesso à biblioteca de Kingston, mas não havia muito que um rapaz pobre pudesse ler na época. O livro verde que emprestei para você era, na verdade, a tradução de uma obra que li na juventude.

Não era à toa que era precioso para ele.

– Durante o treinamento com Kingston, eu voltava rotineiramente aos meus livros, enfraquecido e dolorido, mas os deixava mais forte e revigorado. É como a arte para Kingston: o processo de fazer alguma coisa que sempre me dava energia no passado agora me dá energia na magia também.

Kierse refletiu sobre a explicação. Alguma coisa que a energizava no passado. Que a fazia se sentir mais forte e mais inteira. Que a sustentava quando ela se sentia mais fraca.

– Roubar – disse ela. – Roubar é o que recarrega minha magia. É a única coisa que faz sentido. É a única coisa que fiz a vida inteira que me faz sentir melhor. E aquela vez que achei que estava gripada, passei semanas sem poder sair e roubar. Foi a primeira vez na vida que eu não estive nas ruas, casualmente furtando pessoas. Exceto pelo dia depois da festa de Imani e Montrell.

Graves só riu.

— Claro que é. A ladra *pensaria* mesmo que bater carteiras energizaria sua magia.

— Eu sou uma ladra. Assim como você se especializa em conhecimento e Kingston jura que a arte é uma forma de persuasão.

— Então é roubar – disse ele, levantando-se.

Voltou um momento depois com uma caixa simples, parecida com a que tinha aberto no primeiro dia de Kierse ali.

— O que é isso? Outro truque de mágica?

— Já chego nisso. Acho que precisamos mudar nossa estratégia para obter a lança.

— A essa altura do campeonato?

— Antes, eu estava sob a impressão de que você era uma feiticeira e era imune à magia. Absorção é outra coisa. *Não* é uma habilidade passiva, o que significa que abre todo um novo nível de poderes que posso treiná-la para usar. E, mais importante, você pode ser treinada para absorver proteções de modo que *eu* possa ir junto à festa do solstício.

Kierse arregalou os olhos.

— Acha que eu consigo fazer isso?

— Acho que sim, se treinarmos. Você já é razoável com a lança. Podemos trabalhar nisso agora.

Kierse quase não conseguia acreditar. Não só sobre a magia dela, porque tivera certeza de que não ser feiticeira significaria morte certa naquele serviço. Porém, se Graves a treinaria mesmo assim *e* iria à festa, ela poderia ter uma chance muito melhor de *sair viva*. Algo que nem se permitira considerar.

— Quando começamos?

— Sobre isso… – Ele lhe entregou a caixa. – Vamos começar com você criando proteções, e então vai tentar removê-las.

Ela sentiu um arrepio de empolgação.

– Eu vou praticar magia.

– Provavelmente não vai acertar de primeira – avisou ele. – Mas começarei com o básico.

– Certo – disse Kierse, encarando a caixinha de madeira.

– As proteções funcionam como qualquer outra magia, mas quase não exigem energia. Você pode manter múltiplas proteções ativas sem exaurir seu poder. – Isso explicava a casa, se Graves sempre mantinha as proteções ativadas. – A magia em geral começa com um sentido, mas deixarei isso para outro dia, outra aula. Tudo que você precisa saber agora é que magia é intenção.

– Intenção? – perguntou ela.

– Você precisa dizer à magia o que quer que ela faça, e então ela faz.

– Fácil assim?

– De forma alguma. Mas as proteções são as mais fáceis, pelo menos. Se eu quisesse proteger esta caixa, só teria de pensar que quero isso, e então usaria minha magia para fazer acontecer.

– Isso colocaria a linguagem das proteções na caixa?

Ele sorriu.

– Não, a não ser que fosse minha intenção. Pode ser escondida, de modo que só eu possa ver, mas seria mais fraca. Uma proteção é mais forte quando está gravada em algo. A biblioteca tem as proteções mais fortes, porque estão entalhadas na moldura da porta. Vamos fazer uma proteção temporária. Não precisa durar duzentos ou trezentos anos.

– Entendo – disse ela, com os olhos arregalados.

– Então, quero que foque sua intenção na caixa. E quero que tente alcançá-la e selá-la.

Ela o olhou, incerta.

– É só isso?

– Se você achar que não consegue, então não vai conseguir mesmo.

Bem, isso era inaceitável. Ela *podia* fazer aquilo.

Kierse focou toda sua intenção na caixa. No quadrado de madeira.

No fecho de metal. Nas arestas lisas. Aquela caixa era dela, e mais ninguém podia acessá-la. Ela impediria qualquer um que tentasse abri-la. Empurrou sua vontade para o objeto, mas nada aconteceu.

Ela suspirou.

– Não acho que funcionou.

– Não. Você teria sentido, mas eu não esperava que funcionasse na primeira tentativa.

Ela assentiu e voltou a se concentrar na caixa. Precisava exercer sua vontade naquela coisa. E tentou de novo e de novo e de novo. Nada aconteceu. Por mais que focasse, não conseguia chegar ao ponto de exercer sua vontade sobre a caixa. Era só uma caixa. Nem estava protegendo nada dentro dela.

Kierse se recostou na poltrona.

– Ai. Não consigo.

– Fique com a caixa – disse Graves com um aceno. – E continue praticando.

– Tudo bem – respondeu ela, decepcionada consigo mesma.

– Essa não é a única coisa que precisamos fazer. Você vai gostar dessa parte.

Ela ergueu as sobrancelhas.

– Ah, é?

– Reconhecimento – disse ele com um sorriso selvagem. – Hoje à noite, vamos ao submundo.

Interlúdio

Edgar exercia muitas funções para seu chefe. A limpeza era a sua favorita.

Ele sabia que deveria ser a menos favorita. Apesar do nome, era um serviço sujo. Mas ele gostava mesmo assim.

Foi até a porta do hospital, a placa do Conciliábulo brilhando forte do lado da entrada dos fundos. Ele tinha desativado as gravações de segurança antes de chegar. Ninguém precisava ver o que aconteceria em seguida. Então, não perdeu tempo com sutilezas. Bateu um tijolo na maçaneta e a sentiu chacoalhar e se soltar. Abriu a porta e entrou no ambiente recentemente esterilizado.

Pessoalmente, ele não gostava de hospitais. Tinha lembranças ruins. Sofria convulsões quando criança e ainda as tinha vez ou outra. Mas, quando era jovem, os pais não queriam ouvir a palavra "epilepsia". O povo do vilarejo sussurrava que ele tinha demônios no corpo. Os pais eram especialmente religiosos, e Edgar tinha passado por alguns exorcismos antes de tomar as rédeas da situação e ir a um médico. Os pais tinham acreditado que havia algo errado com ele até o dia em que morreram.

Talvez houvesse, mas não tinha nada a ver com sua epilepsia.

Ele conheceu Graves depois de fugir de casa. Estava cansado de receber menos atenção que sua doença. Pensava que seu destino era maior que aquilo. Então, deixou o vilarejo e caminhou até a cidade grande.

Não estava lá nem por duas semanas antes que seu apartamento fosse saqueado; todo seu dinheiro, roubado; e ele, ameaçado sob a mira de uma arma para que levassem até os sapatos em seus pés. Garoto idiota do interior. Pior: tinha começado a convulsionar enquanto eles fugiam com suas roupas. Na época, fazia quase um ano que não tinha convulsões. Péssimo momento.

Graves estava saindo de um teatro quando viu Edgar convulsionando no chão. Encostou uma mão nele e sua vida tinha mudado. Graves o tinha ajudado a arrumar a vida e lhe dera algo pelo qual ele nunca soubera que sempre ansiara: propósito.

Edgar foi um aluno aplicado. Aprendeu tudo que Graves ensinara e mais ainda. Não tinha magia própria, mas podia fazer tudo mais que Graves exigisse. Agora, era um recurso valioso. Uma ferramenta que Graves tinha amolado ao longo dos últimos trinta e cinco anos. Não incomodava Edgar que ele envelhecesse enquanto Graves continuava com a mesma idade. Edgar não se *sentia* mais velho – só parecia. E Graves não *parecia* mais velho, mas dava para perceber que era.

Era alguém a quem valia a pena dedicar a vida.

Incluindo limpar suas bagunças.

Edgar entrou no laboratório da dra. Mafi. Não sentia remorso pelo que estava prestes a fazer. Queria se sentir mal pela boa doutora, mas ela só estava no lugar errado, na hora errada.

Ele examinou os equipamentos. Máquinas brancas grandes que faziam sabe-se lá o quê. Não era sua área, mas tratava-se de coisas caras e importantes. Ele não estava ali para arruinar um lugar que fazia o bem só para consertar um erro. Graves não cometia muitos.

Ele encontrou o arquivo de Kierse, folheou as notas e localizou todas as informações sobre Kierse McKenna. Amostra de saliva, amostra de urina, amostra de sangue, informações físicas, temperatura, pressão sanguínea e todos os outros testes feitos com ela. Destruiu cada uma individualmente, transformando as evidências em cinzas. Não podia deixar nada dela para trás.

Em seguida, foi aos computadores e hackeou o e-mail da médica. Suspirou quando viu o que ela tinha feito.

Bem, isso complicava as coisas.

Ele achou que só teria de destruir o laboratório. Agora, talvez precisasse destruí-la também. Ela estava trabalhando para o Rei Luís. Pelas conversas dos dois, ele a tinha sob controle havia muitos anos, e não fora inteiramente culpa dela. A médica devia uma quantia considerável para ele. Vinha pagando com amostras de sangue de seus clientes sobrenaturais, procurando um sangue específico para o rei vampiro. A dra. Mafi não era uma má pessoa; só estava em uma má situação. Cabia a Graves decidir o que fazer com essa informação.

Ele encaminhou os e-mails para o chefe. Esperaria instruções, mas já suspeitava o que Graves diria. Não seria a primeira vez que Edgar mataria alguém por ordem dele. A médica poderia ser um problema, com suas habilidades de bruxa, mas ele daria um jeito, como sempre fazia, com tempo e paciência.

Após terminar de lidar com os e-mails e o servidor, Edgar tirou os HDs e perfurou buracos em cada um. Seria mais divertido quebrar cada um dos monitores, mas toda a informação estava guardada naquelas peças. Não parecia que a médica tinha tirado os dados de Kierse do servidor, mas ele iria à casa dela, só para garantir. Tinha a sensação de que ela não estaria lá. Ela tinha medo de que Graves suspeitasse de algo. Bem, estava certa.

Seu celular vibrou.

– Diga – exigiu Graves.

– É como o senhor suspeitava. Quer que eu a elimine?

– Não – disse ele, sem hesitar. – Ela é mais valiosa viva. Só a encontre e a traga aqui, se puder. Aposto que ela já está fugindo.

– Foi o que pensei, senhor.

– Tem todo o resto?

– Só falta o sangue desta noite.

Graves xingou.

– Aposto que sabemos exatamente onde estará.

– Sim, senhor.

Edgar sorriu quando desligou, então olhou ao redor do hospital. Não tinha tempo para brincadeiras. Ergueu a mochila para o ombro. Tinha uma caçada à frente, e sua presa tinha a vantagem.

Parte V

O TERCEIRO ANDAR

Capítulo Trinta e Oito

Graves insistiu em armá-la até os dentes.
Kierse não objetou nem um pouco.

Ela optou por usar preto da cabeça aos pés. Até tirou o colar de rouxinol, para sua grande tristeza e possivelmente a de Graves também. Prendeu ao corpo as duas lindas armas que ele lhe dera quando aceitara o trabalho, e ele ainda ofereceu mais duas para as botas e cartuchos extras para o interior da jaqueta. Kierse enfiou facas sob as mangas, dentro das botas e na jaqueta. E prendeu grampos no cabelo, só para garantir – nunca se sabe quando um salvaria a vida dela. Sentia que estava indo para a guerra.

– Não faça essa cara – disse Graves.

– Que cara?

– Tão feliz.

– Vou maneirar minha energia quando estiver no submundo. Mas, vai, finalmente vamos para o campo. Estive esperando por isso.

– Se eu soubesse que ficaria tão animada, teria te levado junto nas minhas reuniões de negócios.

Kierse ficou paralisada, surpresa por ele sequer sugerir tal coisa.

– Não, não teria.

Graves deu um sorrisinho.

– Tem certeza?

E a expressão dele dizia que ela não tinha. Ele havia *mesmo* considerado levá-la. Kierse não conseguia imaginar Graves deixando qualquer um por dentro dos seus segredos.

– Não esqueça a missão de hoje. Precisamos dar um jeito de te pôr lá dentro e nos certificar de que você consiga passar pelas proteções de Walter.

Ela soltou o ar e focou novamente. Reconhecimento, afinal, era mais divertido que fracassar no treinamento mágico, que ela vinha fazendo desde que Graves entregara a caixa aos seus cuidados. Walter podia ter sido um dos aprendizes de feiticeiro de Graves antes de ser largado, mas as proteções dele eram reforçadas com campos de força mágicos. Eles tinham quase certeza de que Kierse conseguiria superá-las com sua absorção, mas naquele dia testariam pra valer.

— Ele não é tão forte quanto Imani – continuou Graves. – Só queremos te pôr dentro do Terceiro Andar.

— Estou armada até os dentes. O que acha que vou encontrar lá?

— É um mercado das sombras, vários andares sob o metrô. Monstros se reúnem lá para se refastelar com seus desejos mais sombrios, organizar vendas de armas ilegais e coisas do gênero. Não é um lugar onde o Tratado dos Monstros tenha qualquer influência.

Disso ela sabia.

— Lembre-se, eu não consigo entrar. Não tenho acesso ao Terceiro Andar desde que Walter se juntou ao Rei Luís. Não vou conseguir te proteger.

— Eu não preciso de proteção – disse Kierse – Sei me cuidar.

Graves lhe deu um olhar seco.

— É um mercado de monstros, e a moeda são humanos. Você pode não ser humana, mas eles não sabem disso. As armas só vão te ajudar até certo ponto.

— Tudo bem, já entendi.

— Então, se conseguirmos te pôr lá dentro em segurança, o próximo passo importante será familiarizar-se com o território sem ser vista. Aí você pode começar procurar outra saída do Terceiro Andar.

— Essa é a parte em que eu sou boa – disse Kierse, tranquilizando-o. – Sei o que estou fazendo.

Graves pareceu duvidar, mas assentiu. Eles partiram a pé, saindo pelos fundos da propriedade e pelo túnel da garagem, que os deixou algumas quadras ao sul da Amsterdam. Seguiram até a entrada do metrô na 72nd Street e desceram as escadas dois degraus por vez. O troll do metrô roncava em uma cadeira no fundo. Kierse ficou grata por não ter de lidar com ele naquele dia.

— Monstros — murmurou Graves, desdenhoso, como se não fosse um deles.

Passaram reto pelo troll e seguiram para as catracas. Graves tocou o leitor com a mão nua e gesticulou para que Kierse passasse.

— Como você fez isso?

— Magia — disse ele, casual.

— Não achei que você pegava o metrô.

— Eu não pego. — Ele partiu pela plataforma encardida. — Por aqui.

— Aonde vamos, exatamente?

— Para a Times Square.

Ela o encarou.

— Sério?

— Infelizmente, sim.

A Times Square era um dos últimos lugares em que Kierse queria estar, em toda a cidade. O local, que já fora glamuroso, tinha sido demolido na primeira onda da Guerra dos Monstros. Uma grande batalha entre duas facções a tornara inútil. Houve um movimento para restaurá-la a sua antiga glória, mas os monstros tinham reivindicado a área, e o progresso era lento. Kierse não ia para lá fazia ao menos um ano. Evitá-la estava no topo de sua lista de prioridades.

Ainda assim, ela estava mais segura com Graves do que jamais estivera sozinha. Então o seguiu até onde o trem 3 se aproximava, chacoalhando ruidosamente. Naquele horário, não deveria estar cheio, mas era Nova York, então... estava lotado. Graves agarrou uma barra no centro do vagão. Ela colocou a mão embaixo da dele e se apoiou ali enquanto o trem seguia para o sul, rumo à Times Square.

— O que tem na Times Square? Além de caos.

Os olhos mercuriais de Graves examinaram o metrô lotado. Algumas ninfas sentavam-se uma em cima da outra nos assentos à frente deles, enquanto humanos emaciados ocupavam muitos outros bancos. Kierse notou um goblin contra a parede oposta. Ninguém ali tinha audição avançada, mas não teria importado.

Ela sentiu a distorção de som quando Graves agitou a mão, usando seu poderes em público sem que ninguém reparasse. Sem que ninguém sequer erguesse a cabeça. Os usuários do metrô estavam preocupados demais consigo mesmos para pensar que *magia* estava acontecendo ao seu redor.

– Há uma entrada para o Terceiro Andar lá.

– Tem uma *na* Times Square?

– Embaixo – corrigiu ele. – É a rota mais direta para o subterrâneo. Leva até uma barreira de controle que dá acesso ao submundo.

Kierse sentiu um arrepio de empolgação, aquele sorriso errado voltando ao seu rosto. Graves só balançou a cabeça.

– Ladrazinha – murmurou ele.

O trem parou com um guincho na Times Square – a estação da 42nd Street. As ninfas saltaram dos bancos em uma explosão de cor. Kierse as seguiu, deixando o trem e se dirigindo para a saída, mas Graves a orientou a sair do fluxo e ir na direção da plataforma S. Ela não ia reclamar de não se meter no meio daquela multidão fervilhante que seguia à superfície.

Quando chegaram à plataforma S, Graves esperou o trem aparecer e todos os outros passageiros entrarem. Depois que a plataforma se esvaziou novamente e só havia silêncio diante deles, ele pulou nos trilhos e estendeu as mãos, como se pretendesse pegar Kierse.

– Vamos.

– Não sou uma donzela, Graves.

Ela pousou facilmente nos trilhos, agachada como um gato, e arqueou uma sobrancelha para ele.

– Certo – foi tudo que Graves disse, com um levíssimo sorriso. – Por aqui.

Então partiu pela escuridão do túnel de metrô.

Ela correu para acompanhar.

– E se vier um trem?

– Não deve passar nenhum por mais cinco minutos. Temos tempo.

– Maravilha.

Kierse ficou conferindo o tempo no celular. Cinco minutos não eram muita coisa. Quatro já tinham se passado desde o último trem. Eles nem sempre vinham no horário – na verdade, não vinham no horário nem *antes* dos monstros –, mas ela não queria apostar a vida nisso.

Deu um tapinha no celular quando os cinco minutos estavam acabando.

– Graves.

Ele parou abruptamente.

– Cá estamos.

A escuridão o engoliu completamente quando ele saiu dos trilhos. Kierse só encarou o espaço, boquiaberta. Em um momento, ele estivera do seu lado, no seguinte só desaparecera.

– Por aqui – disse ele, da escuridão.

De repente, o túnel começou a chacoalhar. Kierse virou a cabeça bruscamente e viu as luzes do trem se aproximando, velozes. Sentiu uma pontada de medo. Não havia opção, então respirou fundo e se juntou a Graves. A escuridão parecia ser mais uma fronteira que qualquer coisa. Do outro lado, ela viu fios elétricos cobrindo o teto do túnel, iluminando o espaço com luzes intermitentes.

Aquela era uma entrada do Terceiro Andar.

Kierse exalou devagar.

– Essa entrada não estava protegida.

– Não. Há centenas delas que permitem acesso ao subterrâneo, mas poucas têm barreiras. – Graves pisou sobre uma carcaça de rato em decomposição. – Os túneis se ramificam sob a cidade como uma teia. São até mais extensos que a rede de metrô. As barreiras controlam a entrada no domínio do Rei Luís. Walter controla as barreiras com suas proteções, então controla o acesso ao mercado e, portanto, o acesso ao Rei Luís.

– É meio genial. Tem certeza de que deveria ter chutado ele do treinamento de feiticeiro?

Graves lhe deu um olhar seco.

– Foi a escolha certa na época.

– E pense só: se não tivesse feito isso, nunca teríamos nos conhecido.

Ele franziu o cenho como se não gostasse nada daquela ideia.

– Duvido seriamente.

Ela também. Alguma coisa os conectava. De uma forma ou de outra, Graves teria cruzado o caminho dela.

— O Terceiro Andar é uma cidade extensa por si só. As barreiras permitem que eles cobrem uma taxa para as pessoas entrarem, morarem, trabalharem no mercado. Não vai ser fácil achar uma entrada ou saída que não passe por uma delas.

Ela assentiu.

— Entendi. Onde o mercado fica de verdade?

Graves ficou em silêncio por um momento antes de responder:

— Embaixo da Estação Grand Central.

— Ah — disse ela, entendendo. Fazia sentido. Poucas pessoas ainda se aventuravam na Grand Central. Era tão anátema quanto a Times Square, mesmo que tivesse retido sua glória passada.

— O Mercado da Grand Central ainda funciona, com uma mistura de mercadorias de monstros e humanos — explicou Graves.

— Só turistas são burros a ponto de ir lá.

— Precisamente — disse ele. — O nosso mercado é uma paródia daquele. O Terceiro Andar fica no subporão abaixo do mercado aberto ao público. Os poucos humanos que se aventuram lá embaixo ou gastam o suficiente para *talvez* garantir sua segurança, ou querem morrer.

— É, imagino — comentou Kierse, impassível.

Quando queriam, humanos podiam ser tão horríveis quanto monstros, mas a maioria não tinha pedido nada daquilo. Ela queria vê-los seguros, em nome da segurança que não tivera quando mais nova.

— E a residência do Rei Luís fica no meio do Terceiro Andar?

— Na verdade, não. O quanto você sabe sobre o sistema metroviário?

— Ele me leva aonde preciso ir.

Graves a olhou, divertido.

— Ah, bem, é uma leitura fascinante, se um dia quiser tentar algo além de contos de fada.

— Estou à sua disposição. É você quem decide meu material de leitura — lembrou ela.

– Vou te dar um resumo: quando o sistema metroviário foi projetado em Manhattan, uma plataforma secreta chamada Trilho 61 foi construída em 1910 para transportar presidentes em épocas de crise. Dá paraa burlar por meio de uma porta dourada trancada na 49th Street, que leva até o edifício Waldorf-Astoria.

– Nunca estive lá.

– Está sob nova direção.

– De qual monstro? – Porque ela não podia imaginar outra explicação naqueles tempos.

– Quem você acha?

– Luís – adivinhou ela.

Ele assentiu.

– Ele comprou o edifício, ganhou acesso à plataforma secreta, e em vez de residir na cobertura, se entocou num bunker.

– Claro. Imagino que a porta na 49th seja vigiada, certo?

– É. Dá para entrar e sair por ela, mas está sob vigilância constante. Precisamos de uma saída mais confiável.

Nisso, pelo menos, eles podiam concordar. Saídas eram parte do repertório de Kierse.

Jason lhe ensinara isso do jeito difícil.

Capítulo Trinta e Nove

— A barreira fica à frente – disse Graves, finalmente desacelerando várias quadras depois. Kierse escutava vozes vindo do fim do túnel. – Passando por ela, você entra no Terceiro Andar, segue até o mercado de monstros e chega à casa de Luís através do Trilho 61.

Kierse e Graves pararam juntos quando a barreira ficou à vista, mantendo uma distância segura. Ela tinha visto uma foto do lugar, mas ainda foi decepcionante. Queria uma entrada em arco filigranada, com uma luz azul cintilante por dentro ou algum tipo de substância que viraria pó sob o toque dela. Mas era só um túnel em que monstros perambulavam, guardas patrulhavam e onde ficava algum tipo de máquina. Se os guardas goblins não estivessem lá, Kierse nunca teria imaginado que era uma barreira de acesso ao covil dos monstros.

— Como funciona?

— Walter entalhou as proteções nas paredes – disse ele.

Kierse esticou o pescoço e viu na parede marcações que facilmente teria deixado passar sob circunstâncias normais.

— Então elas são bem poderosas.

Graves assentiu.

— Entalhes são sempre marcas mais permanentes. Com a magia que ele está usando para sustentar essas proteções por toda a cidade, imagino que *precise* as entalhar, ou não conseguiria manter todas.

— Ou ele é mais poderoso do que você acredita.

Graves a olhou secamente.

— Duvido.

— Sempre tão seguro de si.

Ele deu um sorrisinho.

– Por bons motivos. – Ele apontou para a máquina que ela vira antes. – É o computador que controla as barreiras.

Kierse franziu a testa. Entendia de tecnologia o suficiente para a burlar quando necessário. Mas não sabia como *construí-la*, muito menos que tipo de poder Walter precisaria ter para canalizar sua magia em um dispositivo elétrico. Ela não conseguia nem proteger sua caixa de madeira.

– Como ele controla as barreiras?

– Não faço ideia – admitiu Graves com relutância, flexionando a mandíbula. – Walter projetou o sistema de computadores também. Ele precisava achar um jeito para as pessoas entrarem no submundo enquanto as proteções estivessem erguidas e ainda manter pessoas como eu fora.

– Ele te odeia tanto que projetou as barreiras para você não conseguir entrar?

– É um jeito de ver a situação – disse Graves, seco.

– Qual é o outro jeito? Você o chutou e o abandonou no meio do treinamento dele – disse ela. – Não é surpreendente que ele queira te manter fora daqui.

– Sim, bem, sempre presumi que era porque sou poderoso.

Ela riu.

– Isso provavelmente não ajuda.

– Enfim, no começo, Walter deixou alguns pontos-chave abertos para afunilar as pessoas. Elas eram revistadas e não gostavam disso. Reclamaram.

– Atendimento ao consumidor no seu melhor – murmurou Kierse.

– A solução dele foi a máquina. As pessoas passam por uma triagem, pagam uma taxa e recebem um cartão de acesso. Só precisam encostá-lo no leitor e funciona junto com as proteções para deixá-las passar. Como um cartão do metrô.

– Ninguém reclamou disso?

– As pessoas gostam da exclusividade.

– Claro que gostam. Eu preciso roubar um cartão? – perguntou ela, observando a multidão crescente.

Graves ergueu um cartão.

— Essa era a última tarefa que eu estava fazendo no dia do museu. Encomendei um para você.

Ela o arrancou da mão dele, triunfante.

— Isso vai me deixar passar?

— Meu contato me disse que faria o sistema reconhecer você, mas que não pôde fazer nada quanto às proteções. Só Walter pode codificá-las direito. Cada pessoa tem seu próprio cartão, mas no fim são as proteções que as deixam passar.

— Então podemos enganar a máquina, mas não a magia – disse ela.

— Correto. E o motivo de eu precisar de uma quebra-proteções é porque elas estão entalhadas e foram escritas especificamente para me afastar.

— Você realmente fez uma cagada com Walter – disse ela.

Graves cruzou os braços e não disse nada. Não podia nem negar.

Kierse observou a barreira por alguns minutos enquanto monstros batiam os cartões e passavam. Será que as proteções se desativavam toda vez que um cartão era encostado e aprovado? Ou cada monstro só passava por elas com o cartão como seu meio de proteção? De toda forma, seria provavelmente uma função simples, se Walter tinha projetado aquilo como um código. Ela sabia como quebrar códigos, mesmo que não soubesse criá-los. Um programador que também tinha poderes mágicos provavelmente faria aquilo com facilidade.

— Rouxinol? – chamou Graves.

Ela piscou e o encarou.

— Eu estava analisando a situação. Preciso me aproximar, examinar a máquina e testar as proteções. Você acha que o cartão abaixa as proteções por um momento ou só deixa a pessoa passar por elas?

Ele relaxou um pouco quando a viu entrar no modo profissional. Como se confiasse que ela sabia o que estava fazendo.

— A segunda opção – disse ele, tranquilizando-a. – Erguer e baixar proteções entalhadas assim é quase impossível, especialmente com tudo que ele está sustentando. A máquina é a alternativa para deixar as pessoas passarem.

— Mas ele não sabe sobre mim.

– Não.

O sorriso de Kierse ficou perigoso enquanto ela examinava a multidão.

– Entendi. De onde todo mundo está vindo?

Havia dois goblins corpulentos carregando M16s. Uma mulher cambaleante em um vestidinho fino acompanhada por uma vampira usando um vestido do século XIX que a segurava pela nuca. Um casal se agarrando, do qual todos mantinham uma boa distância. Kierse estremeceu de leve quando os reconheceu: um súcubo e um íncubo. Nem monstros gostavam de predadores sexuais, que quase sempre trabalhavam em pares. Por fim, um grupo de rapazes com cara de babacas, todos rindo e se provocando. Eram do tipo com mais dinheiro que bom senso.

Ela não sabia quais apetites pervertidos os tinham trazido ali embaixo quando podiam se divertir na superfície. Não havia outras mulheres humanas na fila. Nenhuma exceto a companheira da vampira.

– A entrada principal é através de um túnel privado na Grand Central, mas há centenas de túneis que acabam aqui. Deve ser por isso que Walter escolheu este como uma de suas barreiras.

Kierse mordeu o lábio e fuçou nos bolsos em busca de um elástico de cabelo. Precisava parecer um pouco menos feminina. Tirou os grampos e os guardou sob as mangas. Puxou o cabelo na frente dos olhos, ficando com uma aparência mais desgrenhada, depois amarrou o resto num rabo de cavalo. Usou alguns dos grampos com que frequentemente arrombava casas para fixar o cabelo por baixo, e por fim ergueu o capuz da jaqueta.

O maior problema era a altura dela. Tinha um porte mediano para uma mulher, mas baixo para um homem. Mas talvez um garoto aventureiro.

– Como estou?

– Como se fosse arranjar problemas.

Ela deu uma piscadela.

– Confie em mim.

Então começou a seguir uma figura que passou por ela.

– Mantenha o celular ligado – recomendou Graves.

Ela bateu no bolso para avisar que tinha escutado, mas já não estava mais pensando nele. Graves tinha lhe entregado o plano. Agora ela sabia como executá-lo. Kierse se misturou aos rapazes de fraternidade. Deu um passo à frente, esbarrando com o cara mais próximo.

– Ah, desculpa.

– Ei, cara, sem problemas – disse ele com uma risada.

Ela pôs a mão no ombro dele, tomando cuidado para manter o olhar abaixado enquanto enfiava a outra mão no seu bolso de trás.

– Estou sempre trombando com as pessoas.

Mas o cara já não estava mais prestando atenção. Nem sentiu quando ela puxou sua carteira. Tinha se focado demais no encontrão, na mão no seu ombro. Distrações. Truque de mãos. Ela o ultrapassou, certificando-se de que tinha saído da vista dos caras antes de revistar a carteira e achar o cartão de acesso. Não fazia mal ter um segundo cartão para examinar mais tarde. Além disso, causaria uma distração às suas costas quando o cara percebesse que a carteira tinha sumido.

A vampira foi na frente dela, pagando extra pela garota ao seu lado. Kierse observou com curiosidade a máquina enquanto deixava as duas passarem. Não havia nenhum sinal da máquina ou das proteções, só aparecia uma foto das pessoas e então uma luz verde para indicar que podiam ir. E aí chegou a sua vez.

Ela segurou o fôlego quando se aproximou da máquina. Se não aceitasse o cartão ou ela não pudesse passar pelas proteções, seria descoberta. Walter e o Rei Luís poderiam até descobrir que eles estavam tentando chegar no submundo. Porém, se ela não testasse, nunca saberia se podia passar.

Finalmente, ela bateu o cartão no leitor. Com o coração na garganta, viu uma imagem sua aparecer, e então a luz verde acendeu.

– Pode passar – resmungou o goblin que controlava a barreira.

Kierse sorriu, mas o teste verdadeiro vinha em seguida. O contato de Graves tinha feito a máquina funcionar – agora a magia precisaria realizar o resto.

Ela deu um passo na direção da barreira. Quase podia ler a linguagem entalhada na parede agora que sabia o que estava procurando, mas continuava fora de alcance. As proteções de Walter eram únicas, assim como as de Graves eram entremeadas com azevinho e as de Imani, com *sankofa*. Kierse distinguiu o que parecia ser um símbolo de sol no centro. Perguntou-se como aquilo se refletia em Walter.

Respirando fundo, esperou para ver se conseguia sentir a magia sendo absorvida na pele, mas foi igual a sempre. As proteções de Walter não despertaram nenhuma sensação enquanto ela absorvia a magia e atravessava para o outro lado. Primeiro teste superado com sucesso.

Ela olhou para trás só uma vez, para ver Graves a observando. Ele parecia ávido. Aquilo era uma vitória para eles. Das grandes.

Agora, rumo ao Terceiro Andar.

Capítulo Quarenta

O túnel não se abria imediatamente para o mercado. Em vez disso, Kierse serpenteou por um tempo antes de finalmente encontrá-lo. Engolindo o medo, ela se maravilhou com o mercado à sua frente. Era uma caverna subterrânea tão grande que ela mal via o outro lado. Escura e agourenta, mas também cheia de vida. E de monstros. Monstros *em toda parte*.

Estruturas sólidas tinham sido construídas ao redor do perímetro, enquanto no interior havia tendas e barracas de fácil montagem. Kierse seguiu o fluxo de transeuntes e entrou na agitação do mercado. A avenida principal a depositou no centro de uma praça, e no meio da fileira de vendedores havia uma estátua de Coraline LeMort.

Ela piscou, confusa. Não queria atrair atenção para si mesma, mas por que diabos havia uma estátua de Coraline no submundo? Ela era um símbolo de revolução e paz. Sua estátua em frente ao Met fora construída pós-Convenção de Coraline, enquanto o mundo punha fim à Guerra dos Monstros, mas o submundo era a antítese disso. O Rei Luís e os Homens de Valor queriam acabar com o Tratado dos Monstros.

A curiosidade venceu, e Kierse se aproximou da estátua, lendo a placa aos pés de Coraline.

O sacrifício colhe a maior recompensa.
   – Coraline LeMort.

Então o Rei Luís via a morte de Coraline como um símbolo da *nova* revolução que queria e tinha distorcido as palavras dela para se encaixar com os seus propósitos. Típico.

Kierse rangeu os dentes e virou-se, encontrando um túnel escuro bloqueado por portas douradas elaboradas, entalhadas com proteções. Viu um sol no centro delas, como nas barreiras. As proteções de Walter. Na frente do portão via-se o logo dos Homens de Valor: asas de anjo atravessadas por uma flecha.

Trolls gigantes vigiavam de cada lado da entrada, olhando com desaprovação todo mundo que se aproximava demais. Bem, devia ser a entrada da residência do Rei Luís. Ele com certeza não a escondia. E por que deveria, ali, no centro do seu poder?

Ansiosa para evitar o olhar dos trolls, Kierse voltou para o fluxo de pessoas que atravessavam o mercado, familiarizando-se com o território, como Graves tinha sugerido. Ela se misturava bem com a clientela. Havia muitos homens ou monstros usando capuz, escondendo o rosto e mantendo distância dos outros. Kierse silenciosamente mapeou os arredores para Graves.

Era difícil imaginar que aquilo já tinha sido o nível mais baixo da Estação Grand Central. O lugar claramente fora esvaziado e transformado naquele enorme mercado de monstros. Kierse podia ver relíquias de sua função passada no sistema de ventilação, soprando ar para fora da caverna, e em antigos espaços de trabalho humanos, agora usados como lojas.

Passou por um vendedor de carne e tentou não deixar o choque transparecer no rosto. O transmorfo cuidando do estande servia carne crua, e monstros sentavam-se nos bancos, refastelando-se. Ela juraria ter visto algo que parecia vagamente humano em um dos pratos – o que não era legal desde o Tratado dos Monstros, mas ninguém policiava aquele lugar.

A barraca seguinte vendia poções e elixires. Havia um caldeirão de bruxa preto transbordando de névoa. Kierse se perguntou se a intenção era criar o clima certo para a loja ou se alguma coisa estava mesmo sendo preparada. Perguntou-se como a dra. Mafi se sentiria sobre o estereótipo.

Seguiu em frente. Viu cabeças cortadas e bolsas de sangue e bugigangas de todas as formas e tamanhos que prometiam ao usuário uma série de propriedades mágicas. A barraca seguinte atraiu sua atenção, e Kierse examinou as armas com prazer. Facas e espadas e adagas. Pistolas e metralhadoras e até um lançador de granada.

— Gostou de alguma coisa? — perguntou o homem da barraca.

Ela tomou um susto quando ergueu os olhos. Não era um homem, mas uma fênix — um tipo de monstro raro que podia se transformar num pássaro gigante e queimar até virar cinzas. As histórias anteriores à guerra deixavam de fora como uma fênix podia usar esse fogo para queimar outras pessoas também.

— Há, não, obrigada — disse Kierse rapidamente. Embora seus dedos coçassem para furtar algo da mesa, ela não estava com muita vontade de ser queimada até virar cinzas naquele dia.

Continuou absorvendo o mercado, desenhando plantas baixas na mente. Era maior do que tinha antecipado, e ela poderia ter passado dias caminhando por ali, mas tinha dois objetivos principais: investigar o lugar e encontrar um jeito de pôr Graves lá dentro sem ninguém ver.

Entretanto, tinha um terceiro motivo para estar lá. Nate sabia, quando Torra foi sequestrada, que ela teria sido trazida ao Terceiro Andar, mas eles nunca acharam um jeito de entrar ali. Nate simpatizava demais com os humanos, tinha até ajudado com o Tratado dos Monstros. Ninguém o ajudaria a descer ali, nem ajudaria seu pessoal, mesmo se eles *soubessem* por onde começar a procurar. Agora fazia perfeito sentido que nunca tivessem conseguido entrar.

E Kierse sabia que o desgraçado que levara Torra era um monstro chamado Orik Thompson. Tinha encontrado esse nome e um número de telefone em um papelzinho no apartamento abandonado de Torra. Investigando o nome, descobriu que ele era um vampiro conhecido por traficar humanos para o Terceiro Andar.

Talvez a última coisa que ela devesse fazer era procurar alguém como Orik Thompson, mas aquela era sua única oportunidade de conseguir respostas... ou matar o monstro que fizera aquilo com Torra.

Com o capuz baixo sobre os olhos, ignorou os monstros que passavam e seguiu para o bar mais próximo. Bares eram uma fonte constante de informações na superfície, e Kierse duvidava que seria diferente no subterrâneo. Um troll enorme quase esbarrou nela. Um tritão musculoso sem camisa passou tão perto que ela sentiu o cheiro de oceano nele. Um lobisomem passou com um andar predatório. Vampiros e lobisomens estavam em lados opostos de sua própria guerra havia eras. O tratado devia irritar muitos monstros para um lobisomem estar no mercado de um vampiro.

Finalmente, ela entrou no bar apropriadamente chamado de Sangue. Era exatamente como qualquer bar encardido da superfície, exceto pelos monstros e jarros do que parecia ser sangue humano tirado de *torneiras*. Kierse sentou-se num canto do bar e pediu uma cerveja em que se recusou a tocar. Ficou lá tempo suficiente para o bartender ignorá-la e ouvir um goblin reclamar muito sobre como o Rei Luís tinha quarenta e oito acres lá embaixo e mesmo assim não conseguia encontrar espaço para o seu novo negócio de assassinar humanos. Não falou assim, exatamente, mas era tanto asqueroso como apavorante pensar na extensão do alcance do Rei Luís se ele colocava Walter para lidar com quase cinquenta acres de propriedade, mais seus aposentos privados.

Por fim, Kierse encontrou sua oportunidade quando o bartender veio investigar se queria outra bebida. Deslizou uma nota de cinquenta dólares e se inclinou para a frente.

– Na verdade, queria saber onde posso achar uma pessoa.

O monstro tomou a nota e esperou.

– Depende de quem é.

– Orik Thompson.

Ele estendeu a mão de novo e ela entregou mais uma nota de cinquenta. Ainda bem que, além de suas armas muito bem escondidas, tinha enfiado dinheiro no bolso.

– Claro. Orik trabalha aqui na esquina. – Ele a examinou de cima a baixo. – Por quê? Quer um emprego?

– Não, obrigada – disse Kierse, estendendo outra nota. – Onde fica?

– O lugar se chama Veludo Vermelho. – Ele deu um sorrisinho enquanto lhe contava como chegar lá.

– Certo. E como eu o reconheço? – Outra nota.

– Não tem erro. É baixo e careca com uma barba loira comprida.

– Ele sorriu, mostrando os caninos pontudos de vampiro. – Ele vai gostar de você, se é que me entende.

Ela temia que o entendia, sim. Mas pelo menos tinha uma pista. A primeira em um ano. Era hora de obter respostas.

Deixou mais dinheiro na jarra de gorjetas ao sair.

– Esqueça que eu perguntei – acrescentou.

O bartender fez um aceno como se aquilo acontecesse sempre.

As orientações estavam certas, e Kierse atravessou o mercado e encontrou com sucesso o local de trabalho de Orik. Seu sangue congelou. Ela sabia exatamente quem era o monstro e quais crimes cometera, mas ver aquilo pessoalmente tornava tudo muito mais real.

O Veludo Vermelho era um bordel de vampiros. Humanos estavam atrás de vitrines, os corpos à mostra, os pescoços expostos. O interior vermelho luxuoso fazia um contraste forte com os tons pretos e cinza-escuros do resto do mercado.

Era para lá que Torra fora levada? Será que tinha sido vendida para aquelas pessoas?

A ideia deixou Kierse furiosa, mas não havia nada a fazer exceto usar essa raiva e asco.

Primeiro, era hora de ter uma conversinha com Orik Thompson. Balas podiam não matar vampiros, mas com certeza o desacelerariam o suficiente para ela cortar sua cabeça.

Capítulo Quarenta e Um

Orik Thompson era um lacaio. O fato de Kierse ter passado um ano inteiro pensando que ele era um participante naqueles esquemas a deixou nauseada. Ele nem era o dono do bordel. Só sequestrava pessoas da superfície e mantinha um fornecimento constante de humanos disponível para os vampiros lá embaixo. Era um dos muitos capangas que trabalhavam para o verdadeiro dono do Veludo Vermelho.

Levou mais tempo do que ela tinha planejado para enfim encontrar Orik. Ela o viu saindo dos fundos do bordel com alguns outros vampiros, gritando algo sobre a "diversão" que tiveram. Quis matar todos eles ali mesmo.

Infelizmente, não podia causar uma cena. Aquilo era vingança, mas ela não era idiota. Não podia arriscar sua missão com Graves. Ainda precisava de acesso ao Terceiro Andar e encontrar um jeito de pôr Graves lá dentro. O tempo estava acabando, mas, agora que eles sabiam que ela podia entrar, Kierse poderia fazer reconhecimento noite e dia.

Os outros vampiros deram tapinhas nas costas de Orik, que continuou andando sozinho pelo mercado. Ela o seguiu a uma distância considerável. Era um brutamontes, exatamente como o bartender descrevera, com um físico robusto e a testa enrugada, como se tivesse sido transformado quando sua vida humana já estava avançada. Isso não o tornava menos mortífero.

Quando ele entrou em um beco vazio e puxou um cigarro, Kierse aproveitou a chance. Conferiu o silenciador na pistola antes de pôr uma bala na perna dele.

Orik gritou, caindo ao chão e agarrando o joelho. Isso não o seguraria por muito tempo. Ela precisava se mover *agora*.

Kierse saiu das sombras ao lado dele e sentiu toda a energia reprimida do ano anterior libertar-se. Não lhe deu um segundo para falar antes de enterrar o punho na cara dele. Não causou dano suficiente. Havia um motivo para ela não enfrentar monstros em geral. Não assim. A força dela estava na furtividade, não nos músculos. Mas daquela vez não importava.

— Que porra é essa? — gritou Orik.

Ela sacou duas facas da jaqueta, fortes e resistentes. Encostou-as cruzadas no pescoço dele.

— Você trouxe uma mulher pra cá um ano atrás — rosnou ela.

Ele riu. Com uma bala na perna e facas no pescoço, ainda *riu*.

— Eu trago muitas garotas pra cá.

Talvez ela devesse só tê-lo matado. Um canalha a menos nas ruas. Mas, porra, ela queria respostas.

— Uma *mulher* — corrigiu. — Com um metro e meio e cabelo curto rosa e olhos azuis.

O vampiro riu de novo.

— Pode ter sido eu. Quem sabe?

Kierse sentiu a fúria nas veias. Chutou o ferimento no joelho e ele gritou de dor.

— Talvez você queira reconsiderar se não lembra mesmo.

— Tem muitas garotas. Muitos garotos também — exclamou ele. — Não lembro de todos eles.

Ela apertou os olhos, imaginando se cometera um erro. Será que ele só estava mentindo? Enrolando para se recuperar antes de atacá-la? Ele seria só desalmado? Todas as opções podiam ser verdade?

— Torra. O nome dela era Torra Hastings — cuspiu Kierse. — Agora você lembra?

Os olhos dele se arregalaram. *Aquele* nome significava alguma coisa.

— Ah, Torra? — perguntou Orik, com outra risada idiota. — Claro que a conheço.

Kierse só o encarou. *Conheço*. Ele *conhecia* Torra. Isso não fazia sentido. O cérebro dela não conseguiu absorver o tempo verbal presente.

– O que fez com ela, seu filho da puta?

– Entreguei pro Rei Luís, claro – disse ele com um sorriso cruel. – Todos os empregados do Veludo Vermelho devem suas dívidas pra ele.

Rei Luís.

O sangue dela congelou. Deveria saber que tudo apontaria para ele. O verdadeiro vilão e arquiteto do Terceiro Andar e suas depravações.

– O que aconteceu com ela?

– Da última vez que a vi, ela estava de folga – disse Orik.

– Folga?

– No Veludo Vermelho.

As peças todas se encaixaram de uma vez. Ele conhecia Torra. Não antes, mas no presente. Ela pertencia ao Rei Luís. Estava de folga. No Veludo Vermelho. Torra estava ali agora. Ainda estava *viva*.

Kierse afastou o olhar de Orik, voltando àquela monstruosidade vermelha ao longe. Torra estava viva.

Foi quando Orik atacou. Rosnando, ele pulou sobre ela. Os dentes de vampiro se afiaram e alongaram enquanto ele usava sua força considerável para tentar subjugá-la.

Kierse estava distraída pela revelação, mas o instinto assumiu o controle e ela entrou em câmera lenta logo antes de ser alcançada. Virou-se para ele, desviando de suas mãos. O braço dela continuou sua trajetória e, como Orik não tinha antecipado que ela teria supervelocidade, ele foi bem de encontro a ela. Com a força da câmera lenta dela colidindo contra a velocidade vampírica, a faca cortou sua jugular.

A boca dele formou um *O* de choque logo antes de ela cortar sua cabeça.

– Merda – sibilou ela.

Esquivou-se do borrifo de sangue, que não a atingiu por centímetros. Ele estava morto. Ela tinha matado um monstro no território dos *monstros*. Aquele lugar parecia não ter leis, mas Kierse precisava se afastar da cena imediatamente caso eles viessem procurar quem tinha matado um dos lacaios do Rei Luís.

Ela não se arrependia de matá-lo. Não *conseguia* se arrepender. Não só por Torra, mas por todas as pessoas que ele levara ao longo dos anos. Todos os humanos que tinha tratado como gado. Por eles, aquele vampiro já ia tarde.

Enfim, Kierse tinha uma nova missão.

Precisava achar Torra e tirá-la daquele lugar.

Capítulo Quarenta e Dois

Suas botas batiam com força no chão enquanto ela voltava ao bordel. Não sabia quanto tempo teria antes de o corpo de Orik ser encontrado, ou se alguém sequer iria se importar. Era uma aposta. Hora de improvisar um plano.

Kierse chegou à porta dos fundos do bordel sem que ninguém a impedisse. Tinha passado anos no bordel de Colette, e sabia que a porta dos fundos era o melhor jeito de entrar e sair sem levantar suspeitas. Os funcionários eram sempre mais úteis do que os capangas. Ela amava os Roletas, mas eles eram seguranças contratados – e não queriam ninguém lá dentro que pudesse atrapalhar os negócios.

Um grupo de funcionários sentava-se em uma sala no primeiro andar. Ela enfiou a cabeça para dentro e manteve a voz lenta e firme.

– Oi – disse Kierse. O grupo ergueu a cabeça para ela, viu que provavelmente não era uma funcionária nem cliente, com base em suas roupas, e a ignorou. Então ela usou a única carta que tinha na manga. – Orik disse que Torra estava de folga. Sabem onde ela está?

– Provavelmente no quarto dela – disse um homem, recostando-se num divã.

– Segundo andar, terceira porta à esquerda – disse uma mulher.

– Obrigada – disse Kierse.

Ela subiu a escada na parte de trás do bordel. Era usada principalmente pelos funcionários, então por sorte estava vazia. Abriu a porta da escadaria para o segundo andar e olhou para o corredor, então esperou uma vampira passar antes de se apressar e bater na porta de Torra.

Até aquele momento, Kierse vinha se movendo por pura adrenalina. A realidade de que Torra estava não só viva, mas *morando ali* no Veludo

Vermelho aquele tempo todo, de repente a atingiu como um trem de carga enquanto ela esperava a porta se abrir. Torra tinha sido traficada. Tirada de sua casa e forçada a trabalhar naquele bordel de sangue. E tinha sobrevivido por *um ano*. A porra de um ano inteiro.

Enquanto isso, Kierse ficara na superfície, vivendo a vida e tentando superar, acreditando que ela estava morta. Pensar nisso partiu seu coração, e uma lágrima brotou em seu olho. Ela rapidamente a enxugou. Não podia desmoronar. Ainda não. Não até tirar Torra dali.

A porta foi aberta, e Kierse perdeu o fôlego.

Torra estava diante dela. Seu cabelo, que já fora rosa, agora era castanho escuro com pontas loiras. Os olhos azuis contrastavam vividamente contra a pele branca cremosa, tão pálida que Kierse podia ver as veias correndo por baixo. Como se aquele lugar tivesse drenado sua cor. Mas o gingado dos quadris, o jeito cuidadoso de inclinar a cabeça, a saliência dos seios no espartilho vermelho – aquelas eram coisas de que Kierse distintamente se lembrava.

– Torra? – arquejou ela.

Os olhos dela se arregalaram.

– Kierse?

– Você está viva – disse ela, levando a mão à boca.

– O que está fazendo aqui?

Torra agarrou seu braço e a puxou para o quarto. Bateu a porta e se recostou ali, como se ela também mal conseguisse permanecer em pé diante de Kierse.

Os olhos de Kierse a percorreram como se ela tivesse ressuscitado. Torra estava igual e inteiramente diferente. Mais frágil, mais fraca e com os contornos brancos inconfundíveis de mordidas no pescoço e nos pulsos delicados. Mas ainda era Torra.

– Torra, você está viva – repetiu Kierse.

Ela não conseguiu se impedir – deu um passo à frente e puxou Torra para seus braços. No último ano, tinha acreditado que ela estava morta. Era a última pessoa com quem Kierse tivera um relacionamento, e depois disso ela tinha só desistido. Ela e Torra não eram um casal perfeito; brigavam, e coisinhas pequenas sempre se tornavam problemas maiores. Mas Kierse não a queria morta. E com certeza não queria *isso*.

– Estou viva, estou viva – disse Torra, enxugando a lágrima que escorrera pelo rosto de Kierse.

– Não acredito que você está aqui – disse ela. – Precisamos te tirar daqui. Eu acabei de matar um vampiro e...

– Você fez o quê? – arquejou Torra.

– Matei a porra do vampiro que fez isso com você, Tor. – Ela se endireitou, forçando-se a retomar a calma. – Encurralei Orik Thompson num beco e cortei a cabeça dele quando me atacou.

– Ai, meu Deus. – Os lábios de Torra estremeceram. – Fico feliz que ele morreu. Fico feliz, Kierse, mas este lugar inteiro vai entrar em lockdown assim que encontrarem ele. Você precisa sair daqui.

– Não vou sair sem você! – insistiu Kierse. – Vou tirar você daqui, porra.

– E ir pra onde? Você tem um plano?

– Caralho – resmungou ela.

Não tinha um plano. Tinha o plano de Graves, que era encontrar a porra de uma saída.

Era importante, sempre fora importante para o sucesso da missão. Mas agora representava outra coisa: um jeito de tirar Torra dali. Kierse não imaginara que ela estava viva, então nem tinha considerado que precisaria encontrar a saída primeiro. Ela tinha a *sua* saída, não a de mais ninguém. E nunca se odiara mais por esse fato.

– Eu posso te tirar daqui. Só preciso de mais tempo. Podemos te manter escondida até eu dar um jeito.

– Você não pode me esconder. Está tudo bem. Estou segura. Estou viva.

– Tor – disse ela, enxugando os olhos de novo. – Você não está segura. Por favor.

– Não, me escute. Você vai sair agora e aí vai achar um jeito de me tirar daqui. Não ligo se estou devendo pro Rei Luís e se ele pode me encontrar e matar caso eu vá embora.

— Ele não vai te encontrar. Eu vou matar ele.

Com isso, Torra pareceu assustada.

— Acredito que quer fazer isso, mas primeiro precisamos te tirar daqui. Volte. Encontre uma saída. Eu vou com você. Mas *não posso* viver se eles te colocarem neste lugar também. Seria muito pior se você estivesse aqui.

Um alarme soou no bordel. Kierse deu um pulo com o som abrupto.

— Eles sabem, eles descobriram que ele está morto – disse Torra, frenética e horrorizada. Ela empurrou Kierse para a porta. – Por favor, só vá.

— Vou encontrar um jeito de te tirar daqui – prometeu ela. – Juro. Eu vou voltar por você.

Torra jogou os braços ao redor dela de novo.

— Não morra. Por favor.

Então agarrou sua mão e a arrastou pela porta.

Kierse voou do quarto atrás dela. O bordel estava um caos, parecido com a noite da batida da gangue na casa de Colette.

— Por aqui – disse Torra.

Kierse a seguiu até a escada que tinha pegado antes para encontrá-la. Elas desceram correndo, passando pelos outros funcionários em pânico. Ninguém olhou para Kierse duas vezes enquanto ela estava com Torra, mas ela sabia que era questão de tempo até um vampiro começar a reunir os trabalhadores, e Kierse ficaria deslocada.

— Aqui – disse Torra.

Elas tomaram um corredor separado da confusão generalizada e chegaram a uma saída lateral. *Graças aos céus Torra tinha outra saída.*

— Agora vá.

— Vou voltar – prometeu Kierse.

— Obrigada – disse Torra, com lágrimas nos olhos.

Ela lançou um último olhar para a ex-namorada. A lágrima que escorria pela bochecha, os olhos vermelhos, o terror em seu rosto e o tremor do corpo magro demais. Memorizou sua aparência naquele momento – porque aquele era o verdadeiro custo do poder do Rei Luís.

Aquela era a verdadeira vilania dele. Kierse quisera obter a lança por muitos motivos: por dinheiro, pela segurança de sua família de escolha, para a coleção de Graves, para mantê-la longe das mãos de monstros que começariam uma guerra com o seu poder.

Mas aquilo… aquela era a consequência real do governo dele.

Ela quisera a lança para terminar o trabalho.

Agora, a queria para cortar a porra da garganta do Rei Luís.

Capítulo Quarenta e Três

Kierse desviou dos vampiros que isolavam o Veludo Vermelho, mas o resto do Terceiro Andar seguia em frente como se nada tivesse acontecido. O que era um vampiro morto em um lugar que servia carne fresca e sangue a cada esquina? Embora estivesse abalada, ela precisava certificar-se de pelo menos cobrir seus rastros.

Não havia sangue nela. O beco era escuro, e seu capuz estivera erguido. Se houvesse câmeras, ela podia ser pega, mas não tinha notado nenhuma nas sombras. Na verdade, não as notara em nenhum lugar exceto nos portões da residência de Luís. Como se a única coisa com que ele se importasse de fato, no seu mundo sem lei, fosse o próprio bem-estar. Desgraçado.

Quando tudo pareceu se acalmar, ela mandou uma mensagem a Graves para avisar que estava a caminho e voltou pelo longo corredor que terminava na barreira. Encostou o cartão de novo, passou pelas proteções e saiu do outro lado.

Graves a esperava na boca do túnel.

– E então, como foi?

– Não de acordo com o plano – disse Kierse. Não conseguia fazer as mãos pararem de tremer.

Ele olhou o rosto dela e seu corpo trêmulo e perguntou, quase com gentileza:

– O que aconteceu?

– Aqui não – disse ela.

Mas as palavras mal saíram.

Graves só assentiu. Ele entendia a necessidade de sigilo mais do que qualquer pessoa que Kierse já conhecera. Mais do que ela mesma, até. Então, quando a guiou para longe do túnel, ela seguiu em silêncio.

Precisava se controlar. Não podia desmoronar. Não podia perder o controle. Tinha de voltar à biblioteca, à segurança da casa de Graves. Voltar à segurança de... do próprio Graves.

Quando ela começara a pensar nele como um lugar seguro? Ele não costumava ser só mais um monstro? Mas agora... não era. Disso ela tinha certeza.

Confiava nele. Não só com seu corpo, na outra noite, mas com sua segurança e agora seus... segredos. Ela podia confiar nele com seus segredos sobre Torra.

– Aqui já está bom – disse Graves, parando. – Você está tremendo. Me conte o que aconteceu.

Kierse se encostou no túnel. *Ainda* estava tremendo, e não conseguia parar.

– Um ano atrás, eu estava namorando uma pessoa. O nome dela era Torra.

– Certo – disse Graves, confuso.

– A gente se conheceu através dos Aterrorizadores, e as coisas logo ficaram sérias. Ela queria vir morar comigo. Queria um relacionamento. Uma vida juntas – contou, lembrando como se tivesse acontecido no dia anterior. – Eu ainda... não estava pronta pra isso. Ela achou que eu nunca estaria pronta. Tivemos uma briga enorme e terminamos. – Ela encontrou o olhar dele. – E então ela desapareceu.

– Desapareceu? – perguntou ele.

– No Terceiro Andar.

Graves ficou imóvel.

– E você a encontrou?

– Achei que ela estivesse morta, Graves – disse Kierse, contornando o nó em sua garganta. – Achei que a tivesse perdido pra sempre. Vampiros invadiram o apartamento dela e a sequestraram. Só descobri isso depois, mas Nate não conseguiu entrar no submundo porque era simpatizante dos humanos. Não sabíamos sobre as proteções. Ele perdeu um lobo tentando descer aqui e teve de desistir. Ambos tivemos de desistir.

— Caralho — sussurrou ele.

— Então, eu planejava encontrar as pessoas que fizeram isso e obter respostas.

— Você nunca mencionou isso.

— Eu sei — respondeu ela, deixando-o ver o desespero em sua expressão. A vulnerabilidade que ela raramente mostrava a qualquer pessoa. — Eu não falo sobre ela. Nem com Nate, nem com Gen e Ethan.

— Mas está falando comigo — disse Graves, devagar, como se percebesse as implicações disso.

— Quero que você entenda.

— Me conte. — Mas sua voz não era autoritária; era reconfortante, como se ela pudesse falar com ele, como se pudesse ser sempre assim.

— Encontrei o vampiro que a levou. Matei ele.

O sorriso de Graves era perigoso.

— Ótimo.

— Você não me julga por isso?

— Por que julgaria? Ele mereceu.

— É — disse ela, soltando o ar. Não era a primeira pessoa que ela matava. Não, essa honra era de Jason, mas Kierse sempre se esforçara para ficar longe dessas situações. Nunca tinha procurado problemas assim. — É, ele merecia. Eu faria de novo.

— Eu faria o mesmo por você.

Ela assentiu, um entendimento mútuo assentando-se entre eles.

— Ele me contou que Torra está viva. Eu a vi no bordel. Ela está trabalhando para o Rei Luís. — Fogo reluziu nos olhos de Kierse enquanto ela deixava transparecer sua fúria. Graves a encarou com sua própria necessidade de vingança. — Prometi tirar ela de lá. Prometi achar uma saída pra ela. E prometi matar o desgraçado.

Graves ficou quieto por um momento antes de assentir.

— Ele merece.

— É, porra, merece mesmo.

— E você? — perguntou ele, dando o último passo na direção dela.

– Que tem eu?

– Vai ficar bem?

O fogo dela extinguiu-se sob o olhar dele. Não era pena, essa palavra horrível que ela nunca poderia aceitar, mas entendimento, aceitação, vulnerabilidade. Um instante em que ambos abaixavam a guarda na sequência de uma tragédia desigual.

– Não sei – admitiu ela.

– Venha aqui. – Ele estendeu os braços para ela.

Por um momento, Kierse não conseguiu processar a oferta. Era impossível conciliar aquele Graves que estava oferecendo conforto com o monstro calejado que ela conhecera originalmente. Não podia acreditar que ele mudaria tanto por ela, como ela tinha mudado tanto por ele.

Ela queria aquilo.

Queria tanto quanto o sexo.

Então avançou para os braços dele. Encolheu-se ao primeiro toque, mas, quando o calor dele a envolveu, relaxou a última onda de tensão que a mantinha em pé e se acomodou em seus braços.

E então começou a chorar.

Capítulo Quarenta e Quatro

Três viagens para o mercado das sombras depois, Kierse ainda não tinha achado nada. Nenhuma saída que não fosse controlada pelas barreiras de Walter. Nenhuma saída escondida. Nem sequer ouviu fofocas sobre como entrar. Seguira pessoas através de outras três barreiras, mas não eram diferentes daquela que Graves conhecia. O cartão extra que ela tinha furtado da primeira vez também se provara inútil.

O tempo estava acabando. O solstício de inverno seria dali a quatro dias.

Pelo menos, enquanto estava dentro das paredes do Terceiro Andar, Kierse podia confirmar que Torra ainda estava viva – mesmo se fosse uma tortura não poder tirá-la de lá. E, se não conseguisse achar uma saída em tempo, todos os planos estariam fodidos. Graves não poderia vir com ela, e Torra não poderia sair daquele lugar infernal.

Esse era o motivo de ela estar de volta na biblioteca de Graves, tentando achar um jeito de resolver aquilo. Então a porta rangeu atrás dela, e Kierse sentiu o cheiro de canela antes de erguer os olhos.

– O que é isso? – arquejou.

– Sustento – disse ele, com um sorrisinho que Kierse reconheceu como uma expressão reservada para ela. Não sabia quando tinha começado a julgá-los, mas os conhecia.

– O cheiro é maravilhoso.

Ele deixou o embrulho na mesa, ao lado do mapa que ela analisava, com cada entrada e rota do subterrâneo que Graves descobrira. Ela olhou no saquinho e viu um *babka* de canela. O estômago dela fez um barulho ao mesmo tempo que seu coração deu uma cambalhota.

– *Babka*?

– Seu favorito.

Era mesmo. Mas não esperara que ele fosse comprar pra ela, mesmo depois de ficar bravo porque Lorcan lhe mandara um. Mesmo que ela tivesse desmoronado completamente nos braços dele e sentido seu calor como um bálsamo. Ela não conseguia acreditar.

– Obrigada – sussurrou, arrancando um pedaço e o jogando na boca. Gemeu com o gosto. Ela tinha jogado fora o pão de Lorcan antes de prová-lo. Esse era até melhor do que se lembrava. – Tão bom.

Graves comeu um pedacinho também e assentiu com aprovação.

– Vejo por que você gosta.

– O melhor da cidade. – Ela comeu mais algumas mordidas enquanto examinava o mapa. – Pobre homem.

– Como assim?

Ela ergueu a cabeça.

– Espero que não tenha quase matado o coitado de susto, como Lorcan fez.

Graves pareceu ofendido.

– Eu não assusto velhinhos.

– Você é bem assustador.

– Aprecio isso – disse ele preguiçosamente, pegando outro pedaço.

– Precisamos que ele continue fazendo esse pão, então espero que você tenha se comportado.

– Eu o paguei generosamente. – Os olhos de Graves encontraram os dela. – Por você.

Ela engoliu depressa o *babka* e assentiu, voltando ao mapa. Podia sentir os olhos de Graves sobre si, mas não disse nada. Só esperou.

– Estive pensando – começou Graves, vindo parar ao lado dela.

– Que perigo – disse ela.

Desde aquele momento nos túneis, era como se pudesse sentir a consciência dele o tempo todo. Como se houvesse um cordão que os guiava um de volta ao outro. E quando estavam próximos assim, o coração de Kierse começava a bater freneticamente. Ela não conseguia afastar o olhar do seu rosto ou das linhas do corpo dele no terno.

— Precisamos achar uma saída.

— O que acha que estou tentando fazer?

— Não estou desprezando seu trabalho de reconhecimento – garantiu ele.

— Tudo bem. Se tem uma nova sugestão sobre como eu posso te pôr lá dentro e tirar Torra, sou toda ouvidos.

— Bem, quando eu acreditava que você tivesse imunidade, não sabia se conseguiria usar seu talento passivo. Se conseguisse, poderíamos ter visto se era capaz de projetar sua imunidade para mim.

— Obrigada pela sugestão – ironizou ela.

— Projeção é um trabalho mágico avançado. – Os olhos dele examinaram o rosto dela. – Não tínhamos tempo para você alcançar esse nível de magia.

— Ainda não consigo nem proteger uma caixa idiota – resmungou ela.

Apesar de treinar sua magia nas horas em que não estava no submundo, não tinha avançado nada. Estava começando a pensar que sua absorção poderia ser tão passiva quanto o resto de sua magia. Ou que, por não ser feiticeira, talvez nem conseguisse realizar magia.

— Podemos estar focados na ideia errada – admitiu Graves.

— Você acabou de dizer que está errado?

Ele abriu um sorriso rápido enquanto se inclinava para ela.

— De forma alguma. O que quero dizer é que talvez precisemos nos concentrar em uma absorção ativa. Quero testar se consegue não só passar pela magia, mas também *quebrar* proteções.

— Como isso funcionaria?

— No momento, sua absorção é passiva. Você passa direto pelas minhas proteções. Elas roçam contra você, e você absorve o que te toca e segue em frente. Mas e se pudesse absorver mais do que aquilo que te tocou? E se pudesse absorver a proteção toda?

Ela franziu as sobrancelhas.

— Acha que consigo fazer isso?

— Se passou dias tentando criar as próprias proteções e não avançou nada, vale a pena tentar outra coisa.

— Certo. Estou aberta a tudo a esta altura. – Ela se virou para encará-lo e viu o olhar dele descendo até sua boca e em seguida rapidamente subindo como se nada tivesse acontecido. – Mas, se eu *conseguir*, não acha que vai ser como o pó dos desejos de novo? Que eu vou absorver mais do que consigo processar?

– Limites – disse ele. – Vamos descobrir quanto você consegue absorver. Quando começar a ficar cansada, recuamos.

– Isso parece superdivertido, mas se eu puxar magia demais com as proteções, elas não começariam a desviar de mim? Tipo, eu posso ficar presa no Terceiro Andar sem ter uma saída.

– É possível – admitiu Graves, devagar. – Magia em excesso sobrecarrega seu organismo, mas não acredito que as proteções de Walter sejam suficientes para atingir seus limites.

– Por quê? São fortes o bastante para manter você fora.

Ele deu um sorriso que era só dentes.

– Mas ele tem medo de mim. Não conhece você. Além disso, você tem a vantagem nessa situação, porque sabe como liberar sua magia.

– Eu sei? – perguntou Kierse, franzindo a testa.

– Você pode entrar em câmera lenta, como você chama, para dissipar um pouco da magia que absorveu. Suspeito que seja por isso que desmaia depois.

Ela se endireitou. Não tinha exatamente considerado essa opção.

– Acha que funcionaria?

– Temos muitos testes à frente. Vamos começar.

Graves indicou que ela fosse ao centro da biblioteca, onde tinha deixado a elusiva caixa protegida que ela tinha aberto quando se conheceram. Ela adoraria descobrir como proteger sua *própria* caixa, que no momento estava no andar de cima.

– Ah, vamos brincar de abrir a caixa de novo? – perguntou Kierse, com uma risada curta.

– Não exatamente.

– Intenção, certo? – ela tentou adivinhar. – Preciso focar minha intenção na caixa para absorvê-la.

– Não. Isso é para proteções básicas. Vamos fazer mais que isso. – Ele apoiou a mão na caixa. – Kingston te contou um pouco sobre isso, mas não sei se estava prestando atenção. A magia tem uma sensação. Passa certa impressão. Abre algo dentro de você.

– Eu estava prestando atenção. Qual é a sensação?

– Diferente para cada magia, dependendo do que a pessoa é capaz de fazer. Mas a magia em si, a magia crua, sempre é pura energia. Como quando o sol brilha na sua pele, te aquecendo, ou o crepitar de um fogo. Você sente a energia do fogo, do sol.

Ela assentiu.

– Eu sinto a energia que você emana o tempo todo.

Ele arqueou uma sobrancelha.

– Sente?

– Seu calor, seu fogo. Você está queimando constantemente.

O olhar de Graves a aqueceu bem nesse momento. Ela nunca tinha contado a ele que podia sentir como ele era quente perto dela. Ele pareceu impressionado.

– Então você já teve sua primeira impressão da magia. Estou sempre usando níveis baixos para manter minhas proteções ativas. Meu corpo sempre foi quente, mas o que você sente é a magia. Envolve mais que o calor físico. Essa é a energia mágica. Ela tem uma vida. Às vezes, um cheiro. Já me disseram que minha magia cheira a couro e pergaminho.

Ela franziu o cenho, tentando lembrar se já sentira esse cheiro nele. Mas achava que não.

– É aí que vamos começar hoje. Quero que encontre minha magia. Que a sinta. Depois, vamos tentar fazer você ativamente absorver minha magia no seu corpo.

Kierse foi tomada por dúvidas. Nunca tinha sido mágica, exceto por acaso. Sua câmera lenta era uma extensão natural de si; nunca soube que *aquilo* era magia. Nem que estava absorvendo magia, e não conseguia fazer as proteções funcionarem. Ela não sabia se podia fazer isso.

– Respire, Rouxinol – lembrou Graves, apoiando as mãos nos

ombros dela para fazê-la focar. Ela o encarou e, embora o contato devesse deixá-la desconfortável, a relaxou.

Kierse soltou o ar e assentiu enquanto ele acrescentava:

– É só um treino.

– Certo, estou pronta.

Quando ela se acalmou, Graves recuou e lentamente tirou as luvas. Sabendo como era difícil ele ficar à vontade perto dela sem elas, Kierse adorava quando as tirava. Adorava todo vislumbre que tinha daquela tatuagem escondida.

– Vou te tocar, soltando minha energia em você enquanto minha magia tenta te ler. Você vai absorvê-la naturalmente, mas quero que foque nela. Sinta a energia.

– Vou tentar. – Ela hesitou. – Você vai conseguir me ler?

– Não. A não ser que você seja sobrecarregada pela magia.

– Certo – disse ela, baixinho.

– Posso?

Ela assentiu. Dessa vez, ele estava pedindo permissão. Como devia ser diferente, para um homem que sempre tomava qualquer informação que desejasse. Mesmo sabendo que não podia tomar dela, estava sendo cuidadoso. Kierse apreciava isso.

Os dedos de Graves se curvaram convidativos ao redor do seu pulso, a pressão da palma gentil contra a pele nua dela. Kierse se distraiu enquanto se perdia em seus olhos cinza rodopiantes. Ele a tocava tão raramente que era difícil se concentrar. Ela precisou se obrigar a focar no treinamento mágico.

Tentou sentir algo além do toque de Graves e de seu calor subindo pelo pulso. Estreitou os olhos. Devia haver alguma coisa. Ela queria tanto sentir aquele travo de couro e de pergaminho novo dele. Saber como era seu cheiro de verdade. Não só o homem que aparentava ser, mas a pessoa real por baixo da superfície. Por mais que tentasse, porém, só o sentia tocá-la.

– Sentiu alguma coisa? – Ela balançou a cabeça, e ele a soltou. – Tenho mais algumas ideias. Não vai ser automático. Ainda mais porque você nunca precisou usar suas habilidades de modo intencional. É uma experiência nova. Vamos continuar trabalhando nisso.

– Tudo bem – disse ela, decepcionada.

Não era como se tivesse aprendido a roubar do dia para a noite. Não podia esperar acertar a magia de cara, por mais que quisesse.

– Acha que tudo isso não está funcionando por eu não ser feiticeira?

Graves balançou a cabeça.

– Não. Só acho que é algo novo para você. E só há um jeito de melhorar.

– Praticando – disse ela, e eles voltaram ao trabalho.

Depois de horas de treinamento, Kierse não tinha avançado nada. Não conseguia sentir a magia que estava absorvendo. Não havia zumbido ou ruído ou sensação. Só Graves, tocando-a.

Ou a mão dela sobre as proteções de uma das caixas dele, que só parecia madeira fria. Ou um pouquinho de pó dos desejos vermelho que ele tirou de um frasco. Só olhar pro negócio a fez ter ânsia de vômito, mas Graves garantiu que não era nada como o que ela inalara na casa de Imani. Então disse que, depois do que tinha acontecido, talvez ela fosse suscetível ao pó (o que não ajudou muito) e conseguisse sentir seu poder.

Ela não conseguiu.

Em vez disso, começou a suar frio e teve de deixar para outro dia.

Foi assim que se viu de volta no Terceiro Andar.

Capítulo Quarenta e Cinco

Torra se abraçava apertado nas sombras dos fundos do Veludo Vermelho quando Kierse se aproximou, como prometido.

– Não tenho muito tempo. Você achou uma saída?

Kierse balançou a cabeça, odiando trazer más notícias.

– Ainda não. Ouviu alguma coisa?

– Estou evitando levantar suspeitas, mas tivemos uma reunião sobre uma festa e tentei perguntar por aí. – Torra franziu a testa. – Todo mundo continua meio desconfiado por causa de Orik. Eu não queria que pensassem que estou planejando uma fuga. As pessoas não fogem daqui.

– Você vai – garantiu Kierse.

Ela não tinha achado que Torra conseguiria encontrar uma saída. Se fosse o caso, já teria deixado aquele lugar um ano antes. Não, Kierse sabia que isso cabia a ela.

– E que festa é essa? – perguntou.

– A festa do solstício de inverno do Rei Luís. Ele a dá todo ano. Ano passado foi um… banho de sangue – disse Torra, estremecendo.

Kierse se arrepiou. Torra estaria na mesma festa em que ela e Graves planejavam roubar a lança. Ela precisava tirá-la dali antes disso.

– Que foi? – perguntou Torra.

– Nada.

– Eu te conheço. Por que tenho a sensação de que você vai estar nessa festa?

– Estou fazendo um trabalho aqui – admitiu ela.

– Não faça isso – disse Torra. – Como você vai entrar? É humana. Eles vão te matar.

– Eu tenho um convite.

Torra agarrou o braço dela, medo estampado no rosto.

– Eles vão te matar.

– Eu vou, Torra, e vou achar um jeito de você não precisar ir.

– Deveríamos usar a festa como uma oportunidade – disse Torra, em vez disso. – Ache a sua saída. Eu consigo te pôr na festa com segurança e dar um motivo para eles não te matarem imediatamente. Daí podemos fugir.

Kierse balançou a cabeça.

– Não vou te pôr em perigo.

– Eu já estou em perigo – sibilou ela. – Estou tentando pensar em como ambas podemos sair vivas disso.

– Preciso da saída primeiro.

– Então vá trabalhar – repreendeu Torra, com carinho. – Mas pense melhor sobre a festa. Não sei como você conseguiu um convite, mas te juro, eu conheço o Rei Luís. E você *não quer* usá-lo para entrar.

Ela voltou cambaleante para o Veludo Vermelho, deixando Kierse se perguntando como exatamente Graves tinha conseguido o convite. Torra estivera lá embaixo por tempo suficiente para saber como aquelas coisas funcionavam. Talvez tivesse razão. Talvez Kierse e Graves precisassem revisar o plano.

Mas primeiro... a porra de uma saída.

Ela contornou o bordel e seguiu para o Sangue. Como investigar os acessos ao Terceiro Andar tinha sido infrutífero, decidiu fazer o lado mais entediante do reconhecimento: esperar, observar e escutar.

Por sorte, havia outro bartender naquele dia. O goblin pareceu se importar ainda menos que ela não estivesse bebendo, embora Kierse mantivesse um copo na sua frente o tempo todo. Ela estava ali para ouvir informações pertinentes. Exceto que ninguém mencionou nada relevante durante a hora em que passou sentada entreouvindo conversas. Nada sobre jeitos de entrar ou sair. Nada sobre o Rei Luís. Nadinha de nada.

Aquele dia tinha sido inútil. Kierse jogou um pouco de dinheiro no bar e se ergueu do banco. Claro, havia muitos monstros ali. Um íncubo se inclinando contra seu par súcubo enquanto encaravam lascivamente um goblin que tomava uma cerveja do outro lado do bar. Uma sereia com duas pernas com cabelo da cor de algas marinhas falando com um transformo de cara suspeita. Todos eles faziam sentido. Todos eram aliados dos vampiros na Guerra dos Monstros. Mas o grupo de ninfas a surpreendeu. Elas eram as mais próximas dos humanos, junto com os lobos. Mais monstros tinham ido ao subterrâneo do que Kierse tinha imaginado.

Ela acabara de passar pelas portas duplas, pronta para fazer um pouco mais de reconhecimento tradicional, já que seu tempo escutando não ajudara em nada, quando algo atraiu sua atenção.

Um flash de óculos grossos de aro preto, uma camiseta de super-herói gasta e um par de tênis Converse pretos sujos. Ele parecia deslocado entre o caos do mercado, o que o fazia se destacar. Ela o reconheceu imediatamente, graças à foto na biblioteca de Graves.

Walter Rodriguez.

Kierse se apressou a virar a esquina do bar. Seus olhos examinaram a multidão, e ela quase esbarrou num espectro.

Recuou depressa, desviando do sugador de almas.

– Desculpe – disse, deixando a voz grave.

Então o viu. Um tufo daquele cabelo castanho-escuro encaracolado.

Estava lá e então ela o perdeu. Ele tinha sumido por um beco.

Kierse correu atrás dele. Virou uma esquina e o viu parado na entrada dos fundos de um restaurante. Deslizando para as sombras, ela se escondeu na escuridão da caverna para ouvir a conversa.

– Ah, você aqui de novo? – perguntou um tritão a Walter, com o rosto contorcido de raiva.

– É, chegou a hora, Ulster – disse Walter.

Ulster bufou.

– Temos umas nos fundos. Ele gosta delas jovens, né?

Ele limpou a garganta.

– É. Aham. Jovens.

– Tá bom. Eu mando o grupo pra você.

– É bom mesmo. Ainda hoje – acrescentou Walter.

— Eu sei — rosnou Ulster.

Ele estendeu a mão como se fosse puxar Walter pelo colarinho da camiseta de super-herói, mas, quando chegou a centímetros do corpo de Walter, quicou para longe inofensivamente. Como se tivesse atingido um muro invisível.

Um campo de força.

Kierse piscou. Não havia dúvidas: ela tinha acabado de ver como o campo de força de Walter funcionava. Era uma barreira invisível ao redor dele, vários centímetros na frente do seu corpo.

Walter fez um muxoxo, de repente abandonando o ar desconfortável e abobado e endireitando os longos membros.

— O Rei Luís não vai gostar nada disso. Talvez você queira mandar as garotas agora mesmo, senão vou ter de contar pra ele.

Ulster deu um passo para trás, encolhendo-se. Mesmo ali, a magia aterrorizava as pessoas. Que sujeitinho cretino. Era um lacaio do Rei Luís. Criava proteções, mantinha as barreiras e até coletava humanos para ele se alimentar.

Kierse estremeceu ao pensar nisso. Ele gostava delas *jovens*. Que nojo.

Walter foi embora, e ela decidiu segui-lo para ver exatamente o que vinha fazendo. Ele parou uma vez para pegar o próprio jantar — empanadas de dar água na boca e que fizeram o estômago dela roncar — e fez outra parada para conferir uma proteção defeituosa na porta de alguma fábrica de armamentos. Ela devia ter passado direto por proteções no Veludo Vermelho sem nem notar. Não era à toa que ninguém parecera preocupado que ela estivesse lá dentro.

Outra máquina estava instalada na frente da porta, e o dono, um transmorfo alto vestido de preto, gesticulava loucamente enquanto reclamava pela demora para consertar a proteção quebrada. Walter ignorou o monstro e pôs mãos à obra, consertando-a em minutos.

Então, por fim, acabou em outro bordel. Esse parecia mais com algo que Kierse esperaria encontrar na superfície. Não era específico para vampiros, mas provavelmente ainda traficava humanos. Nojento.

Reconhecimento podia ser tão chato às vezes. Envolvia tanta espera que parecia inútil. Ela bocejou e disfarçou com a mão, mergulhando de volta nas sombras quando um vampiro passou perto demais de onde estava. Ela duvidava que Walter duraria muito lá dentro com as prostitutas, mas talvez elas tentassem enrolar. Tirar mais dinheiro dele e tudo o mais. Kierse conhecia todos os truques do ofício, mesmo sem ter feito parte dele.

Porém, Walter voltou meros minutos depois. Ele franziu o cenho para o estabelecimento, como se também achasse a coisa toda desagradável. O que foi uma surpresa.

Kierse o seguiu além do bordel, até a periferia do mercado. Quanto mais longe do centro, mais encardidos e perigosos pareciam os locais, mas Walter não se mostrava preocupado. Claro que alguém com uma barreira natural contra o perigo se sentiria assim. Ela adoraria encostar uma faca na garganta dele só para ver o seu choque. Aquele campo de força não funcionaria contra ela, o que a fazia se sentir como uma leoa perseguindo sua presa.

Então, em um segundo, ele desapareceu.

Ela franziu o cenho. Aonde tinha ido, caralho? Estava bem na frente dela, e Kierse duvidava que ele tivesse algum tipo de invisibilidade mágica também. Graves sempre insistia que dois poderes fortes eram uma raridade.

Depois de um minuto de indecisão, ela foi até a parede onde o vira por último, correndo a mão pela superfície para procurar algum esclarecimento. Parecia igual ao resto da parede, mas não era. Era como a entrada escura pela qual ela e Graves tinham atravessado no túnel do metrô. Não era invisível coisa nenhuma.

Respirando fundo, Kierse a cruzou e saiu em outro túnel estreito. Correu a mão pela parede e sentiu as proteções de Walter. Bingo.

Avançou em completo silêncio. Uma entrada secreta para o mercado. Quase riu de empolgação. Porque, se havia uma entrada secreta... então havia uma *saída* secreta.

E ela *gostava* de saídas.

Não só isso – precisava daquela desesperadamente.

Os passos de Walter à frente eram pesados. Sem o burburinho do mercado, Kierse percebeu que ele pisava forte como um idiota arrogante. Não tinha necessidade de andar em silêncio, de aprender a ser furtivo. Não com a habilidade dele. Graves dizia que a magia tinha consequências – e Walter aprendera a não temer a dor nem consequências, afinal quem poderia tocá-lo com seus campos de força erguidos? Ele se tornara descuidado. Ela podia se aproveitar daquilo.

Foi atrás dele até chegarem a uma bifurcação. Para seu choque, nela havia *placas*. Ela ouviu Walter virando à esquerda. Mas o caminho à direita estava sinalizado como RESIDÊNCIA.

A casa de Walter? Ou do Rei Luís? Seria a entrada dos fundos para o Trilho 61?

O túnel do qual ela vinha estava indicado como MERCADO, mas o caminho pelo qual Walter seguiu não tinha identificação, então Kierse precisava descobrir aonde exatamente ele ia.

Seguiu seus passos pesados. Fez questão de memorizar o caminho através da escuridão, mas estava quase o perdendo de vista. Se não fosse o som de Walter à sua frente, talvez tivesse se perdido horrivelmente.

Eles continuaram por cerca de meia hora. Kierse imaginava que tinham percorrido um pouco mais de um quilômetro e meio, naquele ritmo, até ver uma luz à frente no túnel. A silhueta de Walter ficou brevemente iluminada antes de ele subir uma escada para a luz.

Ir até a luz não era ideal, mas ela precisava ver o que havia adiante. Kierse esperou cinco minutos inteiros, então avançou com cuidado, chegando ao topo da escada e se encontrando em outro túnel de metrô. O alçapão estava iluminado, mas, a não ser que alguém olhasse diretamente para ele, era essencialmente invisível. Ela reconheceu as proteções entalhadas na abertura – o que significava que, se outra pessoa a encontrasse, não conseguiria entrar. Exceto por Kierse, claro.

E, se ela conseguisse aprender a absorver proteções a tempo, Graves e Torra também.

Ela se enfiou pela abertura e andou até a plataforma de metrô mais próxima. Por sorte, não havia ninguém por perto quando chegou à plataforma do trem sentido sul da estação da 23rd Street. Placas indicavam os trens R e W. Ela pensou depressa – 23rd Street e 5th Avenue. Era o Flatiron District. Ela saíra bem na frente do famoso Edifício Flatiron.

Kierse pegou o celular e Graves atendeu no primeiro toque.

– Você está bem?

– Encontrei minha saída – disse ela.

– Encontrou? – perguntou ele, a surpresa evidente na voz.

– Segui Walter até um túnel que leva pra fora do mercado. Você tem um jeito de me rastrear pra podermos achar uma rota através do túnel?

Ele hesitou um momento.

– Tenho.

– Então faça isso. Vou voltar pro mercado.

– Feito – disse ele. – Tome cuidado.

– Como sempre – brincou ela. – Vou voltar aos túneis agora.

– Ei – disse ele, antes que Kierse pudesse sair da plataforma.

– Que foi?

– Bom trabalho.

Ela sorriu e desligou.

Aquele pequeno elogio a deixou eufórica. Ela provavelmente deveria ter odiado o jeito como a aprovação dele a deixou satisfeita, mas era ainda mais doce quando ela a merecia.

Capítulo Quarenta e Seis

Ela levou uma eternidade para achar o caminho de volta pelo túnel. Agora que não estava seguindo os passos pesados e arrastados de Walter, deu algumas guinadas erradas, mas por fim conseguiu. Queria dar uma olhada na residência indicada pela placa, mas decidiu deixar para o dia seguinte. Eles tinham três dias inteiros para descobrir como se situar lá embaixo e quebrar as proteções para usar o túnel como entrada e saída para o roubo. Não era tempo suficiente, mas teria de servir.

Kierse voltou à barreira original e saiu pela passagem no metrô na Times Square.

Enquanto subia no que achava ser uma plataforma vazia, uma mão estendeu-se e agarrou seu pulso, puxando-a. Kierse rosnou, pegando uma das pistolas. Já a tinha sacada e apontada para a cabeça do homem antes de reconhecê-lo.

Não a abaixou.

– Lorcan – disse ela.

– Que recepção – respondeu ele, com o sorriso charmoso de sempre.

– Por que está me seguindo?

– Eu disse que nos encontraríamos de novo.

– Sim, mas não achei que *você* me encontraria.

Não parecia o estilo dele, mesmo que tivesse dito que faria isso da última vez. O *babka* parecera mais um aviso que qualquer outra coisa.

– Eu também não – admitiu ele. – Mas... me sinto impelido a ver você.

Kierse estreitou os olhos atrás da arma.

– Tente de novo.

– Você poderia parar de apontar isso pra mim, por favor? Estou aqui em boa-fé.

– Como da vez que tentou me matar ou da vez que me sequestrou?

– Eu me desculpei pela primeira, e o sequestro envolveu um jantar. Isso deve contar pra alguma coisa, não? – O sorriso dele só aumentou.

– Você acha?

– Só quero conversar, prometo – disse ele, com um passo à frente. Ergueu a mão e delicadamente abaixou o cano da arma para o chão. – Pronto, não é melhor assim?

– Não muito.

Ele riu, aquela risada fácil e genuína, como se não tivesse uma única preocupação no mundo.

– Vamos subir e caminhar um pouco.

– Está congelando lá fora.

– Posso te dar meu casaco – ofereceu ele, arqueando a sobrancelha.

– Passo.

– O casaco ou a caminhada?

– Sim – respondeu ela. – Ser perseguida não é fofo. É como as pessoas morrem.

– Diz a mulher empunhando a arma.

Ela e Graves já tinham concordado que podiam se aproveitar do interesse de Lorcan nela para obter uma vantagem, do mesmo jeito que Kierse tinha considerado fazer por Nate. Só que, com Nate, ela sentia que era como plantar uma bomba no caminho do monstro. Ali, parecia que Graves estava oferecendo a ela um jeito de tirar informações do inimigo dele. E por mais que ela quisesse descobrir o quanto Lorcan sabia sobre a missão deles, sinceramente queria mais que ele parasse de segui-la.

– Certo. Dou uma volta com você, sob uma condição. – Ele esperou, como se antecipasse um golpe. – Você concorda em parar de me seguir.

– Concordarei com sua condição com uma condição: você me dá o seu número.

– Quê? – perguntou ela, surpresa. – Por quê?

– Para eu não ter de continuar seguindo você.

— Insuportável — resmungou ela. — Você sabe que a Times Square está aqui em cima.

Ele deu um sorrisinho.

— Você estará segura comigo.

Por algum motivo, ela acreditava naquilo.

— Tá bom — disse, guardando a arma, e se dirigiu para a saída, seguida por Lorcan.

Kierse subiu as escadas, passou pelo troll e saiu no frio da cidade. Tinha passado tanto tempo no subterrâneo que era bom inspirar ar limpo em vez do ar recirculado lá de baixo. Mas era a Times Square, e ela não podia abaixar a guarda.

Embora tivesse estado naquela estação de metrô muitas vezes àquela altura, não andava na Times Square, a céu aberto, havia pelo menos um ano. Ficou surpresa ao ver que metade das telas enormes estava funcionando. Até nomes de marcas familiares e espetáculos da Broadway eram anunciados nas ruas de novo. Algumas peças famosas tinham começado novas produções esse ano. Monstros *e* humanos eram bem-vindos.

E os turistas voltaram com força total. Kierse esperava vê-los na Quinta Avenida; aqueles que podiam bancar as boutiques caras sempre achavam um jeito. Mas não achava que tantas pessoas se aventurariam na Times Square... como se as coisas estivessem normais.

— Faz tempo que não vem aqui? — perguntou Lorcan.

— Meio que evitava esse lugar a todo custo mesmo antes de ser dizimado.

Ela só tinha doze anos quando a guerra começou, mas já trabalhava com Jason havia bastante tempo. Não tinha sido uma criança normal, nem de longe. Turistas só eram bons como alvos fáceis. Fora isso, lhe davam alergia. Nova York estar livre de turistas tinha sido uma das poucas coisas boas sobre a guerra.

— É bom ver as coisas voltarem ao normal.

Ela assentiu, um sorriso quase se abrindo.

— Vamos. Eu gosto de um cafezinho aqui perto. Podemos sair do frio. — Ele correu a mão pelo cabelo escuro, encarando-a com seus grandes olhos azuis inocentes, e sorriu para ela. Só dentes perfeitamente retos e uma covinha na bochecha direita.

— Por que está fazendo isso? – perguntou ela. – Estamos de lados opostos.

Ele pareceu pessoalmente ofendido.

— Estamos?

— Você odeia meu chefe.

— Nem tudo é branco e preto. – Então ele sorriu mais largo. – Além disso, só estou pedindo um café.

Ela poderia muito bem verificar o que conseguiria tirar dele.

— Tá bom. Eu também gostaria de um café.

Lorcan gostava de se ouvir falar, então manteve a conversa viva enquanto eles desciam a 42nd Street na direção do Bryant Park e uma cafeteria 24 horas genérica. Kierse pediu um café puro e ele pegou um cappuccino, parecendo satisfeito consigo mesmo. Após receber o café de uma barista exausta, se acomodaram numa cabine.

— Se não tirar esse sorrisinho do rosto, vou me arrepender de ter vindo aqui com você.

Ele ergueu a xícara aos lábios, tentando sem sucesso conter o sorriso.

— Achei que podíamos retomar de onde paramos.

— Que foi…?

— Você queria saber sobre minha história com Graves – disse ele, tranquilamente.

Ela olhou para a xícara. Deveria contar que já sabia algo? Seria uma jogada melhor só ver o que ele diria? E qual era a intenção de Lorcan com tudo aquilo? Ele claramente queria trazê-la para o seu lado, ou ao menos descobrir qual era o próximo passo de Graves. Não era uma informação que Kierse lhe entregaria, mas ela gostaria de determinar exatamente qual era o próximo passo *dele*.

— E por que eu deveria confiar em qualquer coisa que você me conte?

— Justo – disse Lorcan, e tomou um gole de café. – Sei que é difícil ver, mas não eu não sou o cara ruim aqui. Graves é o vilão.

Kierse sorriu, inclinando-se num cotovelo.

— Acha que me mandar *babka* te torna um cara legal?

Ele deu de ombros, rindo.

— Achei que você iria gostar. Só isso. Não consegui evitar.

— E não teve nada a ver com Graves.

— Aí você me pegou – disse ele, bem-humorado. – Mas quando está trabalhando com alguém assim, deveria vê-lo pelo que é.

— Um monstro – adivinhou ela.

— Exatamente. – Lorcan se inclinou para imitar a postura dela, como se estivessem compartilhando segredos. – Uma garota como você não deveria se envolver com alguém como ele. Não sei o que ele te contratou pra fazer, mas boa coisa não pode ser. É por isso que está indo ao Terceiro Andar?

Ela ergueu uma sobrancelha. Ele estava jogando verde.

— Você me seguiu até lá?

— Aquele lugar asqueroso? Deus, não. – Ele torceu o nariz. – Mas posso adivinhar com base na entrada que você usou. Embora não saiba o porquê.

Então... ele não sabia sobre a lança. Pelo menos, não sabia que tentariam roubá-la. Apesar de aparentemente interrogá-la, ele com certeza estava lhe dando informações facilmente.

Kierse pôs algumas cartas na mesa para ver se ele mordia a isca.

— Eu tenho uma amiga lá embaixo – disse ela, deixando a voz estremecer um pouco e encarando seu café. Não foi difícil evocar a tristeza. – Ela tem dívidas. Eu estou tentando encontrar um jeito de tirar ela de lá.

— Ninguém deixa aquele lugar enquanto tiver dívidas – disse ele, como se fosse um fato.

— É. Foi o que ela disse.

— E essa amiga... ela é o trabalho?

— Ela não é um trabalho – disparou Kierse, fitando-o com os olhos marejados. – É uma pessoa.

— Sinto muito – disse ele suavemente. – Não quis soar insensível.

— Tudo bem – sussurrou ela, tomando um gole do café escaldante.

Lorcan limpou a garganta de novo.

— Isso tudo tem algo a ver com Walter Rodriguez?

Kierse manteve uma expressão cuidadosamente neutra.

— Quem?

Lorcan riu, tranquilo e alegre.

— Um projetinho fracassado de Graves. Um feiticeiro rebelde que trabalha no mercado e parece exatamente alguém que Graves iria querer impedir. Você está armada até os dentes. Suspeito que seja... o quê? A isca?

Ela lhe deu um olhar inocente.

— Nunca ouvi falar dele. Mas parece alguém que eu deveria evitar.

— Para sua segurança, provavelmente não deveria se associar com nenhum feiticeiro.

— Meio tarde pra isso, não é?

— Nunca é tarde demais. Vou ser honesto com você: Graves e eu éramos próximos. Como família. — Kierse ficou imóvel enquanto ouvia a mesma história, de modo geral, sair da boca de Lorcan. E ele pareceu triste, como deveria estar. Ela gostaria de saber quanto daquilo era fingimento. — Não somos mais assim somente porque ele me traiu. Ele vai te ferir como me feriu, como fere todo mundo. — Ele traçou a borda da xícara. — Você não precisa trabalhar pra ele. Outros tentaram, como você está fazendo agora, mas há um motivo para ninguém ficar ao lado dele. Não quero vê-la assim. Não sei como ele te convenceu, mas você pode ir embora. Estaria a salvo com os meus Druidas.

— Vou levar isso em consideração.

Lorcan ergueu os olhos bruscamente para ela.

— Você parece querer me afastar de novo. Sou tão desagradável assim?

A resposta era não. Ele não era. Era um pouco confiante demais, mas algo nele parecia tão fácil e confortável.

Isso não significava que ela não entendia os avanços de Lorcan — tentando convencê-la a duvidar de Graves, bem quando ela começara a sentir que ele fazia sentido.

— Você é tão inseguro que precisa perguntar? — disse, em vez de responder.

— Com você... talvez. — Sua expressão era sincera. — Você me tira dos eixos.

Porra, ele tinha mesmo deixado a sutileza de lado. Mais claro, impossível. *Tinha* de ser fingimento. Ele devia estar agindo da mesma forma que ela quando contara a história sobre Torra – jogando verde para obter informações. Ninguém podia ser tão inocente.

— Porque eu não rastejo aos seus pés?

— Sou um homem acostumado a ter o que quer – respondeu ele, casual, esfregando a barba. — Mas gosto de passar tempo com você. Você é diferente.

— Eu sou diferente – disse ela, sarcástica. – Tente outra cantada. Essa é meio clichê.

Ele riu baixo e ergueu as mãos.

— Você tem razão, claro, mas não muda como eu me sinto.

Kierse soltou o cabelo do rabo de cavalo; estava começando a lhe dar dor de cabeça. Ou talvez fosse aquela conversa. Ou a hora. Deus, ela estava cansada. Virou o resto do café. A cafeína a ajudaria por um minuto inteiro.

— Preciso ir embora. Obrigada pelo café.

— Espere – disse ele.

Ela já tinha saído do banco quando a palavra caiu dos lábios dele. Kierse lhe deu um olhar frio.

— Quê?

— Seu número – lembrou ele.

— Eu não concordei com isso.

Ele deslizou o celular pela mesa.

— Vai, troca comigo. Sei que não salvou o meu no seu celular. – Era verdade. Ela ainda tinha o cartão, mas nunca pretendia usá-lo. – Olha, eu não vou mais te seguir. Podemos só tentar... conversar. Ser amigos.

— Todos os seus amigos ameaçam matar uns aos outros?

Ele considerou por um momento.

— Sim. Eu diria que é bem por aí mesmo.

Ela não conseguiu conter o sorriso que puxou seus lábios – o desgraçado achou um jeito de fazê-lo emergir quando ela queria escondê-lo. Contra seu bom senso, Kierse passou o celular para ele enquanto digitava seu número no dele.

– Tenha uma boa noite – disse ela, pegando seu celular de volta.

Ele esticou a mão e pegou seu pulso, como se não conseguisse se impedir de tocá-la uma última vez.

– Boa noite, Kierse.

Ela gentilmente se desvencilhou e saiu da cafeteria. Considerou o ponto de vista de Lorcan. Será que estava tentando recrutá-la para sua causa, ou só odiava Graves demais?

Ela ficou feliz por Graves ter sugerido aquilo. Foi mais fácil, dessa vez, ser pega e analisar a suposta sinceridade de Lorcan. Havia coisa demais em risco para Lorcan estar tão perto da missão. A última coisa que Kierse queria era uma interferência dele.

Além disso, ela gostava que Graves tivesse abaixado as mesmas cartas que ela. Era sempre melhor saber o que seu inimigo estava pensando.

Capítulo Quarenta e Sete

A casa estava silenciosa quando Kierse voltou, mas o silêncio já não era opressivo ou mortal. Em vez disso, era gostoso voltar para ele. Quase como se fosse… um lar.

Ela subiu as escadas e ficou surpresa ao ver a luz acesa no quarto de Graves em frente ao escritório no segundo andar. Nunca tinha visto o que havia naquele quarto. Uma parte do seu cérebro de ladra lhe dizia para descobrir, mas, por mais interessada que estivesse, por mais que quisesse saber todos os segredos dele, ela percebeu que queria que ele mesmo lhe confiasse aqueles segredos. Que os ouvir dele seria muito mais satisfatório.

Então se virou para as escadas, deixando-o em paz pela noite, mas assim que pisou no primeiro degrau ouviu a maçaneta virar. E, quando olhou para trás, Graves saiu pela porta usando apenas um par de calças de corrida pretas.

Ela perdeu o fôlego. Nunca o tinha visto seminu. Mesmo quando transaram, ele tinha ficado completamente vestido, até com as luvas. Agora ela se lamentava por isso.

O peito dele subia e descia depressa, como se tivesse saído para uma corrida noturna. Suor reluzia no torso musculoso, as gotas reunindo-se em cada curva e fissura dos músculos abdominais. E aquela tatuagem finalmente, *finalmente* estava visível. Ramos de azevinho começavam nos pulsos dele e serpenteavam pelos antebraços tensos, com veias salientes, até o bíceps e o ombro e as bordas do peito. Os galhos se apertavam ao redor dos músculos, e espinhos se cravavam na pele como se estivessem fisicamente perfurando a carne. Era intricado e hipnotizante e facilmente a tatuagem mais realista que Kierse já tinha visto.

Seu coração martelou no peito. Vê-lo parado ali fez sua barriga despencar e seu âmago pulsar. Ela o queria de novo, como da vez em que ele a apertara contra as estantes da biblioteca. Brusco e voraz, com o monstro fora da coleira.

Mas muito mais aterrorizante era o fato de que Kierse o queria. *Ele.* Graves, o homem. Não o monstro. Uma sensação totalmente nova.

Graves ergueu os olhos e a viu observando. Deixou-a observar.

Ela engoliu em seco, descendo o degrau e o encarando.

– Corrida noturna?

– Esvazia a mente – confessou ele. – Você voltou tarde.

– Topei com Lorcan – contou ela, os olhos descendo cada vez mais até o *V* no topo da calça dele.

Ele deu um sorrisinho quando ela ergueu os olhos de novo, nem um pouco tímido. Só veio na direção dela, preenchendo o espaço.

– E como foi?

– Você tinha razão. Ele não sabe sobre a lança. Acreditou nas meias verdades que contei. Falei a ele que estava lá pra ver uma amiga. Ele acha que estamos atrás de Walter por ele ter se rebelado.

– Ótimo – disse Graves, satisfeito. – Sabia que podíamos usar o fato de ele te seguir em nossa vantagem.

Os olhos de Kierse passearam pelos braços musculosos dele. O bíceps volumoso e aqueles ombros largos.

– Aham.

– Você parece exausta – disse ele, diminuindo a distância.

– Estou – admitiu ela com um bocejo. Cobriu a boca, querendo ter se segurado. Estava cansada, mas não se importaria se ele a mantivesse acordada a noite toda.

Graves se aproximou mais, enfiando uma mecha solta de cabelo atrás da orelha dela. Normalmente, ela teria recuado, fugido do toque, mas não o fez. E o mais importante: nem queria.

Não com Graves.

Algo tinha mudado entre eles – e não era puramente físico. Na verdade, era aterrorizante precisamente porque eles não tinham transado desde a noite na biblioteca. Ainda assim, as coisas tinham mudado. Kierse se permitira ser mais vulnerável. Começava a conseguir interpretar um homem enigmático. E que estava olhando para ela...

Deus, ele estava olhando para ela como se Kierse fosse algo... precioso. Algo digno de proteger.

Quanto tempo fazia desde que ela deixara alguém protegê-la como Graves? Ela tinha seus amigos. Eles iriam aos confins da terra por ela, mas era sempre Kierse que os protegia. E Nate era família, mas Kierse cuidava de si, e ele sabia disso. Até Colette, que se importava com ela, sempre pensava em si antes de tudo. Era por isso que Kierse sempre se dera bem com todos eles. Eram pessoas como ela.

No entanto... Graves tinha a vida dela nas mãos, e Kierse acreditava que ele a ajudaria a sair viva do outro lado. Ela sentiu um frio na barriga com o pensamento.

— Você está tremendo de novo – disse ele, erguendo o queixo dela com um dedo para que o olhasse.

— Nunca vi você assim.

— Sem terno?

— Exposto – sussurrou ela.

Ele inclinou a cabeça.

— Não estou exposto quando estou com você.

Então deitou os lábios sobre os dela, que ficou desnorteada. Seu gosto era inebriante, e ela queria se afogar nele. Envolver-se daquela sensação para sempre e nunca se libertar. Kierse passou os braços ao redor do pescoço dele e puxou sua pele nua contra si. Sentiu o calor de Graves, seu abdome duro e o aperto firme de suas mãos nas costas dela enquanto ele a pressionava contra si.

Por muito tempo, cada toque gentil tinha vindo com um preço volátil, sem que ela soubesse se era ou não a vez que acabaria morta. E mesmo com seus amigos mais íntimos, que nunca a machucariam, Kierse ainda se encolhia contra a ideia desse nível de intimidade. Mas agora, ali, com Graves, tudo isso desapareceu.

Ele não a machucaria. O corpo inteiro dela derreteu com essa revelação.

E foi aí que seu telefone começou a vibrar.

Graves recuou, os olhos estreitando-se.

– O que é isso?

– Há, nada – disse ela, percebendo em pânico exatamente qual celular estava tocando.

O descartável.

E só duas pessoas tinham aquele número: Colette e Nate.

– Se não é nada, deixe-me ver.

Ele estendeu a mão. Seus olhos se endureceram, como se percebesse que ela não deveria ter aquilo, ao mesmo tempo que Kierse percebia que ele não podia saber.

Kierse tinha mantido o celular consigo a todo momento, mas ficava no silencioso, exceto para emergências. Ela não tinha antecipado que tocaria na frente de Graves. Ou, pelo menos, pensou que se acontecesse ela conseguiria silenciar e ligar de volta em outro momento.

Mas não era o que estava acontecendo.

Ela puxou o celular descartável, que tinha desligado e então rapidamente começado a vibrar de novo.

Graves tirou o aparelho da mão dela e, antes que ela pudesse impedi-lo, atendeu.

– Kierse! – ofegou Nate do outro lado da linha antes que Graves pudesse dizer qualquer coisa. – Você precisa sair para a rua neste exato minuto. Dê qualquer desculpa que precisar. Sou a pessoa que está mais perto de você, já que estava vigiando, e vou te buscar.

O tempo todo que Nate estava falando, os olhos de Graves estavam fixos nos dela. E qualquer gentileza e compreensão que houvesse neles evaporou ao ouvir as palavras saindo do celular. Ele soube então que ela vinha falando com eles, que Nate estava vigiando a casa, que Kierse tinha lhe dado um jeito de contatá-la.

Graves era conhecimento; podia facilmente inferir o significado daquilo.

Ela tinha quebrado o acordo deles.

— Graves — sussurrou ela.

Mas Nate continuava falando sem parar:

— Kierse? Está me ouvindo? Ethan e vários dos meus lobos foram drogados. Não sabemos se eles vão sobreviver.

De repente, ela não ligava mais para o que Graves pensava. Ethan estava em apuros, e a mente de Kierse entrou em curto-circuito. Ela arrancou o celular da mão de Graves e o apertou ao ouvido.

— Nate? O que aconteceu com Ethan? Ele foi *drogado*?

— Acham que alguém jogou alguma coisa na bebida dele e eles tiveram uma overdose.

— Na bebida dele? — perguntou ela, sem entender. Ethan não deveria estar em lugar nenhum onde alguém pudesse batizar a bebida dele.

— Eu te conto quando chegar aí — disse ele, e xingou. — Mais dois minutos ou eu vou invadir essa porra dessa casa, Kierse.

E então desligou.

As mãos de Graves estavam apertadas em punhos, e seus olhos eram como gelo. Ele se virou e começou a se afastar. Merda.

Ela o seguiu.

— Graves — chamou.

Mas não ousava cruzar o limiar para o quarto dele. A porta estando aberta ou não, não era um convite. Ela não tinha tempo para aquilo, caralho, mas precisava falar *alguma coisa*.

Graves voltou usando uma camisa.

— Você esteve em contato com seus amigos e com os Aterrorizadores — disse ele, a voz frígida.

— Não estive em contato com meus amigos.

— E Nathaniel O'Connor?

— Isso não se trata de Nate. É Ethan.

— Vá salvar seu amigo — disse Graves, apontando para a porta. — Seu lobo deve chegar a qualquer momento.

— Não faça isso — disse ela. — Não me afaste agora. É questão de vida ou morte.

– Eu nunca te impediria de ir ver seu amigo quando ele precisa de você – disse Graves. – Mas não se trata de Ethan, e sim do nosso acordo quebrado. Deixei *muito* claro que qualquer contato com seus amigos e associados os colocaria em risco e comprometeria a missão.

Kierse balançou a cabeça.

– Não foi isso que aconteceu.

Graves abriu a boca, pronto para cuspir fogo como o dragão que ele era, quando uma batida soou na porta da frente. Edgar e Isolde já tinham ido embora. E só havia uma pessoa que tinha sido enviada para buscar Kierse.

Kierse olhou para Graves em pânico antes de correr escada abaixo e abrir a porta. Nate estava parado no patamar em toda a sua glória, com medo real estampado no rosto.

Graves a seguiu, parecendo furioso. Nate não podia pôr um pé dentro da casa, por causa das proteções, mas de qualquer forma não era idiota a ponto de tentar.

– Olá, O'Connor – disse Graves tranquilamente.

Nate assentiu.

– Desculpe pela intrusão.

– Ah, não me importo nem um pouco – disse Graves de um jeito que deixou claro que ele se importava bastante. – Nosso acordo já foi quebrado. – Ainda estava encarando Nate como se a ira em sua expressão pudesse fazer o lobo desaparecer. – Então vá.

– Você não está falando sério – disse Kierse.

– Você sabe que estou.

Ela rosnou para ele:

– Eu sei que não tá, porra!

Kierse olhou para os dois homens. Mal conseguia processar que o mundo pareceria desmoronar ao seu redor bem quando Ethan estava morrendo e ninguém sabia o que acontecia com ele. Precisava estar lá.

Missão ou não. Traição ou não.

Não podia ficar ali quando parte do seu coração estava morrendo do outro lado da cidade.

– Vamos falar sobre isso quando eu voltar – disse a Graves, com firmeza, enquanto cruzava a porta até onde Nate estava.

Graves deu um passo para trás.

– Ambos sabemos que você não vai voltar.

Então fechou a porta na cara dela.

– Caralho! – gritou ela.

Não podia estar tudo acabado. Havia coisa demais em risco, para os dois, para acabar assim.

– Kierse – chamou Nate, com urgência, atrás dela. Parecia pronto para carregá-la pela escada até o carro à espera.

No fim, ele não precisou. Ela sempre escolheria Gen e Ethan. Consertaria seu relacionamento com Graves mais tarde.

Virou-se e deixou a casa dele, quebrando o acordo e tudo o mais.

Capítulo Quarenta e Oito

Kierse pulou para dentro do carro de Nate enquanto ele corria até o outro lado e se jogava no banco do motorista. Ele apertou o pedal e ligou o motor.

– Não quis te dedurar – disse Nate.

– Não me importo com isso, só me importo com Ethan agora – disse ela, enquanto a cidade disparava pela janela à noite. – Lido com Graves depois.

– Certo.

– Me diga que caralhos aconteceu. Ethan estava na boate? Que porra ele estava fazendo lá?

– Ele estava aprendendo a ser bartender com Kara – disse Nate, correndo a mão pelos seus cachos.

– Como é que é? – perguntou ela, a voz letalmente baixa.

– Ele queria – explicou Nate. – Eu disse que tudo bem aprender com ela, mas não estar oficialmente na boate. É duro ficar trancado num quarto, Kierse.

– A vida dele estava em perigo! Ele foi drogado!

– Eu sei. Porra, eu sei. O lugar deveria ser seguro. Muitas drogas passam por lá, mas basicamente nenhuma delas funciona nos meus lobos como nos humanos. E três deles estão na mesma condição, incluindo Kara – disse ele. – Então estou levando isso a sério, porra, e sinto muito.

– Sente muito? – disparou ela. – Era pra você manter eles em segurança.

– Eles estavam seguros – insistiu ele. – Mas ainda queriam viver, porra. Gen está trabalhando com Maura, treinando para ser enfermeira. Ela se encaixou direitinho.

– Ela está indo *lá fora* com Maura?

– Não, não, só ajuda depois dos turnos dela e tal. Ela está segura. Juro.

– Se Ethan morrer, Nate, eu juro por Deus...
Ele empalideceu e assentiu.
– Eu sei.
Kierse não conseguiu relaxar no caminho inteiro até Five Points. Fechou os olhos para acalmar seu coração disparado. Surtar só pioraria as coisas. Ela precisava manter a cabeça fria. Devia haver uma solução.

Nate estacionou em uma garagem a uma quadra de Five Ponts, e eles correram juntos pelo território dos Aterrorizadores. Depois de ficar acordada por quase vinte e quatro horas, Kierse estava exausta, mas tinha de seguir em frente. Nate a levou a uma porta dos fundos, vigiada por Finn.

– Chefe – disse o homem, com um aceno e um sorriso triste quando a viu. – Kierse.

– Oi, Finn.

Finn abriu a porta para eles.

– Como estamos? – rosnou Nate. Ronan apareceu ao lado deles enquanto subiam as escadas.

– Kara, Elijah e Haylee estão lutando contra o que quer que tenham ingerido, mas a reação está pior do que a que costumamos ter com drogas. – Ronan deu um olhar sombrio para Kierse. – Ethan não piorou, mas também não melhorou. Transferimos todos para a sala de conferências quando Mateo se transformou.

Nate ergueu as sobrancelhas.

– Ele se transformou?

– Involuntariamente.

Nate rangeu os dentes.

– Merda. E a substância?

– Interrogamos os bartenders, os seguranças e os clientes regulares que estavam aqui quando aconteceu, mas ninguém viu nada fora do comum.

Nate assentiu.

– Bom. Volte para o seu posto.

Ronan acenou para Nate e depois Kierse, antes de desaparecer nas sombras outra vez.

Nate levou Kierse por mais um lance de escadas, e então abriu a porta da sala de conferências. Ela entrou correndo, com Nate a seguindo de perto. A sala teria ficado lotada mesmo sem dois lobos adultos deitados na mesa. Kara era a última a permanecer na forma humana. Sua pele tinha perdido toda a cor, e ela tremia como se resistisse à transformação.

Ethan estava deitado numa mesa, com Corey apertando sua mão. Seu rosto estava amarelado, e a cicatriz destacava-se contra o rosto doentio. Se não fosse pelo movimento penoso do peito, Kierse pensaria que ele já estava morto.

– Ah, Ethan – disse Kierse, correndo para o lado dele e pegando sua outra mão.

Gen jogou os braços ao redor dela.

– Você veio.

– Claro que vim. – Ela recuou para ver os olhos injetados de Gen. A amiga parecia mais magra, como se aquilo tivesse sugado sua vida também. – Como ele está?

– Não sei – disse Gen. – Maura que é enfermeira. Sou só aprendiz.

– E precisamos de uma médica – disse Maura, tensa. Nate foi até ela e beijou sua bochecha. Maura olhou para Kierse com uma expressão neutra, mas ela entendeu o que estava escondendo. A situação era ruim. – Ethan está vivo. Todos estão, por enquanto. Já administrei carvão ativado para evitar que as drogas sejam absorvidas. Mas não está funcionando.

Maura olhou para Gen como se buscasse conforto de sua própria assistente. Gen tinha esse efeito em todo mundo.

– Posso dar outra dose a Ethan – insistiu Gen.

– Mas não podemos dar aos lobos, não sem nos machucar – disse ela, enfática. – Não tenho o equipamento para intubar ninguém aqui para uma lavagem estomacal. Precisaria levá-los a um hospital.

– Podemos levar Ethan – disse Gen. – Kara, talvez. Mas e os lobos transformados?

Kierse conhecia o hospital perfeito.

– Tem um hospital para monstros no Queens. Eles podem tratar seus lobos.

— Queens? – disse Maura. – Eles nunca chegariam lá. Nem sei se poderíamos transportar qualquer um deles.

Kara gritou nesse momento, e todos congelaram quando garras de repente arranharam a mesa de conferências. Ela arqueou as costas. Seus olhos se abriram, indo de grandes e azuis a pontinhos pretos em um instante. E então, entre um segundo e o seguinte, ela se transformou. Seu corpo se alongou, a pelagem aparecendo, e quando desabou de volta na mesa era um lobo cor de mel com presas capazes de cortar uma pessoa no meio.

— Porra! – xingou Nate. – Eles não deveriam estar se transformando involuntariamente. Isso não é natural. Maura?

Ela balançou a cabeça, a calma quase se estilhaçando.

Gen foi até ela.

— O que temos de fazer?

Maura fechou os olhos por um segundo antes de dizer:

— Tirar eles daqui. Eu não posso fazer mais nada.

— Você precisa tentar! – exclamou Corey. – Se o transferirmos, ele não vai aguentar.

— Se não fizermos nada, ele definitivamente não vai – disse Nate, apoiando a mão no ombro de Corey.

Maura suspirou.

— Não temos tempo pra decidir. Só precisamos levá-lo ao hospital.

— Eu estava lá quando aconteceu – disse Corey, arrasado. – Ele estava bem até que de repente ficou maluco, tipo, perdendo a inibição. Nunca o vi assim. Achei fofo no começo, mas daí...

Kierse olhou para o rosto angustiado dele. Não estava chorando, mas seus olhos estavam distantes e perdidos. Como se alguém estivesse cortando uma parte dele enquanto Ethan jazia na mesa. Ver aquele Roleta desmoronando quase a fez perder o controle.

— Sabemos qual droga poderia causar isso? – perguntou Kierse. – Fazer lobos se transformarem assim?

Ela enfiou as mãos nos bolsos, sentindo-se impotente. Queria que Graves estivesse ali. Queria ter pedido a ele que fosse com ela. Não porque ele poderia ter feito algo para ajudar; ele não tinha poderes de cura. Se tivesse, com certeza teria feito algo para acelerar sua recuperação quando a magia de Imani quase a tinha matado.

Que tipo de droga poderia deixar alguém assim – completamente desinibido? Fazer um lobo se transformar involuntariamente?

Poderia não ser uma droga?

Poderia ser magia?

E era por *isso* que os métodos humanos não estavam funcionando?

– Nunca ouvi falar de nada que possa forçar a transformação nos meus lobos – disse Nate.

– Tem uma droga nova no mercado – disse Corey. – Nem sabemos como é uma overdose no pó vermelho.

Kierse se congelou.

– Espere... pó *vermelho*? – Talvez não fosse só magia. Talvez fosse *a magia de Imani.* – Essa droga se chama pó dos desejos?

Nate assentiu.

– Sim... como você sabe?

Kierse balançou a cabeça. Graves tinha dito que o pó de Imani não era perigoso. Que o produto que ela fabricava para as festas só intensificava o desejo sexual. Ela não sabia se isso era um ataque de Imani, mas alguém claramente queria machucar Ethan para atingi-la.

Ou Ethan precisava de um hospital ou Kierse teria de usar sua magia. Exceto que ela não sabia como. Tinha praticado com Graves por horas, sem sucesso. Não conseguira senti-lo nem uma única vez; nunca conseguira usar sua intenção para desenhar uma proteção.

Mas se aquilo fosse pós dos desejos, mesmo que chegassem com Ethan a um hospital, o que já era improvável, não haveria nada que os médicos pudessem fazer por ele. Seria tudo em vão. Eles lavariam seu estômago e a magia não se dissiparia. O desejo dele ainda poderia matá-lo.

Graves saberia caso houvesse magia envolvida, mas não havia tempo para buscá-lo.

Só tinham Kierse.

Capítulo Quarenta e Nove

— Me deixa ver ele – disse Kierse, afastando Maura para chegar a Ethan.

– O que está fazendo? – quis saber a enfermeira.

– Kierse? – chamou Gen, como se sentisse a mudança nela.

Sem aviso, ela apertou as mãos ao peito de Ethan e fechou os olhos. A magia estava lá. Ela só precisava encontrá-la, senti-la e perceber o seu peso. Nunca tinha feito isso, mas não era um treino. Era vida ou morte.

Então ela mergulhou mais fundo. Cutucou os espaços de sua consciência que nunca tinha acessado. Todos aqueles momentos em que fora mais rápida, mais veloz, mais forte que outros da sua idade ou mais velhos. Quando deveria ter sido uma pirralha a morrer nas ruas, mas tinha sobrevivido. Todos aqueles instintos que a mantiveram viva. Sua própria magia e força tinham feito isso. Kierse precisaria de ambas para aquilo funcionar.

Como um despertar súbito dos sentidos... estava lá.

Suave no começo. Um roçar gentil contra sua consciência. Uma brisa ávida indicando que o inverno tinha acabado e a primavera estava chegando. Kierse se agarrou àquela sensação nova e estranha na mente. Aferrou-se a ela, chamando-a até entrar em foco. Uma luz brilhante na escuridão.

Ela estava *certa*.

A magia infundira o corpo de Ethan. Da cabeça aos pés, ela era uma grande mancha. Um receptáculo para os poderes de Imani, no qual se manifestavam o calor e o toque da magia dela.

E havia algo mais: flores. Ela sentia o cheiro. Especificamente de lírios. Nunca tinha conseguido cheirar a magia de outro feiticeiro, mas agora tinha certeza de que a magia de Imani tinha o cheiro enjoativo e arrebatador de lírios. Quase engasgou com o gosto e o cheiro opressivos.

Mas se recusava a perder o foco, porque agora vinha a parte complicada. Ela precisava absorver aquela magia do corpo de Ethan e puxá-la para o seu. Kierse nunca tinha absorvido magia antes. O medo embotou seus sentidos. Não o medo de não conseguir, mas o de que *conseguiria*. De que a puxaria para dentro de si e se afogaria de novo na magia daquela feiticeira.

Será que sobreviveria? Podia sair inteira e forte de novo depois do que a magia de Imani fizera com ela da última vez? Sem nem ter o antídoto de Graves para a estabilizar? Ela abriu a boca, querendo pedir que alguém chamasse Graves. Querendo, por favor, que outra pessoa carregasse aquele fardo.

Porém, quando o fez, os fios deslizaram para longe. Ela quase perdeu Ethan, que começou a convulsionar.

– Kierse! – exclamou Corey.

Maura tentou chegar a Ethan, mas Kierse ficou firme. Fechou os olhos, alcançou aquela fragrância enjoativa e encontrou a magia de novo.

Graves não podia ajudá-la agora. Era ela que tinha de entender aquilo e lidar com o que acontecesse.

Suas mãos tremiam contra o peito de Ethan e, por um segundo, foi como se algo a apertasse na cintura. Como se estivesse completamente imobilizada por aquela dor esmagadora. Como se um tijolo de dez toneladas pesasse sobre ela, esmagando-a de todos os lados e tentando cortar a conexão.

E então havia uma mão no braço dela – o toque mais suave dos dedos de Gen. E sob esse toque Kierse inspirou, uma, duas vezes. Então sentiu… a magia de Gen, de certo tipo. Não magia de feiticeiros. Só uma luz no fim de um longo túnel. A parte de Gen que sempre lhe permitira ler cartas de tarô e tornava seus remédios tão potentes. A parte de Gen que coletava pessoas abandonadas e quebradas e cuidava delas até sararem. A parte de Gen que era só… Gen.

O toque de Gen estava lá. Ela acreditava em Kierse. Que Kierse podia fazer isso. Gen não precisava saber o que estava acontecendo para confiar que Kierse era capaz. Era disso que ela precisava. Gen sempre sabia do que ela precisava.

E quando Kierse envolveu sua magia ao redor daquela semente dos poderes de Gen e levou a combinação resultante até Ethan, sentiu *outra* centelha em resposta.

Ethan.

Uma luz diferente da que havia em Kierse ou Gen. A parte de Ethan que fazia suas plantas crescerem. A parte de Ethan que o mantinha feliz mesmo nos dias sombrios. A parte essencial de Ethan.

Aquilo ganhou vida com o toque delas e criou uma ponte para fechar o triângulo deles. Três partes. Uma trindade. O começo, meio e fim. Só o suficiente para os prender uns aos outros.

Exalando fundo, ela se segurou a Gen e Ethan, sabendo agora que conseguia fazer aquilo. Então, inspirou o máximo de ar que conseguiu, e com ele veio a magia.

A energia que se acomodara no corpo de Ethan subiu, subiu e subiu, até sair dele... e entrar nela.

A magia não seria vista por mais ninguém na sala. Até aquele momento, nem Kierse conseguira vê-la. Mas de repente o cheiro e o fogo da magia transformaram-se num brilho dourado suave sobre o corpo inteiro dela. Seus olhos se arregalaram com uma nova consciência – a sensação de que tudo estava entrando no lugar, bem como Graves tinha dito.

Quando tentou tocar aquele brilho dourado, ela pôde *sentir* a magia como uma maré crescente. Aquilo encharcou sua pele e percorreu seu corpo enquanto lírios a consumiam e o fogo tentava alcançá-la. *Olá, velha amiga.* Doía. Fincava-se nela como se tentasse quebrar seus ossos e deixá-la em um milhão de pedacinhos. A dor a agarrou, apertou e contorceu. Junto veio a agonia, e Kierse teve um vislumbre do abismo. Mas resistiu. Recusava-se a soltá-la.

Havia mais magia. Muito mais.

Kierse queria vomitar, esvaziar o estômago e se livrar daquele revestimento vil, mas não conseguia mover as mãos. Nem se quisesse. Estavam coladas ao peito de Ethan, absorvendo cada parte daquele brilho dourado e trazendo-o para seu corpo. Os olhos dela ardiam, em chamas. Suas mãos começaram a tremer, depois seus braços e o resto do corpo. Um zumbido se assentou em seus ouvidos, e todas as pessoas desapareceram exceto por ela, Gen e Ethan.

O tempo não tinha mais sentido, não naquele domínio onde ela estava trabalhando. Em algum ponto distante, ela ouvia seus amigos. Colette finalmente chegara. Outros também. Finn e Ronan. Estavam gritando e tentando conter os outros lobos.

Mas Kierse não podia parar. Não até tirar tudo aquilo do corpo de Ethan. Não até ele abrir os olhos e lhe dar seu lindo sorriso.

Não até ele viver. Mesmo se ela morresse.

– Quase lá – disse Gen suavemente.

Como se soubesse como Kierse estava perto. A linda e intuitiva Gen.

Então a última gavinha de magia se enrodilhou nos dedos de Kierse. Ela segurou o último pedacinho na mão como uma pequena chama, até que a magia voou para dentro do seu corpo e ela a sentiu enterrar-se fundo.

Mas não tinha acabado. Estava repleta de poder, que já sobrecarregava seu corpo, mas ainda havia muito mais.

Ela estendeu a mão e segurou a pata de Kara, puxando a magia para fora dela. Estava determinada a drenar tudo, depois entraria em câmera lenta e libertaria a magia de Imani. Mas só podia fazer isso quando tivesse acabado de vez, porque não sabia se conseguiria estabelecer aquela conexão de novo tão cedo.

Enquanto puxava a energia do corpo da loba, algo mudou em Kara – como se ela resistisse. Ela começou a se debater, e Nate gritou de novo, tentando fazê-la parar. Garras se fincaram na pele de Kierse, que gritou.

A dor a dominou. Ela tentou resistir e puxar mais magia para si, mas a sensação não era só a dor do braço que sangrava. Era a magia. Sua absorção estava se esgotando. Ela não conseguia tomar mais. Não era forte o bastante.

– Não – sussurrou, lutando contra a dor e a magia. – Não.

– Kierse, por favor. – Gen abraçou sua cintura e a puxou para trás.

Quando perdeu o toque em Kara, a conexão se quebrou e Kierse desmoronou contra a amiga.

Ethan não brilhava mais, mas Kierse queimava forte como o sol.
– Ela salvou Ethan – sussurrou Gen.

O mundo estava girando. Todos estavam em choque, mas Kierse não conseguia dizer nada. Não conseguia entrar em câmera lenta. Mal conseguiu pensar no nome de Graves antes de o chão ir de encontro a ela, tão receptivo.

E então tudo ficou maravilhosamente escuro.

Capítulo Cinquenta

Kierse estava numa cama.

Não era tão macia quanto aquela em que geralmente acordava.

Onde estava? Tudo estava tão confuso e distante.

Ela abriu os olhos grudados e piscou depressa contra a luz forte. Eles não se ajustaram rápido o bastante, e ela lentamente ergueu o braço para protegê-los.

– Ai – gemeu.

– Kierse! – ofegou uma voz.

Ela reconhecia aquela voz. Quando abaixou o braço, viu Gen inclinada sobre ela. *Gen?*

– O que... você está fazendo aqui? – perguntou Kierse.

Gen franziu a testa.

– Do que você se lembra?

Ela tentou recordar, mas estava tudo em branco. Estava trabalhando com Graves. Foi ao Terceiro Andar. Falou com Torra. Viu Lorcan. O que aconteceu depois? Como ela tinha chegado até Gen?

Outro rosto apareceu sobre ela. Ethan.

Kierse piscou depressa. Estaria sonhando?

– O que *você* está fazendo aqui?

– Você está em Five Points – disse Ethan, caindo na cadeira ao lado da cama. – Salvou minha vida.

Os olhos de Kierse se ergueram para ele. Não parecia que ele tinha sido salvo.

– Salvei?

– Ethan foi drogado – disse Gen suavemente. – Você apareceu e extraiu as drogas dele com as suas... com as suas mãos.

Com as mãos? Do que estavam falando? E então ela sentiu a magia.
— Ai, Deus.
Kierse virou a cabeça e vomitou em um cesto ao lado da cama. Vomitou tudo que tinha no estômago — e depois um pouco mais.

Não se sentia tão mal desde o pó dos desejos. Certo. A lembrança do que ela tinha feito voltou de uma só vez. Aquilo *era* pó dos desejos.

Depois de esvaziar o estômago, ela desabou de novo na cama e esperou o quarto parar de girar. Estava esgotada, mas tudo na sua consciência estava diferente. Como se o mundo tivesse assentado uma segunda camada sobre sua mente. Agora ela não sabia como tinha deixado de ver antes. Sempre seria tão intenso e arrebatador? Ou uma hora pareceria normal, como se o mundo nunca tivesse sido embotado?

— Eu lembro — disse aos amigos. — Me lembro de tudo.
Gen e Ethan se entreolharam.
— Você usou... magia, certo? — perguntou Gen. — Graves te ensinou a fazer isso?
— Sim — disse ela. Depois: — Não. Quer dizer, ele tentou me treinar, mas eu só entendi na hora de salvar Ethan e os outros.

Gen empalideceu, e Ethan abaixou os olhos para as mãos. Eles não estavam lhe contando alguma coisa.

— Os outros — sussurrou Kierse. — O que aconteceu com Kara e os dois outros lobos?

Gen engoliu em seco.
— Eles... eles não sobreviveram.
Kierse percebeu então que seu outro braço estava em uma atadura e lembrou de Kara enfiando as garras nela enquanto tentava puxar a magia. Mas Kierse não fora forte o bastante. Não treinara o suficiente e tinha rompido a conexão.

— Eu deixei eles morrerem — sussurrou ela, horrorizada.
— Não foi culpa sua — disse Ethan, depressa.
Ela sentiu lágrimas encherem os olhos. Mas era, não era? O pó dos desejos estava na cidade por causa de seu roubo. A droga em Ethan fora

para atingir Kierse. Tudo retornava a Graves, mas nada daquilo teria acontecido se ela não tivesse aceitado aquele primeiro trabalho. Se tivesse decidido recusar por não ter informações suficientes. Ela estava tão focada na recompensa que não se preparara o suficiente. E agora pessoas tinham morrido.

– É – disse ela, rouca. – É culpa minha.

– Você salvou a vida de Ethan – lembrou Gen.

– Não fui forte o bastante para salvar os outros.

– Não era sua responsabilidade – disse Ethan, pegando a mão dela com gentileza. – Você fez o que podia, e eu sempre serei grato.

Kierse assentiu, fechando os olhos e contendo as lágrimas. Aquilo tinha acontecido por causa de Imani. Era vingança. Ela se lembraria e ficaria mais forte.

Ninguém jamais morreria sob seus cuidados de novo.

– Kierse – disse Gen. – Quando você puxou a magia de Ethan... eu senti algo também.

Ela abafou toda a culpa e dor e abriu os olhos para encarar sua linda amiga.

– Você sentiu sua magia.

– A *minha* magia – disse ela, maravilhada.

– E a de Ethan.

Ethan balançou a cabeça.

– Eu não tenho magia.

– Tem, sim – disse ela. – Não sei como, mas você tem.

– Eu também senti – disse Gen.

– Não sei o que qualquer um de vocês pode fazer ou o que são. Ainda não tenho as respostas nem sobre mim mesma, mas vamos encontrá-las juntos – prometeu ela. – Tudo que posso dizer é que há um motivo pra você conseguir ler tarô. – Ela virou-se de Gen para Ethan. – E tem um motivo pra você conseguir cultivar plantas no inverno.

Os olhos de Ethan caíram para as dúzias de plantas novas que ele espalhara pelo quarto.

— Isso não é magia.

— É alguma coisa — disse ela.

— E estamos todos juntos nisso — disse Gen.

— Isso mesmo — confirmou Kierse. — Como um fio amarrado entre nós.

Gen parecia esperançosa. Ethan estava cético. Mas Kierse tinha sentido aquilo, assim como Gen tinha dito. Os amigos não eram mais humanos do que ela.

E só havia um jeito de obter respostas.

Os olhos dela se arregalaram de alarme.

— Esperem, há quanto tempo eu estou inconsciente?

— Três dias — disse Ethan.

Kierse ficou atordoada.

— Três dias? — Ela contou os dias na cabeça. — Ah, porra, já é o solstício?

— É amanhã — disse Gen. — A noite do dia vinte. A lua cheia é amanhã, então todos os lobos estão em lockdown na boate. Íamos encontrar Maura assim que você acordasse.

— Caralho, caralho, caralho — disse ela, jogando os cobertores para longe. *Três dias, porra.*

— Preciso achar Graves.

— Você vai voltar? — perguntou Ethan, incrédulo.

— Preciso — disse ela, erguendo-se e cambaleando. A cabeça girava, mas precisava chegar a ele o quanto antes.

— Você nem consegue ficar em pé. Não pode ir a lugar algum — disse Gen, esticando a mão para segurá-la. — Tem de ficar em lockdown com a gente. É seguro.

— Escutem, eu amo vocês dois. Tomei a decisão certa ao voltar pra ver vocês, mesmo que Graves tenha discordado. — Pensar nele batendo a porta na cara dela ainda a enfurecia. Ela escondeu a irritação enquanto pegava as roupas na mesa de cabeceira. Estava usando só uma camisola de hospital e precisava sair. — Ele disse que eu quebrei nosso acordo vindo aqui, mas tem coisas demais em risco pra dar pra trás agora.

— O que está em risco? — perguntou Ethan. — O dinheiro? Podemos ficar aqui, Kierse. Eu estava cético no começo, mas gosto de viver com os Aterrorizadores.

Ela sacudiu a cabeça.

— Não é seguro. O que aconteceu *prova* que não é seguro. E não será seguro até eu terminar esse trabalho.

— E é por isso que você vai voltar? — perguntou Gen. — Pela nossa segurança?

— Torra está viva — disse ela, sem fôlego.

Gen e Ethan a encararam em choque.

— Como? — sussurrou Gen.

— Não pode ser — disse Ethan.

— Eu a encontrei — contou Kierse, se apoiando contra a parede. Porra, precisava se livrar daquela tontura. — Eu a encontrei e prometi que a tiraria de lá. Além disso, esse roubo envolve muito mais do que imaginava quando concordei com o trabalho. Confiem em mim quando digo que não podemos deixar esse objeto nas mãos do Rei Luís se não quisermos outra Guerra dos Monstros.

O queixo de Ethan caiu.

— Você está falando sério? — sussurrou Gen, em choque.

— Mortalmente.

Kierse vestiu a camiseta e então enfiou os braços de volta na jaqueta. Ela sibilou quando a puxou sobre o braço ferido.

— Mas com certeza você pode descansar por mais um dia.

— Não, a gente vai amanhã à noite — disse ela. — Preciso voltar agora. Graves precisa ser sensato sobre tudo isso, acordo quebrado ou não. — Kierse mordeu o lábio e hesitou. — Ele precisa.

A expressão de Gen se suavizou.

— Você quer voltar pra ele.

Claro que Gen veria a verdade.

— Quero — disse Kierse, como uma confissão. — Ele ficou… diferente. Gentil, a sua própria maneira.

Ethan fez uma careta.

— Achei que fosse um monstro.
— Eu também — sussurrou ela.

Seus pensamentos vagaram enquanto ela se lembrava de Graves lhe oferecendo seu casaco, do jeito como a tinha segurado no túnel, como tinha enfiado seu cabelo atrás da orelha enquanto a olhava com aqueles olhos cinza inimitáveis. O gosto de *babka* e os lábios dele apertados nos dela. Aquele sorrisinho que ela só começara a interpretar agora. Todos os muitos jeitos pelos quais, na mente dela, Graves, o monstro, se tornara Graves, o homem.

Gen tocou a mão dela.

— Você fala como se gostasse dele de verdade.

— Ele é um monstro, mas é o *meu* monstro.

Gen e Ethan ficaram quietos após essa proclamação. E era a verdade sobre Graves. Toda a verdade. Algo que Kierse nem sabia se tivera tempo para examinar.

— A vida inteira, eu fugi do meu passado. Não quero mais fugir. Não dele. — Ela limpou a garganta e ergueu os olhos para os amigos. — Então, eu amo vocês, mas vão ter de entrar em lockdown sem mim, porque preciso ir embora.

— Precisa mesmo — concordou Ethan, como se finalmente entendesse também.

— Só mais uma coisa antes de você ir — disse Gen, tirando uma carta dos seus pertences e estendendo-a a Kierse. — Tirei uma carta pra você.

Kierse a virou, revelando O Mago. *Graves.*

— Obrigada — disse.

Então puxou os amigos para um longo abraço, reuniu forças e saiu.

Um peso se assentou nela enquanto saía de Five Points. A porta se fechou por dentro. Ela a puxou duas vezes só para garantir que ninguém entrasse.

Então olhou para o lugar com resignação. Era a coisa certa a fazer, mas ela não se sentia bem deixando-os indefesos. Se o pó dos desejos entrara e ferira os amigos, poderia acontecer de novo. Talvez fosse Imani; talvez fosse outra pessoa tentando atingir Kierse ou Graves. Não importava — eles não feririam seus amigos.

Kierse tinha algo a proteger. E quando focou a intenção no prédio, sua magia veio com facilidade. Ela desenhou a proteção para o prédio todo. Não parou para se perguntar se estava fazendo certo, só usou a magia como lhe vinha intuitivamente. Quando acabou, Five Points era um estabelecimento livre de pó dos desejos. Ninguém poderia levá-lo para dentro. Seus amigos estavam seguros.

O zumbido da magia era só um ruído baixo no fundo da mente quando ela encarou o pequeno rouxinol marcado em sua proteção.

Agora, ela podia ir.

Interlúdio

Isolde foi trabalhar cedo.
Alguma coisa parecia errada.

Ela tinha acordado no meio da noite sentindo como se insetos rastejassem sobre sua pele. Não conseguira voltar a dormir, nem pensar em mais nada.

Em vez disso, se vestiu e foi à casa de Graves antes do amanhecer. Decidiu assar alguns pães. Ele adorava pão fresco de manhã. Adorava o cheiro flutuando pelas escadas para acordá-lo.

Porém, quando chegou, ele estava sentado na cozinha – como se soubesse que ela apareceria. Um copo de cristal estava diante dele, vazio exceto por alguns cubos de gelo no fundo. Ele o encarava como se fosse se encher sozinho. Ou como se quisesse se afogar nele.

Não era tão diferente da primeira vez que o vira. Ela estivera trabalhando como confeiteira muito longe dali. Ele aparecia todo dia, pedindo uma de suas últimas criações. Ela tinha admirado seu físico bonito, mas havia algo sombrio dentro dele. Algo que o retorcia. Ela só tinha vinte e cinco anos na época, ainda ousada e imprudente.

O dia em que ele ficou depois que fecharam a loja, com a cabeça enterrada num drinque, Isolde puxou papo. Nunca houve nada romântico entre eles. Ela viu rápido demais que ele nunca poderia *amar* alguém. Não do jeito que ela queria. Era um homem de mil estilhaços.

Quando ele ofereceu o emprego, Isolde não pensou duas vezes antes de aceitar. Via que ele precisava de cuidados. E, estranhamente, queria ser a pessoa que cuidaria dele.

Ao longo dos anos, ela vira pessoas entrarem e saírem da vida dele. Homens e mulheres entravam na sua cozinha e logo partiam. Poucos ficavam muito tempo enquanto ele os treinava.

Se havia uma coisa constante em Graves, eram as partidas.

As pessoas na vida dele eram temporárias.

Ele nunca se aproximava de outra alma viva para sentir algo mais que um interesse passageiro. Isso enfurecia a maioria das pessoas. Algumas iam embora tristes e resignadas. Talvez vissem o que ela vira – que um homem dilacerado não conseguia amar, pois ninguém podia juntar pedaços que tinham sido tão estilhaçados.

Pior: quem poderia amá-lo? Isolde o amava à sua própria maneira. De um jeito diligente. Era devotada a ele. Mas Graves só lhe mostrava o seu melhor. Para ser amado, era preciso mostrar o seu pior também.

Isolde conhecia o homem para quem trabalhava.

Ele era o vilão da própria história.

Ela não se importava. Ele a pagava, se importava com ela, cuidava dela. Mas, para ter mais do que isso, era preciso conhecer alguém de verdade. Ver quem era, com todas as partes danificadas, e querer ficar com a pessoa mesmo assim.

Quando ela o viu sentado ali na cozinha, soube no coração o que tinha acontecido.

Kierse tinha ido embora.

E ele a deixara partir.

Isolde entrou em silêncio na cozinha. Pegou os ingredientes e misturou com cuidado a farinha, o sal e o fermento. Acrescentou a água por último, juntando a massa como fora ensinada a fazer tanto tempo antes. Seus velhos braços não gostavam de sovar, mas ela achava melhor do que usar uma das batedeiras modernas. Mais rápido não significava melhor. Rapidez não imbuía a massa de amor.

Foi só quando tinha jogado a massa no balcão e começado a sovar que ela falou.

– Kierse foi embora?

Graves assentiu. Nem parecia surpreso.

– Ela voltou para a família.

– De vez?

Ele assentiu de novo.

— Sim. — Ele fez uma pausa. Uma chama cruzou seu rosto antes de rapidamente se dissipar. Como se ele nem conseguisse mais achar a raiva. Deu um pequeno suspiro. — O tempo dela aqui sempre foi tênue.

— O que você vai fazer?

— O que sempre faço. — Quando ergueu os olhos para ela, ele parecia estar sofrendo. — Começar do zero. De novo.

Isolde viu a verdade sob aquelas palavras. Ele estava magoado. Fora tão diferente nas últimas semanas. Kierse fazia bem para ele; não aceitava seu comportamento moroso. Fazia piadas. Eles tinham interesses similares. Tinha sido uma bênção ver os dois começarem a se abrir. Ela nunca achara que veria chegar o dia — e, pela primeira vez desde que começara a trabalhar para Graves, se perguntou se estava errada sobre ele. Se ele *era* capaz de amar, no fim das contas.

— Mas e Kierse?

— Ela tomou sua decisão. Eles sempre tomam. Um após o outro após o outro. Eles escolhem... — Ele abanou a mão, depois pegou a garrafa e se serviu outro drinque. — O que acham importante.

Acima dele. Acima de aprender magia. Acima daquela vida.

Ela entendia, a seu modo, por que alguém iria querer uma vida simples. A magia dele não era simples de forma alguma. Era sombria, mortal e perigosa. A maioria das pessoas não conseguia lidar com aquilo. Isolde tinha pensado que Kierse era diferente.

Não pôde evitar dizer isso em voz alta.

— Achei que ela era diferente.

Enquanto olhava para o patrão, ela percebeu... que ele também tinha achado.

— Pois é — concordou ele.

E doía ainda mais saber que ele estava errado.

Parte VI

O SOLSTÍCIO DE INVERNO

Capítulo Cinquenta e Um

A última coisa que Kierse queria era andar cinquenta quadras para o norte no frio. Entretanto, sem os Aterrorizadores para levá-la de carro ou pagar um táxi, ela não tinha escolha. Enfrentou a entrada do metrô na 14th Street, pagando um troll particularmente irritável, e pegou o trem 1 para a cidade alta. Bateu carteiras ao longo da plataforma para restaurar sua magia e, quando saiu no Upper West Side, começava a se sentir melhor. A queimadura de magia estava passando.

Seu desdém prévio pelo bairro tinha sumido completamente. Poucas semanas antes, teria bufado ao ver as ruas limpas e bem iluminadas, mas agora parecia... certo.

Suspirou aliviada quando a casa de Graves entrou à vista. Dentro daquelas paredes havia muito mais do que já tinha sonhado. Embora parecesse que estava voltando para casa, seus passos eram hesitantes enquanto se aproximava da porta da frente e de sua aldrava de dragão chamativa, conhecendo a fera que morava no interior. Sorriu com o pensamento, mas a expressão sumiu quando bateu à porta.

Poderia facilmente ter só cruzado o limiar. A magia de Graves não podia mantê-la fora. Mas sentia-se mais como uma convidada do que da última vez que tinha batido naquela porta. Não sabia se era bem-vinda.

O momento se prolongou. Ela ergueu a aldrava e bateu de novo. Um momento se passou, até que a porta lentamente se abriu.

Graves apareceu na frente dela. Estava usando uma camisa social amarrotada e calça social. Os três primeiros botões da camisa estavam abertos, e as mangas enroladas até os cotovelos, revelando as tatuagens de azevinho. Uma garrafa pela metade pendia da mão dele. O cabelo lhe caía sobre a testa, a luz da rua refletindo das madeixas escuras. Os olhos, aquelas nuvens de tempestade, a absorveram em um exame demorado. Ele parecia ter tido dias piores do que ela, o que não era dizer pouco.

– Kierse? – perguntou ele, no que só podia ser descrito como choque.

Ela nunca tinha ouvido aquele tom, não na voz dele. Nunca nem tinha ouvido seu nome na língua dele. Ela sempre fora a srta. McKenna ou Rouxinol. Era perturbador.

Ele a olhou por um momento como se fosse uma equação matemática complexa.

– O que está fazendo aqui?

– Posso entrar?

– Acredito que nunca tenha pedido permissão. – Ele recuperou a bravata o suficiente para estender o braço e deixá-la entrar. Deixou a garrafa de bourbon numa mesa lateral enquanto fechava a porta com o pé.

Kierse esfregou as mãos e as soprou.

– Por que está tão frio aqui?

– Estou sozinho.

Eles ficaram parados no limiar gelado. Nenhuma palavra trocada, só silêncio. Graves estava abalado pela aparição dela. Como se o cordão que corria entre eles fosse frágil e pudesse se romper a qualquer momento.

Ela precisava falar, mas por algum motivo vê-lo assim deixava tudo pior. Ambos estavam de costas para as paredes. Nenhum dos dois tinha confiado totalmente no outro, nem quando tudo começara a mudar ao longo das semanas juntos. E agora Kierse precisava encontrar um jeito de se abrir – algo que nunca fazia com *ninguém*.

Antes que ela pudesse falar, ele começou com a voz tensa:

– Você está aqui por um motivo?

– Eu voltei para... pedir desculpas – disse ela, com dificuldade.

Ele arqueou a sobrancelha.

– Desculpas pelo que, exatamente?

– Pelo que aconteceu com Nate. – Ela olhou para as mãos. – Podemos nos sentar para discutir isso, por favor? Tenho muito pra te contar.

O pomo de adão dele balançou uma vez antes que assentisse. Eles foram para a sala de estar, e Kierse não conseguiu conter um sorriso. O livrinho verde estava na mesa de canto. Seus cobertores estavam dobrados com cuidado ao lado de seu lugar favorito. Não havia sinal de Ana, mas ela vinha quando queria.

Graves foi imediatamente até o fogo apagado, que fazia a sala parecer tão mais fria e menos receptiva. Ele o acendeu de novo, em silêncio, enquanto ela se sentava no sofá. Logo o calor do fogo irradiava pela sala, e suas mãos aos poucos recuperaram a sensibilidade.

Ela esperou Graves se acomodar na poltrona em frente antes de continuar.

– Não sei como explicar – disse, abaixando os olhos e tentando encontrar a coragem para contar tudo. – Meu amor por saídas não é forjado. Meu pai me abandonou cedo, e eu morei nas ruas. Foi um período terrível. – Ela estremeceu. – Nem gosto de pensar nesses anos.

Graves assentiu, compreensivo. Ele também fora abandonado. Sabia o peso que isso tinha.

– Então fui encontrada pelo meu mentor, Jason. – Ela respirou fundo. Ah, como odiava falar o nome dele. – Fui criada na guilda de ladrões dele... Uma garota prodígio – acrescentou, desdenhosa. – Não há nada positivo que eu possa dizer sobre ele, exceto que me manteve viva. E olhe lá.

Ela queria falar mais, queria contar todos os jeitos pelos quais Jason a tinha moldado. Mas a dor que suportara nas mãos dele ainda ardia como fogo em suas veias.

– A melhor lição que ele me ensinou foi como escapar. Mesmo se fosse dele. – Ela engoliu, forçando-se a continuar. – Então, quando vim morar com você, eu vi uma gaiola.

Graves franziu o cenho.

– Não era minha intenção.

– Não? – perguntou ela. – Eu estava livre para ir e vir, mas não para viver minha vida.

Ele cerrou a mandíbula, mas não disse nada.

— Então, você não pode me culpar por resistir à gaiola e imediatamente implementar jeitos de me salvar quando as coisas inevitavelmente dessem errado. – Ela olhou para as mãos trêmulas, odiando o som das palavras. – Mesmo que eu estivesse preparada para morrer nessa missão, meu cérebro não pôde me impedir de pôr contingências no lugar. Mas aí... as coisas mudaram.

Graves se aprumou.

— Mudaram como?

— Você não sabe?

Ela viu que ele não sabia. Não fazia ideia de como ela se sentia. Ambos haviam sido tão fechados, sem conseguir mostrar exatamente quem eram. Tinham sido feridos no passado, e agora até admitir sentimentos afetuosos parecia impossível.

— No começo, era só um trabalho. Mas você passou de um monstro a um estranho, a um amigo, e então... algo mais. Alguém em quem eu quase podia... confiar – ofereceu ela. Continuou, com esforço: – Não estou fazendo esse trabalho só pelo dinheiro ou para ajudar meus amigos. Faço para ajudar Torra a sair daquele lugar. Para tirar a lança das mãos do Rei Luís. E faço por *você*.

— Achei que você tinha sumido.

Kierse suspirou.

— Não quis que tudo acontecesse daquele jeito, mas você devia saber que as coisas eram diferentes. Devia saber que eu ia voltar.

— Você sumiu por três dias – disse Graves. – Admito que explodi naquela hora, mas achei que você tinha tomado sua decisão.

— Eu sei – disse ela, com carinho. – Mas voltei. – Seu coração estava na garganta. Ela estava se expondo, e não sabia se seria suficiente. Ou se ela tinha estilhaçado aquela confiança mínima que eles haviam desenvolvido nas últimas semanas, e nunca a recuperaria.

Finalmente, Graves perguntou, solene:

— Isso não foi sua saída?

— Não – respondeu ela, enfática. – Não, não foi minha saída de forma alguma. – Ele pareceu surpreso com a veemência dela. – Só saí por causa de Ethan.

– E ele está bem? – perguntou Graves com cuidado.

– Sim. Não era o tipo de overdose que meus amigos pensaram. Alguém fez ele e três dos lobos de Nate ingerirem pó dos desejos. Eu absorvi a magia de Ethan, mas os lobos... Eles morreram.

Graves se ergueu depressa.

– E ninguém veio me contatar? Eu tenho o antídoto. Poderia ter ajudado a curá-los.

– Não sabíamos que era isso quando Nate veio me pegar. Achamos que eram só drogas. – Lágrimas brotaram nos olhos dela de novo. – Não sei, Graves. Tudo aconteceu tão depressa. Quando percebi que era magia, fiz o que pude.

Os olhos dele ficaram redondos de choque.

– A morte deles não é culpa sua.

– Aconteceu por minha causa. Eu não fui forte o bastante. Não sei o suficiente sobre meus poderes.

– É *minha* culpa – insistiu ele.

– Não importa quem assuma a culpa. Não vai trazê-los de volta. – Ela enxugou os olhos com raiva. – Eu preciso ser mais forte. Preciso aprender a usar minha magia para não acabar em outra situação dessas. – Ela o encarou com tristeza. – Mas foi por isso que eu desapareci por três dias e não voltei. Acordei hoje e vim direto pra cá... depois de bater algumas carteiras de estranhos.

– Fico feliz que esteja de volta – disse Graves, soltando o ar com força. – Fico feliz que tenha salvado Ethan. Fico feliz que tenha entendido sua magia e como restaurá-la.

Kierse assentiu.

– Estou quase renovada. Era como se meus poderes estivessem esperando o momento em que eu realmente precisaria deles. Consegui ver e cheirar a magia. Agora entendo o que você quer dizer com intenção. Entendo tudo. Até protegi Five Points para manter o pó dos desejos longe de lá.

— Como eu sabia que faria, com prática. Infelizmente, às vezes a magia só acorda durante uma provação – disse Graves.

— Pelo menos acordou – concluiu ela. – Então, agora temos todas as peças para terminar o trabalho amanhã. Eu quero fazer isso. Não, *preciso* fazer isso. – Engoliu com força, deixando-o ver sua vulnerabilidade e sinceridade. – E vou de toda forma, mas somos melhores juntos. Você sabe disso.

A vida brilhou nos olhos de Graves com essas palavras. Kierse pôde ver um novo plano se formando ali.

— Somos melhores juntos. – E as palavra que ele disse eram como música aos ouvidos dela. Suaves e sedutoras. Ele se levantou. – Temos um novo acordo?

— Não precisamos mais de um acordo. Vamos fazer isso juntos. Entrar, pegar a lança, matar o Rei Luís e tirar todos nós de lá.

Ele assentiu.

— Combinado.

Capítulo Cinquenta e Dois

Com sua missão retomada, Kierse sentiu-se mais leve do que nunca com Graves. Talvez com qualquer pessoa.

– Realmente pensei que você tinha ido embora de vez – disse ele.

– Você não quis mais falar comigo quando descobriu sobre Nate. Eu te disse que voltaria. Jurei que discutiríamos o assunto.

Ele correu a mão pelo cabelo e, quando a olhou, ela viu que estava confuso. Que ela o tinha surpreendido, e ele não se surpreendia fácil. Graves realmente tinha pensado que ela nunca voltaria. Mesmo com Kierse gritando que iria voltar, ele imediatamente pensou que ela seria como todos os outros na sua vida. Que o abandonaria – logo depois de ter enfim abaixado a guarda com ele.

Mas, claro, ele não fazia ideia de como aquilo era importante. Ela nunca contara sobre seu passado. Tinha sido tão reservada quanto ele. Tão fechada que ele havia pensado que ela iria embora sem olhar para trás. Isso estava estampado em seu lindo rosto – e tudo porque Kierse não pôde partilhar a dor dela, como ele não conseguiu partilhar a sua.

– Vou tentar explicar. Eu nunca falo sobre meu passado – começou ele. – Entenda, eu nasci um monstro. – Ele apertou as mãos em punhos. – No dia em que nasci, matei minha mãe. Não uma morte natural do parto; ela morreu porque *eu* nasci.

– Qual é a diferença? – perguntou Kierse.

Ele encontrou seu olhar, totalmente vazio.

– As mães morrem ao dar à luz um feiticeiro. Elas não conseguem sobreviver à magia ou à perda dela.

– Ah – sussurrou Kierse. Então entendeu. – Foi por isso que você supôs que eu fosse uma feiticeira. Porque minha mãe também morreu.

— Sim. Minha mãe era irlandesa e deixou seu povo para ficar com meu pai, algo que eles nunca aprovariam. Ela era a luz da vida dele. Ele teria feito tudo por ela. Mas, quando nasci, meu pai me culpou pela sua morte.

Ele desviou o olhar com a confissão. Kierse queria lhe dizer que ele valia muito mais do que aquilo que tinha sido feito a ele. Esperava que ele já soubesse.

— No mesmo dia, o rei Henrique VII da Inglaterra morreu — acrescentou ele. — Ele me culpou por isso também.

— Isso é absurdo.

Graves assentiu, como se soubesse que era, mas não mudasse os anos de mágoa.

— Era mesmo. O rei morreu de tuberculose. Algo que eu descobri muito tempo depois. Foi só uma coincidência. Algo pelo qual meu pai me espancaria pelos seis anos em que morei com ele. — Graves cerrou a mandíbula. — Anos depois, voltei ao nosso casebre em uma cidade que não existe mais para retribuir toda essa gentileza, mas ele já estava morto. — Graves franziu o cenho. — Foi melhor assim. Eu não precisava do sangue dele em minhas mãos, mas nunca o perdoaria. Ele me vendeu.

— Vendeu — repetiu Kierse, gentilmente.

— Sim. Como uma vaca.

Ela já tinha visto e ouvido falar de coisas terríveis, mas seu coração se apertou ao pensar em uma criança propositadamente vendida pelo pai. Kierse fora apenas abandonada para se virar sozinha. Não conseguia imaginar a dor de saber que o pai dele tinha feito aquilo de propósito.

— Um mercador passou pelo nosso vilarejo logo depois do meu sexto aniversário. Ele deu uma ninharia pro meu pai e me levou. Eu vivi e viajei com o homem por vários anos antes de conseguir escapar. — Os olhos dele ficaram distantes. — Não foi uma época fácil. Levei mais alguns anos para dar um jeito de conseguir passagem num barco que me levaria à Irlanda e ao povo da minha mãe. Porque pensei que me aceitariam, mesmo que eu só fosse metade irlandês.

— E aceitaram? — perguntou Kierse.

– Sim. Por um tempo. – O olhar de Graves estava distante e magoado. – Mas essa é outra história. – Ele a deixou ver o homem sob toda a bravata, como ela tinha feito por ele. – Então foi com meu pai que eu aprendi que nada é permanente. A pessoa com quem passei mais tempo foi Kingston. Mesmo assim, dois feiticeiros mestres não se suportam por longos períodos. Nós entramos e saímos da vida um do outro. Ninguém que se aproxima de mim dura. Todos vão embora. – Ele estendeu a mão devagar e tomou a dela. – Imaginei que você fosse a mais recente em uma longa lista de decepções.

Kierse engoliu em seco.

– Imaginou errado.

Ele ficou em silêncio por um momento antes de dizer:

– É mesmo.

E então se inclinou, encaixando a boca na dela.

Kierse derreteu contra ele. Seu gosto era tão delicioso e convidativo quanto sempre, mas quando sua magia se envolveu ao redor dele, pela primeira vez, ela sentiu mais do que o fogo. Sentiu *Graves*.

A magia que o tornava tão poderoso irradiava dele – uma luz dourada e pura. Interminável, ilimitada, eterna. Era como a infinitude. E então, por baixo da sensação, sentiu seu cheiro. O aroma almiscarado de couro e livros novos. Bem como ele tinha descrito, mas muito mais. Eram aromas básicos. A magia dele era muito mais complexa do que isso. Kierse inspirou o aroma da primeira nevasca do inverno, alecrim e um toque de chá. Cheiros distintos, e todos eram distintamente *Graves*.

– Você tinha razão – disse ela, contra a boca dele. – Sua magia cheira a couro. E você disse pergaminho, mas eu sinto o cheiro de livros. Como sua biblioteca.

Ele sorriu.

– A sua também tem um leve aroma.

– Do quê?

– De primavera.

Ela torceu o nariz.

– Primavera? Isso não tem um cheiro distinto.

– Tem um lago na Irlanda que fica isolado de olhares curiosos, e na primavera milhares de flores silvestres desabrocham lá. São dos tons amarelos mais fortes e dos roxos mais brilhantes e dos azuis mais escuros. A grama é tão verde que parece um mar. Tudo tem um aroma fresco e novo. Como se qualquer coisa fosse possível. É assim o seu cheiro.

Graves a beijou de novo, mais fundo. Ela se sentiu flutuar para longe, como se pudesse deixar aquele momento acontecer. Deixá-lo consumi-la de um jeito que ninguém nunca consumira.

Mas a verdade era que não tinha dado a Graves tudo que ele lhe dera. Ela recuou devagar, odiando ter de se afastar.

– O que foi? – As mãos dele ainda estavam enroscadas na camiseta dela.

Ela abaixou os olhos e engoliu.

– Eu entendo sua história. Sobre ser abandonado, quer dizer. Fui deixada nas ruas quando era muito jovem. – Graves soltou a camiseta dela e a observou atentamente, esperando que continuasse. – Eu te disse que Jason me encontrou quando eu era muito nova. Que me treinou para ser sua protegida. Mas não foi só isso.

Graves ergueu seu queixo para fazê-la olhar para ele.

– Me conte.

A ordem a impeliu a falar.

– Ele queria me ensinar como ser uma ladra melhor e me trazer para seu círculo interno. Aprendi dele tudo que podia. Ele era um ótimo ladrão. Mas, para sua irritação, eu era melhor.

Kierse congelou ao pensar no que sairia de sua boca em seguida, mas a presença calma e firme de Graves a acalmou.

– Jason era… volátil. – Uma risada dura escapou dela. – Deus, por que ainda é tão difícil falar sobre ele? Era um cretino e terrível e imperdoável.

– Sempre é difícil falar daqueles que mais nos feriram – disse Graves suavemente, como se entendesse a dor dela.

– Talvez seja isso. – Ela abaixou os olhos, querendo mais que tudo se esconder para sempre da lembrança de Jason. Desejando que ele nunca mais tivesse tanto poder sobre ela. – Como eu era especial, passávamos muito tempo juntos. Ele me tratava como… família. E você precisa entender que, nos dias bons, era como se o sol estivesse brilhando numa tarde de verão. Jason fazia o mundo girar.

– E nos dias ruins?

Ela estremeceu.

– Num dia ruim, eu nunca sabia se ia viver ou morrer nas mãos dele.

Graves ficou mortalmente imóvel.

– Ele te machucou?

– Me machucou? – Ela o encarou, inquieta. – Por anos, eu nunca sabia qual passo acabaria com um toque gentil e qual me faria ser jogada de um prédio.

– Ele te jogou de um prédio?

– Para superar meu medo de altura – disse Kierse. – Uma vez, ele quebrou meu braço em três lugares. Sarou errado, então ele quebrou de novo só para garantir que eu não teria uma desvantagem ao realizar os planos dele. E todos os outros membros da guilda me odiavam por ser a favorita dele. – Ela deu uma risada oca. – O que eu não teria dado para ser qualquer outra coisa. O nível de abuso que sofri nas mãos dele…

Ela não conseguia nem falar.

– Então, Gen… Gen me encontrou. Ela me salvou – explicou. A mão de Graves cobriu a dela, forte e reconfortante. – Fazia tempo que eu queria achar uma saída de Jason e da guilda dele. Ele descobriu sobre meus planos de ir embora. Ficou… digamos que não muito feliz. Tentei fugir, mas ele estava no jogo havia muito mais tempo que eu, e me encontrou. Me impediu. – A voz de Kierse tremeu, suas mãos também. As palavras duras eram as mais verdadeiras, mas ela nunca as dissera antes.

– Você não precisa continuar – disse Graves, baixo e ameaçador. – Eu já o quero morto.

– Preciso, sim – ela se forçou a dizer. – Ele me disse que estava só pegando de volta o que era dele. Que era meu dono e que eu nunca poderia ir embora. Que me mataria antes de permitir. E devia ter pensado que eu estava morta mesmo, depois de me espancar até eu desmaiar e deixar meu corpo quebrado em um beco deserto. – Ela soluçou. – Mesmo na morte, não havia fuga, nenhuma saída dele.

Chamas duplas dançavam nos olhos de Graves.

– E as pessoas *nos* chamam de monstros.

Kierse assentiu. Os homens podiam ser tão monstruosos quanto quem tinha garras e presas.

– Então foi isso que eu vi – disse ele baixinho, como se temesse assustá-la.

– Como assim?

– A única vez que consegui ler você, quando estava sobrecarregada com a magia de Imani, eu te vi ensanguentada e deitada num beco. Vi o que Jason fez com você. – Graves apertou as mãos em punhos.

Kierse engoliu em seco.

– Isso.

– Não percebi no começo. Não entendia por que seu cérebro estava preso naquela imagem.

– Agora você sabe – sussurrou ela.

– Como fugiu dele?

– Eu estava a poucas quadras do bordel de Colette. Gen me levou pra lá – explicou ela. – Morri de medo, no começo, de que seria obrigada a trabalhar no bordel ou servir outras pessoas. Que todos com que eu entrasse em contato só fossem legais comigo para me enganar antes de me ferir. – Um longo suspiro escapou dos lábios dela. – Mas não foi o caso. Gen não era assim. Demorei muito para entender, mas o tempo todo ela só queria ser minha amiga. Me ajudou a sarar.

– E onde está Jason agora? – perguntou Graves, com um tom mortalmente baixo.

Kierse balançou a cabeça.

– Morto, acredito. Enfiei uma faca nele. – Ela olhou para as mãos, cutucando as unhas. – Ele merecia ter sofrido mais, mas eu fiz o que pude quando busquei vingança.

— Que bom – disse Graves, lentamente tirando as luvas. – Eu não teria aceitado que ele continuasse vivo. Teria matado ele pessoalmente.

— A morte dele pertencia a mim – disse Kierse, afastando o cabelo com as mãos trêmulas. – É por isso que tenho dificuldade em aceitar conforto, qualquer tipo de intimidade real. – Ela respirou fundo antes de acrescentar: – Foi por isso que não consegui amar Torra.

Graves ficou imóvel. Ela não tinha falado sobre Torra desde que ele a tinha abraçado enquanto chorava no túnel do metrô. Mas lá estava a verdade – a verdade que nem Kierse conseguira encarar.

— Não sobrou o suficiente de mim para querer mais do que sexo casual. – Ela o encarou, seu rosto totalmente aberto. – Foi por isso que, quando te encontrei nos túneis, foi… foi diferente com você.

— Ah. – Graves enxugou uma lágrima da bochecha dela. Seu rosto se suavizou. – Por isso você não conseguia imaginar que eu pensaria que você iria embora.

— Como eu poderia deixar a única pessoa com quem me permiti ser vulnerável? A primeira pessoa com quem já considerei ter mais.

Ele segurou o rosto dela.

— Agora eu entendo.

— Formamos um belo par – disse Kierse, com uma risada engasgada.

— Um belo par, de fato.

Então os lábios dele estavam nos dela de novo. Kierse abriu a boca, deixando a língua dele deslizar sobre a sua. As mãos dele, maravilhosamente nuas, subiram para segurar suas bochechas, e ela se inclinou em sua direção. Queria aquilo. Não era só uma questão de sexo. Era muito mais. Ela tinha confessado seu segredo mais sombrio e revelado exatamente quem era. E ele ainda a queria.

Kierse queria mais do que a soma das partes. Queria tudo.

— Graves – sussurrou ela. – Eu quero isso. Quero ficar com você.

— Tem certeza?

— Sim.

Ele deu um beijo nos lábios dela.

— Venha comigo.

Capítulo Cinquenta e Três

O coração de Kierse acelerou enquanto Graves a afastava do conforto da sala de estar, pelo primeiro lance de escadas e por fim na direção dos seus aposentos. Ao longo daquelas semanas, ela nunca tinha entrado ali e sempre respeitara sua privacidade. Mentiria se dissesse que não estava curiosa. Mas era naturalmente curiosa, e poucas coisas permaneciam secretas para uma ladra com um bom conjunto de grampos.

Quando ele abriu a porta, ela viu seu quarto. Era estupendo tanto pela simplicidade da mobília como pela riqueza das peças que ele tinha escolhido. Ao contrário da opulência do resto da casa, parecia mais um santuário. Era a cara de Graves.

— Eu também nunca fiz isso — admitiu ele.

— Fez o quê?

Ele a puxou para seu santuário interno.

— Nunca trouxe alguém pro meu quarto.

Ela engoliu em seco.

— Uma experiência totalmente nova.

— Não há muitas novidades para quem já viveu tanto quanto eu.

Kierse andou por aquele refúgio, absorvendo os pequenos detalhes que deviam ser importantes para ele. As estatuetas de pássaros de madeira entalhada em cima de uma cômoda; um exemplar de *O corvo* de Edgar Allan Poe na mesa de cabeceira de mogno escuro; algumas moedas europeias, como se ele tivesse acabado de voltar de uma viagem, embora parecessem antigas; um retrato da *verdadeira* Ana Bolena com seu típico colar de pérolas; e outro pintado em cores suaves com duas figuras em um campo de flores silvestres, lendo um livrinho verde. Até onde ela sabia, uma delas podia ser Graves.

Entendeu então por que a privacidade era tão importante para ele. Um lugar onde ninguém mais podia vê-lo, onde podia só ser ele mesmo. E ele estava permitindo que Kierse invadisse aquele espaço.

– Fico feliz que esteja me mostrando isso – disse ela, tocando um vaso de vidro cheio de flores invernais.

Então ela voltou a ele, tomando sua mão e o puxando à cama.

– Não precisamos...

Ela levou um dedo à sua boca.

– Shh... eu quero. – Devagar, ela tirou a camiseta, jogando-a no chão ao lado dele. – Quero isso com você.

Graves não protestou mais, só correu um dedo pela cintura da calça dela enquanto a empurrava de costas a cama e abriu o botão enquanto seus lábios desciam nos dela. Kierse levou a mão aos botões da camisa dele, lentamente os abrindo.

– Nunca estive com alguém que eu não conseguisse ler.

– Nos saímos bem na biblioteca.

Ele riu contra a boca dela.

– Foi corrido. Agora, eu quero ir com calma.

– Eu só quero você. – Ela ofegou quando as mãos nuas dele correram sobre a pele sensível da sua barriga.

– Vou ter de aprender como tirar esses sons incríveis de você – disse ele, com um sorriso convencido e travesso.

Ele enfiou os dedos sob o cós da calça, acariciando seu quadril preguiçosamente. Ela gemeu e tentou não se contorcer sob o toque. Os olhos de Graves estavam curiosos e hiperfocados nela.

– E como eu amo aprender coisas novas – murmurou.

Ele tirou seu sutiã em um movimento fluido. Os seios escaparam do confinamento, e os olhos dele foram direto para eles. Em seguida vieram as suas mãos, autoritárias e firmes enquanto se familiarizavam novamente com eles. Kierse jogou a cabeça para trás enquanto ele massageava um mamilo.

– Você nem me tocou da última vez – disse, erguendo as mãos para ele.

— Te garanto que toquei.

Ela riu.

— Quer dizer, você ficou de luvas.

— Para a maioria das pessoas… é proteção – disse ele, a cabeça descendo ao mamilo e o tomando na boca.

— Eu quero sentir o seu calor. – Ela empurrou as mãos contra o peito quente dele. – E suas mãos em mim.

Graves tirou a camisa, revelando o peito musculoso que ela tinha admirado antes. A tatuagem ficou totalmente exposta. Agora Kierse arrastou as unhas sobre as linhas de tinta que formavam os ramos de azevinho, até os espinhos que perfuravam a pele dele e ao redor das folhas que desciam para a calça.

— Sua tatuagem é tão vívida – disse ela. – Posso lamber ela inteirinha?

Ele gemeu, se apertando contra ela.

— Você pode fazer o que quiser comigo – prometeu.

Então tomou a boca dela de novo. Não era o único aprendendo, e, ah, como ela gostava da reação dele. O jeito como se apertou contra ela, sua ereção forçando os limites da calça.

Com cuidado, ela enfiou a mão dentro daquela calça, segurando-o. Ele teve um espasmo na mão dela. *Mais.* Ela soltou a boca dele e começou a plantar beijos pelo seu peito, sobre cada detalhe intricado da tatuagem, notando as cicatrizes espalhadas no caminho.

Ficou de joelhos diante dele, e então ergueu os olhos sob os cílios.

— E se eu quiser isso?

— E pensei que eu é que devia aprender seu corpo – disse ele, com os dentes cerrados.

— Vamos ter muito tempo pra isso.

Ele ofegava enquanto ela abria a calça dele e a descia pelos quadris estreitos. A cueca boxer se seguiu, revelando a ereção. Kierse mal tinha conseguido tocá-lo da última vez. Só o segurara firme antes que ele a penetrasse.

Agora, queria *todo* Graves. Segurou seu pau na mão, lentamente masturbando-o, então levou a boca à cabeça.

Ele gemeu profundamente. Kierse desceu mais, tomando-o inteiro. Quando recuou, os quadris dele se flexionaram como se Graves quisesse empurrar-se de novo para a boca dela. Kierse rolou a língua sobre a ponta, provocando-o, antes de engoli-lo de novo, se demorando mais tempo na base.

Ele enfiou as mãos no cabelo dela. Não foi gentil, exatamente, mas também não a estava machucando. Com a graça de um predador, começou a dirigi-la como queria.

Se qualquer outra pessoa ousasse tentar, ela teria sumido dali bem rápido. Sempre tinha preferido mulheres a homens por causa disso. Esse tipo de coisa era menos esperado. A outra pessoa era menos… dominadora. Pelo menos, sempre tinha sido sua preferência pessoal.

Mas, com Graves, só parecia certo. Como deveria ser. Kierse nunca tinha sido uma mulher submissa. Mas não era assim com ele. Era como se ele estivesse lhe dando prazer tanto quanto tomando o seu.

Ela estava cheia dele, transbordando. Ele quente na sua boca, e era *ela* que estava prestes a gozar.

De alguma forma, ele ficou maior – tanto que ela quase engasgou. Então, em um movimento lento, ele se retirou da boca dela. Kierse imediatamente sentiu sua falta. Olhou para ele através dos cílios manchados de lágrimas, de joelhos à sua frente.

– Graves? – sussurrou.

– Te ver assim, Rouxinol… preciso te ter.

Ela estremeceu.

– Vamos.

Graves a ergueu de pé, e ela tirou o jeans e a calcinha inúteis. Então recuou na cama, esparramando-se diante dele e vendo o corpo nu dele entre as pernas. Tudo que ele fez foi ficar parado ali como um deus grego – não, um deus celta –, e ela já estava arquejando.

Kierse mordeu o lábio e o chamou.

– Preciso de você.

Ele se acomodou entre as suas pernas, o pau encostando na boceta à espera. Ela só queria empurrar-se para a frente e o ter dentro de si outra vez.

Então os olhos deles se encontraram, como se atraídos por um ímã. E nesse olhar ela viu que era preciosa para ele. Algo novo em um mundo que sempre fora igual.

– Você vai ficar, Rouxinol? – perguntou ele.

Ela assentiu, o apelido deslizando agradavelmente sobre ela.

– Sim, vou ficar.

Ele apertou os lábios contra os dela, quase gentil, antes de penetrá-la. Ela arqueou as costas. Seus olhos se fecharam, e ela ofegou. Era isso que queria. O jeito como eles pareciam se encaixar certinho, como se um tivesse esperado o outro e as coisas finalmente fossem como sempre deveriam ter sido.

– Olhe para mim – ordenou Graves. – Me mostre o que está escondido.

Devagar, ela abriu os olhos e piscou para ele. Ele não podia lê-la. Não podia usar sua magia nela e, pela primeira vez na vida, não fazia ideia do que a outra pessoa queria dele. Então Kierse manteve os olhos nele enquanto entrava e saía dela, num ritmo constante e sossegado. Ela queria mais. Mais forte. Mais rápido. Mas nunca realmente tivera algo assim antes. Uma sensação entre eles que tornava o sexo tão erótico.

– O que está escondido?

– Tudo – disse ele, correndo o dedão pelo lábio inferior dela. Ela abriu a boca para ele, lambendo seu dedo. – E agora eu consigo te ver.

Ela ofegou quando ele deu uma estocada forte, nunca afastando os olhos enquanto ela encontrava as investidas com os próprios movimentos. O fogo dos dois se misturou, o calor desabrochando no quarto como uma fornalha. Centrou-se no âmago dela e, quando eles colidiram pela última vez, ela o sentiu entrar em erupção. Eles gozaram juntos com tanta intensidade que parecia que uma onda de energia se libertara de seus corpos.

Graves caiu sobre ela, apertando a testa contra a sua.

– Meu rouxinol.

– Humm – murmurou ela, sem fôlego.

Os lábios deles se encontraram de novo. Só um leve toque.

– Já volto.

Então ele saiu dela e foi para o banheiro.

Kierse ficou deitada lá, encarando o teto maravilhada. Então era isso que estava perdendo. Sexo *não era* só sexo. Com Graves, era muito mais.

Houve um borbulhar de água no banheiro, depois Graves apareceu, puxando-a da cama. Ela quase desabou quando as pernas cederam. Ele riu baixinho e a jogou com facilidade sobre o ombro. Kierse protestou, mas ele já estava andando, como se ela fosse leve como uma pena.

O banheiro era quase tão grande quanto o quarto, com uma banheira que poderia ter sido uma pequena piscina, ao lado de uma jacuzzi aquecida. Graves depositou Kierse de leve na borda antes de entrar na jacuzzi e chamá-la para entrar também.

— Eu poderia vir andando — brincou ela.

— E me fazer perder a chance de te carregar? — disse ele, estalando a língua. — Nunca.

Kierse riu enquanto entrava na água borbulhante, depois quase gemeu com o calor.

Antes que ela tivesse a chance de sentar-se, Graves a puxou contra seu corpo nu. Ela se acomodou no seu colo, enrodilhando-se contra ele. Seus braços quentes a envolveram, e Kierse fechou os olhos, suspirando feliz.

— Estou feliz que você voltou — disse ele suavemente contra o cabelo dela, enquanto corria os dedos molhados por ele.

— Eu também. — Ela correu a mão pelo bíceps dele. — Tenho uma pergunta.

— Sim?

— Em que ano morreu o rei Henrique VII?

Graves riu.

— 1509.

Kierse tomou um susto.

— Ah.

— Está calculando minha idade? — perguntou ele. — Feiticeiros têm vidas especialmente longas.

Ela o fitou.

— Mais de quinhentos anos.

— E ainda estou aprendendo a confiar nas pessoas. — Ele correu a mão pelo rosto dela, inclinando sua cabeça de modo que os lábios dos dois quase se tocavam. — Mas confio em você.

— Que bom. Então me beije de novo.

E ele beijou, correndo a língua pelo lábio inferior dela enquanto todos os pensamentos a abandonavam.

Capítulo Cinquenta e Quatro

— Kierse, para de se mexer – sibilou Torra. – Você já parece deslocada aqui. Tente deixar os olhos mais vidrados e pareça um pouco mais drogada.

Torra tinha sugerido que Kierse entrasse na festa do solstício de inverno do Rei Luís com o resto do pessoal do Veludo Vermelho. Embora preferisse que Kierse não fosse de forma alguma, era a melhor oportunidade para ambas saírem dali. Além disso, Torra passara um ano lidando com o Rei Luís. Se dizia que o convite que Graves tinha não a colocaria lá dentro, Kierse acreditava.

Graves também tinha concordado, e planejava entrar pelo túnel subterrâneo que Kierse tinha mapeado no dia em que seguiu Walter. Eles se encontrariam lá dentro, e Torra escaparia para o túnel antes do massacre e encontraria Kierse e Graves na saída depois que eles pegassem a lança.

Todo o planejamento culminara naquele momento, em que Kierse precisava se passar por uma garota do Veludo Vermelho.

Exceto que ela não parecia nem um pouco com uma. Pegava sol e não parecia estar definhando. Porém, com um monte de maquiagem, uma roupa reveladora e botas de salto, ela achou que conseguiu se encaixar razoavelmente bem. Ajudava que todos os trabalhadores estivessem embrulhados em capas brancas do bordel com colarinhos altos enquanto eram escoltados para uma entrada dos fundos. A capa a ajudava por enquanto, mas Torra insistira que dissessem a todos que Kierse era nova, caso alguém notasse que ela não tinha marcas de mordida.

Kierse segurou o fôlego e tentou parecer mais com um zumbi quando chegou à frente da fila. O guarda vampiro a examinou.

— Você é do Veludo Vermelho?

Ela abaixou a cabeça e olhou para Torra com o que esperava ser timidez e preocupação.

– Sou nova – murmurou, quase inaudível.

– Como é?

– Ela é nova – cuspiu Torra, forçando-o a voltar sua atenção para ela. – Só uma nova funcionária querendo pagar suas dívidas hoje. Podemos ir logo? Quero receber meu pagamento.

O monstro fulminou Torra com o olhar, e Kierse passou depressa pela porta. Já tinha usado muitas fantasias e disfarces no seu trabalho, mas aquilo era muito mais arriscado. Havia uma pequena margem para dar certo, e uma enorme janela em que podia dar terrivelmente errado.

Torra tocou as costas dela, e as duas se apressaram até a área de entretenimento. Um grupo diverso aguardava no que parecia ser um armazém pouco usado. Caixas estavam empilhadas contra as paredes, e o resto do ambiente estava cheio de humanos que seriam o prato principal e o entretenimento da festa do Rei Luís.

– Pelo menos tente tomar cuidado – sibilou Torra no ouvido dela.

– Você me conhece.

– É por isso que estou dizendo.

– Só se atenha ao plano – disse Kierse. – Se tudo der certo, ambas estaremos lá fora antes que a noite termine.

Agora elas estavam mais próximas da entrada da festa. Os empregados do Veludo Vermelho retiraram as capas, revelando sua lingerie branca minúscula – um baby-doll de cetim branco em uma, cueca de couro branca e borlas de mamilo em outro, camisola de renda translúcida na próxima –, e então as entregando a um empregado antes de cruzar o limiar para o interior da casa.

Torra se virou para Kierse. Os olhos delas se encontraram através da curta distância. Ela parecia estar sofrendo, como se quisesse dizer mais, dizer a ela para parar e dar meia-volta. Mas não falou nada.

Só assentiu com os olhos grandes e inocentes, até que chegou sua vez. Torra tirou a capa, mostrando uma camisola branca que se abotoava em uma gargantilha ao redor do pescoço, e foi na frente de Kierse, que não teve opção exceto fazer o mesmo.

Assim que tirou a capa, Kierse sentiu-se exposta. Com sua massa muscular, muitas peças de lingerie ficavam justas em seu corpo. Elas tiveram de escolher um espartilho branco que erguia seus seios praticamente até o pescoço. Graves mandara ajustar a roupa e inserir espaços para facas de lançamento, já que eles iam se esgueirar pelos fundos da casa. O espartilho era acompanhado por um conjunto de calcinha e cinta-liga de babados presa a uma meia-calça branca. As botas brancas subiam até acima dos joelhos, e Kierse escondera ali duas facas, boas para luta. Os olhos de Torra tinham ficado distantes ao ver a roupa, jurando que ninguém acreditaria que ela era um deles.

Agora ela estava ali e não podia ser nada além de um deles. Então, seguiu pelo corredor até a festa de solstício de inverno do Rei Luís.

Kierse nunca imaginara que algo tão lindo existisse no submundo. Normalmente, tudo ali era tão escuro e misterioso, com um ar de estagnação e vulgaridade. Mas aquele salão de baile não tinha nada disso. O chão de mármore fora lustrado até brilhar. Colunas altas e imponentes, feitas do mesmo mármore branco, percorriam a sala. O teto era algo saído dos livros de Graves: uma pintura intricada estendia-se pela abóbada, metade gloriosa, com anjos alados lutando uma guerra divina – o sangue escorrendo pelos corpos e a dor estampada nos rostos –, e metade de anjos deitados nus em conforto e luxo. A mensagem era clara. Só através da guerra, da morte e do sofrimento os confortos da vida podiam existir.

Kierse tentou não ser arrebatada pelo resto do salão reluzente. Lustres dourados pendiam do teto. Garçons carregavam cálices dourados em bandejas douradas. Monstros ocupavam o ambiente, a maioria homens, mas havia algumas mulheres. Broches dourados se penduravam na lapela de todos os monstros no salão. Analisando com cuidado, percebeu que era um par de asas com uma flecha no meio. A marca dos Homens de Valor.

Tinha imaginado que só haveria vampiros na festa e, embora fossem a maioria, estavam longe de ser os únicos monstros ali. Transmorfos andavam na periferia do salão. Um tritão girava uma garota do Veludo Vermelho em círculo. Um troll andava com passos pesados. Uma goblin bebia uma garrafa de vinho com os compatriotas. Ninfas dançavam uma melodia que só elas podiam ouvir. E havia espectros por todo canto. Só faltavam os lobisomens. Pelo visto, nem monstros queriam lidar com um lobisomem na lua cheia.

Kierse perdeu o fôlego quando percebeu que *reconhecia* um dos espectros: Gregory Amberdash.

Ela corou. Será que ele era um dos Homens de Valor? Será que queria pôr fim ao Tratado dos Monstros? Sua visão ficou borrada. Ele a tinha entregado a Lorcan, mas Kierse não achava que ele era idiota a ponto de querer *isso*.

Afastou-se de Amberdash. A última coisa que queria era que ele comprometesse a missão. Porém, quando se virou para escapar, quase esbarrou numa vampira. Seu olhar pousou no broche dos Homens de Valor dela.

A mulher sorriu para Kierse.

— Admirando nossos broches?

Kierse limpou a garganta.

— Sim.

— Eles nos marcam como Homens de Valor.

Kierse se obrigou a continuar sorrindo.

— O que significam?

A mulher correu uma unha vermelho-sangue pela mandíbula de Kierse.

— É um lembrete de que as asas sempre podem ser quebradas. Que aqueles que tentam voar livremente podem ser derrubados. Mais importante, é um símbolo para nos lembrar do nosso lugar: monstros governando outra vez.

— Como vocês fazem aqui?

— Exatamente. — Então passou um cálice para Kierse. Ela achou que seria sangue, mas viu que era só vinho. — Beba, meu anjinho.

— Não tenho asas.

— Não mais — ronronou ela.

Kierse fingiu dar um gole hesitante e devolveu o cálice à vampira.

– Obrigada. Preciso achar meu benfeitor.

– Ah, é? Achei que todos vocês estivessem disponíveis. – E apertou a bunda de Kierse para enfatizar o argumento.

Ela precisou se segurar para não sacar a adaga de baixo do espartilho e enfiá-la na garganta da vampira.

– Quase todos nós – explicou em vez disso, com uma piscadela conspiratória, e se afastou às pressas.

Por sorte, a vampira não a seguiu. Mas, quando Kierse deu uma olhada para trás, viu que ela já se entretinha com um jovem rapaz. Ela se encolheu. Aquilo a fez pensar em Ethan, e ela não gostava disso. Nem um pouco.

Só precisava se lembrar do plano. Mas… onde caralhos estava Graves?

Ele deveria estar ali antes que ela precisasse desfilar naquela festa só usando lingerie. Era um disfarce, mas não se sustentaria por muito tempo se ele não conseguisse entrar na festa. E ela não tinha intenção de ser mordida naquela noite… nem nunca.

Kierse fez um circuito lento no salão. Seu treinamento como ladra lhe ensinara a andar num ambiente sem ser notada. Era mais difícil ficar nas sombras usando um espartilho branco, mas não impossível. A maioria dos funcionários *queria* ser notado. Era seu trabalho. Então, ela observou a cena à sua frente. A horda de monstros e suas refeições para a noite. Viu como os trabalhadores do Veludo Vermelho foram reivindicados depressa. Mas não havia sinal de Torra. Com sorte, isso significava que ela já conseguira escapar.

Ainda não havia sinal do Rei Luís. Talvez ele planejasse uma entrada triunfal. Parecia seu estilo. Ele gostava do mistério que o cercava enquanto governava as coisas das sombras.

Kierse cerrou os dentes e se afundou ainda mais nas profundezas do salão de baile colossal. Estava a meio caminho de atravessar o salão, perto do estrado, quando uma mão se fechou ao redor do seu pulso.

– Oi, linda – disse um homem, das sombras. Era alto e de pele clara, com olhos como os de uma águia prestes a capturar um rato. – Qual é o seu nome?

Ela ficou imóvel e tentou parecer tímida e drogada como os outros. Foi difícil enquanto encarava os olhos de um vampiro.

– Olá – ronronou. – Sou Kendra. E você?

– Wilson Bellack – disse ele calmamente, como se o nome devesse significar algo para ela. – Pra onde vai com tanta pressa?

– Pra onde vou?

– Você estava se esgueirando pelo salão. Procurando alguém?

Ele não sabia, mas estava mais perto da verdade do que ela queria admitir.

– Estou prometida a alguém – disse Kierse, sem fôlego. – Ele é importante entre os Homens de Valor.

– É mesmo? Então talvez eu saiba quem é.

– Talvez – disse ela, girando o pulso gentilmente até tirar a mão da dele.

– Então quem é ele?

– Quando encontrá-lo, eu apresento você.

– Acho que não – rebateu ele, e deslizou o braço ao redor da cintura dela, segurando-a apertado contra si. Ela se esforçou para não estremecer quando ele irradiou frio. – Todos vocês estão disponíveis. É culpa dele deixar uma rosa silvestre livre para desabrochar sozinha.

Kierse bateu os cílios.

– Acho que talvez…

– Não te pagamos para achar nada – rosnou ele.

Então a estapeou no rosto.

O choque doeu mais do que o tapa em si. A intenção não era causar dor; e sim mantê-la no seu lugar. Ele claramente já fizera aquilo muitas vezes. Devia saber quanta força usar para não deixar nenhuma marca. Ela sabia disso porque Jason lhe batera assim mais vezes do que conseguia contar. Kierse afastou a lembrança familiar causada por aquele tapa. Empurrou-a para muito, muito longe.

Ergueu a mão ao rosto, mas manteve os olhos cuidadosamente longe dos dele – porque sabia que neles ardia uma intensidade sombria que ameaçava matá-lo ali mesmo por tocar nela.

– Agora você vem comigo. Já tenho um quarto – disse Wilson, agarrando o braço dela com mais força e a arrastando para uma saída.

Kierse quase suspirou de alívio. Sim, um quarto seria ótimo. Assim ela poderia incapacitá-lo em algum lugar privado, e não na frente de todos no salão. Ela precisaria tomar cuidado para não respingar sangue no espartilho. Se bem que, entre aquele pessoal, quem repararia?

Estavam quase na porta quando uma mão se fechou no ombro do homem, parando-o.

– Wilson Bellack.

Kierse teve de se esforçar para manter o rosto neutro quando viu Graves diante do vampiro arrogante.

– Sim? Eu te conheço? – perguntou Bellack.

– Acredito que não – disse Graves, emanando poder. A força de sua magia o tornava quase ofuscante. Kierse não percebera antes, mas o medo que ele inspirava era, em parte, um produto de sua magia. Era fácil ver por que os outros se encolhiam diante dele. – Mas você parece estar com algo que é meu.

– E quem caralhos é você?

Graves só sorriu para ele – um sorriso frio e letal.

– Isso não é da sua conta.

– Você é um dos Homens de Valor?

Graves cutucou o broche alado na lapela como resposta.

– Agora, pode *libertar* minha posse?

Wilson soltou o braço dela, como se fosse uma boneca. Parecia querer dizer mais alguma coisa, mas só se afastou furiosamente.

– Acho que ele não gostou de você – comentou Kierse.

– Não, suspeito que não – disse Graves.

– Por que demorou tanto?

Ele apontou para o broche. Devia ter tirado de alguém.

– Ficou com saudades?

Ele a puxou para perto, seus olhos descendo pela roupa escassa.
– Nem um pouco – brincou ela.
– Gostei da roupa. Usa pra mim depois?
Ela não sabia se ele estava brincando. E parte dela estremeceu com a ideia, mas não podia considerá-la ali.
– Estamos perdendo tempo – disse ela.
Graves assentiu justo quando um silêncio recaiu sobre o salão e as saídas foram barradas. Kierse engoliu em seco e o encarou. Ele deu um aceno mínimo.
– Sua Majestade Real, o Rei Luís – declarou um serviçal.
E o Rei do Submundo pisou no palco.

Capítulo Cinquenta e Cinco

— Saudações, meus colegas monstruosos — bradou o Rei Luís.

Kierse encontrou o olhar de Graves e, juntos, eles deram um passo para trás do círculo de monstros. O plano tinha sido saírem antes do grande anúncio de Luís, mas Graves se atrasara, então agora ela finalmente estava vendo o monstro.

O vampiro era imponente de toda forma imaginável. Do traje exagerado de Rei Sol do século XVII, incluindo um colete dourado comprido, mangas bufantes, meias até o joelho e botas com salto, até a peruca longa, encaracolada e empoada, seu visual homenageava o apelido que se dera. Ele segurava um bastão na sua frente e deu alguns passos na direção da plateia à espera, que aplaudiu com entusiasmo.

Graves suspirou ao lado dela.

— Nem para achar uma peruca historicamente correta.

Kierse obrigou-se a manter a expressão neutra e não rir.

— Como assim?

— Elas só foram empoadas uns cem anos depois.

Ela balançou a cabeça.

— Só você saberia disso.

O Rei Luís continuou, erguendo o braço e gesticulando no ar.

— Bem-vindos à minha celebração do solstício de inverno!

Apesar da peruca empoada ridícula, ele era uma figura formidável. Tinha um olhar maníaco e irradiava poder — era fácil entender como passara a governar, apesar das excentricidades. Sua presença exalava autoridade e perigo, como se ele pudesse começar a assassinar todo mundo ali só por olhar torto para ele.

— A noite mais longa do ano pertence a *nós* — disse ele, avançando com júbilo. – Às criaturas da noite. Àqueles que lutaram para reivindicar seu lugar de direito.

Mais aplausos se ergueram da plateia faminta pela aprovação dele.

– Só para sermos derrubados pela mão insidiosa dos humanos. Para sermos derrubados do poder por aquele insuportável Tratado dos Monstros. Como se ser mais forte, mais rápido e viver mais do que os humanos fosse algum tipo de doença em vez do que todos sabemos que é. – Ele fez uma pausa para efeito dramático. – A salvação.

A resposta foi ensurdecedora. Todo tipo de monstros comemoraram a glória e a salvação prometidas por ele. Era isso que os deixava todos bêbados, não o sangue ou o entretenimento prometidos – reivindicar o que eles acreditavam que fora tirado deles. E aquilo os tornava vorazes.

Nesse momento, Kierse avistou Walter na base do estrado, encarando o vampiro com concentração.

Ela cutucou Graves.

– O que ele está fazendo?

– Protegendo o Rei Luís – sussurrou ele contra o ouvido dela. – Seu campo de força está cercando os dois.

Ela estreitou os olhos enquanto se focava na magia de Walter. Conseguiu ver um cintilar dourado ao redor dele e do Rei Luís. Eles precisariam derrotar Walter antes de chegar a ele.

– Você sabia que ele podia fazer isso?

A flexão na mandíbula de Graves foi suficiente para dizer que não. Outra habilidade nova. Walter estava se provando mais forte do que Graves tinha antecipado.

O Rei Luís continuou:

– Vocês já sabem no que eu acredito, o que defendo. Isto não é uma eleição, em que recito meus triunfos para que saibam a minha força. Eu sou o ápice da força vampírica, o ápice de toda a força dos monstros! Não vou recuar. Não vou cair, não como meus irmãos diante de mim. Lutarei pelos meus direitos, por nossa habilidade de viver como queremos. Não como os humanos vulgares e *menores* julgam ser justo. – Ele ergueu a mão enquanto a plateia espumava pela boca com a oferta. – Eles querem que nos humilhemos aos seus pés, quando *nós* somos os predadores alfa deste mundo.

Kierse voltou a atenção para os humanos no salão, as *refeições* que aqueles monstros tinham comprado para a noite. A maioria parecia igualmente hipnotizada, mas Kierse encontrou alguns humanos que pareciam tão enojados quanto ela. Eles não mereciam aquilo. Nenhum deles.

– Somos os Homens de Valor! Não nos humilharemos! Não faremos concessões! – gritou o Rei Luís a seus apoiadores. – Somos os governantes de direito deste mundo. É hora de recuperá-lo! – A multidão comemorou, e o Rei Luís disse: – Banqueteiem-se esta noite, irmãos e irmãs. Desfrutem dos espólios da nossa guerra. Amanhã, o verdadeiro trabalho começa.

Todos deram vivas, gritando o nome dele.

– As portas estão abertas – disse Graves.

Kierse se virou para sair, mas ele ficou imóvel de repente.

– Que foi?

E então ela viu a dra. Mafi às costas da Graves, com uma pistola encostada na coluna dele.

– Não tão rápido – disse ela, sombriamente.

– O que está fazendo, Emmaline? – perguntou Graves.

– Você está aqui para me matar.

– Não estou.

– Mentiroso – sibilou ela.

– Solte-o – rosnou Kierse, pegando uma faca da bota e a posicionando sob as costelas da dra. Mafi. Um golpe para cima a cravaria no coração.

Mafi congelou.

– Kierse?

– Não estamos aqui pra matar você. Agora, *solte-o*.

– Não posso – sussurrou ela.

Kierse apertou mais a faca.

– Não quero te matar. Vamos a algum lugar conversar sobre isso.

– Para dar a ele uma chance de me matar? – rosnou ela.

– Emmaline, não estou aqui por sua causa.

— Você mandou seu cão atrás de mim – disse ela, furiosa. – Então eu procurei Luís, sabendo que você me queria morta.

— Eu mandei Edgar para te oferecer proteção.

Ela riu.

— Não acredito em você.

Mas Kierse viu a verdade nas palavras. Mafi podia tê-lo à mira da arma, mas Graves tinha magia. Ela não duvidava por um segundo que ele poderia ter se desvencilhado se quisesse. O que significava que ele queria conversar. Então, embora Kierse não soubesse que ele tinha mandado Edgar atrás da dra. Mafi, também não ficou surpresa. Graves não tinha motivo para mentir.

— Ele está falando a verdade. Não estamos aqui por você – disse Kierse.

— Viemos atrás de outra coisa – disse Graves.

— Coisa... não pessoa? – perguntou a dra. Mafi.

— Isso – confirmou Kierse. – Agora, abaixe a arma.

Kierse viu uma guerra travada nas feições da médica.

— Como posso confiar em vocês?

— Não confie nele – disse Kierse. – Sabe que ele poderia te impedir a qualquer momento. Se não fez isso, é porque não quer te ferir. Eu também não quero. Por favor, confie em mim.

Mafi a olhou, e o que quer que tenha visto a fez abaixar a arma um pouco.

— Eu tenho um quarto aqui perto, levarei vocês lá – disse ela. Graves se virou, e Mafi acrescentou: – Nem pense em me ler.

Foi aí que Kierse percebeu... que Graves não estava usando luvas.

— Você primeiro, Emmaline – disse ele, num tom sombrio.

A dra. Mafi parecia querer reerguer a arma e atirar nele, mas em vez disso a guardou nas dobras do *abaya* preto com detalhes dourados.

— Me sigam.

Eles foram até a saída como espectros na noite, esgueirando-se pelos corredores da enorme casa do Rei Luís. A enormidade do lugar atingiu Kierse no peito. Não porque não estivesse ciente de como o lugar era grande, mas porque quanto mais seguiam a dra. Mafi, mais se afastavam do cofre.

Finalmente, a médica parou diante de uma porta. Apoiou os dedos na maçaneta e falou algumas palavras. Um jorro de luz prateada envolveu sua mão, a fechadura clicou e ela abriu a porta. Kierse sabia que Mafi era bruxa, mas foi a primeira vez que a viu usar sua magia.

– Uau – sussurrou ela.

– Truques baratos – desdenhou Graves, antes de entrar.

Mafi já tinha entrado no quarto e fechou a porta atrás de Kierse. Era parcamente mobiliado: só uma cama pequena no canto, uma mesa de cabeceira e uma escrivaninha do outro lado da sala, com duas cadeiras.

– Se não veio por mim, o que está fazendo aqui?

– Primeiro, podemos discutir como você vendeu sua alma ao Rei Luís? – perguntou Graves.

Mafi parecia querer arrancar os olhos dele com as unhas.

– Não fiz nada disso.

– Não? Só sua integridade médica?

– Do que está falando? – perguntou Kierse, confusa.

– Emmaline vendeu seu sangue ao Rei Luís – disse Graves.

Kierse sentiu-se nauseada.

– Você *vendeu* meu sangue?

Mafi afundou na cama.

– Não foi assim. Eu estava fazendo uns serviços por baixo dos panos para alguns políticos. Luís ficou sabendo e me chantageou. Eu teria ido para a prisão. Ele me tem sob seu controle, e não posso fazer nada.

Então ela era como todos os outros no mundo do Rei Luís, obrigada a obedecê-lo por não conseguir escapar. Isso não justificava o fato de ter vendido o sangue de Kierse, mas a tornava só mais uma vítima em uma longa lista.

– O que ele quer com o sangue dela? – perguntou Graves.

– Ele estava procurando sangue com componentes mágicos. Acredita que vai torná-lo mais forte, o suficiente para vencer a guerra. Então eu disse que acharia candidatos com sangue diferente entre as pessoas que passavam pelo hospital.

– E isso o torna mais forte?

Mafi revirou os olhos.

– Claro que não. O sangue dela é igual ao de todo mundo, mas ele não quis me ouvir.

Graves se afastou alguns passos dela.

– Por que não veio me procurar?

Mafi riu.

– Eu te devia um favor. Não podia te dever outro.

Graves parecia querer dizer mais, mas Kierse entrou entre eles.

– O mundo é um lugar difícil. Transforma todos nós em monstros.

A expressão de Mafi desmoronou.

– É verdade, não é?

– Deveríamos contar pra ela – disse Kierse.

Graves balançou a cabeça.

– Já perdemos muito tempo. – Ele se virou para Mafi. – Você deveria sair daqui enquanto pode. Vá para a minha casa, fale com Edgar. Ele te dará tudo de que precisa.

– Por que está me ajudando? – perguntou ela, cética. – Você só faz o que ajuda seus próprios objetivos.

O olhar dele pousou em Kierse, que assentiu, a compreensão afundando no estômago.

– Porque eu deveria ter feito mais da primeira vez.

Mafi recuou em choque. Seus olhos pairavam entre os dois.

– Talvez você *tenha* mudado – disse ela, pensativa. – Tudo bem, eu vou embora. Mas vocês dois também deveriam ir.

– É o plano – disse Kierse. – Só precisamos de mais uma coisa antes disso.

– Não posso fazer vocês mudarem de ideia sobre o que vão fazer? – perguntou a dra. Mafi.

Kierse balançou a cabeça.

– Estamos decididos.

A dra. Mafi suspirou, então se virou a Graves.

– Quantas plantas da casa você viu?

– Eu sei achar meu caminho – garantiu ele.

– Claro que sabe. – Então ela se levantou e estendeu a mão para ele. – Só para garantir, compare com o meu mapa.

Ele encarou a mão dela como se não acreditasse na oferta.

– Você *quer* que eu te leia?

A dra. Mafi ergueu o queixo e o encarou.

– Quero que tire Kierse daqui, para que ela não seja mais um dano colateral.

Graves se enrijeceu.

– Ela não é.

– Então me deixe ajudar.

Ele se endireitou em toda sua altura considerável e lentamente envolveu os dedos no pulso da médica. Era a primeira vez que Kierse via Graves ler alguém, já que nunca tinha funcionado nela. Ela sabia que ele fazia isso para obter informações, mas agora podia *ver*.

A luz dourada da magia dele ganhou vida com o contato: uma aura cintilante e hipnotizante com um forte cheiro de couro e um toque de papel novo. Kierse mal conseguia acreditar que ele estava *lendo a mente* daquela mulher. Mesmo se ele dissesse que não era assim, que só conseguia correr os olhos pelo que as pessoas estavam pensando. Mafi claramente estava mostrando um caminho pelos corredores, contrastando um mapa com que estava familiarizada com o que eles tinham estudado para entrar ali.

Mas o que mais ele poderia captar daquele breve contato? O que mais ela estava pensando, mesmo subconscientemente, que Graves poderia apreender? Não era à toa que ele era tão poderoso, se podia ganhar acesso à mente das pessoas.

Graves a soltou um momento depois. A luz e o fogo e o cheiro logo se dissiparam.

– Ah, parece que algumas informações estavam desatualizadas. Mas nossa rota continua clara.

– Obrigada – disse Kierse a Mafi.

Ela só assentiu, séria.

– Sejam rápidos. Ele pretende fazer um massacre esta noite.

Capítulo Cinquenta e Seis

Eles deixaram Mafi na entrada dos seus aposentos e percorreram o labirinto de corredores com facilidade, passando por convidados e seguranças. Kierse ficou perto de Graves, reconhecendo o layout das passagens conforme se aproximavam do cofre.

– Fico surpresa por Mafi ter deixado você a ler – disse Kierse. – Ela pareceu especialmente incomodada com isso antes.

– Tinha todo motivo para ficar. Eu não confiava muito nas pessoas no passado – disse ele, enquanto viravam em outro corredor.

– O que mais você viu com aquele toque?

Ele franziu o cenho.

– O suficiente.

Que era o motivo de Mafi não querer que Graves a lesse, para começo de conversa.

– Nunca estive tão grata por você não poder ler a minha mente.

– De novo, eu não leio mentes – disse ele, exasperado. – Ela praticamente gritou a planta para mim. Quase me deu dor de cabeça. As outras coisas eu já sabia. Às vezes, quando as pessoas tentam muito não pensar em algo, acabam só pensando nisso.

Kierse estremeceu.

– Não é à toa que todo mundo tem pavor de você.

– Por isso as luvas – disse ele, mostrando as mãos nuas. – Viramos aqui.

Ela espiou atrás da próxima curva e viu dois guardas vampiros parados na frente de uma porta.

– Chegamos ao nosso destino – disse Kierse. – É a única porta vigiada. Praticamente tem uma placa que diz *Roube de mim*.

– Você tem uma mente terrível.

– Diz o homem que pode ler mentes.

Ele deu de ombros.

– Eu obtive meus poderes honestamente.

– Eu também – disse ela, pegando uma faca escondida no espartilho. – O que fazemos?

– Você pega um, eu pego o outro.

Ela respirou fundo. Sabia que era capaz de derrubar um vampiro; afinal, tinha matado Orik em um beco escuro entrando em câmera lenta. Mas não queria queimar suas reservas antes de sequer chegar ao cofre. Por sorte, não precisava matar aqueles vampiros – só incapacitá-los. Talvez atacar diretamente não fosse a escolha certa.

– Tenho outra ideia.

– Qual?

Ela envolveu a cintura de Graves com a mão e se colou ao seu lado.

– Lembra o que disse pra mim na casa de Imani? Que eu teria de interpretar sua cadelinha? – Ela apontou para sua roupa, a lingerie branca que gritava "garota do Veludo Vermelho".

– Adoro sua mente – disse ele, a voz grave e carinhosa.

Graves esperou a deixa dela, e então eles viraram o canto com Kierse caída contra o lado dele. Ele descaradamente apertou a bunda dela enquanto cambaleava, parecendo bêbado. Quase tropeçava com a força da atuação enquanto ela dava risadinhas incoerentes ao seu lado.

– Ei, você aí – disse o primeiro vampiro. Era um sujeito robusto. Pele bronzeada, olhos escuros, mais músculos do que cérebro. – Nada de convidados neste corredor. Volte por onde veio.

Graves continuou andando e mostrou seu broche para eles, o sotaque britânico ficando mais pesado e imperioso.

– Eu sou um Homem de Valor. Posso... fazer o que quiser.

Os guardas reviraram os olhos, relaxando ao notar como ele estava bêbado.

– Senhor, vamos ter de pedir que encontre um quarto. – Os olhos do homem pousaram em Kierse, avaliando seu corpo seminu e o seu sangue bombeando pelas veias. – Leve sua... companheira com você, e tudo ficará bem.

Quando o primeiro guarda deu um passo à frente para interceptá-los, os dois se moveram juntos. Graves pegou o mais robusto enquanto Kierse enfrentava o segundo. Era mais magro que o primeiro, mas tinha olhos ávidos e famintos fixos nela.

Kierse avançou, jogando uma faca do espartilho na direção da jugular dele. O guarda pulou para trás, evitando por um triz o golpe fatal. Era rápido. Como um vampiro. Ela precisaria ser igualmente rápida – ou mais – para sobreviver. E usando salto alto, ainda por cima.

Ele veio para cima dela, erguendo um bastão e tentando batê-lo em sua cabeça. Kierse pegou outra faca da bota enquanto se abaixava e desviava dos golpes. Ele tinha um alcance maior, mas ela precisava se aproximar para usar sua faca. Estava realmente sentindo falta da pistola no momento. Pena que não havia espaço para uma naquele traje.

O guarda desceu o bastão, quase arrebentando a cara dela, e Kierse disse:
– Foda-se.

O tempo desacelerou. A magia zumbiu ao seu redor enquanto ela entrava em câmera lenta. Uma luz dourada espiral que só ela podia ver ondulou ao seu redor.

O bastão se aproximou da cara dela enquanto o guarda tentava quebrar sua mandíbula. Kierse desviou do golpe e entrou no espaço dele, sem lhe dar uma chance de reerguer a arma. Chutou-o na rótula, girou e tentou cravar a faca em seu peito. Ele arquejou mais de choque que de dor, mas bloqueou o golpe seguinte, fazendo a faca sair voando da mão dela.

– Filho da puta – xingou Kierse enquanto esquivava-se do monstro e voltava à velocidade normal.

– Vou gostar de me banquetear com seu sangue, sua vadiazinha – rosnou ele.

Ela se ajoelhou, dando-lhe uma rasteira, depois rolou de costas e ergueu-se com um pulo. O vampiro tinha se estatelado no chão, mas já tentava agarrá-la enquanto ela se erguia. Kierse saiu do caminho, entrando em câmera lenta, pegou a segunda faca da bota e a enfiou na lateral do crânio dele com toda a sua força.

O vampiro tropeçou. Seus olhos se arregalaram de surpresa, mas ele continuou vindo na direção dela. Kierse precisaria ser rápida e decisiva – talvez sua faca não atravessasse osso, mas faria um estrago suficiente.

Mas aí, bem quando ia correr até ele, Graves apareceu. Ele se movia em uma velocidade chocante – tão rápido que até em câmera lenta ela mal conseguia acompanhar. Houve um borrão de calor e luz dourada quando ele interceptou o golpe do vampiro, desviou-o com o antebraço, depois torceu o inimigo de modo a deixá-lo com as costas coladas ao seu peito. O tempo desacelerou ainda mais quando o vampiro percebeu que fora vencido. Graves torceu seu pescoço e ele caiu ao chão, morto.

Kierse voltou ao tempo normal com uma careta. Tudo tinha estado tão quieto, mas assim que retornou foi como se o som do mundo explodisse.

– Obrigada – disse ela, ofegante. – Acha que alguém nos ouviu?

Graves lhe deu um olhar que dizia tudo que ela precisava saber.

– Abra a porta do outro lado do corredor.

Kierse obedeceu sem demora. Sacudiu a maçaneta da porta, testando para ver se tinha magia, mas não estava protegida. Ela sorriu e pôs suas outras habilidades em ação. Com um grampo confiável, destrancou a fechadura em questão de segundos. Os truques de festa de Mafi não eram nada comparados a seu grampo de cabelo.

Um armário. Um armário de zelador normal. Excelente.

Kierse e Graves arrastaram os guardas lá para dentro. Ela revistou os vampiros, tirando uma pistola de um guarda e enfiando-a na bota. O segundo tinha um cartão magnético como os que usavam para as barreiras, mas com o logo dos Homens de Valor. Ela o enfiou na outra bota, depois fechou e trancou a porta de novo.

Graves desenhou uma proteção na maçaneta, aplicando a magia com um chiado. Houve só um leve brilho dourado, e o cheiro de couro e livros novos flutuou no ar. Às vezes, ela não acreditava no tempo que demorara para sentir isso nele.

— Agora vem a parte divertida – disse Kierse.

Os dois se viraram para o cofre. Parecia relativamente inofensivo, só uma porta grande e cinza de metal com uma maçaneta, exceto pelo leitor de cartões na parede ao lado.

— Sua vez – disse Graves.

Kierse endireitou os ombros e sentiu a empolgação percorrer o corpo. Amava essa parte. Fazia seu sangue cantar. Toda a magia que ela usara estava prestes a ser restaurada. Suas mãos pulsavam de empolgação, e ela rapidamente as sacudiu e se posicionou.

Testou a maçaneta. Trancada, claro.

Então reuniu sua magia e procurou as proteções. Soltou o ar – Walter não tinha economizado esforços. Quebrar aquele sistema seria como tentar invadir um cofre de banco. Tinha um padrão e o que parecia ser uma fechadura de combinação de proteções. Ela nunca vira nada parecido.

— O que foi? – perguntou Graves.

— É uma fechadura de combinação, como a de uma caixa-forte. Tenho de quebrar as proteções na ordem certa para você entrar comigo.

— Senão...?

Ela franziu a testa.

— Quer descobrir?

— Não.

— Você precisa entrar comigo?

Ele só lhe deu um olhar seco. Não chegaria tão longe para não entrar naquele cofre.

— Tá bom – disse Kierse, rindo. – Vigie o corredor.

E pôs as mãos à obra enquanto Graves ia à outra ponta do corredor. Respirou fundo e fingiu que aquilo era como qualquer outra fechadura que já tinha aberto. Correu as mãos pelas várias proteções, reconhecendo o símbolo de sol de Walter. As proteções não funcionavam com Kierse – ela só as absorveria –, mas, se não quisesse ser pega fazendo aquilo, precisava entender o código. E rápido. Mãos ágeis, habilidade e intuição determinavam a excelência de uma ladra.

Ela examinou o problema do ponto de vista de Walter. Pelo básico que conhecia de computadores, do seu tempo desativando sistemas de segurança e desligando câmeras, um computador funcionava com uma série de zeros e uns. Se fosse corretamente codificado, funcionava como um cérebro, entendendo problemas complexos e administrando a vida cotidiana. Mas se o código estava errado, o cérebro parava de funcionar. Ela precisava achar o código do sistema.

Infelizmente, havia um número infinito de possibilidades. Sem conseguir ouvir os cliques do cofre, ela não sabia como resolver aquilo. E não podia apenas tentar aleatoriamente. Isso dispararia um alarme.

Seus olhos vagaram pelas marcas entalhadas. Devia haver algo diferente ali. Algumas das proteções eram mais escuras que as outras, como se tivessem sido entalhadas com mais força. Ela não sabia por quê. Por que Walter faria as coisas desse jeito? Então viu o que parecia ser outra coisa nas espirais e redemoinhos. Era uma proteção de um tipo diferente. Possivelmente uma invenção dele.

O dedo dela parou na proteção do topo. xii. Numerais romanos. Seus olhos viraram em círculo. Ela olhou a seguinte. i. E a seguinte. ii. E a seguinte. iii. A próxima era iiii, não o iv que Kierse esperava, mas ela ainda entendeu o que era.

Um relógio.

E por que alguns números seriam mais escuros? Talvez fossem usados com mais frequência. Ela podia ver os números i, iii, iiii, v, ix. O que só reduzia minimamente as possibilidades.

Kierse tirou o cartão do bolso. Enfiou-o no leitor como fazia nas barreiras, mas, em vez de abrir a porta, um espaço para a senha apareceu embaixo do cartão.

— Graves — chamou ela. — Tem uma senha nas proteções. Não posso quebrá-las separadamente. Tenho noventa e sete por cento de certeza que vai disparar um alarme. Preciso saber a senha.

— Ótimo — resmungou ele, frustrado. — O que posso fazer?

— Você conhecia Walter. Pense no que ele usaria como senha. Um número que inclui um, três, quatro, cinco e nove. Acho que é algo relacionado a tecnologia. Pense em código ou matemática ou algo assim.

– E se o código for de Luís? – perguntou Graves.

– *Você* deixaria Luís escolher o código?

– Claro que não.

– Duvido que Walter deixaria também. O sistema é dele. O código é dele – afirmou Kierse, com mais confiança do que sentia.

Só estava pensando na pessoa que ela tinha seguido pelo mercado naquele dia. Walter sentia tanto orgulho de seu trabalho. Isso ficava óbvio em cada detalhe dos seus sistemas e em como os consertara naquele dia. Ela não achava que cederia o controle sobre eles se não fosse obrigado.

Graves olhou para o teclado por alguns segundos, e então, sem nem a avisar, digitou uma série de números.

– O que está fazendo? – arquejou ela, esperando um alarme soar e alguém vir impedi-los.

Mas o sistema se desarmou como magia. A porta começou a deslizar lentamente.

– Como? – perguntou Kierse, suspirando de alívio.

– Pi era o número favorito de Walter. Ele gostava que fosse uma constante. 3,14159.

– Graças a Deus você ama conhecimento – murmurou ela. – Nunca em um milhão de anos eu teria adivinhado isso. Poderia ter sido um desastre.

Graves deu de ombros.

– Achei que fosse uma boa aposta.

Ele tinha uma sorte da porra por estar certo.

Com um silvo suave, a porta enfim se abriu por completo. Kierse perdeu o fôlego com a visão à sua frente. A galeria era ainda mais linda que o salão de baile, com pisos de mármore preto entremeados de ouro. As paredes eram de um vermelho sedoso e cobertas de prateleiras brancas embutidas, cheias de todo tipo de objetos, incluindo joias, pedras preciosas, uma coroa grande de ouro e alguns livros de aspecto muito antigo. A outra parede exibia o que Kierse presumiu serem obras de arte inestimáveis. Kingston mataria alguém para estar naquele cofre.

Mas seus olhos pousaram no item no centro.

Uma caixa preta fechada que continha o objeto mais valioso: a lança. Finalmente ao alcance dela.

Kierse ainda precisava quebrar as proteções para certificar-se de que o sistema não voltaria a funcionar enquanto estivessem presos ali dentro. Agora podia fazer isso sem disparar um alarme. Walter era mais inteligente do que Graves lhe dera crédito. O sistema era genial.

Com cuidado, ela desativou cada uma das proteções, absorvendo o brilho dourado e adquirindo uma noção da magia de Walter – incenso e tempestades. Ela não queria que alguém reativasse o sistema e trancasse Graves ali. Essa era sua estratégia para um cômodo com apenas uma saída.

– Certo – disse ela, assentindo com a cabeça.

Então, segurando o fôlego, entrou na sala de troféus. Não houve alarme nem som algum. Reinava o completo silêncio.

– Graves, olha esse lugar – disse, virando-se.

Mas ele ainda estava do outro lado da porta.

– Saia daí! – berrou ele quando um alarme estridente começou a soar.

A porta se fechou entre eles antes que Kierse pudesse atravessá-la. As luzes se apagaram e ela foi jogada na escuridão total.

Ela pulou em direção à porta, mas braços a agarraram bruscamente.

– Não! – gritou, tentando pegar as facas ou a arma na sua bota.

Mas um objeto pesado bateu na sua têmpora, e ela caiu, inconsciente.

Capítulo Cinquenta e Sete

O chão estava frio sob a bochecha de Kierse.

Sua cabeça girava, mas ela conseguia ouvir vozes. Muitas vozes. Um calafrio subiu por sua coluna, dizendo-lhe para não mexer nem um músculo sequer. Kierse já sentira aquele terror antes, quando enfrentara monstros. Dessa vez, era arrebatador.

De sua posição, percebia que quem quer que a tivesse sequestrado fora minucioso. As facas no espartilho e nas botas, além da pistola roubada, tinham sido levadas. Ela não tinha armas – e estava prestes a enfrentar um grupo de monstros sem uma estratégia de saída. Seu pior pesadelo.

Pelo menos Graves estava por aí em algum lugar. Ela esperava.

Não, Graves *ia* aparecer. Ele a salvaria.

– Ah, ela acordou – disse uma voz ao seu lado.

Não adiantava mais fingir.

Kierse abriu os olhos enquanto era erguida bruscamente por um par de vampiros. Seus maiores temores foram confirmados: eles a tinham levado ao salão de baile cheio de monstros, onde o Rei Luís estava sentado num trono como um herói conquistador, encharcado do sangue de suas vítimas. Eram três mulheres jovens: uma já morta, a outra tão chapada do seu veneno que provavelmente morreria também, e a última: Torra.

Kierse perdeu o fôlego ao vê-la aos pés do trono, sua cabeça caída contra a perna da cadeira. Já deveria ter chegado à saída para encontrar Graves e Kierse. Não deveria estar jogada aos pés do Rei Luís, com o peito subindo e descendo num movimento muito sutil.

Ela desviou os olhos de Torra para confirmar que Walter continuava parado na frente do salão. Ao redor do vampiro se estendia um campo de força cintilante que só usuários de magia podiam ver.

Então ela viu o que estava diante do monstro cruel: uma caixa transparente, zumbindo com a energia de proteções. A Lança de Lugh.

Kierse pulou na direção da lança. Se ao menos pudesse alcançá-la... Mas antes de finalizar o pensamento, ela foi puxada para trás e segurada.

Um coro de risadas ecoou do salão de baile, e os olhos demoníacos do Rei Luís se concentraram totalmente nela.

– Nossa convidada de honra! – trovejou ele.

Então se levantou, meia cabeça mais alto que Kierse, e jogou as garotas no chão, sem cerimônia. Kierse sustentou seu olhar com firmeza. Não se encolheu. Não desviou os olhos. Estava com medo, mas se recusava a demonstrar.

– Ora, eu posso sentir seu coração batendo – disse ele baixinho. – Você pode parar de fingir.

Ela se recusava. Não lhe daria o prazer de ver o seu medo.

– Vá se foder – cuspiu, eloquente.

Ele riu.

– Não é preciso ser vulgar. É uma festa. Estamos aqui para celebrar. – Ele apontou para a plateia voraz. Os monstros famintos por ela. As refeições caídas por conta da perda de sangue. Como se aquilo não fosse vulgar. – Afinal, eu tive muito trabalho para trazer você aqui.

Ela só o encarou. Manter a boca fechada foi um esforço, mas ele devia ter visto as perguntas nos olhos dela.

– Entende, eu venho procurando por bocadinhos deliciosos como você. Poder, poder verdadeiro, não pode ser comprado ou feito. Só pode ser inato à pessoa. Como eu. – Ele se endireitou, esticando a bengala, todo vaidoso. – Mas pode ser *aumentado*. E seu sangue vai aumentar o meu poder.

– Mentira – cuspiu ela.

Mafi dissera que o sangue dela não faria nada pelos vampiros. Era só sangue. O fato de Kierse poder absorver magia não faria nada por ele.

O Rei Luís deu um sorrisinho.

– É mesmo? Vamos testar, então?

Então abandonou o fingimento, e ela percebeu quando o instinto assassino tomou controle, o momento em que ele passou da performance de pantomima à verdadeira fera mortal que era. Moveu-se tão depressa que era só uma sombra antes de parar ao lado dela. O campo de força de Walter estendeu-se ao redor de Kierse enquanto Luís apertava seu pulso nos dedos gordos.

Ela olhou para Torra, jogada contra o trono. Os olhos da outra estavam suplicantes e tristes.

Torra fez com a boca: *Respire.*

Os olhos de Kierse se arregalaram de pânico. Não, ele não podia beber dela. Ela olhou ao redor loucamente em busca de uma saída.

Graves. Onde estava Graves, porra? Ele não fora capturado. Nem entrara no cofre. Ele precisava impedir aquilo.

Mas ninguém veio.

Ninguém impediu quando o vampiro ergueu o pulso dela à boca. As especialidades de Kierse eram furtividade e intriga e sigilo. Tinha sua câmera lenta, mas ainda estava atordoada depois de ser derrubada. A cabeça girava, e ela não conseguiria passar para o outro estado rápido o bastante, não escaparia dos capangas dele.

No instante seguinte, ele afundou as presas no pulso dela. Kierse se odiou pelo arquejo que escapou da sua boca. O sangue fluiu das suas veias, e então ele foi *mais fundo*. Dessa vez, o arquejo se tornou um grito enquanto ele bebia o sangue.

Com um suspiro satisfeito, ele se afastou. O sangue dela só tinha manchado de leve as bordas da sua boca.

O veneno atingiu seu corpo como uma dose de café espresso. Onde sentia dor segundos antes, não havia mais nada. Ela nunca fora mordida antes, mas ouvira o suficiente para saber que a sensação era como uma mistura de álcool e ecstasy. Sentia-se um pouco bêbada, muito excitada. Pensara que nada pudesse ser tão ruim quanto o pó dos desejos, mas escolheria o pó a qualquer hora em vez daquele cobertor que foi lançado sobre seus sentidos.

– Delicioso – disse o Rei Luís. Os vivas que se ergueram da plateia a trouxeram de volta à realidade. – E *cheio* de poder. – Ele respirou fundo e abriu os braços. – Transbordando de poder. Com você e minha lança, serei invencível. Vamos pôr fim ao Tratado dos Monstros. Retomaremos o que era nosso.

Kierse cambaleou.

Ele riu, acenando para os capangas. Eles a soltaram e ela tropeçou.

– O veneno funciona rápido – informou o Rei Luís. – O meu, em especial, tem uma potência incrível, como você pode ver. – Ele apontou para as garotas aos seus pés.

A visão de Kierse estava turva enquanto buscava uma saída. Ainda não tinha visto Graves. O que ele estava esperando?

– Eu te garanto, ninguém virá resgatá-la – disse ele com um tom sinistro, como se pudesse ler seus pensamentos. – Você é *minha*.

Ele pôs uma mão nas costas dela para equilibrá-la. Kierse tentou se afastar, mas ele a segurava firme.

– Vamos. Deixe-me mostrar meu outro prêmio. Você não pode tocá-lo, afinal – explicou o Rei Luís. – Ninguém pode atravessar as proteções do meu jovem aprendiz.

Então o Rei Luís não conhecia os poderes dela. Mafi só tinha contado a ele que seu sangue absorvia magia. Ótimo.

Ela precisava se manter coerente. Se pudesse só entrar em câmera lenta e queimar o veneno… Mas não conseguia. Sua magia estava tão letárgica quanto os sentidos, e ela não pôde fazer nada exceto seguir o Rei Luís até a caixa.

Kierse perdeu o fôlego, mesmo em seu estado confuso, quando olhou na caixa de vidro e viu a lança direito pela primeira vez.

De alguma forma, era mais comum do que ela tinha esperado *e* mais gloriosa. A lâmina tinha cerca de trinta centímetros, afiadíssima e com poucos adornos. Estava presa a um cabo de madeira escuro que não mostrava sinais de envelhecimento, apesar da idade.

Seu coração martelou. Tanta energia dedicada a adquirir aquele item, e agora estava finalmente na frente dela.

– Uau – sussurrou, contra a própria vontade.

– Não é gloriosa?

O Rei Luís ergueu as mãos e começou um discurso sobre a lança e o lugar de direito dele como líder de sua organização de monstros maníaca. Kierse mal conseguia se erguer, mas reconheceu sua deixa.

Com um salto veloz, empurrou a mão através das proteções da caixa e envolveu os dedos na lança.

Uma onda a atingiu. O veneno vampírico no seu corpo evaporou com o contato. De repente, seus sentidos embaralhados ficaram aguçados. A câmera lenta estava tão próxima à superfície que praticamente cintilava em uma névoa de energia dourada. Filamentos de luz pontilhavam cada centímetro de pele exposta, revelando toda a magia que Kierse tinha absorvido. Por um segundo, foi como se ela pudesse sugar toda a magia do salão como um aspirador, só se concentrando o suficiente.

Ah, sim, *aquela* era a lança que eles queriam.

O objeto zumbia com energia potencial. Uma magia tão profunda que era avassaladora. Como se raios estivessem presos na lâmina, desesperados para serem libertados. Como se a *reconhecesse*. A lança tinha vontade própria, e no momento queria libertar seu poder. Kierse teve de conter o desejo de fazer exatamente isso.

Use-me. Empunhe-me. Liberte-me.

E, ah, era tentador.

Ah, como ansiei por você. Destrua nossos inimigos.

Quantas vezes ela desejou algo que lhe desse o poder de destruir seus inimigos? Queria que os pais voltassem e a salvassem da pobreza. Queria que alguém viesse impedir Jason nos momentos mais sombrios de sua vida. Queria que alguém cuidasse dela depois que estava quebrada, para não precisar mais roubar. Queria uma cidade com ruas seguras e nenhum monstro.

Mas desejos eram para os fracos.

Ela resistiu contra aquele zumbido – aquela atração à energia. A lança chacoalhou-se em sua mão, furiosa por Kierse estar impondo a própria vontade. Ela tinha de permanecer como aço, construindo um escudo impenetrável contra a natureza da arma. Então trancou aquela porta e enterrou a energia da lança atrás dela. Finalmente, a arma se aquietou.

Ninguém estivera lá para salvá-la.

Ela apontou a lança para o Rei Luís e cuspiu:

– Eu vou me salvar sozinha, porra.

Capítulo Cinquenta e Oito

O choque no rosto do Rei Luís se transformou quase imediatamente em desdém. O campo de força de Walter tinha voltado ao lugar ao redor do vampiro. Ele pensava estar protegido. Tinha visto Kierse atravessar as proteções dele e *ainda* acreditava nos campos de força de Walter.

— O que vai fazer com essa coisa? Com certeza uma garotinha não pode empunhar a Lança de Lugh.

Só que ela *podia* empunhar aquela arma, mesmo que vacilasse sob o peso do seu poder.

— Com certeza seu mestre te contou o que você está segurando, não?

Ah, ela sabia. Graves a fizera ler todos aqueles livros para prepará-la para esse momento, e Kierse tinha esbarrado na verdade sobre a lança. Não que qualquer coisa a tivesse preparado de fato para segurar o negócio.

Mas isso não importava. Tudo que importava era que a arma parecia certa na mão dela, e nada que Luís dissesse a faria mudar de ideia.

— A Lança de Lugh — disse ele, para seu público. — Uma arma de massacres. Uma arma que nunca foi derrotada em batalha. — Ele a provocou. — Uma menininha não pode esperar controlar o poder dos deuses. Você não é poderosa o bastante.

Era a arma de um deus, mas isso não mudava o seu propósito.

No fim do dia, ela cortava igual a qualquer outra.

E a pessoa que Kierse queria destruir estava parada diante dela, com Torra ao lado do seu trono e duas vítimas a seus pés. Duas em uma lista de centenas ou até milhares.

Humanos que não tiveram a opção de escapar. Pessoas que ele tinha simplesmente descartado por uma refeição. Kierse poderia ter sido uma delas. Jason era um monstro também e tinha abusado dela além da compreensão, mas nem ele deixara tamanha lista de mortos. Se ela deixasse o Rei Luís vivo, quantas outras pessoas acabariam como Torra? Como Mafi? Quantas mais sofreriam nas mãos dele e dos seus patéticos Homens de Valor?

Não, ela tinha prometido a Torra que mataria o Rei Luís.

E cumpria suas promessas.

A lança se aferrou a seus pensamentos, viu o seu coração e soube o que Kierse queria. Dessa vez, ela não a rechaçou. Não ignorou sua voz sinistra, porque ela e a arma estavam alinhadas.

– Você não é um rei – rebateu Kierse, dando um passo à frente. – É um titereiro, puxando cordinhas. Seu reinado acaba hoje.

Kierse ergueu a lança, sentindo a memória muscular de horas de treinamento começar a agir. Lanças nunca tinham parecido tão confortáveis em suas mãos quanto uma faca ou pistola, porque ela tinha esperado a vida toda por *essa* lança. O peso perfeito em suas mãos, a voz sombria em seu ouvido. Ela sabia o que fazer.

Atravessou o campo de força, notou o choque no rosto de Luís, então ergueu a lança e investiu. Luís desviou por um triz enquanto um alarme começou a soar ao redor deles. Os guardas saltaram atrás dela, mas Kierse golpeou sem nem olhar na direção deles. Ouviu um som nauseante enquanto atravessava ossos. Ouviu um som molhado quando a arma se fincou em pele e músculos. Quase sem desviar o foco, ela investiu contra Luís novamente.

Ele ergueu os braços para desviar do golpe, e Kierse entalhou sulcos fundos de sangue escuro nos braços dele. O vampiro gritou enquanto o mundo se tornava um pandemônio atrás dos dois, usando sua hipervelocidade enquanto tentava recuar, mas Kierse entrou imediatamente em câmera lenta, puxando a habilidade sobre si como um cobertor – e de repente Luís estava abanando os braços enquanto tropeçava para trás.

Um segundo depois ele estava ao seu alcance, quando ela saiu da câmera lenta. Sua boca se abriu, revelando presas brancas cintilantes. Seus olhos estavam arregalados de choque e uma quantidade satisfatória de medo. Ele não podia ganhar e, pela primeira vez, tinha percebido.

Ela o tinha vencido. Uma pequena mulher humana sem nada e ninguém para ajudá-la.

— Como? — arquejou ele.

— Magia.

Com toda a força do seu treinamento, ela enfiou a lança no fundo do coração do rei vampiro.

O Rei Luís caiu de joelhos enquanto Kierse puxava a arma do seu peito.

— Quem é você? — murmurou ele, cuspindo sangue.

— Sou o monstro dos *seus* pesadelos.

E então fez um corte horizontal com a lança, decapitando-o.

A cabeça de Luís caiu do corpo sob um coro de gritos. O resto dele tombou para a frente, sangue jorrando no mármore branco e encharcando a lingerie branca dela.

Kierse ergueu os olhos para os monstros à sua frente. Walter já tinha desaparecido na multidão, junto com o resto dos seguidores de Luís, os patéticos Homens de Valor. Aquela escória que ele tinha empoderado com sua propaganda. Aqueles monstros tinham passado a vida oprimindo humanos. Mereciam um destino parecido.

E então uma figura apareceu no estrado.

Graves.

Ele avaliou o estado do mundo que acabara de sair dos eixos para acomodá-la. Observou a roupa ensanguentada dela, o sorriso perverso em seus lábios e a lança firme em suas mãos. Assentiu uma vez, um sorriso lento abrindo-se nas feições estupendas. O poder pulsava incessantemente através de Kierse, entre eles.

Ela ergueu o queixo para encará-lo. Tinha aceitado seu lugar como um monstro. Um monstro ao lado dele. E ele aceitou isso com um olhar.

Não, não aceitou — deliciou-se com isso. Devorou aquela mudança, como se fosse o destino desde o começo.

Graves deu alguns passos longos sobre o estrado, ignorando o massacre ao redor. Pisou sobre o sangue do rei vampiro morto, levou a mão à nuca dela e a beijou com a voracidade de um predador. Ela respondeu à altura, recusando-se a ceder mesmo que um centímetro. Uma luta, um desafio, uma rendição.

Porque nunca fora beijada como Graves a estava beijando, em pé sobre o sangue do seu inimigo.

As bocas deles se encaixaram, as línguas lutando por controle. Poder fluindo através deles como um conduíte inflamando-se e ardendo para todos verem. A magia dos dois se encontrou. Um brilho dourado que se entrelaçou ao redor de ambos, não exatamente se mesclando, mas se espelhando.

Quando o beijo acabou, o mundo parecia ter voltado aos eixos, como se tudo estivesse como sempre deveria ter sido.

– Meu Rouxinol.

– Peguei a lança – disse ela, erguendo a arma.

Os olhos de Graves caíram na arma e subiram de novo, como se estivesse tão ofuscado por ela que não tivesse notado.

– Ótimo. Precisamos ir.

– Temos de pegar Torra.

Graves fez menção de pegar a arma, mas Kierse não conseguia soltá-la. A lança não queria que a soltasse. Então, ela deixou Graves enfrentando a horda de monstros que vinha atrás deles e caiu de joelhos diante do trono do vampiro.

– Torra. Torra, temos de ir. Precisamos tirar você daqui.

– Kierse – disse ela, a voz trêmula. – Acho que não consigo me mexer.

– Consegue, sim. Eu te ajudo.

Ela pôs seu peso sob Torra e ergueu do chão o corpo magro dela.

– Você matou ele.

– Eu te disse que mataria.

– Obrigada – sussurrou ela.

– *Temos* de ir – disse Graves, e xingou baixinho.

– Então me ajuda, caralho!

Ele xingou de novo e ergueu Torra como se ela não pesasse nada.

Matar o rei deles, beijar Graves e libertar Torra, tudo tinha acontecido em questão de segundos, e os monstros já estavam se enfileirando para vir atrás deles. Não era bom. A lança era poderosa, mas Kierse não sabia se conseguiria destruir um exército de vampiros.

Não me subestime.

Ela se arrepiou ao ouvir aquela voz na cabeça, sem saber se eram seus próprios pensamentos ou… os da lança.

– Por aqui – anunciou Graves.

Eles correram.

Kierse abaixou a lança ao seu lado. O peso parecia certo. Não, perfeito. Impossivelmente equilibrado, como uma extensão do seu corpo. Ela entendia por que aguentara todo o treinamento para chegar àquele exato momento.

Graves tinha se mantido ocupado antes de aparecer ali – cada guarda entre ela e a saída fora eficientemente incapacitado. Ver a chacina não era só impressionante, mas apavorante. Eles cruzaram só com alguns guardas aterrorizados enquanto escapavam para o túnel secreto que saía da casa de Luís. Alguns fugiram ao vê-la. Os outros, Kierse despachou depressa. Torra desmaiou em algum momento durante a fuga.

Eles tinham se virado para o túnel secreto quando toparam com ninguém menos que Walter Rodriguez carregando uma mochila cheia e parecendo em pânico.

O queixo dele caiu.

– Graves?

– Olá, Walter – disse Graves.

– Você – disse ele a Kierse. – Você… atravessou meu campo de força.

– E suas proteções também – disse ela, com um sorriso perigoso.

O olhar dele passava freneticamente entre Graves, Kierse e a lança, como se não conseguisse decidir qual era a maior ameaça. Ela conseguiu sentir um leve cheiro de incenso e tempestades quando seus escudos se fortaleceram ao perceber a raiva deles. Ele tinha acabado de admitir que Kierse conseguia atravessá-los, mas reagia por instinto.

– O q-que está fazendo aqui?

– Usando sua saída – disse Graves suavemente. – Que ratinho esperto você é.

— Como sabe disso? — Walter olhou para trás deles, recuando aos pouquinhos.

— Sei tudo que você tem feito pelo Rei Luís. Mas você escolheu o lado errado, Walter. Seu mestre morreu.

Os olhos dele se arregalaram.

— Eu não *escolhi* um lado. Você me descartou como lixo — disse ele, a voz trêmula apesar de estar enfrentando Graves. — Fui atrás de quem me pagaria mais, e agora vou *sair daqui*.

— Não temos tempo para isso — disse Kierse. — Precisamos ir embora.

— Ele é uma ameaça — disse Graves.

— Não, por favor — disse Walter, recuando. — Só quero partir. Não quero ferir ninguém.

— Você ouviu, ele foi levado a isso — disse Kierse, bloqueando Graves. — E é verdade que você o descartou depois de não ver o potencial dele.

Graves a olhou com o que parecia ser admiração. Ele tinha reconsiderado seu comportamento com Mafi e, pela primeira vez, parecia perceber também seu erro com Walter.

— É verdade — disse Graves. — Você não vai mais trabalhar para os Homens de Valor?

— Não, nunca mais — respondeu Walter, frenético.

— Não há tempo — lembrou ela, passando por Walter. — Graves, vamos.

Por um segundo, ela achou que ele não a escutaria. Mas, depois de encarar Walter por outro momento, Graves seguiu Kierse e eles saíram correndo.

O túnel era longo e sinuoso, mas ela lembrava o caminho. O tempo todo, segurava a lança com firmeza, seu zumbido constante um lembrete de como a coisa era viva e mortal.

— Que porra eu estou segurando, Graves? Sei que você disse que era a Lança de Lugh, mas não sabia que seria assim. — Ela balançou a cabeça. — Os deuses — murmurou. — Isso é a lança de um deus.

— É. Eu te expliquei. Era por isso que precisávamos tirar isso de Luís.

Havia uma diferença entre saber e *saber*. Se tudo aquilo fosse verdade, se a arma realmente fosse uma lança mágica dos deuses, se todas as histórias que ela tinha lido nos livros dele tivessem mais que uma semente de verdade e fossem, de fato, realidade... então quem era ela? Quem era Graves?

Ele usava o azevinho como seu símbolo, claro que veria o rouxinol como parte dele. Não tinha dito nada, mas ela via a verdade. Talvez sempre tivesse sabido. Porque estiveram entrelaçados desde a primeira noite – assim que ele vira o colar de rouxinol dela, o momento em que ela viu a biblioteca dele. Estavam amarrados como sua magia naquele beijo: uma conexão inextricável.

Mas ela precisava falar em voz alta.

– Você é o Rei de Azevinho.

Ele engoliu antes de assentir.

– E você é meu rouxinol.

Capítulo Cinquenta e Nove

O Rei de Azevinho.

Em carne e osso.

E ela era o seu rouxinol.

Kierse estremeceu com aquelas palavras. Soavam como uma profecia de Gen. Soavam *verdadeiras*.

Parecia impossível que mito e lendas pudessem se manifestar assim, mas era impossível ignorar. Seu deus do inverno estava diante dela, e aquele era o dia dele – o solstício de inverno. Não era à toa que ela sentira se estabelecer uma conexão entre eles. Era o destino, como tinha parecido.

– O que isso significa? – perguntou, arquejando. – Como eu sou seu rouxinol? Não entendo.

– O Rei de Azevinho é o poder do inverno – disse ele, com os dentes cerrados. – É uma manifestação da energia da própria estação. Eu alcanço o ápice do meu poder no solstício de verão, e ele entra em declínio depois do solstício de inverno.

– Eu sei. Por causa da batalha com o Rei de Carvalho.

– Sim. O Rei de Carvalho tem o seu sabiá, o pássaro que é um símbolo do outono que se aproxima. E eu tenho um rouxinol, meu símbolo da chegada da primavera.

– Mas eu sou um *mau* augúrio – disse ela. – Sou… sou o pássaro que morre depois do Natal.

– Sim, mas até lá você aumenta meu poder – admitiu ele. – Estou no auge agora, até o fim da noite mais longa do ano.

– Hoje – sussurrou ela.

– Exato. – Ele a olhou enquanto eles faziam outra curva nos túneis.

— Mas Kingston disse... disse que não deu certo pra você — lembrou ela, encaixando as peças das últimas semanas. As palavras que os outros tinham dito sobre ela ser um rouxinol e que ela não tinha entendido até o momento.

Graves desviou os olhos de novo.

— Bem, eu ganho mais poder, mas, após o solstício, você é minha ruína.

Ela piscou, chocada.

— Então por que... por que trabalharia comigo?

— Nossa missão terminou hoje. Era um risco que valia a pena — admitiu ele, bem quando a luz do túnel entrou à vista. Ele ajeitou Torra nos braços. — Eu nunca... — Ele tropeçou nas palavras. — Nunca planejei me apaixonar por você. Isso não estava previsto.

Ela engoliu.

— Eu não... entendo.

— É poético — disse Graves, suavemente. — Apaixonar-se pela fonte de sua própria destruição.

Ela tinha muitas perguntas. Mais perguntas do que respostas, como sempre ocorria com Graves, mas eles tinham chegado ao fim do túnel.

Graves ergueu Torra sobre o ombro e subiu a escada. Kierse o seguiu com a lança em mãos. Quando chegou ao topo, Graves a puxou para o túnel do metrô.

Eles continuaram em silêncio, correndo e se apressando para sair ao ar livre na noite mais longa do ano. O solstício de inverno. A última noite em que o poder de Graves estava no auge. Eles tinham conseguido. Tinham sobrevivido e saído com a lança.

Torra acordou quando eles saíram no ar noturno.

Ela se remexeu, grogue.

— Você pode me pôr no chão.

Graves a abaixou com cuidado, tirando o paletó e o jogando sobre os ombros dela, que cambaleou de leve.

— Obrigada.

— Pode nos dar um minuto? — Kierse perguntou a Graves.

Ele apontou para o carro à espera na rua, sua rota de fuga. Kierse assentiu e o observou seguir até o veículo.

Torra inclinou a cabeça e inspirou fundo o ar fresco.

– Nunca achei que veria o céu de novo.

Kierse franziu o cenho.

– Sinto muito, Tor.

– Mas você me salvou. Me tirou de lá – disse ela, inspirando com força. – Nunca vou conseguir te pagar por isso.

– Não precisa pagar por nada. Eu só reparei uma injustiça terrível.

– E ele está morto mesmo.

Kierse assentiu.

– Sim, está morto.

Torra engoliu em seco, a voz embargada.

– É difícil acreditar.

– O que você vai fazer?

Ela sorriu, a primeira expressão feliz que Kierse via em seu rosto desde que se reencontraram.

– O que eu quiser. Estou livre.

Torra a puxou para um abraço. Kierse a apertou, aliviada por ter salvado ao menos uma pessoa em toda aquela insanidade. Esperava que a queda de Luís fosse o fim das maquinações dos Homens de Valor, mas não tinha certeza. Pelo menos, ele não conseguiria mais se aproveitar de inocentes.

– Você pode vir com a gente – ofereceu Kierse. – Graves te ajudaria.

Os olhos de Torra se dirigiram ao monstro esperando no carro preto.

– Não acho que seja meu caminho.

– Então vá para o bordel de Colette – disse Kierse quando recuou. – Nate está em lockdown por mais uma noite de lua cheia. Depois disso ele pode te ajudar.

Ela engoliu em seco.

– Acha que eles ainda vão querer me ajudar?

– Todos sentimos sua falta – insistiu Kierse. – Eles vão te ajudar a fazer o que decidir.

— Obrigada, Kierse. — Ela começou a tirar o paletó de Graves.

— Pode ficar. Ele deve ter um milhão de outros. — Torra assentiu. — Tem certeza de que não quer uma carona?

— Acho que esta noite vou só caminhar — disse ela, e, antes que Kierse pudesse dizer outra palavra, se virou e seguiu em outra direção.

Kierse odiava deixá-la ir, mas sabia reconhecer alguém aproveitando a liberdade. Ela tinha feito o que tinha se proposto. Torra estava livre.

Graves abriu a porta do carro para ela sem dizer nada. Eles entraram e Graves disse:

— Dirija.

O carro avançou, e o silêncio foi preenchido pelo som da respiração pesada deles. Kierse deitou a lança com cuidado no colo. Estava feliz por não a segurar, mas parte dela queria erguê-la de novo. Era uma doença.

— Me deixe ver — pediu ele.

Ela balançou a cabeça.

— Acho que ela não quer que eu solte.

— Ela fala com você?

— Se é assim que você chama isso. — Ela teve um arrepio. — Ela parece querer impor sua vontade sobre mim.

— É a essência da lança. Ela vem da história do próprio Lugh, tão habilidoso que enganou um guardião e foi admitido na corte dos Tuatha Dé Danann — explicou Graves. — Só quando os deuses foram vencidos em uma grande batalha, eles nomearam Lugh como seu comandante. Lá, ele usou a lança para massacrar os inimigos deles.

— Bem, ela adoraria fazer isso agora – disse Kierse, correndo os dedos pelo cabo longo.

— Então está viva também.

Ela ergueu as sobrancelhas, sentindo um frio na barriga.

— Como assim, *também*?

Os olhos dele continuavam fixos na lança.

— Você já sabe a resposta.

Kierse tentou pensar.

– Você tem outra como ela?

Mas ele não respondeu à pergunta, cuja resposta ela certamente já sabia. Em vez disso, disse:

– Existem quatro objetos mágicos: a lança, a espada, o caldeirão e a pedra. Depois que os deuses se foram, esses artefatos se perderam ao redor do mundo, sua localização desconhecida por séculos. Só se ouviam boatos sobre cada um deles. A lança sempre foi a mais chamativa, porque é praticamente impossível de derrotar. Eu os procuro há muitos anos.

– Os quatro?

– Sim – respondeu ele simplesmente. – Eles pertencem a mim tanto quanto a qualquer outro. Minha mãe descendia da linhagem mágica que venerava os Tuatha Dé Danann. Qualquer um dessa linhagem poderia reivindicá-los. Por que não eu?

Kierse lembrou que ele tinha ido à Irlanda para encontrar o povo materno. Não percebeu que estava falando *dessa* linhagem – adoradores mágicos de antigos deuses celtas.

Francamente, ela não conseguia processar a informação no momento. O que importava era que ele tinha outro objeto além da lança. Estava com metade do caminho andado.

– Qual você já tem? – perguntou ela.

– A espada – disse Graves. – Você tem a lança. Há mais dois a serem encontrados.

– O que vai fazer com eles?

Ele considerou por um momento.

– Um feitiço.

– E o que esse feitiço faz?

Graves ficou completamente inexpressivo.

– Uma magia muito poderosa.

E era tudo que ela iria ouvir.

Apesar de tudo que acontecera entre eles nas últimas semanas, Graves ainda não confiaria nela com a verdade completa. Kierse sabia desde o começo que era assim que as coisas funcionariam. Tinha extraído respostas dele o caminho todo, mas ele mantivera suas intenções reais ocultas o tempo todo. Não deveria ter ficado surpresa, mas ficou.

Ela manteve a mão sobre a lança enquanto seguiam pelas ruas invernais de Nova York e entravam na garagem subterrânea.

Quando pararam, perguntou:

– Você pode me mostrar a espada?

– Se quiser.

Ela ergueu a lança, ignorando suas palavras tentadoras, e saiu do carro. Seguiu-o até uma parede da garagem, onde ele correu a mão para revelar uma fenda na pedra. Graves usou sua magia para revelar a abertura. Em seguida, ativou um scanner de retina e de impressão digital antes que houvesse um sopro de ar e a porta se abrisse para revelar um cômodo escondido. Dentro dele havia um cofre – muito novo, muito brilhante, muito impenetrável. E além do sistema de alta tecnologia, proteções estavam entalhadas na porta enorme. Graves não estava sendo descuidado.

Depois que ele desativou um sistema de trancas e soltou as proteções, o que havia dentro finalmente foi revelado.

Um único objeto – uma lâmina brilhante.

– A Espada da Verdade – disse Graves, erguendo-a.

Os olhos de Kierse se arregalaram. Ela conseguia sentir a luz ofuscante vindo da arma, sua própria espécie de magia. O oposto, de alguma forma, à lança que ela segurava.

Destino e poder suficientes para fazer o mundo tremer.

– O que ela faz? – sussurrou, assombrada. A lança irradiava em sua mão, tão próxima de outro dos artefatos.

Graves ergueu a lâmina paralela ao seu rosto.

– Ela mostra a verdade de todas as coisas.

Outra verdade estava sendo sussurrada em seu ouvido.

Algo está errado.

Então ela sentiu o que era. A casa estava… silenciosa.

Não só de som, mas de *magia*.

– As proteções caíram.

Graves olhou na direção da casa.

– Tem alguém aqui.

Eles saíram correndo do cofre, lança e espada em mãos, e subiram uma escada de emergência que levava ao primeiro andar, depois mais um lance até a Biblioteca de Azevinho, cujas portas estavam entreabertas, uma luz brilhando através da fenda.

Graves ergueu a espada, iluminando seu caminho quando entraram no cômodo. Ela quase largou a lança quando viu o que os aguardava na biblioteca. Gen e Ethan estavam sendo contidos por Druidas, que seguravam facas no seu pescoço.

No centro, sentado como um rei, estava Lorcan Flynn.

Capítulo Sessenta

— Gen! – arquejou Kierse. – Ethan!

Ela deu um passo na direção dos amigos, mas Graves a segurou. Ela queria – precisava – ir até eles. Mas não podia. Não enquanto Lorcan e aquelas facas estivessem entre eles. Mesmo com a lança, os dois morreriam antes que ela os alcançasse.

— Kierse! – gritou Ethan. – Ai, Deus, Kierse.

— Vocês estão feridos?

— Estamos bem – disse Gen. Uma lágrima escorreu pela sua bochecha, e seu peito arquejava de leve. – Vai ficar tudo bem.

Kierse virou-se bruscamente para o Druida.

— Lorcan, o que está fazendo? Eles são inocentes. Solte-os.

Ele se aprumou ao ouvir as palavras. Estava usando um terno azul-marinho, o nó da gravata apertado, os sapatos de couro marrom polidos perfeitamente. A barba estava aparada e seu cabelo escuro caía sobre a testa. Kierse podia ver um coldre para duas pistolas de cada lado do quadril, e a mão dele repousava casualmente em uma espada preta.

— Olá, Kierse. – Os olhos dele eram calorosos. Não parecia nem um pouco o predador que era ali na casa de Graves. – Você não respondeu às minhas mensagens.

— Achei que você iria se tocar.

— Ele invadiu a boate quando os lobos estavam em lockdown – disse Gen, chorando.

— Os Aterrorizadores estão todos acorrentados para a lua cheia, não puderam fazer nada – acrescentou Ethan.

— Não é culpa de vocês – disse Kierse. – Sinto muito.

— Isso vai contra o nosso acordo, Lorcan – disse Graves com calma letal.

— Ah, vai? Eu não estava ciente – respondeu ele, divertido. – Achou que eu perderia esta noite?

Um músculo se tensionou na mandíbula de Graves.

— O que você espera obter com isso?

— Achei que era bem óbvio: os artefatos mágicos que pertencem ao meu povo. – O olhar de Lorcan passou da lança na mão de Kierse à espada na de Graves. – Você deveria saber que acabaria assim, Brannon.

Graves se encolheu ao ouvir o nome.

— Ah, ninguém mais chama você assim? – Lorcan riu, mas era uma risada fria e cruel, como se soubesse que o golpe seria certeiro. – Você não pode sair por aí coletando artefatos druídicos e esperar que ninguém repare.

— Eu sabia que você repararia – rosnou Graves. – Mas entrar na minha casa sem ter sido provocado é outra história. Há consequências.

— Esta é a única noite em que isso não é verdade.

— Por quê? – perguntou Kierse.

— Você não contou a ela? – perguntou Lorcan. – Não, claro que não. Sempre com seus segredos.

— Ela sabe – disse Graves, ajeitando a pegada na lâmina. – Ainda não é meia-noite. Por que não resolvemos isso lá fora?

Lorcan deu uma risadinha.

— Não, acho que este é o lugar *perfeito* para isso. A Biblioteca de Azevinho, como você a chama agora, Graves. Meio óbvio, não acha?

Kierse olhou de um para o outro. Graves cercado por azevinho, com um rouxinol ao seu lado. Lorcan à frente dele no solstício de inverno. Ela lembrou dos carvalhos na entrada do prédio dele. Da bolota em seu cartão. Do aroma limpo e fresco sempre que estava ao redor dele. Só faltava um sabiá, e ele seria o Rei de Carvalho encarnado.

— Ah – arquejou ela quando todas as peças se encaixaram.

Lorcan fez uma mesura para ela.

— O Rei de Carvalho, ao seu dispor.

— Como? – perguntou ela.

— Eu adoraria saber. Não importa o que façamos, não conseguimos escapar um do outro. Infelizmente, você faz parte disso agora. Eu teria poupado você e seus amigos, mas há consequências para o roubo das minhas posses. – Lorcan sorriu como uma raposa quando se virou para Graves. – Você pode devolvê-las, e a gente esquece tudo isso.

– Não me importo com histórias ou seus artefatos ou sua guerrinha idiota – disparou Kierse para Lorcan, dando um passo ameaçador à frente. – Solte meus amigos agora.

– Se não se importa, entregue a lança – disse Lorcan, estendendo a mão.

A lança. Ela poderia entregar a lança e salvar os amigos.

Mas não podia fazer isso. Apesar da persona que ele lhe mostrava – e por mais que ele quisesse fazer Kierse acreditar que estavam conectados –, aquela situação era prova do que havia sob a fachada. Lorcan era um assassino. Ela nunca deveria ter desaprendido essa lição. Ele faria o necessário para obter o que queria e, se tivesse a lança, venceria.

A arma zumbiu sob a mão dela, abrindo caminho até as emoções mais sombrias. Mas Kierse estava mais lúcida do que quando fugiu para se salvar. Ignorou aqueles pensamentos. Não arriscaria a vida dos amigos.

– Foi o que pensei – disse Lorcan.

– Como você descobriu? – perguntou Graves.

– Bem, eu suspeitava há muito tempo. Sabia que você estava com a espada. Obrigado por pegá-la para mim, aliás – acrescentou com um sorriso. – Reviramos a casa atrás dela, e cá está. Mas a lança... não sabíamos onde tinha se perdido. Só que você a queria. – Lorcan olhou para Kierse. – Então Kierse começou a desaparecer no Terceiro Andar como um ratinho, e eu achei isso... curioso. E o que descobri quando mandei alguém infiltrado lá embaixo? Que a lança estava com o Rei Luís *e* que ele daria uma festa no solstício de inverno.

– Caralho – sibilou Kierse.

– Sei como você pensa, Graves – disse Lorcan, inclinando a cabeça de lado. – Era essa a sua jogada. Eu só precisava esperar que a trouxesse até mim.

Os olhos de Graves escureceram. Por sua mandíbula cerrada, Kierse podia ver: ele *odiava* que Lorcan o conhecesse tão bem.

— Como você abaixou as proteções?

— Como fazemos qualquer coisa, irmão? – Lorcan jogou a palavra contra ele como um insulto.

Graves rangeu os dentes. Kierse os olhava, confusa. *Irmão?*

— Você realizou um ritual para derrubá-las, usando o tempo liminar para reforçar suas habilidades.

Lorcan aplaudiu devagar, sarcástico.

— Exato. Escolhemos o dia pelo mesmo motivo que você. A magia é mais forte no solstício. Tudo tem um equilíbrio.

— Foda-se seu equilíbrio – cuspiu Kierse.

— Acabou a sessão de perguntas e respostas? – perguntou Lorcan, tranquilo como se estivessem tomando chá e os amigos dela não estivessem chorando atrás dele. Então se ergueu, casualmente limpando uma sujeirinha invisível do terno. – Eu gostaria de continuar com o show.

— Que show? – perguntou Kierse.

Lorcan sacou uma pistola e mirou contra o peito de Ethan.

— Me dê a lança ou eu mato seu amigo.

Graves estava imóvel.

— Lorcan – sibilou.

— Não! – gritou Kierse, desesperada.

Aquilo não podia estar acontecendo. Era uma escolha impossível, mas tão fácil. Ela daria a lança a Lorcan. Mas… não podia lhe dar a lança. Ele os mataria mesmo assim.

— Por que está fazendo isso? – perguntou ela. – Podíamos ter trabalhado juntos.

— Não, não podíamos – disse Graves apenas.

— Graves e eu lutamos há quinhentos anos – disse Lorcan. – Por que parar agora? Não seria divertido.

— Você é um monstro – rosnou ela.

Lorcan apertou os olhos de leve, parecendo ofendido.

— Não sou eu o monstro. Qualquer história que ele tenha contado é falsa. Eu te garanto, porque *estava lá* quinhentos anos atrás quando ele arruinou nossa amizade. Quando passou do meu irmão à coisa doente e deturpada que é hoje. Ele é escória e está *usando* você, Kierse. Como usa todos na sua vida. Destrói todos eles, pouco a pouco, dia a dia. Um vírus, um parasita, uma sanguessuga. Não é melhor que os outros monstros de quem ele tanto desdenha. Ele drena sua energia vital e então joga você fora quando não é mais útil.

– *Ele* não está recorrendo a ameaças de morte! – gritou ela.

– Veja como ele nem se defende – continuou Lorcan, apontando para Graves. – Ele não pode. Estou dizendo a verdade. Para você, meu passarinho, é difícil ver, mas eu sou o herói dessa história. Os Druidas são a luz do bem neste mundo. Graves e a laia dele são os demônios na noite, os vilões.

– Se você é tão bom, *liberte meus amigos.*

– Infelizmente, não posso fazer isso – disse Lorcan, quase com tristeza. – Você tem algo que eu desejo, e conheço Graves bem demais para pensar que palavras o fariam mudar de ideia. Só ações. Não é verdade, *irmão?*

– Eu não vou mudar de ideia – concordou Graves –, mas você não é inocente em tudo isso.

– Não sou inocente? – Lorcan parecia furioso, como se quisesse virar a arma na direção de Graves e apertar o gatilho. Ele olhou para Kierse. – Quer saber por que nos odiamos tanto? Graves *assassinou* minha irmã a sangue-frio, com as próprias mãos.

O estômago de Kierse se embrulhou. Ela se virou para Graves, mas ele nem olhou para ela. Estava totalmente focado em Lorcan.

– Emilie tinha dezesseis anos, e ele tirou a vida dela como se não fosse nada. – Lorcan estalou os dedos. – E ela nunca vai voltar.

Kierse engoliu em seco.

– Sinto muito por isso, mas dois erros não fazem um acerto. Se você matar meus amigos hoje, não será melhor do que ele.

– Eu não sinto prazer algum nisso. Você simplesmente não entende o que está segurando.

– Não seja condescendente. Eu consigo sentir o poder dela. Sei o que é.

– Sente, mas não entende. Nunca foi à Irlanda. Nunca caminhou pelas charnecas. Nunca pisou no mesmo lugar que os deuses. Isso é só uma lança para você – rosnou ele. – Para nós… é uma herança. É nossa casa.

– O que não te dá o direito de matar ninguém.

– Sacrifícios fazem parte dos nossos rituais, e rituais criam poder. Então não será em troca de nada. Você tem duas opções: pode me entregar a lança ou ver seus amigos morrerem. A escolha é sua.

– Lorcan, não! – implorou ela.

A arma disparou com um estalo alto. Kierse gritou, dando um pulo para a frente como se pudesse impedir a bala de acertar seus amigos. Os gritos de Gen e Ethan se misturaram com os dela, mas então viram que Lorcan tinha atirado no chão na frente deles.

– Da próxima vez eu não vou errar – ameaçou Lorcan. – A lança, Kierse.

O medo a dominou. Ele só daria um tiro de aviso. O próximo acertaria um corpo, não o chão.

– Tudo bem – disse Kierse. – Tudo bem. Só pare. Por favor!

– Ótimo – disse Lorcan, com um sorriso triunfante. – Assim é melhor. Agora, dê a lança.

Kierse assentiu.

– Tá bem.

Graves estendeu a mão para impedi-la.

– Você não pode fazer isso.

– Eu sei – disse ela, com lágrimas escorrendo pelo rosto. – Mas não entende? Eu não posso perdê-los. Não posso perder minha família.

O fogo nos olhos dele se abrandou, mas Graves deu um passo à frente.

– Você não pode dar isso para ele.

– Não posso lidar com as consequências.

– Exatamente – disse Lorcan. – Me dê o que é meu por direito. Não o deixe te impedir.

Graves agarrou o braço dela, apertando forte.

– Escute. Lorcan vai matar todo mundo nesta sala se você der essa lança para ele. Ela é o único motivo de você ainda estar viva. Não seja tola!

Kierse os encarava de olhos arregalados e anuviados.

– Ele capturou as minhas fraquezas. É assim que vai ganhar. Sinto muito por você não ter fraquezas.

– Humm – murmurou Lorcan, olhando de um para o outro. – Mas ele tem, sim. – Ele apontou a arma para o peito de Kierse. – O vilão por acaso acredita que isso é amor?

– Pare – disse Graves, frio e letal.

– Acha que pode sentir-se assim, depois do que fez com Emilie?

– Isso não tem nada a ver com o nosso passado.

– Não? – exigiu Lorcan, furioso. – Você acha que pode seguir em frente. Que não precisa mais sofrer pelo que roubou de mim, do nosso povo, do mundo. Você não merece alguém como ela. Não merece *nada*.

– Se atirar nela, vai cometer o maior erro da sua vida – rosnou Graves.

Ele tentou se posicionar na frente de Kierse aos pouquinhos, mas Lorcan atirou aos pés deles. Kierse deu um grito e pulou para trás.

– Ah, não, não se mexa. – Kierse ficou paralisada, e Graves a imitou. – Não acho que estaria cometendo um erro. Me dê a espada e eu não atiro nela. Justo, não acha?

Kierse não conseguia nem processar as palavras. Graves não abriria mão da espada por causa dela. Era impossível.

– Você vai se arrepender disso – avisou Graves.

– Por quê? Porque você vai vir atrás de mim?

– Eu vou – disse ele, tranquilo –, mas não. Por causa disso.

E então Graves se moveu naquela velocidade ofuscante. Como um borrão, parou na frente de Kierse com a espada nas mãos. Por um momento, ela pensou que ele fosse atacá-la, matá-la de uma vez para Lorcan não poder usá-la contra ele. Em vez disso, Graves ergueu a lâmina até o rosto dela.

– Mostre a verdade – ordenou Graves à espada.

Ele a desceu sobre o corpo dela na diagonal, do ombro até o umbigo e o quadril. Kierse estremeceu sob seu peso. Seu instinto era erguer a lança para usar contra a espada, mas esse pensamento não era dela, e sim da lança. Era causado pelo poder que a espada exercia. Pela verdade que libertou.

Ela estremeceu, um suor frio espalhando-se sobre a pele. Seu coração acelerou, e ela achou que fosse desmaiar. Ofegou e fechou os punhos. Os nós dos dedos estavam brancos onde ela agarrava a lança. Não era doloroso, mas desorientador e desconfortável – como se ela sempre tivesse andado embaixo d'água e de repente estivesse em terra firme.

Ela flexionou os dedos, sentindo-se leve como uma pena. Uma luz azul incandescente entremeada com feixes dourados infundiu todo seu corpo, um brilho rodopiante que deslizava e pulsava como se tivesse vida própria. Então, enquanto o resto do poder da espada foi solto sobre ela, a magia irrompeu como fogos de artifício, decompondo-se em um milhão de pedacinhos antes de assentar-se de volta em sua pele.

Quando Graves abaixou a espada, Kierse se sentia mais leve. Como se estivesse livre depois de ter sido acorrentada.

– O que… o que fez comigo? – sussurrou Kierse.

– Revelei quem você é de verdade… *o que* você é de verdade.

Lorcan deu um pulo para trás, os olhos arregalados.

– Não pode ser. Eles estão todos mortos.

– Nem todos, aparentemente – disse Graves.

– O que… o que eu sou?

Ela ouviu o medo na própria voz. Finalmente, a resposta para todas as suas perguntas. No entanto, ela quase não queria saber. Não suportaria saber. Ao mesmo tempo, *precisava* saber.

Lorcan abaixou o braço, deixando a pistola ao lado do corpo. Sua voz era reverente ao lhe dar a informação que ela sempre quisera.

– Um fogo-fátuo.

Capítulo Sessenta e Um

— Um o quê?

— Um fogo-fátuo — repetiu Lorcan. Parecia prestes a fazer uma mesura e jurar lealdade a ela. — A última da sua espécie.

Kierse se virou para Graves.

— Um fogo-fátuo? Tipo uma bolinha de luz? Como nas histórias?

— Não é uma bola de luz. Isso é só o que as histórias lembram, que fogos-fátuos atraem as pessoas para a escuridão. Mas os reais pertencem aos Fae.

— Fae? Tipo as fadas?

Ela levou os dedos às orelhas e arquejou. Não eram mais redondas; estavam pontiagudas. Mas não era só isso – tudo parecia diferente. Como se todos os seus membros tivessem sido alongados e alisados. O brilho permanecia na sua pele como se ela pudesse *ver* exatamente onde estavam seus níveis de absorção de magia, não só sentir.

Graves assentiu.

— Eles eram usuários de magia muito poderosos que vieram do mundo deles há milênios. Foram aliados dos Druidas por anos, até que sua espécie desapareceu.

— Eles foram massacrados – rosnou Lorcan. – Caçados e mortos, um por um, até que não sobrou nada e ninguém. — Ele deu um passo para a frente como se quisesse tocá-la para ver se ela era real. — Mas agora você está aqui. Você é um milagre.

Kierse deu um passo para trás, desconfiando daquela mudança súbita. Em um momento, ele estava pronto para matá-la; no seguinte, a admiração misturava-se com devoção. Ela não podia lidar com aquilo agora, com nada daquilo.

Ela era um fogo-fátuo. E fogos-fátuos eram Fae. E... ela era a última de sua espécie.

E então mais alguma coisa encheu seu coração, uma revelação que ela não tinha considerado. Graves *sabia* de tudo e não tinha contado para ela. Isso não era um segredo sobre a história dele ou o seu passado. Era um segredo sobre *ela*.

Girou para encará-lo.

– Há quanto tempo você sabe? – Kierse podia vê-lo fazendo cálculos mentais, tentando achar um jeito de se safar. – Há quanto tempo, Graves?

– Suspeito desde que encontramos Mafi, naquela noite em que você absorveu magia.

As palavras foram como um golpe.

– Você sabia naquela noite. Disse que tinha ouvido falar de algo assim. Já estava pensando em fogos-fátuos? – Ela cerrou a mandíbula; era resposta suficiente. – Fogos-fátuos absorvem magia, mas você nunca dividiu suas suspeitas comigo. Por quê?

– Eu suspeitei, mas os fogos-fátuos nunca tiveram as limitações que você tem.

– Mas você podia ter usado a espada – apontou ela.

– Eu não sabia que você estava presa, ou que sua magia e sua identidade estavam presos por quem quer que tenha feito isso com você.

– Você quer dizer que não confiava em mim para me contar da espada.

– É exatamente o que ele quer dizer – confirmou Lorcan.

– Eu quebrei o que te prendia e revelei a verdade – disse Graves. – Sempre planejei fazer isso esta noite.

Kierse estivera presa. Ele tinha quebrado suas correntes. Agora ela era um fogo-fátuo de verdade, não só na teoria. Ainda assim... não conseguia largar a raiva. A verdadeira Kierse, deixada nas ruas e abandonada por Jason, ainda estava furiosa. Não sabia se Graves tinha mesmo planejado contar a verdade naquela noite, só que ele tinha escondido isso dela.

– Mas você suspeitou que eu era um fogo-fátuo – disse ela, com uma calma mortal.

— Ele não te contou por um motivo – disse Lorcan. – Sabia que você buscaria saber o que era capaz de fazer.

— E então? – perguntou Kierse, olhando para Lorcan em busca das respostas que Graves se recusava a dar. – O que eu descobriria?

— Que fogos-fátuos podem matar feiticeiros – disse Lorcan.

Os olhos de Kierse se arregalaram de horror.

— Você achou… que eu era uma ameaça.

— Não – respondeu Graves automaticamente, a dor transparecendo na voz. – Nunca.

Kierse deu outro passo para trás. Para longe dos dois.

Como ela tinha chegado ali? Naquele momento em que o homem por quem ela finalmente tinha abaixado sua guarda, com quem se importava, em quem tinha confiado seus segredos, realmente acreditava que ela fosse capaz de matá-lo e, por medo, tinha escondido a resposta que ela mais queria saber.

— Não me importo com sua rixa ou os motivos de tentarem se matar. Nem me importo se são mesmo os reis de Carvalho e Azevinho – disse ela, erguendo a lança entre os dois.

A arma falou com suas veias, cantarolando para sua magia, contando-lhe como ela era poderosa e todas as coisas que podiam fazer juntas.

Você é da minha linhagem também.

Se o que a lança dizia era verdade, se os Fae pertenciam àquela linhagem mágica tanto quanto Lorcan e Graves, então Kierse tinha todo direito de ficar com a lança.

— Vocês dois mentiram pra mim – acusou ela. – Se sou um fogo-fátuo e parte dos Fae, esta lança é *minha.* Eu a reivindico, como *meu* direito de nascença como Fae, e nenhum dos dois vai tirá-la de mim.

— É assim que deve ser – concordou Lorcan, sem hesitar.

Os olhos de Graves reluziram, incandescentes. Por um segundo, ela achou que ele se arrependeria do que fizera quando percebesse que tinha perdido a lança. Mas ele estava focado demais em sua rivalidade com Lorcan para ver que tinha estilhaçado a confiança dela junto com as correntes que prendiam sua verdadeira identidade.

– Não temos mais o que discutir aqui – declarou Kierse.

– *Não* – rosnou Graves, os olhos ainda fixos em Lorcan. – Ele desrespeitou nosso acordo. Sequestrou seus amigos. Não tem o direito de sair desta casa como se nada tivesse acontecido.

– Acha que pode me impedir? – perguntou Lorcan.

Graves estreitou os olhos.

– É hora de finalmente pôr fim a isso.

– Eu deveria ter te matado pelo que você fez com Emilie – disse Lorcan. – Minha irmã merecia mais.

– Isso não tem nada a ver com Emilie.

– Tem *tudo* a ver com Emilie, e você sabe disso! – vociferou Lorcan, erguendo a arma e apontando para Kierse. – Eu estava errado. Você vai usá-la e descartá-la como todos os outros. Continua o mesmo de sempre.

Algo se rompeu na fachada cuidadosamente controlada de Graves, que investiu contra Lorcan. A pistola ainda estava vagamente apontada na direção de Kierse, e Graves a tirou da mão do outro com um golpe da espada. A pistola disparou, e Gen e Ethan gritaram. Kierse se abaixou, mas a bala a tinha errado por um triz e se cravado na estante atrás dela. Um miado estridente soou ali perto, e Ana saiu correndo pela biblioteca.

Sem a arma, Lorcan saiu do caminho de Graves e sacou sua espada preta. Com um movimento que parecia ter treinado durante séculos, ergueu-a e foi de encontro a Graves, as lâminas colidindo com um tinido alto.

Uma batalha antiga tinha começado.

Primavera e outono.

Verão e inverno.

Luz e escuridão.

Aquilo era só o novo catalizador de uma história antiga. Os reis de Carvalho e Azevinho lutavam para trazer a luz e a primavera de volta ou manter o mundo em escuridão eterna. E, naquela noite, parecia que a balança poderia pender para qualquer lado.

Enquanto estavam concentrados na batalha, Kierse aproveitou sua chance: entrou em câmera lenta e atacou os Druidas que seguravam os amigos dela, sentindo a facilidade com que entrou e saiu daquele estado. O jeito como a magia a atravessava como líquido. Nunca fora tão natural. Na verdade, era tão fácil que ela foi rápido demais e foi parar *além* dos amigos.

A Druida que segurava Ethan gritou diante do movimento veloz. Kierse empunhou a lança como tinha treinado e a apontou para a mulher, que se assustou com a ferocidade dos movimentos, abaixando a faca que segurava contra Ethan. Kierse chutou, fazendo a outra voar alguns passos e despencar perto da mesinha e das cadeiras.

– Aisling! – gritou o segundo Druida.

– Pegue ela, Niall – grunhiu Aisling.

Assim que estava livre, Ethan virou-se e pulou sobre Niall, que segurava Gen. Kierse chegou lá um segundo depois, saindo da câmera lenta para dar uma pancada na cabeça de Niall. Não sabia quais novos estilos de luta seria capaz de dominar, quão mais rápido poderia se mover ou quais seriam as consequências disso – só queria tirar os amigos dali vivos.

Niall caiu com tudo no chão. Sangue brotou da sua têmpora com a força do golpe e, por um momento, Kierse temeu ter matado o sujeito. Não tinha sido sua intenção. Quando ele grunhiu e tentou se virar, ela suspirou de alívio. Não conhecia a própria força.

– Cuidado! – gritou Gen.

Aisling tinha se reerguido e apontava uma arma para eles.

– Abaixem-se! – berrou Kierse.

Mas Niall se jogou entre Kierse e Aisling bem quando a outra apertou o gatilho. Niall ofegou, engasgando de dor. Kierse arregalou os olhos. Ele tinha acabado de *salvá-la*.

– Não o… fogo-fátuo – disse Niall a Aisling.

A mulher arquejou, horrorizada, jogando a arma no chão e erguendo as mãos.

– Eu não pensei… – Ela caiu de joelhos. – Niall.

Mas Niall já estava morto.

O som de espadas colidindo os trouxe de volta à realidade. Kierse não podia fazer nada pelo Druida que morrera por ela, não enquanto os amigos ainda corressem perigo.

– Precisamos sair daqui – disse ela.

– A janela – sugeriu Ethan, olhando para trás.

– É uma queda grande demais para vocês dois, vão quebrar alguma coisa – disse ela, sabendo muito bem que, poucas semanas antes, estivera preparada para o mesmo risco. Mas Ethan e Gen não eram tão resistentes quanto ela. – Precisamos passar por eles e chegar na escada.

A luta histórica continuava a toda diante dela, mas a única coisa que importava era escapar.

Kierse apertou a mão de Gen, e Ethan pegou a outra mão dela. Um trio. Uma unidade. Como sempre tinham sido.

– Juntos – disse Ethan.

– Juntos – repetiu Gen.

Kierse conhecia a biblioteca como a palma da mão – tinha passado incontáveis horas ali, entre um treino e outro, lendo na privacidade de suas estantes. E a saída mais rápida era atravessando a batalha. A pior saída era a janela, com sua queda impossível. Eles precisavam de outro caminho.

– Por aqui – disse ela, puxando-os para longe da luta. Os dois seres mágicos já não estavam cientes do mundo ao redor.

Kierse guiou os amigos entre as estantes, no caminho achando Ana encolhida num canto.

– Você também, gatinha – disse Gen, pegando-a nos braços.

Kierse ofegou – claro que Ana Bolena amava Gen.

Eles fizeram a curva seguinte correndo e saíram do outro lado da briga, mas a batalha continuava, sem previsão de acabar. Não seria fácil passar por aquilo, não com seus amigos, mas não havia outra opção.

Kierse precisava abrir as portas e sair dali o quanto antes, com os dois amigos e uma gata preta rabugenta. Merda.

– Quando eu abrir as portas, vocês correm o mais rápido que já fizeram na vida – disse ela. – Deixem que eu lido com Graves e Lorcan se eles chegarem perto da gente. Entendido?

Os amigos assentiram, aterrorizados.

Então ela se forçou até atingir a velocidade máxima. Seus membros mal processaram o que estava acontecendo enquanto corria na direção da porta. Tudo desacelerou e, por um momento, ela quase conseguiu ver detalhes da batalha. Graves e Lorcan eram *mais* naquela noite – com o solstício e a lua cheia e a hora das bruxas se aproximando, as estrelas tinham se alinhado para aquela luta.

Era estranho vê-los rodeados pelo brilho dourado da magia. O Rei de Carvalho e o Rei de Azevinho. Um deus do verão enfrentando um deus do inverno. A escuridão contra a luz.

Só que ela não fazia ideia de quem era quem. Não havia um mocinho naquela história; Graves dissera isso desde o começo. Havia apenas as consequências das ações deles. Suas intenções não importavam quando o resultado era o mesmo.

Ambos mentirosos e monstros e assassinos.

Ambos capazes de amor e riso e vida.

Não eram heróis.

Não eram vilões.

Só pessoas abençoadas e amaldiçoadas com magia.

Como ela.

Mas precisaria haver um vencedor.

E, no segundo antes de sair da câmera lenta, Kierse viu a balança pender para um lado. Abriu a porta da biblioteca no mesmo momento em que Lorcan empurrou a ponta da Espada da Verdade e cravou sua espada preta no ombro de Graves.

Kierse arquejou quando a arma saiu voando da mão de Graves, caindo no chão da biblioteca com um estrondo quase sobrenatural, enquanto Graves era empurrado de costas no chão. Lorcan se curvou e pegou seu prêmio, erguendo a espada que o tornava o vencedor autodeclarado. O Rei de Carvalho. O portador da luz. Ele reivindicava sua vitória como sempre tinha feito no fim dessa luta no solstício de inverno.

Graves não estava mais focado em seu oponente; Lorcan desapareceu para ele quando encontrou o olhar de Kierse. Estava furiosa com ele. Graves tinha mentido e maquinado e escondido a verdade dela. Mesmo assim, com aquele olhar, ela soube que ele não tinha fingido seu afeto por ela. Que, no fim da batalha, ele só olhava para ela. Um anseio e uma afeição imensuráveis giravam naquelas íris de tempestade.

– Kierse – exclamou Ethan, sacudindo-a. – Vamos!

– Precisamos ir – insistiu Gen, apertando a gata aterrorizada contra o peito.

Porém, quando Lorcan ergueu a segunda espada na direção de Graves, Kierse soube que não podia deixar as coisas terminarem assim. Simplesmente não conseguia imaginar um mundo, o mundo *dela*, sem Graves. Apesar do que ele tinha feito ou escondido dela. Apesar do que ela sentia agora.

Ela se moveu mais rápido do que nunca. Em um momento, estava na porta; no seguinte, ergueu a lança sobre a cabeça, posicionando-se entre os dois seres primordiais.

Ela ergueu a lança contra a espada de Lorcan, a colisão erguendo um clangor de chacoalhar os ossos. Ele tentava pôr fim à luta, mas a força do golpe não estava nos artefatos mágicos, e sim no poder do Rei de Carvalho vitorioso.

A magia pulsou e explodiu dele em um clarão de luz branca que perfurou o coração de Kierse. Ela arquejou quando a magia envolveu seus sentidos antes de explodir dela também e reverberar através da casa e do mundo além.

O que restava de Kierse explodiu junto com ela.

Capítulo Sessenta e Dois

A magia de um deus.
Era isso que preenchia o corpo dela. O fogo inacreditável, avassalador, da magia de um deus.

Sua ascendência Fae tentava desesperadamente resistir àquela força. Era uma tarefa impossível, mas seus poderes de absorção esforçavam-se mesmo assim. Só que não havia a menor chance de ela absorver a quantidade de energia que fora libertada contra si, se mal conseguira conter o pó dos desejos. Mesmo com suas novas habilidades, quaisquer que fossem, não era possível absorver a força total do Rei de Carvalho no momento de sua ascendência ao poder.

Como o clique de um cofre se abrindo, ela sentiu seus poderes sobrecarregados. Sentiu o instante em que foi empurrada para o abismo e lançada em um lago de magia incandescente. Estava sendo queimada viva na fogueira. Cada terminação nervosa, cada sentido, cada fragmento do seu ser explodiu de dor, e aí ela ouviu apenas os próprios gritos guturais enquanto a dor a atravessava.

– Não! – Graves e Lorcan gritaram ao mesmo tempo.

Ela conseguiu ouvir as exclamações horrorizadas dos amigos, mas foram abafadas por seus próprios gritos.

– Não era para você – sussurrou Lorcan.

– Você fez isso! – acusou Graves.

Ele arrancou a espada do próprio ombro com um grunhido e jogou a lâmina preta no chão. Depois ergueu o corpo ferido do piso de madeira, sangue jorrando do ferimento, e foi até Kierse.

– Você consegue lutar contra isso, Rouxinol – disse ele, segurando seus ombros. – Consegue resistir. Consegue vencer. Só… só entregue isso para mim. Era destinado a mim.

Mas ela não conseguia fazer nem dizer nada. Só havia a dor – a dor abrasadora e infinita.

Tinha treinado com sua magia o suficiente para criar uma proteção, absorver magia e entrar em câmera lenta. Nada disso poderia ajudá-la agora. Tinha absorvido demais. Não conseguia nem achar a câmera lenta, não enquanto seu corpo era fritado de dentro para fora.

Se ela era capaz de transferir seus poderes para outra pessoa, não fazia ideia de como.

– Por favor, Rouxinol – implorou Graves, a voz falhando. – Por favor. Você precisa tentar. Precisa tentar me dar o poder destinado a mim. Era a *minha* derrota, não a sua.

Lágrimas escorreram pelo rosto dela, mas ela não podia negar. Não conseguia sequer tentar.

– Você só morre no dia depois do Natal, lembra? – A voz dele estava rouca. Ele correu as mãos pelos braços dela, até seu rosto, e Kierse encarou seu par favorito de olhos cinza. – Não pode morrer. Não tão cedo. Precisa anunciar a primavera.

Kierse mergulhou fundo dentro de si, resistindo à maré avassaladora de magia e dor até o centro do seu ser. Até a faísca que continha toda sua magia. Era só uma centelha, brasas. E então ela a atiçou. Tentou se obrigar a fazer algo que nunca fizera antes: transferir a força completa do Rei de Carvalho para o seu alvo original.

Uma gavinha de magia se remexeu, saiu dela e curvou-se diante dos olhos deles.

– Isso – disse Graves. – Isso, entregue para mim. Você consegue. Tente de novo.

Lágrimas escorriam pelo rosto de Kierse, que tremia violentamente.

Ela tentaria. Mais um pouco de luz escapou do seu corpo. Ela a empurrou, tentou impeli-la para fora de si. A magia tocou o terno de Graves com um chiado e entrou nele. Ele grunhiu como se a menor pontada de dor fosse destruí-lo.

– Ótimo – disse ele.

Kierse não conseguia continuar. Só não... conseguia.

– De novo – ordenou ele.

E, dessa vez, ele abaixou os lábios para os dela. Um beijo que, por um brevíssimo momento, fez a dor cessar, o mundo inteiro desaparecer. A magia dela estava tão sobrecarregada que Graves podia lê-la facilmente, embora ela não soubesse o que ele encontraria senão o fogo correndo por ela.

Mas então algo aconteceu. Uma lembrança entrou na mente dela.

Não sua – de Graves.

Ela olhava através dos olhos dele enquanto passeava por um campo de flores silvestres. Amarelos fortes, azuis-escuros e roxos vívidos estavam à mostra ao seu redor. E, escondido contra a charneca, havia um lago tão grande e verde que parecia um mar infinito. Graves carregava um livro sob o braço enquanto seguia até a praia. O sol brilhava em seu rosto e mãos. Seus pulsos estavam nus – sem tatuagens, sem cicatrizes, sem marca alguma. Aquele era o homem antes de se tornar o monstro.

"Tudo tem um aroma fresco e novo. Como se qualquer coisa fosse possível. É assim o seu cheiro."

Isso... era disso que ela o lembrava.

Esperança.

E seu lar.

Então a imagem estourou como uma bolha de sabão e ela estava de volta na biblioteca, lutando pela vida. Usou esse momento de distração para cavar mais fundo e puxar outra faísca. Que entrou em Graves, seguida por outra.

– O que está acontecendo? – perguntou Ethan.

– Expliquem! – exigiu Gen.

– Ela está conseguindo – disse Lorcan, maravilhado. – Está transferindo a magia.

E estava mesmo... mas com dificuldade. Uma única gavinha por vez. Kierse precisava fazer mais, lutar mais, mas doía *tanto*. Doía mais do que ela conseguia compreender.

Pior, ela estava resistindo a um blecaute total. A todo momento, sentia a enorme pressão. Ela era forte, mas seria forte o bastante para derrotar *aquilo*?

– Não consigo – disse, engasgada.

Suas pernas cederam à dor e ela caiu de joelhos. Graves foi com ela, grunhindo quando se apoiou no braço ferido.

– Consegue, sim – disse ele, puxando-a para si. – É minha. Entregue pra mim, Rouxinol. Deixe que eu termine isso.

Ela tentou de novo, mas a última brasa se apagou. Ofegante, viu as bordas de sua visão ficarem escuras. Era isso – era o fim.

– Ajude ela! – vociferou Graves para Lorcan. – Faça um ritual, use seus feitiços, *cure* ela!

– Aquilo foi *toda* a minha magia! – berrou Lorcan de volta, frenético e com dor. – A hora para feitiços já passou.

– Ela está morrendo – disse Graves, horrorizado. – Kierse, Kierse, você consegue!

O som do seu nome na língua dele a despertou. Ela encontrou seu olhar, um leve sorriso aparecendo. Mas Kierse não tinha mais forças. A magia do deus a consumia.

– Nenhum de vocês pode salvar ela? – berrou Gen. – *Salvem* ela!

– Por favor! – gritou Ethan. – Ela está morrendo!

E então Gen estava ao lado dela. Suas mãos macias tocaram o rosto de Kierse enquanto sua visão periférica escurecia cada vez mais. Ethan veio em seguida, enterrando o rosto no cabelo dela. Kierse ouviu soluços baixos enquanto ele chorava junto a ela.

Ela queria dizer a eles que ficaria tudo bem. Que eles estavam seguros agora. Mas as palavras não vinham, nenhuma.

– Despeçam-se dela – disse Lorcan.

– Não – disse Gen, a voz gélida. – Não. Talvez vocês dois não tenham o poder de salvá-la, talvez nenhum de nós tenha, mas eu não vou parar de tentar.

Gen esticou a mão para Ethan.

– Mas não posso fazer isso sozinha.

– O que a gente pode fazer? – perguntou Ethan.

– Juntos? Qualquer coisa.

Ethan assentiu e apertou a mão de Gen, então os dois colocaram as mãos unidas sobre o coração de Kierse. De repente, um clarão de luz ergueu-se em Gen. Era aquele pouquinho de magia que Kierse havia sentido da vez que eles se conectaram, quando Ethan fora drogado com pó dos desejos. A magia dela tentou alcançar Ethan, e, no mesmo momento, para o choque dele, alinhou-se com um rebento da magia de Ethan, um pequeno broto como os que ele cultivava havia anos.

Quando estavam conectados, passou-se apenas um segundo antes que o triângulo estivesse completo, agarrando-se à torrente de energia que saía de Kierse. Mas já era tarde demais. Sua visão escureceu por completo. A respiração ficou rasa, mal subindo e descendo. E seu coração... tropeçou e pausou, e parou de vez.

Então uma nova luz explodiu do trio, seu nó reforjado.

Gen e Ethan ofegaram quando a magia assumiu vida própria, a cura de Gen, o crescimento de Ethan e a energia de Kierse, tudo fluindo livremente entre eles. Aquilo cresceu e cresceu e cresceu até que os três foram puxados do chão. A força de sua união era uma magia completamente nova.

E, por meio dela, a magia do Rei de Carvalho se libertou para cima em uma torrente – uma luz branca ofuscante que arrancou o telhado da Biblioteca de Azevinho, abrindo um buraco até a lua cheia.

Tudo pairou, suspenso no ar enquanto o resto da energia passava do corpo deles para o mundo.

Então os três despencaram de volta ao chão da biblioteca, destroços caindo em cima e ao redor deles. E, enquanto Gen e Ethan se apressavam para segurar Kierse, o coração dela voltou a bater.

Ela grunhiu, o resultado da magia ainda eletrizando seus nervos.

Mas estava viva.

Viva.

Quando abriu os olhos, viu lágrimas escorrendo pelo rosto dos amigos, Lorcan encarando em choque… e Graves.

Graves, que ainda sangrava no chão. Graves, que parecia ter visto um fantasma. Graves, que engatinhara até ela e abaixara os lábios aos seus.

A lembrança do lago e das flores silvestres desabrochou na mente dela de novo. Kierse não sabia o que significava. Não sabia se Graves era capaz de inserir lembranças na mente de outras pessoas – ou talvez só tivesse conseguido porque ela estava morrendo.

– Estou bem – disse ela, empurrando-o delicadamente. – Estou bem.

– Kierse – chamou Gen, aliviada.

– Você está viva – disse Ethan, enxugando uma lágrima.

– Vocês me salvaram. Não entendo como. Eu estava… – Ela não conseguia dizer *morta*.

– Vocês se juntaram – disse Graves. – Três se tornaram um, como as três partes da alma, na tradição céltica.

– Três é nosso número sagrado – confirmou Lorcan, olhando para Graves. – Foi um *triskel*. Você viu também.

– O que é um *triskel*?

– Um símbolo antigo de uma espiral tripla conectada no centro. Era usado historicamente para descrever quando um Druida, uma Alta Sacerdotisa e um fogo-fátuo conectavam sua magia.

Gen quase engasgou.

Ethan empalideceu.

– Mas nós não…

Kierse olhou de um amigo para o outro. Pensou em toda a magia que eles tinham escondida sob a superfície, como ela. Como Gen tinha conseguido achar ela e Ethan e salvá-los. Como, juntos, eles tinham crescido e sarado e se tornado mais fortes.

Sempre mais fortes juntos.

– Sim – disse Lorcan, olhando para Ethan. – Você é um Druida.

– E eu sou uma Alta Sacerdotisa – disse Gen, em choque.

– Vocês pertencem ao *meu* povo – continuou Lorcan. – Seu lugar é comigo. Só eu posso ajudá-los e treiná-los. – Ele estendeu uma mão. – Deixem-me guiá-los.

Kierse riu alto, surpresa por não doer mais. Ela se levantou, pegando a lança, antes de ajudar Gen e Ethan a se erguerem também.

– Como se fôssemos confiar em você depois de tudo o que fez. – Ela se colocou entre Lorcan e seus amigos. – Teria de passar por cima de mim primeiro.

– Não sou seu inimigo – disse ele.

– Você vai sair daqui e nunca mais voltar – ordenou Kierse.

Lorcan a julgou com o olhar, como se visse algo nela pela primeira vez. Seus olhos se arregalaram, a voz ficando grave de emoção.

– Senti muita saudade de você.

Kierse girou a lança.

– Saia, Lorcan.

Ele olhou para a lança e para Graves ainda caído no chão antes de virar-se de novo para Kierse.

– Nós nos reencontraremos.

– Nesse caso, reze para eu te deixar sair vivo de novo.

Lorcan deu um sorrisinho e assentiu.

– Até a próxima, *a chuisle mo chroí.*

Kierse franziu o cenho, sem entender as palavras. Perguntou-se o que significavam, mas Lorcan só ajudou Aisling a carregar o corpo de Niall para fora da biblioteca.

Ela esperou até eles terem saído para virar-se a Graves, que havia se levantado também.

– O que ele disse?

– Pulso do meu coração – respondeu ele, suavemente.

– Por que ele me chamaria assim?

– Fogos-fátuos e Druidas eram aliados.

Ela podia ver que aquilo não era a história toda. Lorcan passara de reverência, ao descobrir que ela era um fogo-fátuo, a alguma outra coisa naquele momento. Algo muito mais profundo.

– Você precisa que Gen examine isso? – perguntou Kierse, apontando para o ombro de Graves.

– Não sei se eu poderia fazer muito mais que uma tipoia – murmurou Gen.

Ele balançou a cabeça.

– Eu… vou ficar bem. Me curo rápido.

Gen e Ethan desapareceram atrás de Kierse enquanto ela encarava Graves. Ela tinha salvado a vida dele, ele tentara salvar a dela. Nada mudaria aquilo. Mas nada podia mudar o modo como se sentia traída também.

– Você viu? – perguntou ele.

– As flores silvestres no lago?

Ele fechou os olhos e suspirou de alívio.

– Você viu.

– Sim.

Quando abriu os olhos, ele abaixou a cabeça.

– A oferta de Lorcan não é a única. Eu posso treinar vocês também. Vocês podem aprender comigo, aqui.

– Acho que vamos percorrer nosso próprio caminho.

Gen e Ethan foram até Kierse, apertando as mãos dela.

Então, juntos, os três saíram, abandonando a ruína da biblioteca.

Capítulo Sessenta e Três

Cinco dias depois, nenhum rouxinol morreu na cidade de Nova York. Kierse inspirou o ar fresco enquanto a neve se acumulava em seu cabelo escuro. O Dia do Rouxinol. O *seu* dia. E ela tinha sobrevivido, no fim das contas. Mesmo que por um triz.

O carro preto de Nate parou na frente dela. Ele abaixou a janela do passageiro.

– Pronta?

Ela tocou o colar de rouxinol na garganta. O legado que seus pais lhe deram, o que quer que tivesse acontecido com eles. Continuava sem respostas, mas iria encontrá-las.

– Pronta.

Ela abriu a porta e se sentou, então Nate disparou como uma bala pelas ruas lotadas. O tráfego de Natal tinha voltado com força. Mercados de Natal brotaram da noite para o dia. Uma árvore surgiu na Rockefeller Plaza. Kierse não tinha visto nada disso do santuário de Five Points, mas Colette lhe contara. Era como se a estação tivesse redobrado os esforços para trazer a magia, alegria e animação natalina à cidade.

Depois dos eventos do solstício, Kierse, Gen e Ethan tinham ido até Colette, que os acomodara em um quarto diferente. Nenhum deles quis dizer, mas ainda não estavam prontos para voltar ao sótão. Quando os lobos acordaram, um dia depois, eles voltaram para a base dos Aterrorizadores. Nate tinha se desculpado mil vezes pelo que acontecera enquanto estivera em lockdown, mas ela não podia culpá-lo. Nem sabia se Nate teria conseguido fazer algo contra Lorcan naquela noite.

– Tem certeza? – perguntou Nate.

– Absoluta.

— Ainda sinto muito – disse ele, os olhos castanhos se voltando para ela. – Por tudo.

— Não tem por que se desculpar, Nate. Ninguém teria previsto aquilo.

Ele assentiu, e os dois seguiram o resto do caminho em silêncio. Ele desligou o motor a uma quadra de Colette, pegando a primeira vaga de estacionamento disponível nas ruas enlameadas.

— Você sabe que é bem-vinda comigo a qualquer hora, Kierse.

— Eu sei – disse ela. E sabia mesmo.

Mas não podia ficar com Nate, nem com Colette. Tinha coisa demais para fazer, para aprender, e pretendia começar agora.

— Não deixe passar mais um ano, ok? – disse ele, puxando-a para um abraço. Kierse não resistiu, só deixou seu calor de lobo emanar sobre ela. Ah, como as coisas tinham mudado.

— Eu vou voltar – prometeu ela.

Abriu a porta e já estava saindo quando ele a chamou.

— Espere. – Ela enfiou a cabeça de volta no carro e ele lhe entregou um envelope. – Eu não ia te dar isso. Ele não merece acesso a você, mas… foda-se.

Kierse virou o envelope em branco e viu um selo de cera verde com uma bolota. Lorcan. Ela o enfiou no bolso da jaqueta.

— Obrigada, Nate.

Ela atravessou a rua até os degraus de entrada do bordel. Corey estava postado lá e sorriu para ela.

— Kierse! Que bom que pôde vir.

— Oi, Corey – disse ela, com um aceno. Ficou surpresa que ele ainda conseguisse sorrir, considerando o que ela, Gen e Ethan planejavam fazer. Mas talvez Ethan ainda não tivesse lhe contado e quisesse deixar para o último minuto.

— Estão te esperando lá dentro. – Ele abriu a porta para ela.

Na casa, Kierse encontrou Colette, seu cabelo ruivo volumoso caindo em ondas pelas costas. Usava um vestido preto comprido com uma pele de vison sobre os ombros e arqueou a sobrancelha quando Kierse apareceu.

– Bem-vinda de volta.

– Está ficando sentimental? – perguntou Kierse, tentando recuperar a normalidade.

– Nunca. – Então abaixou a voz. – Só estou feliz por você ter trazido minha Genesis de volta. E Ethan – acrescentou. – E você, claro. Todos os meus filhos.

Um nó fechou a garganta de Kierse. E, quando Colette estendeu o braço, Kierse a deixou abraçá-la também. Um dia de abraços e um dia de partida.

Ela subiu a escada velha e familiar, se apoiando no corrimão, ouvindo os mesmos rangidos de sempre. Foi devagar, rememorando, e então, logo antes de chegar no patamar do sótão, pegou a carta de Lorcan.

Não tinha certeza se a leria, mas era curiosa demais para ignorá-la.

Kierse,

Sei que não confia em mim. Não te dei motivos pra isso. Mas também não pode confiar nele. Não vou ficar me repetindo e listar as mentiras dele. Acredito que você já viu a verdade nesse ponto.

Eu poderia discorrer poeticamente sobre como você é sagrada para o meu povo, como mudou meu mundo inteiro, mas com base no breve tempo que nos conhecemos eu sei que isso não a faria mudar de ideia.

Então vá.

Veja o vasto mundo além. Aprenda as respostas, como eu fiz. Como ele fez. E, quando voltar para casa, estarei esperando.

L. F.

P.S.: Eu começaria no Mercado dos Goblins na Grafton Street, em Dublin.

Kierse dobrou a carta e a enfiou no bolso. Homem arrogante e insuportável. Como se ele não tivesse ameaçado matá-la – e a família dela – inúmeras vezes depois de *prometer* que não faria isso. Como se ela não visse a teia de suas próprias mentiras. Agora ele estava implorando porque ela era *sagrada* para o seu povo. Não era o suficiente.

Cerrou os dentes, mas se acalmou antes de subir os últimos degraus e abrir a porta do seu sótão.

Por algum motivo, parecia... menor.

Eles tinham mesmo morado ali?

As camas estavam no mesmo lugar, na parede oposta. Os aparelhos de treino no centro do quarto. O espaço reservado para as cartas de tarô de Gen e seu trabalho com ervas. O sofá onde relaxavam. Kierse correu um dedo pela cômoda e encontrou poeira nas frestas. Ethan mantinha o lugar tão limpo que era difícil de acreditar. A maioria das plantas estava morta ou seus vasos estavam vazios. A harpa descartada de Gen, um hobby que nunca tinha avançado, estava na mesa bagunçada dela. As roupas de Kierse ainda enchiam os guarda-roupas ou estavam espalhadas no chão. Era o lugar onde moravam.

– Oi – disse Ethan, tirando dos ombros uma mochila cheia.

– Kierse – disse Gen, virando-se na direção dela. – Estávamos fazendo as malas.

Todas as roupas e pertences de Kierse tinham sido entregues em caixas organizadas da casa de Graves na manhã de domingo, sem nenhum recado dele. Só as caixas e mais cinco milhões de dólares depositados na sua conta corrente. O serviço dela estava concluído.

Kierse não estava surpresa. Ela era só mais uma pessoa que ele tinha afastado. Só mais uma que o tinha deixado.

Tudo bem, ela não *precisava* de nada do sótão. Todas as roupas que Graves lhe dera eram de qualidade mais alta e lhe serviam melhor. Aquele era o encerramento de que precisava.

– Você tem de contar pra ela – sibilou Gen.

– Me contar o quê? – perguntou Kierse, voltando ao presente.

– Eu... eu vou ficar – disse Ethan.

Kierse o encarou.

– Como assim?

– Então – começou ele, respirando fundo e soltando o ar. Estava claramente com medo de falar o que quer que fosse. – Vou treinar com Lorcan.

Dessa vez, Kierse congelou.

– Como é que é?

– Ele disse que podia nos treinar... me treinar. Eu sou um... Druida – disse ele, abanando as mãos sobre a cabeça com nervosismo. – Não sei o que isso significa. Nem sei como é possível. Mas ele tem respostas. E tem respostas *agora*, Kierse.

– Ele vai tentar te enganar – disse ela. Foi difícil manter o tom leve.

– Ele não é Graves.

– Não, não é – disse ela, e não era um elogio.

– Ele vai, você aprovando ou não – falou Gen. – Então só fique feliz por ele.

– Feliz por ele – repetiu ela. – Lorcan tentou te matar. Vocês dois. E quase me matou mesmo!

– Eu sei – disse Ethan. – Mas quero isso. Tenho magia e quero saber como usá-la. Então vou treinar com ele. Você fez seu pacto com o demônio. Me deixa fazer o meu.

Ela não queria. Queria lhe implorar que não seguisse por aquele caminho, mas não podia tomar decisões por ele.

– Claro – disse ela. – Claro, se é o que você quer.

Ethan exalou de novo.

– Você... você podia vir também.

– Não posso – disse ela. – Preciso de minhas próprias respostas, e que não venham com condições. Espero que ele te dê o que está procurando, e se ele te machucar, lembre-o de que vou matá-lo.

Ethan riu antes de limpar a garganta, percebendo como ela estava falando mortalmente sério.

– Aham, tenho certeza de que ele vai amar isso. – Ele se virou para Gen. – E você?

– Concordo que você deveria fazer o que for melhor para você, mesmo se discordamos – disse Gen em voz baixa. – Mas estou com Kierse.

Ele assentiu.

– Imaginei.

– Mas nós vamos voltar – insistiu Gen. – Você não pode se livrar da gente.

Gen chamou Kierse, que deixou os amigos abraçá-la – formar aquele *triskel*, como Lorcan tinha chamado, que fora criado entre eles. Ela sabia que eram mais fortes juntos. Pensar em Ethan com Lorcan era... errado. Mas não podia impedi-lo, não mais do que ele podia impedi-la. Mesmo assim, ficou desolada ao pensar que não o teria sempre por perto.

Gen deu um tapinha em seu braço e seguiu Ethan até a porta.

– Kierse – disse ele por cima do ombro. – Até a próxima.

Ela sorriu para ele, lutando contra as lágrimas.

– Até a próxima.

Quando eles saíram, ela deixou uma lágrima cair pela bochecha. Enxugou-a com raiva. Ethan tinha tomado sua decisão. Não havia mais o que fazer.

Um rangido na escada a trouxe de volta à realidade. Ela girou, torcendo para que ele tivesse mudado de ideia, mas, contra todas as expectativas, a figura que entrou no sótão foi Graves.

Kierse inspirou bruscamente. Ele estava lindo em um terno preto impecável. A ferida devia ter sarado, porque ele nem usava uma tipoia. Ninguém imaginaria que ele fora apunhalado menos de uma semana antes, mas Kierse sabia. Podia ver na inclinação da cabeça dele, no seu maxilar flexionado, no seu peso. Ela o conhecia bem demais para não ver o esforço que ele fazia. Foi ainda mais duro saber disso – que ela o *conhecia*, sim.

E seus sentimentos emaranhados pioravam tudo.

– Nunca achei que veria você aqui – admitiu ela quando ele atravessou a porta.

– Queria ver você antes de ir embora.

– Não mandou um carro? Nem esperou que eu aparecesse?

– Eu vim até você – respondeu ele apenas.

Kierse desviou os olhos.

– Não é grande coisa, mas era minha casa.

– Entendo a importância que teve em sua vida.

– Bem, você vai pedir que eu fique? – perguntou ela, encarando-o de novo.

Os olhos dele estavam suaves.

– Funcionaria?

Ela riu baixinho.

– Uma pergunta em troca de uma pergunta. Muito Graves da sua parte.

– Fique – pediu ele, uma nota suplicante na voz.

– Não posso – respondeu ela.

Ela quisera ouvir aquelas palavras de Graves. Quisera ouvi-lo desejá-la assim. Precisar dela assim. Por muito tempo pensou que eles fossem iguais – e, no fundo, eram.

Eles eram um bom par não só porque ele era o Rei de Azevinho e ela, o seu rouxinol, e sim porque eram duas partes rasgadas da mesma tapeçaria, e estar com ele era como juntar-se com sua outra metade. Só que era Graves quem tinha passado a espada por aquela costura, e ela não sabia bem como repará-la.

Era por isso que ela sabia que precisava ir. Partir e encontrar respostas. Ali, ela só seria uma parte da missão de Graves. Só saberia o que ele quisesse que ela soubesse, e isso seria insuficiente para ela. Kierse queria mais. Se ela fosse retornar à cidade, ao seu lar, a Graves… queria que fosse sob seus próprios termos.

– Entendo. – Ele falou, de um jeito que dizia que não aprovava.

– Mas você podia me falar por onde começar – sugeriu ela.

Ele considerou o pedido.

– Se eu estivesse começando, iria a Dublin – disse ele. – Tem um lugar na Grafton Street chamado Mercado dos Goblins. Provavelmente é sua melhor aposta, se não quer mesmo ficar aqui.

Kierse quase riu. Mercado dos Goblins – o mesmo lugar que Lorcan tinha sugerido. Bem, se ela tinha duvidado que era verdade, receber a mesma resposta dos dois era a confirmação.

– Obrigada.

Ele assentiu.

– Você vai ficar segura?

– Como sempre.

– É isso que me preocupa.

– Tenha um pouco de fé em mim – disse ela, tentando soar brincalhona.

– E a lança? – perguntou Graves, hesitante.

– É minha – disse ela. – Seu feitiço terá de esperar.

Ele pegou a mão dela. Kierse percebeu, nesse momento, que ele não usava as luvas. Pele a pele, o calor dele a penetrou.

– O que tivemos foi real – confessou ele. – Foi real para mim.

– Eu sei. – Ela encontrou seu olhar cinza, viu as emoções incandescentes tão nítidas ali. Queria ir de encontro a ele. Queria muito mais dele. – Foi real para mim também.

A porta do sótão se abriu com um rangido.

– Kierse, Ethan acabou de ir… – Gen se calou quando viu Graves parado no quarto. – Ah, devo voltar depois?

Kierse olhou ao redor do sótão que fora seu santuário, mas era só um quarto agora. O que importava na sua vida era as pessoas – Gen, Ethan, Colette, Nate. E talvez… talvez Graves também.

– Não – disse ela. – Acho que estou com tudo de que preciso.

Então ela passou por Graves, tomou o braço de Gen e virou a página da sua vida no sótão.

A voz de Graves atravessou o umbral.

– Você vai voltar?

– Nova York é o meu lar – disse Kierse. – Minha história por aqui ainda não acabou.

Interlúdio

Graves observava a biblioteca reformada. Todos os livros estavam de volta no lugar. O teto fora consertado. Até Ana tinha voltado para o lado dele.

A primavera tinha chegado, mas ele ainda sentia frio.

Sentia a ausência de Kierse na cidade.

Lembrava-se da primeira vez que a vira, a ladrazinha que tinha passado pelas suas proteções para roubar um diamante. Ela tinha sido uma silhueta na luz baça, seu cabelo castanho uma onda de chocolate estendendo-se do rabo de cavalo. Era magra, mas não esquelética – um físico que ele vira com frequência na cidade após o fim da guerra. Ela tinha mais músculos que a maioria das pessoas. As maçãs do rosto se mostravam definidas enquanto enfiava o diamante no bolso e conferia seus arredores.

Mas ela não o vira.

Não esperava a fúria dele. E, quando ele a capturara e a segurara, ela ficara lá, com um colar de rouxinol no pescoço, sua pele recusando-se a lhe dar as respostas que ele tanto desejava.

Naquele momento, ele soube que ela era poderosa. Só não o quanto.

Nem que esse poder o partiria ao meio.

Pois ele tinha vivido muitas vidas, mas nenhuma tinha valido a pena comparado com aquelas semanas que passou com ela.

Ele se serviu uma bebida e ergueu a gata preta, que rosnou de irritação. Ana tentou morder sua mão e ele a soltou. Ela caiu nas quatro patas e saltou numa almofada, dando um olhar de soslaio bravo para ele antes de se aconchegar ali.

Ela estava assim desde a noite do solstício. Graves não podia culpá-la.

– Eu sei. Sinto falta dela também.

Ele virou a bebida e deixou o copo na mesa. Inclinou-se sobre os materiais que tinha coletado sobre o feitiço em que estivera trabalhando pela maior parte da vida. Precisaria dos quatro objetos para concluí-lo. Tivera dois em sua posse no solstício, e agora não tinha nenhum. Estava de volta à estaca zero.

Em um arroubo momentâneo de raiva, passou a mão pela mesa e jogou todos os papéis no chão. O copo foi junto, estilhaçando-se em um milhão de pedaços. Ele queria gritar. Tinha perdido os dois objetos… e Kierse. Seu rouxinol. O que conseguira como resultado de seus esforços?

Apoiou as mãos na mesa e abaixou a cabeça, seu cabelo azul-noturno cobrindo os olhos.

Ele sabia quem estava com a espada.

Sabia quem estava com a lança.

Já era alguma coisa. Melhor do que nada, que era o que ele sentia que tinha.

Graves era conhecimento – seus poderes podiam ler as respostas aos grandes mistérios da vida, mas ele não conseguira realizar o que realmente tentara fazer. O conhecimento que realmente queria. A mulher que realmente queria.

E, pior, Lorcan agora tinha metido as mãos em tudo isso. Claro, Druidas e fogos-fátuos tinham sido aliados por milênios até os fogos-fátuos serem extintos, mas esse não era o motivo de Lorcan manter Kierse por perto.

Ele recordou do momento em que Lorcan a tinha chamado de "*a chuisle mo chroí*".

Não conseguiu nem falar quando Kierse tinha perguntado. Sua visão tinha ficado vermelha de fúria. Porque, claro, *claro* que no fim das contas ele ainda teria de lidar com *isso*.

Seu coração bateu mais forte.

Graves ficou ali, arquejando, tentando controlar a raiva que ainda pulsava por ele. Só se moveu quando sentiu o celular vibrar no bolso.

Suspirando, recuou da mesa e atendeu.

– Alô?

– Graves – disse uma voz rouca do outro lado da linha.

Ele ficou paralisado. Era uma voz que não ouvia fazia muito, *muito* tempo.

– Laz?

– Tenho uma pista, se estiver interessado.

– Depende do que você encontrou.

Laz bufou.

– Você sabe o que eu estava procurando.

Um sorriso abriu-se no rosto de Graves enquanto ele se endireitava.

– O caldeirão.

– Bingo.

– Me conte tudo.

Quanto mais Laz falava, mais Graves percebia uma coisa muito importante: ele precisaria de uma ladra muito boa para aquele trabalho.

Agradecimentos

Quando me sentei para escrever *O Rouxinol*, não imaginava a jornada em que este livro iria me levar. Os seis anos que se passariam entre a primeira ideia e ter essa belezinha nas mãos dos leitores. Tantas vezes vemos o projeto finalizado e esquecemos tudo que foi necessário para chegar a esse momento. Então cá estão as pessoas que me acompanharam nessa jornada.

Em primeiro lugar, quero agradecer ao meu marido, Joel, que estava lá desde o começo. Quando criei Graves e disse que queria escrever um *Vingadores* de monstros, ele não riu de mim e me disse para fazer isso. Obrigada pelos anos que passamos aperfeiçoando este livro até se tornar o que é, e por me ouvir enquanto eu passava pelas edições até meus olhos sangrarem. E, é claro, ao meu filho, gerado, nascido e criado nos anos em que este livro ganhava vida.

A minha agente, Kimberly Brower, que ouviu a ideia sobre Graves e disse: "Escreva o livro. É esse". Você estava tão certa. Foi uma jornada. Por uma estrada longa e sinuosa, mas você ficou ao meu lado o tempo todo. Minha guerreira que me deixou chorar e reclamar e comemorar e pular. Obrigada, obrigada, obrigada. Eu não estaria aqui sem você.

A meus amigos que dedicaram qualquer tempo a esse livro. Rebecca Yarros por cada ligação de duas horas, mensagem de texto e abraço virtual enquanto percorríamos juntas essa jornada. Nana Malone por sempre estar do outro lado da linha quando eu precisava de você, além da leitura de sensibilidade para Imani e Montrell que me impeliu a escrever diversidade de que pudesse me orgulhar. Staci Hart por cada sessão de escrita e ajuda de edição e por sua amizade incomparável. Diana Peterfreund por me lembrar, vez após vez, do meu valor, e se recusar a me deixar aceitar menos. E pelo título, que eu não teria sem você! Sierra Simone por ter todas as mesmas credenciais que eu e me incentivar a ir com tudo sempre que eu pensava em me conter. Rachel van Dyken por todas as longas mensagens que me ajudaram a superar essa jornada. Kandi Steiner por ser minha eterna líder de torcida. Você torna esse mercado um lugar mais brilhante. Amanda Bouchet por sua linda citação e por dizer que o casal lembra você dos Barron. O maior dos elogios! Também a Laurelin Paige, CD Reiss, Mari Mancusi, Carrie Ann Ryan, Lexi Ryan, Holly Renee, K.A. Tucker, Adriana Locke, Claire Contreras, Lisa Baker e Virginia Carey.

A minhas leitoras alfa – Anjee, Becky e Rebecca. Vocês leram tantos rascunhos deste livro, e sou eternamente grata pela sua orientação e torcida. Conseguimos, galera!

À maravilhosa responsável pelo marketing, Danielle Sanchez. Não posso agradecê-la o suficiente por seus conselhos experientes e todos os momentos em que me encorajou. Meu incrível assistente e amigo, Devin McCain: tudo que você faz é tão valioso, e esta publicação foi tão mais fácil com sua ajuda.

A Liz Pelletier e ao time da Red Tower, que apoiaram este livro desde o primeiro dia. Estou tão grata por você ter lido antes que o selo fosse sequer anunciado e o ter chamado de seis estrelas. Bree Archer pela *maravilhosa* capa, superando os meus sonhos mais ousados. Molly Majumder pelas edições perfeitas que trouxeram este livro à vida. Hannah Lindsey pelas revisões incansáveis. Aos muitos leitores de sensibilidade, assim como o folclorista celta, que foram recrutados para esse projeto.

Obrigada a Gillian Green e ao time da Tor UK por todo seu trabalho nos bastidores e especialmente pela linda capa do Reino Unido. E muito obrigada e todos os editores estrangeiros que estão traduzindo *O Rouxinol*.

Finalmente, a todos os leitores que apoiaram este livro. A cada um de vocês que o pegou e leu e amou – este é o livro do meu coração, o livro que eu sempre quis ler, e espero que seja assim para você também!

SUA OPINIÃO É MUITO IMPORTANTE
Mande um e-mail para **opiniao@vreditoras.com.br**
com o título deste livro no campo "Assunto".

1ª edição, jan. 2025

FONTES   Adobe Garamond Pro Regular 11/16,3pt;
          Legitima Regular 30/16pt;
          Cinzel Bold 38/16pt
PAPEL   Polen Bold 70g/m²
IMPRESSÃO   Gráfica Santa Marta
LOTE   GSM311024